아쿠아리움이 문을 닫으면

아쿠아리움이 문을 닫으면

셸비 반 펠트 장편소설

신솔잎 옮김

애나에게

한국 독자들에게

안녕하세요. 먼저 이 책을 읽어주셔서 고맙습니다. 『아쿠아리움이 문을 닫으면』은 조금 특이합니다. 문어가 화자로 등장하죠. 인간 주인공과 종을 뛰어넘는 유대감을 쌓아가며 어두운 과거에 붙잡힌 개인이 어떻게 하면 희망의 빛을 밝힐 수 있는지 말해줍니다. 어느 날 저는 거대태평양문어가 수조를 탈출하는 인터넷 영상을 보고 문어 마셀러스를 떠올렸습니다. 그때만 해도 문어에 대해 아는 것이 그리 많지 않았습니다만 아주 똑똑한 생명체라는 것만은 알고 있었어요. 막 소설을 쓰기 시작하던 때인지라 저는 여기저기서 새로운 이야깃거리를 찾고 있었는데 그 영상을 보며 '아주 흥미로운 캐릭터가 되겠다'라고 생각했습니다. 자신보다 열등해 보이는 인간에게 붙잡힌 문어의 괴팍한 목소리가 자연스럽게 떠올랐습니다.

완벽하지 않고 엉망진창인 인간들이 비슷한 문제로 얽히고설

켜 있는 이야기를 쓰고 싶었습니다. 그래서 아쿠아리움을 배경으로 설정하고 실제로든 비유적으로든 어딘가에 갇혀 있거나 무언가에 얽매여 있는 인물들을 등장시켰습니다. 팬데믹 초기에 이 작품을 쓰고 있었던 터라 외로움과 고립감에 대해 관심이 많았습니다. 당시 제가 가장 많이 느꼈던 감정이기도 했고요.

무거운 주제를 다루고 있지만 따뜻하고 유쾌한 이야기가 되길 바라며 글을 썼습니다. 집필하는 내내 많이 울고 또 많이 웃었습니다. 그렇게 완성된 마셀러스와 토바, 소웰베이 주민들을 한국 독자 여러분께 소개하게 되어 영광입니다. 제가 이들의 이야기를 쓸 때 그랬듯이 많은 분이 이 책을 즐겁게 읽어주시길 바랍니다.

2023년 3월
셸비 반 펠트

차례

일러두기

1. 원서에서 이탤릭체로 강조한 부분은 고딕체와 굵은 명조체로 표기했다.
2. 외국 인명 지명 독음 등은 외래어표기법을 따르되 관용적인 표기와 동떨어진 경우 절충하여 실용적 표기를 따랐다.
3. 책, 신문, 잡지 등의 제목은 『 』로, 영화, TV 쇼 등의 제목은 「 」로 묶었다.

내겐 어둠이 걸맞다.

저녁이면 머리 위 전등이 꺼지는 소리가 들리기를 기다린다. 메인 수조의 불빛이 남아 있어 완벽한 어둠은 아니지만 그 정도면 괜찮다.

암흑에 가까운 어둠, 바다 중간 깊이 정도의 어둠. 그곳에서 살던 나는 누군가에게 잡혀 와 갇힌 신세가 되었다. 기억은 잘 나지 않지만, 육지에서 멀리 떨어진 차가운 바다의 거친 물살이 여전히 혀끝에 맴돈다. 어둠은 내 혈액에 퍼져 있다.

내가 누구냐고? 내 이름은 마셀러스. 하지만 인간들은 다르게 부른다. 보통은 저 친구라고 한다. 이런 식이다. 저 친구 좀 봐. 저기 있네. 저 바위 뒤로 촉수가 보이잖아.

나는 거대태평양문어다. 벽 옆의 안내판을 보고 알았다.

무슨 생각을 하는지 잘 안다. 그렇다. 나는 글자를 읽을 수 있다. 당신은 생각지도 못할 수많은 일을 할 수 있다.

안내판에는 다른 것도 적혀 있다. 내 몸의 크기, 좋아하는 먹이, 여기 갇히지 않았다면 살고 있을 장소. 내 지적 능력과 총명함에 대한 설명도 있는데, 어째서인지 다음 대목에서 인간들이 놀라는 것 같다. 문어는 놀랍도록 똑똑한 생명체다.

모래에서는 같은 색으로 변장해 몸을 숨기는 위장 능력이 있으니 특히나 더 세심한 주의가 필요하다고.

안내판에는 내가 마셀러스라고 소개되어 있지 않다. 하지만 아쿠아리움을 운영하는 테리가 수조 주변에 모인 관람객들에게 내 이름을 알려준다. 저기 뒤편에 보이시죠? 저 문어는 마셀러스예요. 특별한 친구죠.

특별한 친구. 사실이다.

내 이름은 테리의 어린 딸이 지어주었다. 풀 네임은 마셀러스 맥스퀴들스. 터무니없는 이름이다. 이 이름 때문에 내가 오징어(squid, 스퀴드—옮긴이)인 줄 아는 인간들이 많은데, 최악의 모욕이나 다름없다.

그럼 어떻게 불러야 하냐고? 뭐, 당신에게 달렸다. 보통은 저 친구라는 호칭이 자연스럽게 나올 것이다. 안 그러면 좋겠지만, 그런다 해도 비난할 생각은 없다. 결국 당신도 그저 인간일 뿐이니까.

우리가 함께할 시간이 아주 짧을 거라는 점은 알려주어야겠다. 안내판에는 한 가지 정보가 더 적혀 있다. 문어의 평균 수명. 바로 4년이다.

내 수명은 4년, 1,460일이다.

청소년기에 이곳으로 왔다. 이 수조 안에서 죽게 될 것이다. 내 형이 끝날 때까지 기껏해야 160일 남았다.

은화 모양의 흉터

토바 설리번은 싸울 준비가 되었다. 적을 살피러 허리를 굽히자 뒷주머니에 꽂은 노란색 고무장갑이 카나리아 깃털처럼 삐죽 튀어나왔다.

상대는 껌이었다.

"맙소사."

핑크빛이 도는 작은 덩어리를 향해 대걸레로 잽을 날렸다. 겹겹이 새겨진 거뭇거뭇한 스니커즈 자국이 반점처럼 뒤덮여 있었다.

토바는 왜 껌을 씹는지 도통 이해할 수 없었다. 사람들은 씹던 껌을 너무 자주 잃어버리곤 했다. 이 껌의 주인공은 쉴 새 없이 헛소리를 내뱉다 그 김에 껌까지 내뱉게 되었는지 모른다.

몸을 굽혀 그 지저분한 덩어리를 손톱으로 떼어내려 했지만 타일 바닥에서 꼼짝도 하지 않았다. 이게 다 누군가 열 걸음이면 되는 쓰레기통까지 가지 못해 생긴 일이다. 토바는 예전에 어린 에릭이 풍선껌을 씹다가 식탁 밑에 붙이는 걸 목격했었다. 그때 이후로 풍선껌을 사주지 않았다. 물론 에릭이 청소년기로 접어들고는 다른 많은 것과 함께 용돈을 어디에 쓰는지 통제할 수 없게 되었지만.

껌을 상대할 특화된 무기가 필요할 것 같았다. 파일이면 될지도 모른다. 청소 카트에는 껌을 떼어낼 만한 도구가 없었다.

몸을 펴자 허리에서 소리가 났다. 푸르스름한 빛이 감도는 텅 빈 복도를 돌아 비품 창고로 가는 중에도 허리에서 나는 소리가 메아리쳤다. 바닥에 붙은 껌을 모르는 척 지나가도 그녀에게 뭐라고 할 사람은 없었다. 일흔 살인 토바가 꼼꼼하게 청소하리라 기대하는 사람은 없다. 그래도 최선을 다해야 한다.

게다가, 아무것도 안 하는 것보다는 나으니까.

토바는 소웰베이 아쿠아리움에서 가장 나이가 많은 직원이다. 매일 밤 그녀는 바닥을 걸레질하고, 유리를 닦고, 쓰레기통을 비운다. 2주마다 휴게실 내 사물함에 급여 명세서가 꽂힌다. 시급 14달러는 세금과 공제 내역을 제하지 않은 금액이다.

펼쳐 보지도 않은 급여 명세서들이 냉장고 위 낡은 신발 상자 안에 쌓여 있다. 급여는 소웰베이 저축대부조합 계좌에 차곡차곡 쌓인다.

토바가 결의에 차서 곧장 비품 창고로 향하는 모습은 굽은 허리에 가냘프고 왜소한 노인의 기세라고 하기에 믿기 힘들 정도였다. 천장에 난 창으로 떨어지는 빗물이 바로 옆 페리 선착장의 방범등 불빛에 반짝였다. 은빛 빗방울들은 안개에 휩싸인 하늘 아래 리본 모양을 그리며 유리창을 타고 떨어졌다. 사람들 말처럼 끔찍한 6월이었다. 토바는 잿빛 날씨를 거슬려 하지 않지만 집 앞마당이 마를 틈이라도 있게 비가 덜 왔으면 싶었다. 풀이 습해지면 수동 잔디 깎기 기계가 앞으로 잘 나가지 않았다.

작은 수조들이 메인 수조를 도넛 모양으로 둘러싼 아쿠아리움은 딱히 크지도 작지도 않은 돔형 건물로, 마찬가지로 크지도 작지도 않은 소웰베이와 어울린다 할 만했다. 토바가 껌을 발견한 지점에서 비품 창고까지 가려면 정확히 돔의 지름을 가로질러야 했다. 이미 걸레질을 마친 곳을 지나는 하얀 스니커즈에서 날카로운 소리가 새어 나오며 반짝이는 타일 바닥에 흐릿한 발자국을 남겼다. 토바는 두말할 것도 없이 다시 걸레질할 것이다.

토바는 벽면에 설치된 실제 크기의 태평양바다사자 동상 앞에 걸음을 멈추었다. 수십 년간 아이들이 만지고 올라탄 탓에 등은 반들반들해지고 머리는 칠이 벗겨져 오히려 실재처럼 보였다. 토바 집 벽난로 선반에는 열한 살에서 열두 살 정도 된 에릭이 이 동상에 올라타 활짝 웃는 사진이 놓여 있다. 바다 카우보이처럼 올가미 밧줄을 던질 듯 한 손을 높이 치켜든 채.

에릭이 천진난만했던 시절에 찍은 사진 중 하나다. 토바는 에릭의 사진들을 시간 순으로 진열해놓았다. 잇몸을 보이며 웃던 아기 때부터 학교 점퍼를 입고 멋진 포즈를 취한 10대까지 모습을 담은 몽타주였다. 홈커밍 파티 데이트 상대에게 코르사주를

달아주는 모습. 짙푸른 퓨젓사운드(미국 워싱턴주 서북부에 있는
만—옮긴이) 바위 해안에 설치된 단상에 올라 고등학생 보트 경
주대회 트로피를 움켜쥔 모습. 토바는 바다사자 동상의 차가운
머리를 만지면서 지금쯤 에릭은 어떤 모습을 하고 있을지 궁금
했지만 그 충동을 다시금 억눌러야 했다.

마땅히 그래야 하듯 토바는 어두컴컴한 복도를 따라 내려갔다.
블루길이 있는 수조 앞에서 걸음을 멈추었다.

"안녕, 친구들."

다음은 키다리게였다.

"안녕, 이쁜이들."

코가 뾰족한 둑중개에게도 안부를 물었다.

"안녕들 하신가?"

늑대장어는 토바 취향이 아니었지만 고갯짓으로 인사를 전했
다. 남편 윌이 살아 있을 때 항암 후유증으로 메스꺼워하며 한밤
중에 깨어나서 보던 호러 영화를 떠올리게 하는 생김새였다. 그
래도 예의는 지켜야 했다. 그중 가장 큰 놈이 트레이드마크인 주
걱턱과 처진 입을 내밀고 바위굴에서 미끄러지듯 헤엄쳐 나왔다.
들쭉날쭉한 이빨들이 아래턱에서 작은 바늘처럼 솟아 있었다. 좋
게 말하자면 안타까운 생김새였다. 하지만 겉모습으로만 판단해
서는 안 되지 않나? 토바는 늑대장어를 향해 미소를 지었다. 비
록 웃어주기 어려운 외모지만.

다음은 토바가 가장 좋아하는 수조였다. 유리 가까이 몸을 기
울였다.

"선생님, 오늘 하루 기분이 어떠셨어요?"

어디 있는지 찾기까지 시간이 좀 걸렸다. 바위 뒤에서 오렌지
빛 몸체 일부가 보였다. 숨바꼭질하다 실수로 보이게 된 소파 뒤
소녀의 포니테일이나 침대 아래 빼꼼 나온 양말 신은 발처럼.

"오늘 밤에는 수줍음을 좀 타시는가 봅니다?"

토바는 몸을 뒤로 물리고 기다렸다. 거대태평양문어는 꼼짝도
하지 않았다. 손등으로 유리를 두드리다 아무것도 보이지 않는다
며 투덜거리는 사람들 모습이 그려졌다. 요즘 사람들은 인내심을
모른다.

"숨어 있다고 너한테 뭐라고 못 하겠다. 바위 뒤가 꽤 아늑해
보이거든."

오렌지빛 팔이 꿈틀댔지만 몸은 여전히 바위 뒤에 숨어 있
었다.

껌은 토바가 가져온 파일의 공격을 용맹하게 버텨냈지만, 결국
바닥에서 떨어졌다.

토바가 그 딱딱한 덩어리를 던지자 그것은 휙 경쾌한 소리를
내며 쓰레기봉투 속으로 떨어졌다.

이제 걸레질이다. 다시 한번 말이다.

레몬 향이 살짝 더해진 식초 냄새가 젖은 타일 바닥에서 올라
와 퍼져나갔다. 토바가 처음 이 아쿠아리움에 왔을 때 쓰던 코를
알싸하게 하는 초록색 괴상한 물질보다 훨씬 나았다. 토바는 그
물질을 쓰면 안 되는 이유를 아쿠아리움 측에 밝혔다. 우선은 그

것 때문에 머리가 아팠고, 둘째로 바닥에 보기 흉한 걸레질 자국이 남았다. 무엇보다 최악인 것은 윌이 머물던 병실 냄새, 병든 윌의 냄새가 났다. 토바는 이 불만만큼은 마음속에 담아뒀다.

비품 창고 선반은 그 초록색 물질이 담긴 통으로 가득했지만, 아쿠아리움 관장인 테리는 어깨를 으쓱해 보이며 토바가 직접 구매한다면야 어떤 제품이든 상관없다고 말했다. 그럼요, 토바도 고개를 끄덕였다. 매일 밤 토바는 식초 단지와 레몬오일 병을 챙겨 출근했다.

이제 쓰레기를 한가득 수거할 차례다. 로비와 화장실 바깥 쓰레기통들을 비우고 휴게실로 향했는데 웬걸, 카운터에 온갖 부스러기들이 끝도 없이 널려 있었다. 휴게실 청소야 엘런드에서 오는 전문 청소 인력이 있어 굳이 하지 않아도 되지만 토바는 항상 낡은 커피 머신 아래와 스파게티 얼룩이 가득한 전자레인지 안을 걸레로 훔쳤다. 하지만 오늘은 좀 심각했다. 다 먹은 음식 포장 용기가 바닥에 놓여 있었던 것이다. 세 개나.

"세상에."

토바는 텅 빈 휴게실을 향해 호통을 쳤다. 아까는 껌이더니 이제는 다 먹고 난 음식 쓰레기까지.

토바는 포장 용기를 집어 쓰레기통으로 던졌다. 이상하게도 쓰레기통은 원래 자리에서 몇 걸음 떨어진 곳에 있었다. 큰 봉투에 내용물을 쏟은 후 쓰레기통을 제자리로 옮겼다. 쓰레기통 옆 작은 테이블과 의자들을 정리했다. 그러고는 봤다. 그것을.

저 구석의 무언가를.

갈색이 도는 오렌지색 뭉치. 스웨터인가? 어리고 친절한 매표소 여직원 매켄지는 스웨터를 의자 뒤에 걸쳐두는 일이 잦았다. 손으로 끄집어내 매켄지의 사물함에 넣어줄 생각으로 토바는 무릎을 꿇었다. 그 순간 뭉치가 움직였다.

촉수 하나가 꿈틀댔다.

"맙소사!"

거대한 살덩이 사이로 눈이 보였다. 구슬 같은 눈동자가 커지다 이내 눈꺼풀이 가늘어졌다. 원망을 담은 눈빛이었다.

토바는 잘못 본 게 아닌지 눈을 깜빡였다. 거대태평양문어가 어떻게 수조 밖으로 나올 수 있지?

다시금 문어의 팔 한쪽이 움직였다. 자세히 살펴보니 어지러운 전선 더미에 몸이 끼여 있었다. 평소에 더미를 보며 몇 번이나 욕을 했는지 모른다. 저것 때문에 비질을 제대로 할 수 없었다.

"갇혔구나."

토바가 속삭이자 문어는 크고 둥근 머리를 간신히 들었다. 한쪽 팔에 핸드폰 충전기 줄처럼 가느다란 전선이 몇 바퀴나 감겨 있었다. 힘을 쓸수록 더욱 세게 조여들어 전선 사이로 살점이 울룩불룩 튀어나왔다. 에릭이 장난감 가게에서 비슷한 장난감을 산 적이 있었다. 무언가 얼기설기 엮어 만든 작은 원통 양 끝에 검지를 넣었다 뺐다 할 수 있는 그것은, 검지에 힘을 줄수록 원통이 더 조여드는 구조였다.

토바는 조금 더 가까이 다가갔다. 그러자 문어가 팔 하나를 들어 리놀륨 타일 바닥을 내려쳤다. 이렇게 말하는 것 같았다. 물러서라, 여인이여.

"알겠어, 알겠어."

토바는 테이블 아래에서 몸을 빼냈다.

전등을 켜자 휴게실은 환한 형광등 빛에 휩싸였고, 토바는 좀 전보다 천천히 몸을 숙였다. 늘 그렇듯 허리에서 소리가 났다.

그 소리에 문어가 다시 한번 팔을 휘두르며 무서운 힘으로 의자들을 밀쳐냈다. 밀려 나간 의자들이 반대편 벽을 맞고 튕겨 나왔다.

테이블 아래에서 문어는 놀랍도록 맑은 눈을 반짝였다.

마음을 굳게 먹고 토바는 떨리는 두 손을 애써 진정시키며 조심스럽게 다가갔다. 거대태평양문어 수조 아래 안내판 앞을 얼마나 많이 지나다녔던가? 문어가 위험하다는 내용을 읽은 기억은 전혀 없었다.

토바와 문어의 거리는 고작 한 발짝 정도. 겁을 먹은 듯 문어의 색깔이 점점 창백해지고 있었다. 문어한테 이빨이 있던가?

"친구. 내가 그쪽으로 손을 뻗어 코드를 뺄 거야."

주변을 살피던 토바는 문어를 궁지에 빠뜨린 전선을 발견했다. 닿을 만한 거리였다.

문어의 눈이 토바의 움직임을 놓치지 않고 쫓았다.

"아프게 하지 않을게."

전선에 묶여 있지 않는 팔 하나가 집고양이 꼬리처럼 바닥을 톡 두드렸다.

토바가 플러그를 잡아당기자 문어는 움찔하며 뒤로 물러났다.

토바도 몸을 뒤로 뺐다. 그녀는 문어가 문을 향해 벽을 타고 천천히 움직일 거라 예상했다.

하지만 오히려 문어는 미끄러지듯 토바에게 다가왔다.

황갈색 뱀이 움직이듯 팔 하나가 슬금 가까워지더니 순식간에 토바의 손목과 팔꿈치, 팔뚝 위를 차례대로 감으며 올라왔다. 그녀는 자신을 움켜쥐는 빨판 하나하나가 느껴졌다. 반사적으로 팔을 빼려 했지만 문어는 살짝 불편하게 느낄 정도의 힘으로만 조였다. 문어 눈이 장난꾸러기 아이같이 짓궂게 빛났다.

텅 빈 포장 용기. 제자리를 벗어난 쓰레기통. 이제야 이해가 갔다.

그러다 문어는 순식간에 토바를 놓아주었다. 토바는 문어가 여덟 다리의 가장 두툼한 부분으로 바닥을 밀고 나아가며 휴게실을 벗어나는 모습을 지켜봤다. 뒤로 처진 외투막을 끌고 가는 문어는 아까보다 더 창백한 색을 띠고 있었다. 안간힘을 쓰고 있는 거였다. 토바가 서둘러 뒤를 쫓았지만 복도에 나오니 이미 사라지고 없었다.

토바는 한 손으로 얼굴을 쓸어내렸다. 정신이 이상해지고 있는 거야. 그래, 그거야. 처음부터 그랬던 거겠지? 내가 지금 환영을 본 거겠지?

토바는 오래전, 자기 어머니의 정신이 흐려지곤 했던 모습을 기억했다. 익숙한 이름과 날짜를 한번씩 깜빡하는 증상이 그 시작이었다. 하지만 그녀는 아직 전화번호나 이름이 떠오르지 않아 머릿속을 더듬는 일은 없었다. 팔에는 작은 동그라미 무늬들이 찍혀 있었다. 빨판 자국이었다.

반쯤 멍한 상태로 저녁 업무를 마치고는 늘 그렇듯 아쿠아리움을 돌며 인사를 전했다.

굿나잇, 블루길, 장어, 키다리게, 코가 뾰족한 둑중개야. 굿나잇, 아네모네, 해마, 불가사리야.

코너를 돌아 인사를 계속했다.

굿나잇, 참치, 도다리, 가오리야. 굿나잇, 해파리, 해삼아. 굿나잇, 불쌍한 상어야.

토바는 수조 안을 맴도는 상어들에게 공감을 넘어선 감정을 느꼈다. 숨이 멈춰버릴까 봐 계속해서 움직여야만 하는 그 심정.

여전히 바위 뒤에 몸을 숨긴 문어가 보였다. 불룩한 몸체 일부가 삐죽 튀어나와 있었다. 휴게실에서 봤을 때보다 오렌지빛이 선명해지긴 했지만 평소에 비해 흐렸다. 당연한 일인지도. 그는 수조에서 살아야 한다. 도대체 거기서 어떻게 탈출한 걸까? 토바는 일렁이는 물속을 올려다보며 수조 가장자리 이음새를 살폈지만 이상한 점은 없었다.

"사고뭉치 같으니라고."

토바는 고개를 내젓고는, 문어 수조 앞에서 조금 더 머물다 퇴근길에 나섰다.

토바가 리모컨 키를 누르자 노란색 해치백 자동차가 소리를 내며 사이드라이트를 번쩍였다. 리모컨 키는 아직도 익숙해지지 않는 물건이었다. 자기들끼리 '니트-위츠'라는 애칭을 붙인 점심 모임 친구들은 새로운 일을 시작하니 새 차가 있어야 한다고 토바를 설득했다. 오래된 차로 야간 운전을 하는 것은 위험하다면서. 그렇게 몇 주 동안 토바를 귀찮게 했다.

그냥 항복하고 마는 것이 편할 때도 있다.

테리가 몇 번이나 비품 창고에 보관해도 된다고 했지만, 언제 필요한 일이 생길지 몰라 하던 대로 식초 단지와 레몬오일 병을 트렁크에 실은 후 아래쪽 텅 빈 잔교를 흘끗 쳐다봤다. 이렇게 늦은 시간에는 밤낚시꾼들도 자리를 떴다. 아쿠아리움 맞은편 낡은 페리 선착장은 오래 묵어 부식된 기계처럼 보였다. 부서져 내린 선착장 기둥은 따개비로 뒤덮여 있었다. 밀물 때 따개비에 엉겨붙는 해초들은 물이 빠지고 나면 어두운 초록빛 찌꺼기처럼 버석하게 말라버렸다.

비바람에 변색된 널판 깔린 길을 가로질렀다. 주차장에서 낡은 매표소까지 정확히 서른여덟 걸음이다.

토바는 주변에 누가 없는지, 길게 내려앉은 어둠 속에 서성이는 사람이 없는지 살폈다. 그러고는 뺨에 새겨진 오래된 흉터처럼 사선으로 금이 간 매표소 창에 손을 대었다.

그런 뒤 자신이 늘 앉는 벤치를 향해 잔교를 따라 걸었다. 갈매기 분비물로 얼룩덜룩한 벤치에 앉은 토바는 소매를 걷어 올려 둥글고 이상한 빨판 자국들을 내려다보았다. 반쯤은 사라졌기를 기대했지만 여전히 그대로였다. 손목 안쪽에 찍힌 가장 큰 자국을 손가락으로 어루만졌다. 1달러 은화만 한 크기다. 자국이 얼마나 오래갈까? 멍이 들까? 요즘은 멍이 쉽게 들었다. 벌써 자국은 밤색으로 변하고 있었다. 어쩌면 평생 사라지지 않을지도 모른다. 1달러 은화 모양의 흉터.

바람에 안개가 육지 쪽으로 천천히 밀려나 야트막한 산지대로 방향을 바꿨다. 남쪽으로 닻을 내린 화물선이 보였다. 아이가 쌓은 블록처럼 갑판 위에 차곡차곡 쌓인 컨테이너들 무게에 눌려, 수면 위로 드러난 선체 부분은 얕았다. 천 개의 초를 띄운 듯, 바다에 달빛이 일렁였다. 토바는 눈을 감고 저 수면 아래 자신을 위해 초를 든 아이의 모습을 그렸다. 에릭, 그녀의 외동아들을.

게, 조개, 새우, 가리비, 새조개, 꼬막, 전복, 물고기, 생선알. 수조 옆 안내판에 따르면 이것들이 거대태평양문어의 먹이다.

바다는 정말 멋진 뷔페다. 그 모든 진미를 공짜로 마음껏 먹을 수 있으니까.

하지만 여기서는 뭘 주는 줄 아는가? 고등어, 대서양가자미, 무엇보다 청어. 청어, 청어, 청어를 너무 많이 준다. 역겨운 냄새가 나는 생선 찌꺼기 말이다. 이곳에 청어가 넘쳐나는 이유는 가격 때문인 게 분명하다. 메인 수조의 상어들에게는 멍청함을 뽐내는 대가로 신선한 참바리가 주어지지만, 나는 해동된 청어를 받는다. 심지어 해동이 다 안 된 때도 있다. 신선한 굴의 탁월한 식감이, 게를 껍데기째 씹을 때 부리로 전해지는 날카로운 쾌감이, 해삼의 달콤하고 단단한 육질이 간절할 때면 직접 나서는 수밖에 없다.

가끔씩 포획자들은 나를 건강 검진에 협조하게 만들려고, 또는 그들의 게임에 참여시키려고 동정 어린 뇌물로 가리비 하나를 던져준다. 때로는 테리가 별 이유 없이 홍합 한두 개를 넣어줄 때도 있다.

물론 게, 조개, 새우, 새조개, 전복을 여러 번 먹어봤다. 아쿠아리움 문이 닫힌 후에는 스스로 먹이를 구하는 것이 마땅하다. 생선알은 먹는 기쁨도 크지만 영양 면에서도 이상적인 간식이다.

세 번째 먹거리 목록도 있긴 하다. 인간이 애타게 원하지만 가장 총명한 생명체의 눈에는 섭취에 완전히 부적절해 보이는 것. 가령, 로비에 있는 자판기 속 제품 하나하나가 그러하다.

오늘 밤에는 특별한 냄새가 나를 유혹했다. 달고, 짜고, 맛있는 냄새의 주인공이 쓰레기통 속 하얀색 포장 용기에 떡하니 담겨 있는 것을 발견했다.

무엇인지 몰라도 맛이 좋았다. 하지만 자칫 그것으로 파멸을 맞이할 뻔했다.

청소하는 여자. 그녀가 내 목숨을 살렸다.

가짜 쿠키

．

．　．

．

과거에 니트-위츠 멤버는 일곱 명이었다. 이제는 네 명만 남았
다. 몇 년 간격으로 한 자리씩 비어갔다.

"어머나, 토바!"

메리 앤 미네티가 토바의 팔을 빤히 보며 찻주전자를 테이블
에 내려놓았다. 주전자를 감싼 노란색 덮개는 니트-위츠가 매주
한 번씩 모여 점심을 먹고 뜨개질을 하던 시절에 누군가 만든 것
일 거다. 덮개는 메리 앤의 관자놀이 근처에 황갈색 곱슬머리를
고정시킨, 보석 장식이 달린 노란색 머리핀과 잘 어울렸다.

재니스 킴도 머그잔에 차를 따르며 토바의 팔을 쳐다봤다.

"알레르기야?"

동그란 안경알에 우롱차 김이 서리자, 재니스는 안경을 벗어
티셔츠 끝자락으로 닦았다. 재니스 아들 티머시의 티셔츠인 것
같았다. 적어도 세 치수는 커 보였고, 티머시가 몇 년 전 투자한

레스토랑이 있는 시애틀의 한국 쇼핑센터 로고가 새겨져 있었기 때문이다.

"이거? 별거 아냐."

토바는 스웨터 소매를 내렸다.

"병원 가봐야지."

바브 밴더후프가 각설탕을 세 개째 찻잔에 넣으며 말했다. 짧은 은발에 젤을 발라 뾰족뾰족하게 세운 머리는 근래 들어 그녀가 좋아하는 스타일 중 하나다. 처음 이 머리를 하고 나타났을 때, 그녀는 바브(barb, 낚싯바늘 갈고리―옮긴이)가 어울리는 사람은 바브뿐이라는 농담으로 니트-위츠를 웃게 만들었다. 토바가 친구 머리에 솟은 가시를 손가락으로 쿡 누르는 상상을 한 것은 오늘이 처음은 아니었다. 아쿠아리움에 있는 성게처럼 따끔할까 아니면 구부러질까?

"아무것도 아니야."

토바가 다시 한번 말했다. 귀 끝이 빨개졌다.

"내 이야기 좀 들어봐."

바브가 차를 한 모금 마시고는 말을 이었다.

"앤디 알지? 작년 부활절에 왔을 때 발진 같은 게 있었거든. 직접 본 건 아니지만. 그게 좀 난처한 부위에 있어서…… 무슨 뜻인지 알지? 그렇다고 흉한 짓을 해서 생기는 발진은 아니었어. 그냥 발진 있잖아. 어쨌거나 내 피부과 의사한테 가보라고 했거든. 그 의사 진짜 잘 봐. 그런데 앤디 고집이 보통 고집이 아니더라고. 그렇게 발진이 점점 더 심해지다가……."

재니스가 바브의 말을 잘랐다.

"토바, 피터에게 누구 소개해달라고 할까?"

재니스의 남편, 닥터 피터 킴은 은퇴했지만 의료계에 인맥이 넓었다.

"의사는 무슨. 그냥 일하다가 사고가 좀 있었어."

토바는 억지로 희미한 미소를 지어 보였다.

"일하다가라니!"

"사고라니!"

"무슨 일이야?"

토바는 숨을 들이마셨다. 손목을 감싸던 빨판의 느낌이 아직도 생생했다. 자국은 하룻밤 새 흐려지긴 했지만 딱 봐도 눈에 띄었다. 그녀는 다시 한번 소매를 끌어 내렸다.

"청소 도구 때문에 작은 사고가 있었어."

테이블을 둘러싸고 찌푸려진 눈 세 쌍이 토바를 향했다.

메리 앤은 티 타월로 테이블 위를 괜스레 훔치며 말했다.

"네가 하는 일 말이야, 토바. 지난번에 아쿠아리움 갔을 때 냄새 때문에 점심을 못 먹을 뻔했어. 넌 어떻게 참는 거야?"

토바는 메리 앤이 내놓은 접시에서 초콜릿칩 쿠키 하나를 집어 들었다. 메리 앤은 사람들이 오기 전에 쿠키를 오븐에 데웠다. 함께 곁들일 홈메이드 간식이 없으면 차를 마실 수 없다고 그녀는 늘 말했지만, 이 쿠키는 숍웨이에서 사 온 것이다. 니트-위츠 멤버는 다 아는 사실이다.

"거기 오래된 쓰레기장이 있으니 당연히 냄새가 심하지."

재니스가 말을 이었다.

"그런데 토바, 정말 괜찮아? 우리 나이에 육체노동이라니. 그 일을 꼭 해야만 해?"

바브가 팔짱을 꼈다.

"릭이 죽고 나도 잠깐 세인트 앤에서 일했던 거 알지? 심심풀이로. 나한테 사무실 전체를 운영하라고 맡겼었잖아."

"서류 정리지. 너 거기서 그 일 했잖아."

메리 앤이 구시렁거렸다.

"직원들이 네가 원하는 대로 정리를 안 하니까 그만둔 거고. 그러니까 내 말은, 바브 너는 엎드려서 바닥을 닦지는 않았잖아."

재니스가 건조하게 말했다.

메리 앤이 몸을 기울였다.

"토바, 네가 알아주면 좋겠는 게 혹시 도움이 필요하면……."

"도움?"

"그래, 도움. 윌이 재산을 어떻게 정리했는지 모르지만."

토바의 몸이 굳었다.

"고맙지만 그런 건 필요 없어."

"하지만 혹시라도 말이야."

메리 앤의 입술이 굳게 맞물렸다.

"필요 없어."

토바가 조용히 대답했다. 사실이었다. 메리 앤에게서든, 다른 누구에게서든 동정은 필요치 않았다. 팔에 생긴 작은 자국들 때문에 이런 이야기까지 나오다니.

자리에서 일어난 토바는 찻잔을 내려놓고 카운터에 몸을 기댔다. 주방 싱크대 쪽 창으로 보이는 정원에는 낮게 깔린 회색 하늘 아래 로도덴드론 덤불이 움츠리고 있었다. 바람이 가지를 쓸고 지나갈 때면 밝은 자줏빛 꽃잎들이 몸을 떨어댔다. 토바는 그 꽃잎들을 오므려 다시 꽃봉오리 속에 넣어주고 싶었다. 6월 중순치고 이상할 정도로 공기가 서늘했다. 올해 여름은 영 이상하다.

창턱에는 통통한 얼굴의 유리 천사들, 양초들, 크기가 다양한 은 십자가들이 진열되어 있었다. 메리 앤이 매일같이 닦는지 반들반들하게 윤이 났다.

재니스가 토바의 어깨를 감싸 쥐었다.

"토바? 내 말 들려, 토바?"

토바는 미소를 지을 수밖에 없었다. 말투를 보니 또 시트콤을 보기 시작했구나 싶었다.

"언짢게 생각하지 마. 나쁜 뜻은 아니었어. 우리는 그냥 네가 걱정돼서."

"고맙지만 난 괜찮아."

토바가 재니스의 손을 두드렸다.

재니스는 잘 다듬어진 눈썹 한쪽을 치켜든 채 토바를 다시 테이블 자리로 이끌었다. 가장 쉬운 상대에게 접근하는 걸 보니 재니스가 대화 주제를 어지간히 바꾸고 싶은 모양이었다.

"그런데 바브, 애들은 어떻게 지내?"

"아, 말했었나?"

바브가 과장되게 숨을 들이마셨다. 그녀에게 딸들과 손주들의 안부를 각각 따로 물을 필요가 없었다.

"앤디가 여름방학 때 손녀들 데려오기로 했거든. 그런데 계획에 차질이 생겼대. 정확히 이렇게 말했다니까. 차질이라고."

"그랬어?"

"지난번 추수감사절 이후로 온 적이 없어! 크리스마스 때는 앤디랑 마크가 애들을 데리고 라스베이거스에 갔고. 이해가 안 돼. 누가 그런 날을 라스베이거스에서 보내는 건지."

바브는 '라스'와 '베이거스'라는 두 단어에 동일한 강세와 경멸을 담아 발음했다. 누군가 상한 우유라고 말하는 방식으로.

재니스와 메리 앤은 고개를 내저었고, 토바는 쿠키를 하나 더 집었다. 바브가 두 시간 거리의 시애틀에 사는 딸네 가족 이야기를 꺼내자 세 사람은 고개를 끄덕이며 호응해주었다. 얼마나 얼굴을 못 보고 지내는지 토로하는 이야기를 누가 듣는다면 딸이 두 시간 거리가 아니라 지구 반대편에 사는 줄 알 것이다.

"어린 손주들을 하루 빨리 안아보고 싶다고 말했거든. 내가 살면 얼마나 더 살겠냐고!"

재니스가 한숨을 내쉬었다.

"오래 살 거야, 바브."

"잠깐 실례할게."

토바의 의자가 리놀륨 바닥을 긁으며 날카로운 소리를 냈다.

이름에서 짐작할 수 있듯이 니트-위츠(Knit-Wits, 뜨개질 애호가들—옮긴이)는 처음엔 뜨개질 클럽이었다. 25년 전, 소웰베이에 사는 여자들 몇 명이 모여 실을 교환하는 것으로 시작되었다. 이후 다 자란 자식들이 떠나고 텅 빈 집에서 느껴지는 달콤하고도 씁쓸한 공허함으로부터 벗어날 피난처가 되었다. 다른 무엇보다 이 때문에 토바는 처음엔 이 클럽에 들어올 생각이 없었다. 그녀의 공허함에는 달콤함은커녕 씁쓸함뿐이었다. 당시 에릭이 사망한 지 5년이 되는 해였다. 얼마나 예민했던지 아주 사소한 것에도 쉽게 딱지가 벌어지며 다시 피가 뚝뚝 흐르던 때였다.

화장실에서 수도꼭지를 돌리자 끼익하는 소리가 났다. 세월이 지나도 이들의 불만은 달라지지 않았다. 처음에는 아이가 다니는 대학이 너무 멀리 떨어져 있어 애석하다는 것이었고, 그다음에는 일요일 오후에 전화 통화만 하다니 너무하다는 것이었다. 이제는 손주와 증손주 이야기다. 이들은 가슴에 엄마라는 이름을 크고 야단스럽게 써 붙였지만 토바는 그 이름을 명치 저 깊숙한 곳에 오래된 총알처럼 묻고 살았다. 아무도 모르게.

에릭이 사라지기 며칠 전 토바는 아들의 열여덟 번째 생일을 맞아 아몬드 케이크를 만들었다. 설탕과 아몬드를 갈아서 만든 마지팬 냄새가 집 안에 며칠씩이나 남았다. 언제 떠나야 할지 모르는 눈치 없는 손님처럼 주방에 머물던 그 냄새가 토바에게 아직도 또렷하다.

처음에는 단순 가출 사건으로 처리되었다. 마지막으로 에릭을 목격한 이는 남쪽으로 출항하는 당일 막배인 밤 11시발 페리의 갑판원으로, 달리 특이한 점은 없었다고 말했다. 매일 그랬듯 에릭은 성실하게 매표소 문을 닫기로 되어 있었다. 에릭은 여름 동안만 일하는 자신에게 열쇠를 맡길 정도로 신뢰를 얻었다며 무척이나 기뻐했었다. 보안관은 매표소 문은 잠겨 있지 않았고, 금전등록기 속 현찰은 그대로 있었다고 설명했다. 에릭의 백팩과 휴대용 카세트 플레이어, 헤드폰, 심지어 지갑도 의자 아래 있었다. 범죄 가능성을 배제하기 전, 보안관은 에릭이 잠깐 자리를 비웠고 다시 돌아올 거라고 추측했다.

도대체 왜 에릭이 근무 중에 매표소를 비웠을까? 토바는 이해가 가지 않았다. 윌은 에릭에게 여자가 있었을 거라 생각했지만 여자는커녕 그 누구의 흔적도 찾을 수 없었다. 친구들은 당시에 에릭은 아무도 사귀지 않았다고 주장했다. 에릭이 누굴 만나고 있었다면 온 세상이 다 알았을 것이다. 에릭은 유명한 아이였다.

일주일 후 보트가 발견되었다. 그때까지 페리 선착장 옆에 정박되어 있던 녹슬고 오래된 보트 '선 캣'이 사라진 것을 아무도 몰랐다. 그 보트가 해안가로 밀려온 것이다. 닻줄은 깨끗이 잘려 있었고, 방향타엔 에릭의 지문이 찍혀 있었다. 증거는 불충분하지만 정황상 스스로 목숨을 끊은 것 같다고 보안관이 말했다.

마을 사람들이 말했다.

신문이 말했다.

다들 그렇게 말했다.

토바는 믿지 않았다. 단 한 순간도 믿지 않았다.

토바는 화장실 거울에 비친 자신의 모습을 응시하며 손으로 얼굴의 물기를 두드렸다. 니트-위츠 멤버는 오랜 친구들이었지만, 그들과 함께 있으면 가끔씩 실수로 다른 판에 낀 퍼즐 조각이 된 기분이 들었다.

토바는 싱크대에 두었던 컵을 챙겨 새로 우린 우롱차를 따른
뒤 자신의 자리로 돌아왔다. 수술을 잘못한 정형외과 의사를 고
소했다는 메리 앤 이웃의 이야기가 한창이었다. 다들 의사가 책
임을 져야 한다고 한목소리를 냈다. 그런 뒤에는 재니스가 키우
는 요크셔테리어 롤로의 사진들을 보며 한 차례 애정 어린 감탄
사를 나눴다. 재니스는 핸드백 안에 롤로를 넣고 니트-위츠 모임
에 자주 왔다. 오늘 롤로는 속이 불편해 집에 있었다.
"불쌍한 롤로. 뭐 잘못 먹은 거야?"
"사람 먹는 음식을 더는 주면 안 돼. 예전에 릭이 나 몰래 남은
음식을 설리에게 줬었거든. 그래도 알 수밖에 없었지. 망할 똥 냄
새 때문에!"
"바브!"
메리 앤의 눈이 커졌다. 재니스와 토바는 웃음을 터뜨렸다.
"말이 좀 거칠었다만, 정말 그놈 때문에 온 집 안에 악취가 풍
겼어. 부디 편히 잠들었기를."
바브는 기도하듯 두 손을 맞잡았다.
바브가 골든리트리버 설리를 얼마나 아꼈는지 토바는 잘 알고
있다. 어쩌면 세상을 떠난 릭보다 더 사랑했는지도 모른다. 지난
해에 바브는 몇 달 간격으로 두 존재를 모두 잃었다. 토바는 그
편이 더 낫지 않았을까 생각했다. 차라리 비극이 짧은 간격으로
연이어 닥치면, 먼저 맞닥뜨린 날것 같은 고통을 유용하게 활용

해 한번에 상황을 끝낼 수 있지 않았을까. 토바는 알고 있었다. 누군가를 상실함으로써 겪는 절망의 깊이에는 끝이 있다는 것을. 영혼이 슬픔에 한번 푹 젖고 나면 그 이상의 슬픔은 넘쳐서 흘려 보내게 된다. 토요일 아침 에릭이 직접 팬케이크에 메이플 시럽을 부을 때면, 시럽이 넘쳐흘러 테이블로 폭포처럼 떨어졌듯이.

오후 3시, 니트-위츠 멤버들이 하나둘 의자에 걸어둔 재킷과 핸드백을 챙기기 시작하자 메리 앤이 토바를 불러 세웠다.

"도움이 필요하면 꼭 우리에게 알려줘야 해."

그녀가 토바의 손을 꼭 쥐었다. 이탈리아인인 메리 앤의 손은 상대적으로 더 부드럽고 젊어 보였다. 젊었을 땐 너무나 친절했던 토바의 스칸디나비아 유전자는 나이가 들자 그녀를 공격하기 시작했다. 마흔 살이 되자 옥수수수염 같은 밝은 머리칼은 백발이 되었다. 쉰 살에는 찰흙에 새겨진 선 같은 주름이 얼굴에 깊게 파였다. 이제는 가끔 매장 유리에 옆모습이 비칠 때면 구부정한 어깨가 눈에 들어왔다. 저것이 정말 자신의 몸이 맞는지 의아했다.

"장담하는데, 도움은 필요 없어."

"일이 너무 힘들면 그만둬. 알았지?"

"그럼. 당연하지."

"알겠어."

메리 앤은 토바의 말을 그다지 믿는 것 같지 않았다.

"차 잘 마셨어, 메리 앤."

토바는 재킷을 입으며 친구들을 향해 미소 지었다.

"늘 그렇듯, 행복한 시간이었어."

토바는 해치백을 달래듯 대시보드를 쓰다듬고는 저속 기어로 전환하고 액셀러레이터를 밟았다. 경사를 오르는 차가 앓는 소리를 냈다.

메리 앤의 집은 한때 수선화 밭에 불과했던 넓은 골짜기 안쪽에 자리하고 있다. 토바는 가족과 함께 차를 타고 오빠 라스와 뒷좌석에 나란히 앉아 수선화 밭을 지나던 어린 시절의 어느 날을 떠올렸다. 아빠가 운전대를 잡고, 그 옆에 앉은 엄마는 창문을 내리고 스카프가 바람에 날아가지 않도록 턱 아래를 누르고 있었다. 토바도 창문을 내린 채 한껏 용기를 내 목을 창밖으로 쭉 뺐을 것이다. 골짜기에서 달큼한 거름 냄새가 났다. 보닛 모자를 쓴 것 같은 노란색 꽃들이 쏟아지는 햇살에 뒤섞였다.

이제 골짜기는 격자형 교외 지역이 되었다. 카운티에서는 2년마다 산비탈 도로 재정비 공사를 대대적으로 진행하는데, 그때마다 메리 앤은 의회에 편지를 보냈다. 도로가 너무 가팔라 토사 붕괴 위험이 크다고.

"이 정도 경사야 문제없지."

해치백이 언덕을 넘어서자 토바가 말했다.

구름 사이로 삐죽 새어 나온 햇살이 수면에 닿아 반짝였다. 잠시 후, 누군가 줄을 당겨 조종한 것처럼 구름 장막이 걷히더니 퓨젓사운드에 환한 빛이 쏟아졌다.

"날씨 멋진데."

선바이저를 내리며 토바가 말했다. 눈을 가늘게 뜨고 우회전을 해 해안가 능선을 따라 난 '사운드 뷰 드라이브' 도로로 향했다.

아무리 태평양 북서부라도 춥고 비 오는 날씨가 계속되면 정원 일을 할 의욕이 꺾였다. 하지만 기다렸다는 듯이 해가 나왔으니 뭐라도 생산적인 일을 해야겠다는 생각에 그녀는 자동차 속도를 높였다. 어쩌면 저녁 식사 전에 화단 전체를 마무리할 수 있을지도 모른다.

집에 도착한 후 뒤쪽 정원으로 가기 전에 물을 한 잔 마시려던 토바는 자동응답기에서 깜빡이는 빨간 버튼을 눌렀다. 무언가를 팔려는 사람들이 남긴 말도 안 되는 연락들뿐이지만 집에 오면 가장 먼저 수신 메시지를 정리했다. 빨간 불빛이 깜빡이는데 어떻게 다른 일을 할 수 있겠는가?

첫 번째 메시지는 기부를 권유하는 내용이었다. 삭제.

두 번째는 피싱이 분명했다. 발신자에게 다시 전화를 걸어 계좌번호를 줄 만큼 멍청한 인간이 있을까? 삭제.

세 번째는 실수로 걸려온 전화였다. 웅웅대는 목소리 여럿이 들리더니 뚝 끊겼다. 재니스의 말마따나 엉덩이가 건 전화였다. 뒷주머니에 핸드폰을 보관하는 터무니없는 습관에서 비롯된 실수. 삭제.

네 번째 메시지는 긴 침묵으로 시작되었다. 삭제 버튼을 누르려는 순간 한 여성의 목소리가 나왔다.

"토바 설리번 씨?"

전화 속 여성이 목소리를 가다듬었다.

"저는 머린 코크런인데요. 차터빌리지 장기 요양 센터요."

들고 있던 물컵을 탁자에 내려놓자 날카로운 소음이 울렸다.

"안 좋은 소식이 있습니다……."

침 삼키는 소리가 들리자마자 버튼을 눌러 자동응답기를 중단시켰다. 더 들을 필요가 없었다. 오래전부터 이런 메시지가 올 거라 마음의 준비를 해왔다.

오빠, 라스 이야기였다.

감금 1,301일째

이렇게 탈출한다.

나를 포위하고 있는 수조 위쪽 유리에 펌프가 들어오는 구멍이 있다. 펌프 하우징과 유리 사이에 내 촉수 끝이 통과할 정도의 틈이 있어 하우징 나사를 풀 수 있다. 그러면 펌프가 수조 안으로 떨어지며 구멍이 생긴다. 작은 틈이다. 인간 손가락 두세 개 너비쯤 될까.

당신은 이렇게 말하겠지. 그건 너무 작잖아! 넌 너무 크고.

하지만 내 몸을 변형시켜 그 구멍을 통과하는 것은 일도 아니다. 아주 쉽다.

유리를 타고 미끄러져 내려가 수조 뒤 펌프실로 향한다. 이제부터가 진짜다. 시계가 똑딱거린다고 표현할 수 있겠다. 수조를 나와 18분 이내에 다시 물속으로 들어가지 못하면 **결과**를 감수해야 한다. 18분, 내가 물 밖에서 버틸 수 있는 시간이다. 물론, 수조 옆 안내판에는 이런 정보가 적혀 있지 않다. 내가 직접 알아낸 것이다.

차가운 콘크리트 바닥에 몸을 기댄 채 펌프실에 머물 것인지

강제로 문을 열고 나갈 것인지 결정해야 한다. 선택마다 나름의 장점과 대가가 있다.

펌프실을 선택하면, 내 수조와 가장 가까운 수조들로 쉽게 접근할 수 있다. 안타깝게도 그 수조들은 구미가 당기지 않는다. 늑대장어는 애초에 제외다. 이유야 뻔하다. 이빨 때문이다! 태평양 대양해파리는 너무 맵다. 노랑배끈벌레는 질기다. 진주담치는 풍미가 좀 떨어지고, 해삼은 맛은 있지만 인내심을 발휘해야 하는 대상이다. 자제하지 않으면 테리가 내 잠행을 눈치챌 위험이 있다.

문을 열고 나가는 걸 선택한다면, 복도와 메인 수조를 내 것으로 삼을 수 있다. 좀 더 풍요로운 메뉴가 생기는 것이다. 하지만 밖으로 나가기 위해 문을 여는 데 몇 분을 투자해야 한다. 그 무거운 문은 열린 채로 고정되지 않기에 돌아와서도 똑같이 몇 분을 들여 열어야 한다.

문에 뭘 받쳐두면 되지 않느냐고?

물론 그러면 된다.

실제로 그렇게 한 적도 있었다. 내 수조 뒤에 있는 의자로. 그렇게 몇 분 더 번 자유 시간 동안 테리가 메인 수조 아래 두고 간 신선한 대서양가자미 양동이를 강탈했다(짐작건대, 그 가자미는 다음 날 상어들에게 줄 아침 식사였을 것이다. 하지만 그놈들은 밤낮도 구별하지 못하는 아둔한 녀석들이기 때문에 미안해하지 않아도 된다).

여가를 누리는 듯한 착각 속에 빠진 기분 좋은 저녁이었다. 이곳에 감금된 이후로 가장 즐거웠던 시간. 하지만 수조로 돌아오던 중 아직도 이해가 가지 않는 일이 벌어졌다. 무슨 조화인지 의자가 문을 버티지 못했다.

교훈을 얻었다. 무언가로 받쳐놓은 문은 믿어선 안 된다.

간신히 문을 열었을 때, 의식이 흐려지고 있었다. 내가 한 일에 대한 **결과**를 제대로 맛보고 있었다.

팔다리의 움직임이 느려지고 시야가 흐려졌다. 무거워진 외투막이 바닥으로 늘어졌다. 흐려진 눈에 갈회색으로 생기를 잃어가는 피부가 보였다.

펌프실로 기어가는 동안 바닥이 더는 차갑게 느껴지지 않았다. 몸이 어느 곳에 닿든 온도가 느껴지지 않았다. 투박해진 빨판으로 수조 유리를 더듬거렸다.

촉수와 외투막을 어떻게든 틈 안으로 밀어 넣으려고 애를 썼다. 그러다 수조 표면에 들러붙은 채 움직임을 멈췄다. 촉수에 아무런 감각이 느껴지지 않았다.

그 순간, 이런 생각이 떠올랐다. 아무것도 하지 않는 것도 무언가를 하는 것이라는. 삶의 반대편에는 무엇이 있을까?

물에 들어가자 정신이 돌아왔다. 내 수조 안에 놓인 익숙한 장식물들이 또렷하게 눈에 들어왔다. 촉수로 펌프를 감아올린 뒤 원래 자리에 꽂아 구멍을 막았다. 팔 하나로 펌프 하우징 장치를 조이는 와중에 점차 피부색이 돌아왔다. 바위 뒤 보금자리까지 차가운 물을 헤치며 나아가는 동안 외투막이 빠르고 힘 있게 따라왔다. 대서양가자미로 두둑해진 위에서 기분 좋은 통증이 전해졌다.

보금자리에서 휴식을 취하자 세 개의 심장이 고동쳤다. 한심한 안도감에 취해 딱하게도 맥박이 동동거렸다. 죽음에 맞서 뜻밖의 승리를 거머쥐며 찾아온 원초적 본능이었다. 내 부리를 피해 모래 속으로 몸을 숨긴 새조개도 이런 기분이었겠지. 인간의 표현으로 하자면, 희박한 확률을 이겨낸 것이다.

결과. 그것을 경험한 것이 그때가 처음은 아니었다. 내게 주어진 자유의 한계에 도전한 적이 여러 번 있었다. 하지만 문에 무언가를 받쳐 몇 분이라도 자유 시간을 더 벌겠다는 시도는 그날 이후로 단 한 번도 하지 않았다.

테리가 수조에 난 틈을 모른다는 사실을 굳이 설명할 필요는 없으리라. 나 말고는 아무도 모른다. 이 상태가 유지되길 바라므로 당신의 현명한 판단에 미리 감사의 말을 전하고 싶다.

나는 당신이 물었기에 대답한 것뿐이다.

이렇게 탈출한다.

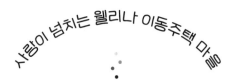

사랑이 넘치는 웰리나 이동주택 마을

캐머런 캐스모어는 자동차 앞 유리로 쏟아지는 햇빛을 어떻게
든 막아보려고 눈을 깜빡였다. 선글라스를 챙겼어야 했다. 숙취
에 젖은 몸을 이끌고 토요일 아침 9시라는 말도 안 되게 이른 시
간에 웰리나로 향하고 있다니…… 웩. 타는 듯한 목마름에 그는
브래드가 컵 홀더에 꽂아둔 캔 음료를 벌컥벌컥 들이켰다. 맛대
가리 없는 에너지 드링크였다. 낮게 신음 소리를 낸 그는 열린 창
문으로 침을 뱉고는 셔츠 소매로 입 주변을 닦아내며 캔을 구겨
조수석으로 던졌다.

"무슨 일 때문에 그런다고?"

아까 캐머런이 트럭을 빌려달라고 하자 브래드는 게슴츠레한
눈을 껌뻑이며 물었다. 지난 밤 그들이 속해 있는 밴드 '모스 소
시지'가 델스 살룬 바에서 장대하고 실험적인 메탈 쇼를 펼쳤다.
그후 그는 브래드와 엘리자베스의 집 소파에서 하룻밤 신세를

졌다.

"클레마티스."

캐머런이 대답했다. 진 이모가 전화로 어쩔 줄 몰라 하며 전한 말에 따르면, 얼간이 같은 땅주인 놈이 이모가 키우는 덩굴식물을 가지고 또 난리를 치는 모양이었다. 지난번에는 그걸 계속 키우면 이모를 쫓아내겠다고 협박했었다.

"클레마티스가 대체 뭐야?"

브래드의 얼굴에 옅은 웃음이 떠올랐다.

"뭔가 좀 지저분한 거 같은데."

"식물이야, 멍청아."

캐머런은 클레마티스가 미나리아재빗과에 꽃을 피우는 다년생 덩굴성 식물이라는 설명은 굳이 덧붙이지 않았다. 중국과 일본이 원산지로 빅토리아 시대에 서유럽으로 전파된 이 식물은, 격자 모양 지지대를 타고 올라가며 자라는 특성이 있다.

왜 이런 쓸데없는 것들을 기억하고 있는 걸까? 뇌를 가득 채운 쓸모없는 지식들을 씻어낼 수만 있다면 얼마나 좋을까. 진 이모의 이동주택 마을로 향하는 고속도로에 올라 속도가 나기 시작하자, 캐머런은 창문을 모두 열고 담배에 불을 붙였다. 쓰레기 같은 기분을 느낄 때 빼고는 담배를 피우지 않는 그는, 오늘 아침 김이 나는 뜨거운 쓰레기가 된 듯했다. 창밖으로 길게 흩어진 담배 연기는 낮게 펼쳐진 머세드밸리의 먼지 자욱한 농지에서 자취를 감췄다.

진 이모의 정원에는 산들바람에 흔들리는 데이지 꽃들이 가득했다. 그뿐 아니라 불 밝힌 꼬마전구처럼 점점이 반짝이는, 베일과 비슷한 새하얀 꽃들도 자리를 크게 차지하고 있었다. D형 건전지 두 개가 들어가는 분수대도 있는데, 이모는 캐머런이 올 때마다 건전지 교체를 부탁하곤 했다.

그리고 개구리. 사방팔방이 다 개구리였다. 갈라진 틈으로 이끼가 올라오는, 시멘트로 만든 작은 개구리 조각상들. 개구리 모양 화분들. 풍향을 측정하는 성조기 무늬의 바람 자루를 붙잡고 있는 녹슨 금속 고리 세 개마저 애국적인 빨강, 하양, 파랑의 웃고 있는 개구리 모양이었다.

개구리 철이었다.

웰리나 이동주택 마을에서 가장 멋진 마당을 뽑아 상을 주는 대회가 있다면, 진 이모는 1등을 하려고 악착같이 달려들 것이다. 결국 상을 받을 거고. 하지만 흠 잡을 데 없이 말끔한 마당이 캐머런에게 이상하게 느껴지는 이유는 트레일러 안이 그와 완전히 대조되기 때문이다. 재앙이 펼쳐져 있다.

현관 계단이 캐머런의 작업 부츠 밑에서 삐걱거렸다. 방충문 손잡이에 종이 하나가 삐죽 튀어나와 있었다. 끝을 살짝 들춰 보니 웰리나 이동주택 마을 빙고 대회를 알리는 전단지였다. 전단지를 구겨 주머니에 쑤셔 넣었다. 이런 말도 안 되는 대회에 진 이모가 갈 리 없다. 이 마을 전체는 말이 안 되다 못해 끔찍했다. 이름마저도. 웰리나라니. 하와이 말로 환영한다는 뜻이다. 여기는 하와이도 아닌데.

역시나 개구리 모양 초인종을 누르려 할 때 트레일러 뒤편에서 고함 소리가 들렸다.

"그 늙어빠진 떠버리 시시 베이커가 제 일이나 신경 쓰고 살면 다들 이런 터무니없는 소리를 안 할 거 아니에요, 안 그래요?"

위협적인 진 이모의 목소리에, 그녀가 가장 좋아하는 회색 맨투맨 티를 입고 통짜 허리에 손을 걸친 채 도끼눈을 한 모습이 떠올랐다. 캐머런은 트레일러 옆쪽으로 성큼성큼 걸어가며 웃음을 참을 수가 없었다.

"진, 이해를 좀 해줘요."

땅주인은 낮은 목소리로 말했다. 지미 델모니코. 얼간이 중에서도 상 얼간이.

"뱀이 나올까 봐 다른 주민들 걱정이 이만저만이 아니에요. "

"여기에는 뱀이 없다고! 그리고 당신이 뭔데 내 마당을 두고 이래라저래라 하는 거야?"

"규칙이란 게 있어요, 진."

캐머런은 뒷마당을 향해 속도를 높였다. 델모니코가 진 이모를 노려보고 있었다. 얼굴이 벌게진 이모는 예상대로 회색 맨투맨을 입고 반질반질한 덩굴식물을 가득 움켜쥐고 있었다. 트레일러 외벽에는 끝에 색 바랜 테니스공을 붙인 지팡이가 기대어져 있었다.

"캐미!"

세상에서 그를 이렇게 부를 수 있는 사람은 진 이모밖에 없다.

이모가 있는 곳으로 뛰어간 그는 이모가 팔을 둘러 포옹하자 미소를 지었다. 늘 그렇듯 이모에게는 오래된 커피 냄새가 났다.
그는 델모니코를 향해 몸을 돌려 무표정한 얼굴로 물었다.

"무슨 일입니까?"

진 이모는 잡아채듯 지팡이를 들어 힐난하듯 땅주인을 가리
켰다.

"캐미, 저 사람한테 내 클레마티스에 뱀이 안 산다고 말 좀 하
렴! 이걸 다 없애버리라고 한다고. 시시 베이커가 뭔가를 봤대.
그 늙어빠진 여편네 시력 나쁜 거야 세상 사람이 다 아는데."

"이제 아시겠죠? 여기 뱀은 없습니다."

캐머런은 클레마티스 덩굴을 향해 고개를 까딱해 보이며 단호
하게 말했다. 마지막에 봤을 때보다 더 무성하게 자라 있었다. 그
때가 언제더라? 한 달 전인가?

"다시 만나 반갑네요, 캐머런."

"저야말로요."

"이봐요, 웰리나 이동주택 마을 내규가 그래요."

델모니코가 한숨을 내쉬며 말을 이었다.

"거주자가 불만을 제기하면 제가 조사를 해야 합니다. 베이커
부인이 뱀을 봤다고 했고요. 그 덩굴 안에서 자신을 향해 노란 눈
을 깜빡이는 뱀을 봤다고 말했어요."

캐머런이 코웃음을 쳤다.

"딱 봐도 거짓말이잖아요."

"딱 봐도 그러네."

진 이모는 맞장구는 쳤지만, 연유를 모르겠다는 눈초리로 캐머

런을 쳐다봤다.

"그렇습니까?"

델모니코가 팔짱을 꼈다.

"베이커 부인은 여기서 오래 사신 분입니다."

"시시 베이커는 똥으로 만든 쓰레기 햄버거보다 더 쓰레기 같은 인간이라고요."

"캐미!"

이모가 캐머런의 팔을 찰싹 때리며 거친 말을 쓰는 조카를 혼냈다. 잘 배운 덕분에 그는 욕에 일가견이 있었다. 알파벳을 배울 때 'A는 Asshole의 A'로 배웠으니까.

"뭐요?"

델모니코가 안경을 살짝 내렸다.

"뱀은 눈을 깜빡일 수가 없어요. 못 그런다고요. 눈꺼풀이 없어서요. 검색해보세요."

땅주인은 벌어진 입을 황급히 닫았다.

"상황 종료됐네요. 뱀은 없습니다."

캐머런이 이렇게 말하고 팔짱을 끼자, 그의 팔이 델모니코의 팔보다 족히 두 배는 커 보였다. 최근 이두 운동을 열심히 해서다.

델모니코는 이제 자리를 벗어나고 싶은 듯 보였고, 신발을 살피며 투덜거렸다.

"뱀 눈꺼풀이 어쩌고 한 그게 사실이라 해도…… 법이 그렇다고요. 탓을 하고 싶으면 정부를 탓하든가요. 어쨌거나 내 땅에 유해 동물이 확산되었다는 소리가 들리면……."

"뱀은 없다고 했잖아요!"

진 이모가 손을 들어 올렸다. 지팡이가 잔디로 떨어졌다.

"내 조카 말 들었잖아요. 뱀은 눈꺼풀이 없다고! 지금 이게 다 뭣 때문인지 모르겠어요? 시시 베이커가 내 정원을 질투해서라고요."

"이봐요, 진. 당신이 가꾸는 정원이 멋진 거야 다들 알고 있죠."

"시시 베이커는 거짓말쟁이에 장님이라고!"

"그렇다 해도 안전 규정이라는 게 있습니다. 위험한 상황을 야기할 수 있는……."

캐머런이 한 걸음 다가갔다.

"위험한 상황이 펼쳐지길 바라는 사람은 없겠죠."

괜히 허세를 부리는 거였다. 캐머런은 몸싸움을 싫어했다. 한 주먹 거리도 안 되는 이놈이 그걸 알 필요는 없지만.

델모니코는 우스꽝스러울 정도로 놀란 표정을 지으며 주머니를 더듬어 핸드폰을 꺼내 드는 쇼를 펼쳤다.

"저기, 미안한데, 이 전화를 받아야 해서요."

캐머런은 비웃음을 흘렸다. 한물간 가짜 전화 연기까지. 이 사람은 정말 최악이다.

"정리라도 좀 해줘요. 알겠죠, 진?"

도로를 향해 자갈길을 내려가며 그는 뒤돌아 큰 목소리로 외쳤다.

발판 사다리 위에서 균형을 잡으며 진 이모의 까다로운 요구 사항에 따라 클레마티스를 가지치기하는 데 한 시간 가까이 걸렸다. 저쪽에 조금만 더. 아니, 그렇게 많이 말고! 왼쪽을 좀 쳐내봐. 아니, 그러니까 오른쪽. 아니아니, 왼쪽이다. 아래에서 진 이모는 잘려 나간 줄기와 자줏빛 꽃을 주워 정원용 쓰레기봉투에 담았다.

"뱀에 눈꺼풀이 없다는 거 사실이니, 캐미?"

"당연하죠."

캐머런이 사다리를 내려왔다.

"그러니까 진짜 내 클레마티스에 뱀이 안 산다는 거지?"

캐머런은 장갑을 벗으며 곁눈질로 이모를 살폈다.

"클레마티스에서 뱀을 본 적 있어요?"

"어…… 아니."

"그럼 없는 거네요."

진 이모는 웃음을 지으며 트레일러 뒷문을 열고는 지팡이 끝으로 신문 더미를 밀쳐냈다.

"좀 앉아 있다 가. 커피 줄까? 아님 차나 위스키?"

"위스키? 진심이에요?"

오전 10시도 안 된 시각이었다. 위스키 생각을 하니 속이 울렁거렸다. 문틀에 걸터앉아 어둑한 실내에 적응하려고 눈을 몇 번 깜박이던 그는 내부 상태를 보고 안도의 숨을 내쉬었다. 물론 더러웠다. 하지만 지난번보다는 나았다. 한때 발정한 토끼들처럼 쓰레기가 자가 번식하듯 무섭게 불어났었다.

"그럼 그냥 커피."

이모가 눈을 찡긋했다.

"캐미 너도 늙나 봐. 요즘 들어 재미가 없어졌어!"

캐머런은 어젯밤 너무 즐겨서 그런다고 변명하듯 웅얼거렸고, 진 이모는 조금 즐거운 듯 고개를 끄덕였다. 이모 눈에도 오늘 캐머런은 지쳐 보였다. 어쩌면 진짜 나이 탓인지도 모른다. 아직까지는 서른 살이 되어 좋은 건 없었다.

이모는 좁은 주방에서 상자와 종이 뭉치를 이리저리 들추며 커피 메이커를 찾았다. 작은 책상 위에는 당장이라도 무너질 듯 잡동사니가 가득 쌓여 있었고, 오래된 데스크톱 컴퓨터가 웅웅거렸다. 캐머런은 책상에서 문고본을 집어 들었다. 표지에 상의를 탈의한 근육질 남자가 있는 그렇고 그런 로맨스 소설이었다. 그가 책을 도로 제자리로 던지자 쌓여 있는 물건들이 카펫 위로 떨어졌다.

도대체 언제부터 이렇게 된 걸까? 이모는 이걸 수집벽이라고 했다. 캐머런을 키울 때, 그녀는 전혀 이러지 않았었다. 때때로 그는 이모가 자신을 키웠던 침실 두 개짜리 집이 있는, 머데스토의 옛 동네를 지나치곤 한다. 그 집은 항상 깨끗했다. 몇 년 전, 이모는 그 집을 팔았다. 병원비를 갚기 위해서였다. 결과적으로 델스 살룬 바 주차장에서 얻어맞고 쓰러진 대가는 엄청났던 것이다. 심지어 이모 잘못으로 벌어진 일도 아니었다. 이모는 웬 정신 나간 외지인이 말썽을 피우는 바람에 흥분한 사람들을 진정시키려 한 것뿐이었다. 그러다 어느 순간 머리 옆쪽을 강타당해 의식을 잃고 바닥에 쓰러졌다. 심각한 뇌진탕, 박살난 고관절. 몇 달간 물리치료와 작업치료가 이어졌다. 캐머런은 수습직으로 이어질 수 있었던 괜찮은 건축물 복구 회사 일을 관두고 이모를 돌봤다. 소파에서 잠을 자며 약을 챙기고, 이모를 차에 태워 뇌손상 치료 전문가가 있는 스톡턴까지 가곤 했다. 매일 오후에는 이모가 눈치채지 못하게 조용히 문을 열고 나가 현관 앞에서 우체부를 만났다. 그의 빈곤한 잔고가 이리저리 빠져나가는 비용을 방어할 수 있었던 기간은 잠시뿐이었다.

결국 집을 팔았을 때, 마침 진 이모는 웰리나 입성 자격이 되는 쉰두 살이었다. 일반 아파트를 구하지 않은 이유를 여전히 모르지만, 이모는 얼마 남지 않은 소액으로 이 트레일러를 구매해 웰리나로 들어왔다. 수집벽이 시작된 게 그때부터였을까? 이 쓰레기 같은 이동주택 마을이 이모를 이렇게 만든 걸까?

지난여름 웰리나 포트럭 파티에서 비롯된 오해로 시시 베이커가 자신을 얼마나 눈엣가시처럼 생각하는지 욕을 해대던 이모는 (캐머런은 자세한 내막은 묻지 않았다), 김이 모락모락 나는 머그잔 두 개를 커피 테이블에 내려놓고 소파에 앉더니 옆으로 오라고 손짓했다.

"일은 할 만하고?"

캐머런은 어깨를 으쓱했다.

"또 잘린 거야, 맞지?"

대답하지 않았다.

진 이모의 눈이 가늘어졌다.

"캐미! 내가 청사 사람들한테 부탁해서 그 일자리 구한 거 너도 알잖아."

진 이모는 지금도 카운티 청사 내 리셉션에서 파트타임으로 근무한다. 벌써 몇 년이나 되었다. 당연히 그곳 사람들 전부와 알고 지냈다. 실제로 이모가 구해준 프로젝트는 큰 건이었다. 교외의 상업 지구 건설 일. 그래도 달라질 건 없었다. 출근 둘째 날, 겨우 10분 늦었다고 망할 현장 감독은 그에게 나가라고 했다. 눈곱만한 이해심도 없는 인간.

"내가 사람들한테 부탁하고 다니라고 한 것도 아니잖아요."

그는 이렇게 투덜대다가, 이내 사실대로 고백했다.

"그러니까 네가 걷어차버린 거네. 그것도 아주 훌륭하게. 그래서 이제는 어쩔 건데?"

캐머런의 입이 부루퉁해졌다. 이모는 그의 편이어야 하지 않나. 두 사람 사이에 무거운 침묵이 감돌았다. 이모는 커피를 한 모금 넘겼다. 이모가 든 머그잔에는 개구리들이 춤추는 그림과 함께 선홍색 글자가 새겨져 있었다. **누가 개구리들을 풀어놨어?** 그는 고개를 젓고는 대화 주제를 바꿨다.

"새 깃발 멋져요. 바깥에 걸어놓은 거요."

"그래?"

이모의 표정이 아주 조금 밝아졌다.

"카탈로그에서 고른 건데. 우편 주문 판매 카탈로그 있잖아."

그럴 줄 알았다는 듯 캐머런은 고개를 끄덕였다.

"케이티는 어떻게 지내니?"

"잘 지내요."

사실 어제 아침 출근하는 케이티에게 잘 다녀오라는 입맞춤을 한 이후로 그녀를 본 적이 없다. 그녀도 모스 소시지 공연을 보러 오기로 했지만 너무 피곤했던 건지 오지 않았고, 예상보다 자리가 길어져 그는 브래드 집에서 신세를 지게 된 것이다. 하지만 당연히 여자 친구 케이티는 잘 지낸다. 케이티는 절대로 문제를 일으키지 않고 늘 잘 지내는 그런 여자다.

"케이티 정말 괜찮은 아이야."

"네. 좋은 애예요."

"난 그저 네가 행복하면 좋겠어."

"행복해요."

"그리고 네가 이틀 이상 일을 다니면 좋겠고."

또 이 이야기네. 그는 짜증스러운 표정을 지으며 한 손으로 얼굴을 쓸어내렸다. 눈이 욱신거렸다. 물을 마시는 게 나을 뻔했다.

"똑똑한 아이잖아, 캐미. 넌 너무 똑똑하다고……."

소파에서 몸을 일으킨 그는 창밖을 내다봤다. 긴 침묵 끝에 입을 뗐다.

"똑똑하다고 월급을 주진 않잖아요."

"너처럼 똑똑한 아이에겐 줘야지."

이모는 옆 자리를 톡톡 두들겼고, 캐머런은 쑤셔대는 머리를 떨군 채 거기 앉았다. 그는 진 이모를 사랑한다. 당연히 사랑한다. 하지만 이모는 그걸 모르고 있었다.

가족 중 누구도 캐머런이 누굴 닮아 똑똑한지 모른다. 여기서 가족이라 함은 캐머런 자신과 진 이모다. 이 두 사람이 가족의 전부다.

엄마 얼굴은 기억에 거의 없다. 캐머런이 아홉 살 때 엄마는 주말 동안 이모와 지낼 짐을 챙기라고 말했고, 이모가 그를 데리러 아파트에 왔다. 그것 자체로는 그리 이상한 일이 아니었다. 한번 씩 이모 집에서 잤으니까. 하지만 엄마는 자신을 다시 집으로 데려가지 않았다. 자신을 꼭 안아주던, 곱게 화장한 엄마의 얼굴에 타고 흐르던 검은 눈물 자국을 기억한다. 엄마의 두 팔이 앙상했던 것도 머릿속에 또렷하다.

주말이 일주일이 되었고 한 달, 1년이 되었다.

특이한 물건들을 모아둔 장식장에는 엄마가 어린 시절 수집한 도자기 장식품들이 놓여 있었다. 하트, 별, 동물 모양이었다. 그중 몇 개에는 엄마 이름 **다프네 앤 캐스모어**가 새겨져 있었다. 이모는 한번씩 장식품들을 가져가고 싶은지 물었고, 매번 그는 괜찮다고 답했다. 약물을 끊지 못해 엄마 역할을 해주지 못한 사람의 오래된 잡동사니를 뭐 하러 갖고 싶겠는가?

캐머런은 자신의 형편없는 유전자가 누구에게서 왔는지는 알고 있었다.

진 이모가 법원에 단독 친권을 신청했고, 경쟁자 하나 없이 친권을 인정받았다. 사회복지사가 '보호제도에 맡겨지는 것'보다 가족과 함께하는 것이 캐머런에게 잘된 일이라고 낮은 목소리로 말했던 것을 기억한다.

엄마보다 열 살 많은 진 이모는 결혼을 한 적도, 아이를 낳은 적도 없다. 항상 캐머런을 두고 상상조차 해본 적 없는 축복이라고 했다.

진 이모와 함께한 어린 시절은 좋았다. 이모는 친구 엄마들과는 완전히 달랐다. 초등학교 때 이모가 직접 만든 코스튬으로 자신은 '바트 심슨', 이모는 '마지 심슨'으로 분장한 채 퍼레이드를 했던 핼러윈을 어떻게 잊을 수 있을까? 반응도 뜨거웠다.

캐머런은 그런대로 잘 지냈다. 학교에서 엘리자베스를 만났고 이후 브래드와 친구가 되었다. 그런 환경의 아이치고는 잘 적응해나간다는 사람들의 말을 들었다.

아버지는 어떤 사람일까? 캐머런이 아버지를 닮아 똑똑한 것일 수도 있다.

아버지에 대해서는 어떤 상상도 가능했다. 진 이모도 캐머런의 아버지에 대해 전혀 아는 바가 없었다. 정자가 있어야 아기가 생긴다는 것도 몰랐던 어린 시절에 캐머런은, 자신을 그냥 아빠 없는 사람이라고 생각했다.

"네 엄마와 함께 도망쳤던 남자들을 생각해보면, 네 아빠도 없는 편이 나은 작자일 거야."

진 이모는 아버지 이야기가 나올 때마다 말했다. 하지만 캐머런은 그 말을 믿지 않았다. 자신이 태어났을 때 엄마가 마약을 하지 않은 것은 확실했다. 공원에서 아기그네에 타고 있는 자신을 밀어주는 사진 속 엄마는 연한 갈색 곱슬머리였다. 약물 문제는 전부 이후에 벌어진 일이라고 캐머런은 확신했다.

자신 때문에 그렇게 된 것이라고.

진 이모가 몸을 일으키며 말했다.

"커피 더 줄까?"

"앉아 있어요. 내가 가져올게."

캐머런은 두통을 떨치려 고개를 젓고는, 잡동사니를 피해 주방으로 향했다.

신선한 커피 두 잔을 따르는데, 소파에 있는 이모가 물었다.

"엘리자베스 버넷은 어떻게 지내니? 예정일이 여름 막바지였던 것 같은데, 맞지? 며칠 전 주유소에서 걔 엄마를 마주쳤는데 대화를 나눌 여유는 없었어."

"네, 배가 엄청 커졌어요. 그래도 브래드랑 둘 다 잘 지내요."

커피에 크림을 넣자 하얀 선이 소용돌이쳤다.

"언제나 참 착한 아이였어. 왜 네가 아니라 브래드를 택한 건지 이해는 안 되지만."

"이모!"

캐머런이 낮게 탄식했다. 엘리자베스와 그런 사이가 아니라고 100만 번쯤 말했었다.

"그냥, 말이 그렇다고."

캐머런과 브래드, 엘리자베스는 어린 시절부터 가장 친한 친구였다. 삼총사. 어쩌다 보니 두 사람이 결혼을 해 곧 아기가 태어날 예정이었다. 이제 자신이 했던 방해꾼 역할을 태어날 아기가 하게 될 것임을 캐머런은 잘 알고 있었다.

"그러고 보니 저 얼른 가봐야 돼요. 브래드가 점심때까지는 트럭 반납하라고 했거든요."

"맞다! 가기 전에 하나만 더."

이모는 지팡이를 짚고 소파에서 몸을 일으키려고 애를 썼다. 캐머런이 도와주려고 했지만, 손을 내저었다.

이모는 다른 방에서 잡동사니를 헤치고 있었는데, 마치 10년은 그러고 있는 것 같았다. 그동안 캐머런은 테이블에 쌓인 종이 뭉치를 들춰보지 않을 수가 없었다. 오래된 전기요금 고지서(다행히 납부된 것이었다), 『TV 가이드』에서 찢어낸 페이지(아직도 이게 나오나?), 시내 약국 안에 있는 소형 진료소의 진료 확인서 뭉치와 스테이플러로 고정된 처방전. 아, 너무 사적인 물건이었다. 서류를 다시 제자리에 두기 전 무언가를 알아본 캐머런의 얼굴이 새빨갛게 달아올랐다. 말이 안 되었다.

진 이모가? 클라미디아에 감염되었다고?

거실 쪽으로 다가오는 지팡이 소리가 들렸다. 캐머런은 진단서를 급히 제자리에 두려다 당황한 나머지 쌓여 있던 종이 뭉치를 넘어뜨렸다. 그는 진단서를 손가락 끝으로 잡고 있었다. 병이 옮을까 봐. 문구류가 전염병을 옮기기도 하니까.

"아, 그거."

이모는 태연하게 어깨를 으쓱해 보였다.

"요즘 이 동네에 돌고 있어."

속이 울렁거리는 것 같았지만, 캐머런은 마음을 진정시키고 말했다.

"이거 진짠가 보네요, 이모. 치료받아서 다행이에요."

"당연히 치료받았지."

"그런데 앞으로는 콘돔을 쓰면 어때요?"

이런 이야기까지 할 줄이야.

"나야 콘돔을 선호하는 쪽인데 윌리 퍼킨스는 그걸……."

"그만요. 제가 괜한 말을 꺼냈네요."

이모가 웃었다.

"함부로 뒤졌으면 들을 각오는 했어야지."

"알았다고요."

"어쨌거나, 이거 받으렴."

발치에 있는 줄도 몰랐던 상자를 이모가 슬리퍼 신은 발로 툭
쳤다.

"네 엄마 거야. 네가 갖고 싶어 할 것 같아서."

캐머런은 꿈쩍도 하지 않았다.

"됐어요."

상자를 두 번 보지도 않고 말했다.

현재 몸무게는 27.2킬로그램이다. 나는 빅 보이다.

늘 그렇듯, 검사는 양동이로 시작되었다. 닥터 산티아고가 수조 뚜껑을 들어내고 노란색 커다란 양동이를 수조 높이까지 들어 올렸다. 양동이 안에는 가리비 일곱 개가 들어 있었다. 닥터 산티아고가 수조 끝에서 뜰채로 내 외투막을 쿡 찔렀지만 사실 불필요한 짓이다. 신선한 가리비라면 내가 자진해서 양동이에 들어갈 테니까.

마취약이 피부로 달콤하게 퍼져나갔다. 팔다리의 움직임이 잦아들었다. 두 눈이 감겼다.

처음 양동이를 대면한 것은 오래전, 감금 33일째였다. 그때만 해도 몸에 전해지는 느낌이 불편했다. 하지만 이제는 양동이를 즐기게 되었다. 양동이와 함께 찾아오는 완벽한 무(無)의 감각은 모든 것을 감각하는 것보다 여러모로 즐겁다.

팔들을 콘크리트 바닥에 축 늘어뜨린 채 닥터 산티아고의 손에 이끌려 진료대로 향했다. 닥터 산티아고는 플라스틱 저울 위에 내 몸을 착착 접어 포개놓았다. 그녀가 헉 하며 숨을 들이마셨다.

"와, 빅 보이네요!"

"얼마나 나갑니까?"

항상 고등어 냄새가 나는 테리의 커다란 갈색 손이 나를 쿡 찔렀다.

"지난달보다 1.3킬로그램 늘었어요. 식단이 바뀌었나요?"

닥터 산티아고가 물었다.

"아닌 걸로 아는데요. 다시 한번 확인해보겠습니다."

"그러셔야 해요. 이 정도 체중 증가는 비정상이라고 봐야 할 것 같거든요."

달리 무슨 말을 할 수 있을까? 내가 특별한 문어라는 것밖에.

우울한 6월

⋱

오늘 밤 숍웨이에서는 낯선 청년이 물건을 담아주고 있었다.

장바구니에 딸기잼과 마멀레이드를 나란히 넣는 모습을 보며 토바의 입술에 힘이 들어갔다. 커피 원두, 청포도, 냉동 콩, 곰 모양 병에 담긴 꿀, 화장지 한 갑을 거칠게 밀어 넣는 손길에 잼 병 두 개가 기분 나쁘게 쨍그랑거렸다. 화장지는 로션 성분이 함유되어 부드러운, 비싼 거였다. 윌이 입원했을 당시 사포같이 거친 병원 화장지가 불편해서 쓰기 시작했다. 이제는 너무 익숙해져 저렴한 브랜드로 바꿀 수가 없다.

"앞으로는 굳이 보여줄 필요 없습니다, 토바."

회원 카드를 내미는 토바를 향해 이선 맥이 말했다. 심한 스코틀랜드 억양에 수다스러운 이 계산대 직원은 매장 소유주이기도 하다. 그는 굳은살 박인 손가락 마디로 주름진 관자놀이를 톡 치며 씩 웃었다.

"머릿속에 다 저장되어 있거든요. 들어오시는 거 보고 곧장 회원 번호를 눌러놨죠."

"고마워요, 이선."

"별말씀을."

그는 영수증을 건네며 한쪽 입꼬리만 올린, 그래도 친절해 보이는 미소를 지었다.

토바는 잼 두 개에 행사가가 적용됐는지 영수증을 살폈다. 하나를 사면 다른 하나는 반값인 행사로, 할인된 가격이 제대로 찍혀 있었다. 사실 의심할 필요가 없었다. 이선은 매장을 꼼꼼하게 운영하는 사람이니까. 몇 년 전 이선이 이 동네로 와서 숍웨이 주인이 된 후로 매장이 많이 달라졌다. 조만간 신입 직원에게 물건을 제대로 담는 기술도 가르칠 것이다. 토바는 영수증을 핸드백에 넣었다.

"참 대단한 6월이네요, 안 그런가요?"

이선이 몸을 뒤로 기대며 배 위로 팔짱을 꼈다. 저녁 10시가 넘은 시간이었다. 계산대 줄은 텅 비었고, 새로 온 청년은 델리 코너(조리된 육류나 치즈류가 있는 매대—옮긴이) 진열장 옆 벤치로 피신해 있었다.

"내내 안개비가 내렸죠."

토바가 동의했다.

"제 말이 바로 그겁니다. 저는 큰 오리랑 비슷하죠. 비를 맞아도 타격이 없는. 그래도 해가 어떻게 생겼는지 까먹을 정도입니다."

"네, 그러니까요."

영수증 뭉치를 착착 각 맞춰 쌓는 이선의 시선은 토바 팔목의 동그란 자국을 향해 있었다. 문어 일이 있고 며칠이 지났지만 희미해지기는커녕 보라색 멍이 생겼다. 이선이 목을 가다듬었다.

"토바, 오빠 돌아가셨다는 소식, 유감입니다."

토바는 고개를 조금 숙일 뿐 아무 말도 하지 않았다.

이선이 말을 이었다.

"뭐든 필요하신 게 있으면 말씀만 하세요."

토바가 이선의 눈을 바라봤다. 알고 지낸 지 몇 년 된 이선은 이런저런 수다에 끼지 않으려고 노력하는 쪽은 아니었다. 토바는 예순이 넘은 남자가 이렇게 한담을 즐기는 경우를 본 적이 없었다. 그러니 오빠와 사이가 소원했다는 것 정도는 그도 충분히 알고 있을 터였다. 신중한 어조로 그녀는 말했다.

"라스와 저는 그리 가깝지 않았어요."

자신이 라스와 가까웠던 적이 있었나? 어렸을 때는 분명 그랬다. 젊었을 때도 대체로 그랬다. 토바와 윌의 결혼식 때 라스와 윌은 회색 슈트를 입고 나란히 서 있었다. 피로연 자리에서 라스는 멋진 축사로 모든 이의 눈가를 적셨다. 절제력이 대단한 아버지까지 눈시울을 붉혔다. 이후로 몇 년간 토바와 윌은 12월 31일이면 라스 집을 방문해 라이스 푸딩을 먹고, 자정이 되면 샴페인 잔을 맞부딪쳤다. 어린 에릭은 코바늘로 만든 담요를 덮고 소파에 누워 잠을 잤다.

하지만 에릭이 죽은 뒤부터 달라지기 시작했다. 한번씩 니트-위츠 친구들이 라스와 무슨 일이 있었냐고 물으면, 정말 별일 없었어라고 대답했다. 사실이었다. 관계는 서서히 변해갔다. 말싸움을 한 적도, 삿대질을 하거나 언성을 높인 적도 없었다. 언젠가 새해 전날, 라스가 토바에게 전화를 걸어 자신과 드니스에게 다른 일정이 있다고 알렸다. 드니스는 잠시나마 라스의 아내였던 사람이다. 토바가 라스 부부를 저녁 식사에 초대하는 날이면, 식사를 마친 뒤 팔꿈치까지 거품을 묻히고 설거지를 하는 토바 옆을 괜히 맴돌며 대화 상대가 필요할지 몰라 옆에 있는 거라고 말하던 여자였다. 토바가 드니스에 대해 짜증스러운 기색을 내비치자 라스는 말했었다. 서로 가깝지 않은 사이라도 널 생각해서 그러는 건데 뭐가 잘못인지 모르겠네.

그렇게 어영부영 새해를 같이 못 보낸 후 부활절 점심도 건너뛰었고, 생일 파티도 취소됐으며, 크리스마스 무렵에는 다 같이 보내야지라는 말만 오가고 결국 얼굴을 보지 못했다. 몇 년이 몇 십 년이 되었고, 남매는 남이 되었다.

이선이 금전등록기에 꽂혀 있는 작은 은색 열쇠를 만지작거리며 말했다.

"그래도 가족은 가족이죠."

이선의 목소리는 부드러웠다. 그는 어정쩡한 자세로 금전등록기 옆 회전의자에 앉으며 얼굴을 찡그렸다. 어쩌다 보니 토바는 이선의 허리 통증에 그 의자가 큰 도움이 된다는 걸 알게 되었다. 물론 그녀가 그런 가십거리를 찾아다니는 사람은 아니지만, 들리는 이야기를 막을 도리는 없었다. 니트-위츠는 이런 이야기로 수

다떠는 것을 좋아했다.

토바가 한숨을 내쉬었다. 가족은 가족이죠. 이선이 나쁜 의미로 한 말이 아니란 것은 알지만 어이가 없었다. 당연히 가족이 가족이지, 그럼 뭐겠는가? 라스는 살아 있는 유일한 혈육이었다. 연락 안 하고 산 지 오래지만 그래도 가족이었다.

"이제 가봐야겠어요."

토바가 마침내 입을 뗐다.

"일을 하고 났더니 발이 좀 아파서요."

"그렇죠, 참! 아쿠아리움 일이요."

다른 주제가 나와 다행이라는 목소리였다.

"가리비들에게 인사 좀 전해주세요."

"안부 전하죠."

토바가 근엄하게 고개를 끄덕였다.

"친척들에 비하면 아주 호화롭게 살고 있는 거라는 것도 알려주시고요. 저기 해산물 코너에 있는 친척들이요."

이선은 매장 뒤쪽 신선 해산물 코너를 향해 고갯짓을 했는데, 현지에서 공급되는 몇몇 외에는 거의 다 냉동이었다. 그는 문득 당황스러운 눈빛을 하며 몸을 계산대 쪽으로 기울였다.

그제야 자신이 농담을 알아듣지 못했음을 깨달은 토바는 얼굴을 붉혔다. 해산물 코너 진열장에는 반투명한 흰색의 동그란 가리비들이 놓여 있었다. 문어를 파는 마트가 생기기에는 너무 작은 지역이었다. 토바는 장바구니를 들어 올렸다. 예상대로 물건들이 한쪽으로 기울어지며 잼 병 두 개가 다시 맞부딪히는 소리가 났다.

올바르게 하는 방법이 딱 정해져 있는 일도 있다.

토바는 델리 코너 벤치에 구부정하게 앉아 핸드폰을 만지고 있는 새 직원을 향해 마뜩찮은 시선을 보낸 후 장바구니를 내려놓고 마멀레이드 병을 포도 옆으로 옮겼다. 처음부터 이렇게 담았어야 했다.

이선은 토바의 시선이 향한 곳을 보더니 허리를 펴고 서서 크게 소리쳤다.

"태너! 유제품 코너에서 물건 채운다고 하지 않았어?"

청년은 주머니에 핸드폰을 찔러 넣고는 매장 뒤편으로 성큼성큼 걸어갔다.

스스로 뿌듯한 표정을 감추지 못하는 이선을 보며 토바는 웃음을 참았다. 그런 토바의 모습에 이선은 뻣뻣한 턱수염을 쓸어내렸다. 요즘 들어 턱수염이 하얗게 새고 있지만 불그스름한 색도 여전히 남아 있었다. 연말 시즌을 기다리며 수염을 기르는 듯 보였다. 이선 맥은 스코틀랜드 출신의 산타클로스 역할을 아주 그럴듯하게 해냈다. 12월이 되면 토요일마다 폴리에스테르 의상을 입고 주민 센터에 마련된 의자에 앉아 아이들, 때로는 작은 개 한두 마리와 사진을 찍을 것이다. 재니스는 매년 롤로를 데리고 산타를 만나러 갔다.

"애들은 가끔씩 알려줘야 해요. 뭐 사실, 애들만이 아니라 다 그렇죠."

이선이 말했다.

"그런 것 같아요."

토바는 다시 장바구니를 챙겨 들고 문으로 향했다.

"뭐든 필요하신 게 있으면……."

"고마워요, 이선. 정말요."

"운전 조심하시고요."

문이 열리면 울리는 벨 소리에 맞춰 그가 외쳤다.

집에 온 토바는 스니커즈를 벗고 텔레비전을 켜 채널4를 틀었
다. 그나마 볼만한 것이 채널4의 11시 뉴스뿐이었다. 크레이그
모레노와 칼라 케이첨, 기상학자 조안 제니슨이 나오는 뉴스였
다. 온갖 말도 안 되는 가십거리를 떠드는 채널7과 잘난 척하는
포스터 월리스가 떠드는 채널13을 참고 보는 사람이 있을까? 채
널4만이 정상적인 선택이었다.

광고 음악이 주방까지 들렸다. 토바는 사 온 물건들을 장바구
니에서 꺼냈다. 그리 많이 사지는 않았다. 냉장고에는 라스의 죽
음으로 힘들어할 토바를 위로하고자 니트-위츠 친구들과 따뜻한
이웃들이 현관 앞에 놓고 간 캐서롤(서양식 찜냄비—옮긴이)들이
그득했다.

"아, 어쩌나."

토바는 허리를 굽혀 빼곡한 냉장고 안을 들여다봤다. 포도를
둘 공간을 만들려고, 어제 메리 앤이 두고 간 햄과 치즈가 든 그
라탱이 담긴 커다란 팬을 요리조리 움직였다.

그때 뭔가 날카로운 소리가 들렸고, 토바는 화들짝 놀라 몸을

일으켜 세웠다.

현관에서 나는 소리였다. 누가 또 캐서롤을 두고 갔나? 이 시간에? 생명보험 광고가 요란하게 흘러나오는 텔레비전을 지나쳐 현관으로 향했다. 장바구니를 들고 들어오느라 현관문을 잠그지 못했었다. 도어 매트 위에 음식이 놓여 있을 거라 생각하며 방충문 사이를 내다봤지만 아무것도 없었다. 진입로에도 다른 사람의 차는 보이지 않았다.

문을 열자 끼익하는 소리가 울렸다.

"누구 있어요?"

또다시 긁는 소리가 났다. 라쿤인가? 아니면 고양이?

"저기요?"

노란색 눈 두 개가 보였다. 원망을 담은 야옹 소리가 이어졌다.

토바는 자신도 모르는 새 참고 있던 숨을 내쉬었다. 동네를 어슬렁거리는 떠돌이 고양이들을 알고 있었지만, 왕좌에 오른 왕처럼 현관 계단에 앉아 있는 이 회색 고양이는 못 보던 녀석이었다. 고양이는 눈을 깜빡이고는 토바를 쏘아봤다.

"왜?"

토바가 미간을 찌푸리며 박수를 한 번 쳤다.

"훠이!"

고양이가 고개를 갸웃했다.

"훠이! 저리 가라고."

고양이가 하품을 했다.

토바가 양손을 허리춤에 올리자 고양이가 느릿느릿 다가와 가느다란 몸통으로 토바의 다리 사이를 오갔다. 발목에서 고양이의 갈비뼈가 낱낱이 느껴졌다.

토바가 혀를 찼다.

"흠, 햄 그라탱이 있긴 한데. 괜찮을까?"

가르릉거리는 소리가 날카롭게 울렸다. 배가 많이 고픈 모양이었다.

"알겠어. 하지만 내 꽃밭을 화장실로 썼다간 말이지……."

토바가 집 안으로 들어가자 캣이 방충문 안을 살폈다(토바는 이 녀석을 '캣'이라고 부르기로 했다).

그라탱을 한가득 담은 접시를 들고 나와 현관 벤치용 그네에 앉은 토바는 캣이 식은 햄과 치즈와 감자를 정신없이 먹는 모습을 지켜봤다. 나중에 메리 앤에게 접시를 돌려줄 때 누가 먹었는지 굳이 알리지는 않을 것이다.

"버리면 아까운데, 잘됐구나."

캣에게 속내를 털어놨다. 진심이었다. 친구들은 토바가 대식가라도 된다고 생각하는 걸까? 토바는 캣에게 준 그릇을 내일 아침 잊지 말고 수거해야 한다고 속으로 되뇌고는 현관문을 닫았다.

중간 광고가 끝나고 다시 시작된 뉴스 소리가 거실에 울려 퍼졌다.

"칼라, 전 이제 시애틀 여름 날씨 소식을 들을 준비가 되었는데요."

크레이그 모레노가 웃었다.

"저도 준비됐어요."

칼라 케이첨이 어색하게 따라 웃었다. 그녀는 팔을 데스크에 올려놓고 카메라를 보며 미소를 짓다가 공동 앵커를 바라볼 것이다. 파란색을 입을 때 가장 돋보인다고 생각하는 게 분명한 그녀는 오늘도 파란색을 입고 있을 것이다. 오늘 비가 온 터라 단정한 보브 스타일이 아니라 구불구불한 헤어스타일일 것도 뻔했다. 주방에서는 텔레비전이 보이지 않지만 토바는 이 모두를 알고 있었다.

"조안이 어떤 소식을 전해줄지 들어보겠습니다. 광고 후에요!"

이제 카메라는 다시 크레이그 모레노를 잡고 조안의 이름을 부르는 그의 목소리가 조금 높아질 것이다. 몇 주 전부터 그랬다. 짐작건대, 둘이 사귀기 시작한 것 같다.

토바는 일기예보를 볼 생각이 없었다. 볼 필요도 없다. 흐리고 비 오는 날씨가 계속될 테니. 우울한 6월이 지속될 것이다.

여자 뒤를 쫓다

.
..
•

　요즘에는 해가 좀 그립긴 하지만 이선 맥은 안개 긴 밤도 개의치 않는 사람이었다. 가로등 불빛이 번지는 밤, 안개 속 어딘가에서 페리 고동이 울렸다. 숍웨이 매장 앞 벤치에 앉아 파이프를 빠는 그의 목 주변으로 쌀쌀한 밤기운이 스며들었다.

　엄밀히 따지면 이런 행동은 금지였다. 지침서에 따르면 숍웨이 직원은 근무를 마친 후 흡연이 가능하다. 물론 이선 본인이 그 지침서를 작성했지만 그렇다고 자신은 예외라고 생각하진 않는다. 하지만 지금은 그와 태너만 있는 시간이며 그 신입은 매장 뒤편에 있다.

　토바가 늦은 밤에 운전하는 걸 볼 때마다 신경이 쓰였다. 그가 가진 무전기로 엿들은 경찰들의 대화에 따르면, 밤에는 항상 도로에 정신병자들이 출몰한다. 토바는 왜 늘 이렇게 늦은 시간에 마트에 오는 걸까?

토바가 밤늦게 마트에 오기 시작한 지 2년이 다 되어간다. 이선이 근무 전 플란넬 셔츠 깃을 다리기 시작한 것도 그즈음이다. 좀 더 깔끔해 보이고 싶어서. 좀 더 멀끔하게 보이려고.

파이프의 뜨끈한 연기를 들이마셨다 내뱉었다. 연기가 안개 속으로 자취를 감췄다.

안개를 보면 이선은 고향이 떠올랐다. 스코틀랜드 서쪽 쥐라 해협에 위치한 킬베리. 미국에서 산 지 40년이 되었지만 여전히 그의 집은 그곳이었다. 케나크레이그의 부두 노동자 일을 그만두고 더플백에 짐을 챙겨 떠난 지 40년. 한 여자를 따라 떠난 것이 40년 전 일인 것이다.

신디와는 흐지부지 끝나버렸다. 휴가를 온 미국 여자와 같이 살겠다고 모아둔 돈을 털어 히드로에서 JFK 공항으로 가는 비행기 티켓을 사버리다니, 애초에 쓰레기 같은 계획이었다. 기내 타원형 창문으로 점점 작아져가는 섬들을 내려다보던 것이 아직도 또렷하다.

태너가 문 사이로 얼간이 같은 머리를 쭉 빼고 서 있었다. 이선이 규칙을 위반한 것을 알아챘는지 어쨌는지 티는 내지 않았다. 그리 똑똑한 청년은 아니었다.

"냉장 진열장 다 채워요?"

"당연하지. 내가 너한테 월급을 왜 주겠나?"

태너는 매장 안으로 들어가며 투덜거렸다. 이선은 고개를 저었다. 요즘 애들이란.

1970년대 뉴욕은 엉망 그 자체였고, 오래잖아 이선과 신디는 야심 찬 계획을 세웠다. 신디는 브루클린의 아파트를 처분해 낡은 폭스바겐 밴을 구매했고, 두 사람은 그 차를 타고 미국 전역을 누볐다. 광활한 땅덩어리에 이선은 마음을 빼앗겼다. 펜실베이니아, 인디애나, 네브래스카, 네바다. 어느 주든 스코틀랜드를 품을 만큼 컸다.

바다를 발견했을 때 이선은 마음이 편안해졌다. 두 사람은 거대한 삼나무 아래 그늘에서 사랑을 나누며 캘리포니아 북부에 몇 주나 머물다, 태평양 연안 고속도로를 따라 북으로 이동했다. 오리건주 경계 근처에 자리한 무너져가는 예배당에서 부부의 연을 맺었다.

몇 주 후, 워싱턴주 애버딘에서 밴 변속기가 결국 고장이 나버렸다. 이선이 어떻게 해보려 했지만 가망이 없었다. 그리고 다음 날 아침, 신디가 떠났다.

그렇게 끝이 났다.

이선에게 애버딘은 잘 맞았다. 스코틀랜드 북부 해안에 있는 같은 이름의 동네에 가본 적도 없지만 왠지 모르게 친숙했다. 낮고 음울한 하늘. 거칠고도 부지런한 사람들. 그곳에서 항만 노동자로 일했다. 하숙집도 얻었다. 이른 아침이면 차를 마시며 돛대들 사이로 유유히 퍼져나가는 안개를 지켜봤다.

조합 덕분에 꽤 괜찮은 연금을 약속받고 55세의 나이로 은퇴했다. 수년간 통나무를 배에 싣느라 망가진 허리 때문에 그는 마지못해 물리치료사들이 있는 도시 가까이로 거처를 옮겼다. 하지만 아무 일도 안 하자니 좀이 쑤셨다. 숍웨이에 오후부터 자정까지 근무하는 자리가 있었고, 이선의 계산대 자리에 인체공학 의자도 제공해주었다. 누구보다 일을 잘했던 이선은 돈을 모아 매장을 매입했다.

10년이 지난 지금도 딱히 돈이 필요한 것은 아니다. 조합 연금으로 집세와 식비, 트럭 유류비가 충당되었다. 하지만 매장을 운영하며 조금이나마 발생하는 수입으로 새 레코드를 사서 모으고, 한번씩 좋은 스카치위스키도 사서 마실 수 있었다. 하일랜드 쓰레기가 아니라 제대로 된 아일랜드 위스키로 말이다.

물기 어린 노면에 헤드라이트가 번쩍이더니 차 한 대가 방향을 틀어 주차장으로 들어왔다. 이선은 담뱃불을 끄고 매장 입구로 급히 움직였다.

그가 계산대에 자리를 잡고 서자 젊은 남녀가 비틀거리며 매장으로 들어왔다. 서로 팔을 둘러 어찌나 바짝 끌어안고 있는지 마치 한 사람이 움직이는 것 같았다. 매장 이곳저곳을 누비던 두 사람은 과자·음료 코너를 돌고 나오며 낄낄 웃음을 터뜨렸다. 그들은 계산대에서 직불카드를 만지작거렸다. 차를 몰고 도로로 나가면서는 매장 앞 유리에 새하얀 빛을 쏘았다.

한심한 인간들. 저러다 누구 한 명 죽이고 말지. 이선의 동생 마리아 같은 희생자 말이다. 마리아는 채 열 살이 되기 전, 술집으로 가는 어부들이 탄 트럭에 치였다. 세상에는 한심한 인간이 너무 많다.

저 도로에 토바의 해치백이 있을지 모른다는 생각에 이선은 불안해졌다. 그녀의 집 근처를 운전해 지나가며 해치백이 주차되어 있는지 확인하고 싶었다. 어쩌면 불이 켜진 집을 볼 수 있을지도 모른다.

하지만 안 된다. 여자 뒤를 쫓다가 한번 망가져본 적이 있으
니까.

감금 1,306일째

나는 비밀을 아주 잘 지킨다. 다른 도리가 없다고 말할 수도 있다. 내가 누구에게 털어놓겠는가? 달리 선택권이 없다. 다른 포로들과 의사소통할 수 있다 해도 그럴 만한 가치가 없는 대화뿐일 것이다. 무딘 의식, 원초적인 신경 체계. 그들은 생존을 위해 설계되었고, 아마도 그 기능에는 전문가일 것이다. 그러나 여기 있는 그 어떤 생명체도 나와 같은 지능은 지니지 않았다. 외롭다. 내 비밀을 나눌 누군가가 있다면 외로움이 덜해질지도 모른다.

비밀은 어디에나 있다. 어떤 인간들은 비밀로 가득 차 있다. 그런데도 어떻게 폭발하지 않을 수 있을까? 최악의 의사소통 능력, 그것이 인간이란 종의 특징인 듯하다. 다른 종이라고 훨씬 나은 건 아니지만, 청어조차 자신이 속한 무리가 어느 방향으로 가는지 알며 그에 따라 헤엄쳐 나간다. 그런데 왜 인간은 무엇을 원하는지 서로에게 속 시원히 말하기 위해 자신들이 가진 수백만 개의 단어를 사용할 수 없는 걸까?

바다 또한 비밀을 아주 잘 지킨다. 특히나 바다 깊숙한 곳에 잠긴 그 비밀은 내가 아직도 굳게 지키고 있다.

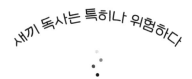

새끼 독사는 특히나 위험하다

상자는 캐머런네 식탁 위에 사흘째 그대로 놓여 있다.

진 이모가 트레일러 밖까지 직접 들고 나와 말했다. 싫으면 버려도 돼. 하지만 일단 보기라도 해. 가족은 소중한 거야.

캐머런은 눈을 굴리며 대꾸했다. 가족이라니. 하지만 이모가 마음먹으면 어떤 말도 소용없었다. 상자를 갖고 올 수밖에. 소파에 앉은 캐머런은 텔레비전을 끄고 상자 안을 살펴볼까 고민했다. 전당포에 맡길 만한 뭔가 있을지도 모른다. 곧 케이티가 7월달 월세 반을 달라고 할 테고.

일단 점심부터 먹기로 했다.

전자레인지 안에서 웅웅거리며 돌아가는 컵라면을 기다렸다. 전자기 복사로 식품 내 분자들을 충돌시켜 요리가 완성된다. 도대체 누가 이런 걸 개발하고 판매까지 시킨 걸까? 누군지는 몰라도 슈퍼모델과 현찰 더미에 둘러싸여 발가벗고 수영을 하고 있겠지. 삶은 정말 불공평하다.

딩.

캐머런은 김이 나는 컵라면을 꺼냈다. 흘리지 않게 조심하며 소파로 돌아가다 아파트 현관문이 열리는 소리에 깜짝 놀라고 말았다.

"젠장!"

펄펄 끓는 국물이 넘쳐 손을 적셨다.

"캠! 괜찮아?"

케이티가 가방을 놓고 달려왔다.

"괜찮아."

그가 중얼거렸다. 화요일 오후에 왜 집에 온 거지? 그녀도 같은 생각을 할 터였다. 캐머런의 머릿속이 바빠졌다. 오늘 케이티에게 출근한다고 말했었나? 케이티가 물어봤던가?

"잠깐만."

케이티는 회색 스커트에 덮인 작고 완벽한 엉덩이를 씰룩이며 급히 주방으로 향했다. 그녀는 고속도로 옆에 자리한 홀리데이인 호텔 프런트에서 일한다. 최근에는 주간 근무를 해서 다행이었다. 계속 야간 근무를 했다면 캐머런이 일을 나가지 않는다는 걸 지금쯤은 알아챘을 것이다.

케이티가 젖은 수건 두 개를 들고 급히 다가왔다.

"고마워."

캐머런은 수건을 내미는 케이티를 향해 말했다. 시원한 수건이 손에 닿자 한결 나았다. 그녀는 주저앉아 또 다른 수건으로 쏟아진 국물을 닦아냈다.

"일찍 퇴근했네."

손을 보태려 몸을 숙인 그는 평소처럼 말하려고 애썼다.

"오후에 치과 예약이 있어서. 기억 안 나? 지난주에 말했었는데."

"아, 그래. 맞다."

캐머런은 어렴풋이 기억이 떠올라 고개를 끄덕였다.

그녀는 카펫에 떨어진 면 하나를 집어 수건 위에 올리고는 가늘게 뜬 눈으로 그를 올려다보며 말했다.

"오늘 쉰다고 했던가? 기억이 안 나네."

"어, 맞아. 오늘 쉬는 날이야."

굳이 뒷말은 덧붙이지 않았다. 내일도, 모레도, 그다음 날도 쉴 거야.

"벌써 쉬는 날도 주고 이상하네. 3주밖에 안 됐잖아."

"공휴일이야, 사실."

젠장, 왜 이런 소리를 한 걸까?

케이티가 몸을 일으켰다.

"공휴일?"

"응."

거짓말을 시작하니 계속할 수밖에 없었다.

"세계 건설자들의 날. 다들 쉬어."

그녀에게 무슨 말을 하겠는가? 사실대로 말하겠는가? 캐머런은 시간이 좀 필요할 뿐이었다. 새 일자리를 찾기까지 며칠만. 새

일을 찾으면 다 괜찮아질 터였다.

"세계 건설자들의 날이라고."

"응."

"다들 쉰다고?"

"전부 다."

"옆집 지붕 공사는 계속하던데 이상하네, 안 그래?"

캐머런이 입을 뗐지만, 옆 건물 옥상에서 찰칵찰칵 하는 네일 건 소리가 들리자 말문이 막혔다.

케이티의 표정이 차갑게 식었다.

"또 잘린 거구나."

"엄밀히 말하면……."

"무슨 일이야?"

"그러니까 내가……."

그녀가 그의 말을 잘랐다.

"언제 말할 생각이었어?"

"지금 얘기하고 하잖아. 말할 기회를 줘."

"근데 말이야…… 됐다."

그녀는 가방을 들고 문을 향해 신경질적으로 걸어갔다.

"이럴 시간 없어. 치과 예약 때문에. 그리고 너한테 기회 주는 거 이제 그만할래."

기회들. 지금껏 기회를 몇 번이나 제공했는지 삶이 기록하고 있다면 캐머런이 받아야 할 밀린 기회들이 아주 많이 쌓여 있을 것이다. 중독자 부모를 둔다는 게 어떤 것인지 케이티가 알까? 그의 안에서 결코 사라지지 않는 끈질긴 증오에 대해 케이티가 어떻게 알까?

고등학교 졸업 선물로 차를 사주는 부모님을 둔 케이티. 딱 붙는 회색 스커트를 입고 나간 그녀는 지금쯤 하얗고 고른 치아를 웬 머저리 같은 치과의사 손에 맡기고 있을 것이다. 치료를 마치면 아마도 치과에서 공짜 칫솔을 줄 테고, 그녀는 포장도 뜯지 않은 그 칫솔을 욕실 서랍장에 던져버릴 것이다. 값비싼 전동 칫솔을 쓰니까.

그녀가 마침내 돌아왔을 때, 캐머런은 소파에 뻗은 채로 저예산 액션 영화를 보고 있었다. 그는 그제야 시간이 꽤 지났음을 깨달았다. 몇 시간이나 흐른 후였다. 밖이 거의 깜깜해져 있었다. 치과에 다녀오는 데 걸리는 시간보다 훨씬 오래 걸렸다. 그렇다고 그가 치과에서 진료를 받는 데 얼마나 걸리는지 제대로 아는 것은 아니다. 치과에 가지 않은 지 몇 년이나 되었으니까. 케이티에게 충치가 많은 걸까. 신경 치료를 받았을 수도 있다. 작년에 신경 치료를 받은 진 이모는 일주일 내내 통증을 호소했었다. 뾰족한 드릴이 완벽한 케이티의 입속을 헤집었을 생각을 하니 묘하게 만족스러운 동시에 한편으로는 그런 기분을 느끼는 자신이 한심했다.

"저기."

그는 잠시 케이티의 안타까운 한숨 소리가 들리길 기다렸다. 여전히 화는 나 있지만 조금 마음이 풀렸을 때 쉬는 한숨. 그가 사과하면 그녀는 얼굴을 찌푸리겠지만 진심은 아닐 것이고, 그가 손을 그녀의 다리에 올리면 그녀는 그에게 기댈 것이다. 그럼 두 사람은 소파에 누워 서로 끌어안고 한심한 영화를 마저 본 뒤, 침대로 옮겨 관계 회복 섹스를 나눌 것이다.

하지만 그녀는 아무런 대꾸도 하지 않았다. 곧장 침실로 향했다. 그는 한쪽 입꼬리를 들어 올리며 웃었다. 바로 하자고?

그 순간 툭 하는 소리가 들렸다. 뭐지? 확인해야 했다.

방에 들어간 캐머런은 작업용 부츠 한 짝이 달빛이 내리는 발코니 너머로 날아가 작은 정사각형의 마른 잔디밭에 떨어진 것을 목격했다.

툭.

나머지 한 짝은 떨어지자마자 튕겨 나가 잡초가 무성한 땅바닥을 몇 바퀴 굴렀다. 부츠 끈이 땅에 끌리는 소리를 내며.

"케이티! 대화로 풀면 안 돼?"

그녀는 대꾸하지 않았다.

"미안해. 미리 말했어야 하는데."

다시 한번 침묵이 이어졌다.

휘익.

야구 모자가 그의 귀를 스치고 날아갔다. 그가 가장 아끼는 나이너스 모자였다. 더는 참을 수 없었다. 물론 그가 잘렸다는 사실을 말했어야 옳았다. 그렇다 해도 그의 소지품을 죄다 던져버리기 전에 잠깐이라도 이야기를 할 수는 없는 걸까?

"케이티."

그가 나지막이 이름을 불렀다. 야생동물을 대하듯 조심스럽게 손을 뻗어 그녀의 어깨에 올렸다.

"건들지 마."

케이티가 몸을 비틀어 빼며 낮은 목소리로 말했다. 그녀는 서랍장에서 그의 속옷을 빼내더니 말아서 발코니 문을 향해 던졌다. 하지만 던지는 힘이 약했다. 속옷은 펼쳐진 채로 바닥에 떨어졌다.

그가 속옷을 주웠다.

"대화 좀 하자."

"난 더는 못 하겠어, 캠."

치과에 다녀온 후 처음으로 케이티가 그의 눈을 바라봤다. 그녀의 두 눈이 뜨겁게 타오르고 있었다. 고지대 사막으로 함께 캠핑을 갔을 때 자신의 지프 아래서 피웠던 모닥불이 떠올랐다. 하지만 그런 날들은 이미 오래전에 끝났다. 몇 달 전에는 지프를 압류당했다. 은행 측에 소위 말하는 지불 계획을 전달하겠다고 약속했는데도 두 번의 기회를 주지 않고 차를 끌고 가버렸다. 그로서는 받아야 할 기회가 또 한 번 늘어난 셈이랄까.

"정말 말하려고 했어. 그리고 내가 잘못해서 잘린 게 아니라고."

"그렇겠지. 네 잘못이 아니겠지. 지금껏 단 한 번도 네 잘못인 적은 없었잖아?"

"맞아!"

캐머런은 자신을 이해해주는 듯한 그녀 모습에 마음이 놓였으나 잠시 후 깨달았다. 케이티는 빈정거리고 있었다. 그의 얼굴이 뜨거워졌다.

"그러니까, 복잡한 사정이 있었다고."

케이티가 자신을 쫓아내는 것은 당연했다. 자신이라도 그럴 테니까.

케이티가 눈을 감았다.

"캐머런, 복잡한 사정은 없어. 네 어린애 같은 머리가 이해할 수 있도록 가능한 한 쉽게 말할게. 우린. 이제. 끝이야."

"하지만 월세도 잘 냈잖아."

캐머런은 진 이모가 준 상자를 떠올리며 말했다. 목소리에서 절박함이 묻어났다. 그는 손에 속옷을 든 채 침실을 나서는 케이티를 따라 주방으로 향했다.

"월세 문제가 아니라고! 정직한 인간이 못 되는 네 능력이 문제라니까."

그녀는 식탁 위에 놓인 미지의 상자를 챙겨 다시 침실로 향하더니, 발코니로 다가갔다. 놀랍게도 그의 속이 뒤틀리는 것 같았다.

"그건 내가 챙길게."

"그러든가. 알아서 챙겨 나가라고."

그녀가 손에서 상자를 놓자, 그것은 카펫 위로 쿵 소리를 내며 떨어졌다. 표정이 달라진 그녀 눈에 더 이상 불꽃같은 노여움은 보이지 않았다. 그저 피곤해 보였다.

"지금 나가라고?"

캐머런이 코웃음을 쳤다. 설마 그럴 리가.

"그럼 다음 주 토요일에 나가라는 거겠어? 나 지금 네 물건들 재미 삼아 던지는 거 아니야."

케이티는 눈을 굴리더니, 다시 말했다.

"지금 당장 나가."

"날더러 어디로 가라는 거야?"

"내가. 신경 쓸. 문제. 아니야."

그녀는 웃으며 덧붙였다.

"역시 내 알 바가 아니지만, 언젠가 너도 철이 들어야지. 안 그래?"

상자 위에 앉으니 꽤 편안했다. 어쨌거나 연석에 앉는 것보다 는 나았다. 캐머런은 잔뜩 쌓인 소지품 더미를 옆에 두고 어둠 속 에서 브래드를 기다렸다.

그렇게 기다림이 계속되었다. 한 시간쯤 흘렀을까.

하필 이럴 때 차가 없다니.

마침내 모퉁이를 돌아 다가오는 헤드라이트 불빛이 보였다.

"뭔 일이야?"

트럭에서 내린 브래드가 차 문을 쾅 닫았다.

"너야말로 뭔 일인데! 왜 이렇게 오래 걸렸어?"

"무슨 일이냐면, 잠이란 걸 자고 있었지. 화요일 밤 11시가 다 된 시간이잖아."

브래드가 캐머런의 짐을 짐칸으로 던졌다.

"내일 출근하는 사람도 있다고."

"그래, 너 잘났어."

브래드가 표정을 풀고 미소를 지었다.

"아직 장난칠 기분이 아니야? 미안하다."

"됐어. 일단 좀 갈까?"

캐머런은 옷가지가 든 쓰레기봉투를 들고 일어서며 발코니를 올려다봤다. 문이 열려 있고 침실 불도 켜져 있으니, 케이티는 지금 이 모습을 다 지켜본 게 분명했다. 그는 마지막으로 아파트를 한번 쳐다본 후 짐 위에 기타 케이스를 올리고는 짐칸 문을 위로 젖혔다. 문은 삐걱거리는 소리를 내다가 쾅 닫혔다.

"가자."

브래드가 조수석 쪽 문을 열었다.

"얼른 타."

"고마워."

조수석에 앉은 캐머런이 상자를 무릎에 올렸다.

브래드와 엘리자베스의 집은 마을 외곽에 자리하고 있다. 그 동네에 진입하면 하룻밤 새 올라온 끔찍한 발진처럼, 갑자기 구획이 질서정연하게 나뉜 집들이 등장한다. 쓸데없이 석고 기둥을 세우고 가짜 벽돌 외장재로 외벽을 장식한 그 집들은 차를 네 대나 넣을 수 있는 차고를 갖췄다. 부르주아 냄새를 풀풀 풍기는 동네. 몇 년 전 두 사람이 결혼할 때, 엘리자베스의 부모님은 그 집 계약금으로 거액을 내놓았다. 얼마나 좋을까.

캐머런은 15분 동안 차를 타고 가며 싫은 소리는 단 한 마디도 하지 않았다. 그의 아파트에서 브래드의 집까지 그 정도 걸렸다. 그러니까 그의 예전 아파트에서 말이다. 이제는 케이티의 아파트였다. 임대계약서에 그녀 이름만 올라가 있다. 그가 처음 거기 들어갔을 때만 해도, 케이티는 집주인에게 연락해 이름을 올리라고 그를 계속 채근했었다. 케이티는 정해진 규칙을 잘 지키는 사람이니까. 하지만 얼마 후부터 더는 신경 쓰지 않았다. 결국 이렇게 될 줄 알고 있었는지도 모른다.

"상자에 뭐 들었어?"

브래드가 묻자, 생각이 중단되었다.

"새끼 독사들. 열두 마리. 엘리자베스가 뱀을 좋아해야 할 텐데."

캐머런은 주저하지 않고 무표정한 얼굴로 답했다.

30분 후, 그간의 사정을 전해 들은 브래드는 커피 테이블 위로 컵받침을 쓱 밀고는 물방울이 맺힌 맥주잔을 건넸다.

"화가 금방 풀릴지도 모르잖아. 케이티에게 며칠 시간을 좀 줘봐."

브래드가 하품을 하며 말했다.

캐머런이 그를 올려다보며 대꾸했다.

"무슨 삼류 로맨스 영화에 나오는 장면처럼 내 물건을 죄다 잔디밭으로 던졌다니까. 전부 다."

브래드가 구석에 쌓인 짐을 쳐다봤다.

"네 소지품이 저것밖에 없어?"

"정말 그렇다는 게 아니라 말이 그렇다고."

캐머런은 그렇게 말하고는 인상을 구겼다. 텔레비전 아래 서랍장에 있는 엑스박스 게임기는 어쩌지? 마이너스 통장으로 결제할 때 발생하는 수수료도 무시하고 출시되자마자 산 물건이었다. 하지만 이제는 케이티 거라고 봐야 한다. 엑스박스를 달라고 사정하러 다시 갈 일은 없을 테니까.

어쩌면 저 가방 몇 개와 의심스러운 상자 하나가 현재 그의 전 재산이라고 봐야 할지도 모른다.

캐머런은 브래드의 집 내닫이창에 시선을 고정한 채 말을 이었다.

"사람들이 전부 맥맨션(특색 없이 비슷한 모양의 저택을 낮춰 부르는 용어―옮긴이)에서 살 수는 없어."

농담이었지만 자신의 말투에 독기가 서린 것 같아 캐머런은 분위기를 풀어보려 했다.

"그러니까 내 말은, 미니멀리스트의 삶을 받아들이는 중이라는 거지."

눈썹을 치켜올린 채 꽤 오랫동안 캐머런을 응시하던 브래드가 술잔을 들었다.

"새 출발을 위해 건배."

"오늘도 재워줘서 고마워. 또 한 번 신세 진다."

캐머런이 술잔을 부딪치자 맥주가 튀어 테이블로 떨어졌다. 브래드는 재빠르게 키친타월을 갖고 와서 맥주가 떨어진 부분을 꾹꾹 눌러가며 닦았다.

"합해서 열 번쯤 재워줬지. 자정 넘어서 한 체크인에는 추가 요금도 붙어."

브래드는 웃었지만 눈빛은 진지했다.

"그리고 이미 말했지만, 가구 망가뜨리면 새걸로 사줘야 해."

캐머런이 고개를 끄덕였다. 지난주에 바에서 공연을 마치고 소파에서 하룻밤 잘 때도 들은 이야기였다. 얼마 전 엘리자베스가 거실 가구들을 새로 들인 후로 앉고 쉬는 평범한 행동들이 민감한 주제가 되었다. 예전에 손님용 침실이던 곳은 아기방으로 리모델링을 마친 상태다. 지난달 브래드가 이상한 선반을 설치한다고 구멍을 내놓은 석고보드 벽은 캐머런이 피자 값을 대신해 메워주기도 했다. 그 정도 일은 자면서도 할 수 있고 실제로 그랬던 적도 있다. 아니, 졸면서 했다. 당시 현장 감독이 캐머런을 쫓아내며 졸았다고 했으니까.

"그리고 진짜로, 캠."

브래드가 말을 이었다.

"최대 이틀 밤이야."

"알겠다, 오버."

"그래서 어디로 갈 생각인데?"

브래드는 맥주에 젖은 키친타월을 접어 테이블 끝 선에 맞춰 가지런히 두었다.

캐머런은 한쪽 무릎에 다른 쪽 발을 걸치고는 올이 다 풀린 스니커즈 운동화 끈을 손가락으로 감았다.

"시내에 있는 새 아파트 중 하나로 들어갈까?"

브래드가 한숨을 내쉬었다.

"캠……."

"왜? 거기 작업한 친구가 있는데, 안에 잘해놨다고 하더라고."

캐머런은 널찍한 가죽 소파에 앉아 맨발로 폭신한 새 카펫을 느끼는 모습을 상상했다. 당연히 평면 스크린 텔레비전도 필요할 것이다. 최소 80인치짜리로. 텔레비전은 벽에 걸고 선은 보이지 않게 전부 매립시킬 것이다.

브래드가 앞으로 몸을 기울이며 손깍지를 꼈다.

"그런 아파트를 너한테 임대해줄 리가 없잖아."

"왜?"

"직업이 없으니까."

"아니지. 다음 프로젝트 시작할 때까지 쉬고 있는 거라고."

"다음 프로젝트를 기다리며 지금껏 내내 쉬고 있었던 거 아냐?"

"건설업은 경기에 민감한 산업이라고."

자세를 바로 한 캐머런의 목소리에서 신경질이 묻어났다. 브래드가 진짜 노동, 육체노동에 대해 뭘 알겠는가? 온종일 코딱지만 한 사무실에 틀어박혀 지역 전력 업체를 위해 쓸데없는 서류 작업이나 하는 사람이었다.

예전만 해도 브래드는 이곳을 떠나 샌프란시스코 같은 지역으로 가고 싶다고 했었다. 하지만 그는 이제 떠날 생각이 없고, 캐머런은 그 이유를 잘 알고 있다. 브래드의 부모님과 엘리자베스의 부모님이 모두 이곳에 계시고, 그분들이 곧 조부모가 될 예정이니까. 양쪽 집안이 모두 모여 일요일 저녁 식사를 함께한다. 허니 글레이즈드 햄 따위를 먹겠지. 왜 이곳을 떠나겠는가? 평범한 가족에게서 태어난 아이들에게는 특별한 밧줄 같은 게 주어지는 걸까. 캐머런은 평생 가질 수 없었던 것이.

"캠, 네 신용 점수가 어떻게 돼?"

캐머런은 바로 답할 수 없었다. 전혀 아는 바가 없었다. 하늘이 두 쪽 나도 그가 앞으로 신용 점수를 확인할 일은 없을 것이다. 몇 년 전 지프를 살 때만 해도 600대 초반이었지만 그것은 몇몇 의심스러운 선택을 하기 전이다. 캐머런은 냉소적으로 비죽 웃으며 말했다.

"120점."

브래드가 고개를 저었다.

"네 볼링 점수 말고. 그게 신용 점수일 리는 없잖아."

"뭐, 할 말이 없네. 볼링을 엄청 잘 친다는 것밖에."

"그런 것 같네."

캐머런은 스니커즈 옆쪽 뜯긴 자국들을 손가락으로 쓸어내렸다. 신발을 좋아하는, 그것도 캐머런의 신발을 특히 좋아하는 케이티의 강아지가 한 짓이다. 꼴도 보기 싫은 놈. 케이티가 부모님 집에 보냈지만, 부모님은 케이티 집에 올 때마다 그놈을 데려왔다. 이제 그 귀찮은 놈을 보지 않아도 된다는 건 그나마 다행이었다.

"학교를 다시 다니는 건 어때?"

브래드가 이 말을 꺼낸 것이 한두 번이 아니다.

"전문대 학위 같은 거 따면 좋잖아."

캐머런은 언짢은 듯 끙 소리를 냈다. 대학을 다니려면 돈이 필요하다는 것쯤은 브래드도 알아야 하지 않을까. 캐머런은 돈이 없다. 하지만 그 순간 그에게 한 가지 생각이 떠올랐다. 그것도 좋은 생각이.

"델스 살룬 바 위에 있는 아파트 알지?"

브래드가 고개를 끄덕였다. 그 바의 단골이라면 위층에 아파트가 있는 것을 누구나 안다. 그 집을 시간제로 임대한다면 바텐더 올드 알이 떼돈을 벌 거라는 농담을 하곤 했었다.

"저번에 올드 알이 그 집 비어 있다고 했는데, 어쩌면 내게 빌려줄지도 몰라."

"외상값부터 갚으라고 하겠지만, 뭐 그럴 수도 있겠네."

"다음 주에 공연하러 가면 물어봐야겠어."

브래드가 헛기침을 하고 물었다.

"다음 주라고?"

"알겠어. 내일 가볼게."

"그래."

브래드가 대답하고는 시선을 아래로 떨어뜨렸다.

"그런데 할 말이 있는데, 다 있을 때 이야기하려고 했는데……."

"뭔데? 그냥 빨리 말해."

캐머런이 미간을 구겼다.

"어 그게, 다음 주 모스 소시지 공연…… 그게 내 마지막 공연이 될 것 같아."

"뭐라고?"

가슴팍을 차인 기분이었다.

"응, 밴드 그만두려고."

브래드가 얼굴을 찌푸렸다.

"곧 아기도 태어나고, 엘리자베스와 내 생각에는……."

"네가 리드 보컬이잖아."

캐머런이 불쑥 말을 잘랐다.

"네가 그만두면 안 되지."

"미안해."

의자에 앉은 브래드의 몸이 한없이 작아지는 듯했다.

"다른 멤버들에게는 비밀로 해줄래? 다들 모이면 이야기하고 싶거든."

자리에서 일어난 캐머런이 창가로 성큼성큼 걸어갔다.

"아기가 태어나면 여러모로 생활이 달라질 거고……."

브래드가 설명을 이었다.

캐머런은 반짝이는 정원 등과 골프장 같은 잔디밭, 벽돌이 깔린 길이 있는 브래드와 엘리자베스의 앞마당을 내려다봤다. 놀랍게도 목으로 뜨거운 것이 치밀었다. 아이가 태어나면 브래드가 모스 소시지를 탈퇴하는 것이 당연했다. 예상하고 있었어야 했다.

"알겠어."

캐머런이 겨우 대답했다.

"공연 보러는 계속 갈 거야."

캐머런은 터져 나올 듯한 비웃음을 삼켰다. 브래드가 나가면 모스 소시지 공연도 없을 것이다.

"엘리자베스도. 아기 데리고 갈게. 정말 미안하다."

브래드가 길게 한숨을 내쉬었다.

"괜찮아."

소파로 돌아온 캐머런은 장식용 쿠션들을 일부러 더 신경 써서 가지런히 쌓았다.

"늦었다. 자야겠어."

"어, 그래."

브래드는 괜히 서성이다 빈 잔들을 치웠다.

"잠깐만, 시트 있어야지."

브래드는 이렇게 말하고는 복도 끝으로 자취를 감췄다.

시트? 소파에? 언제부터 소파에 시트를 깔았다고?

잠시 후 브래드가 개시도 하지 않은 침대 시트 세트를 들고 나타나 캐머런에게 내밀었다. 보라색과 흰색 줄무늬가 들어간 시트는 딱 봐도 엘리자베스가 고른 것이었다. 예전부터 그녀가 가장 좋아하는 색이었다.

브래드는 성가신 모기처럼 주변을 맴돌았다.

"까는 거 도와줄까?"

"아니."

캐머런이 억지 미소를 지었다.

"잘 자."

"그래. 어…… 잘 자."

주방 쪽에서 브래드가 외쳤다.

"새끼 독사들이 상자 밖으로 못 나오게 하고."

캐머런은 대꾸하지 않았다.

인간은 결점을 상쇄할 만한 장점이 별로 없지만, 그들의 지문만은 아주 작은 예술품 같다.

나는 지문을 매우 잘 읽는다. 덜렁이는 코딱지와 푹 젖은 겨드랑이, 지독한 플로럴 향 로션과 아이스크림으로 끈적이는 손바닥을 온종일 마주해야 하는 데 따르는, 한 가지 긍정적인 부작용이라 하겠다.

저녁이 되어 아쿠아리움이 문을 닫으면 주변이 어둑해지고, 내 수조 앞 유리벽에 굉장히 아름답고도 복잡한 그림들이 남는다.

한번씩 이 그림들을 한참 들여다보며 연구한다. 작은 타원형의 걸작들을. 내 눈은 바깥에서 안으로, 그리고 다시 바깥으로 지문골을 쫓는다. 각각의 그림이 모두 다르다. 나는 지금껏 본 그림들을 다 기억하고 있다.

지문은 고유한 형태를 지닌 열쇠와 같다.

나는 모든 열쇠들 역시 기억하고 있다.

이가 큰 양반

.·
·

"설리번 씨?"

근무 준비를 하기 위해 차 트렁크를 여는 토바를 향해, 키 작은 남자가 봉투를 흔들며 아쿠아리움 주차장을 가로질러 다가오고 있었다. 늘 주차되어 있는 밤낚시꾼들과 늦은 시간 조깅을 하는 사람들의 차들 사이를 이리저리 빠져나오며. 대부분 토바가 알고 있는 소웰베이 차량들 틈에, 낯선 회색 세단이 끼어 있었음을 그녀는 알아채지 못했다.

"토바 설리번 씨 맞으신가요?"

그가 가까이 다가오며 다시 한번 외쳤다.

토바는 해치백 트렁크를 닫았다.

"무슨 일이죠?"

"드디어 찾았네요!"

그가 숨을 헐떡이며 말했다. 얼굴에 비해 지나치게 활짝 벌어지는 미소 사이로 크고 하얀 치아들이 빛났다. 그것들은 만 가장자리를 따라 해초가 엉겨 붙은 바위에 매달린 새하얀 따개비들 같았다.

"뵙기가 쉽지 않은 분이시네요."

"무슨 말씀을 하시는 건지……."

"부인 집 주소를 내비게이션에 입력해도 나오지 않고, 집으로 전화를 해도 응답기로 넘어가지 않고 계속 신호만 가더군요. 사설탐정이라도 고용해야 하는 거 아닌가 고민했습니다."

토바가 자동응답기 메시지들을 정리하지 않고 내버려뒀음을 암시하는 그의 말은 사실이었기에 낯 뜨거운 기운이 올라왔다. 하지만 그녀의 목소리에 동요하는 기색은 없었다.

"탐정이요?"

"탐정을 부르는 일이 생각보다 많답니다."

그가 고개를 젓고는 손을 내밀었다.

"브루스 라뤼입니다. 라스 린드그렌 씨의 유산 상속 변호사입니다."

"안녕하세요."

"네, 우선, 오빠를 잃으셨다니 정말 유감입니다."

그의 목소리에 딱히 유감스러운 기색은 없었다.

"그리 가깝지 않았어요."

"그렇군요……. 시간을 많이 뺏지는 않겠습니다. 하지만 이것은 전해야 할 것 같군요."

그가 봉투를 내밀었다.

"오빠께서 개인 재산이 좀 있었습니다. 이미 아시겠지만요."

"라뤼 씨, 저는 오빠 재산에 대해 아는 게 전혀 없어요."

토바는 봉투 입구로 손가락을 밀어 넣고 그 안을 들여다봤다. '차터빌리지'라는 이름 아래 리스트가 정리된 서류 한 장이 보였다.

"이제는 알게 되시겠죠. 조만간 다시 만나 화폐성 자산을 분류해야겠지만, 우선 이 서류는 고인의 소유물을 정리한 리스트입니다. 몇 가지 개인 용품들이죠."

"그렇군요."

토바가 봉투를 겨드랑이 사이에 끼었다.

"언제쯤 요양원에 들러 소지품을 챙겨 가실지 전화로 알려주시면 됩니다."

"들러요? 차터빌리지는 벨링햄에 있잖아요. 한 시간 거리인데요."

라뤼가 어깨를 으쓱했다.

"직접 챙기셔도 되고 그러지 않으셔도 뭐……. 일정 기간 내에 아무도 오지 않으면 요양원 측에서 다 정리할 겁니다."

아무도 오지 않으면. 토바가 알기로 라스는 드니스와 헤어진 후 재혼하지 않았지만, 그래도 한두 명쯤 사귄 사람이 있을 거라 생각했다. 아니면 가까운 친구 한 명이라도. 사람들이 요양원에 가는 이유 중 하나가 사회적 교류를 하기 위해서가 아닌가? 하지만 이 라뤼란 사람 말을 들어보니 라스 곁엔 아무도 없었나 보다. 어쩌면 지금껏 단 한 명도. 그는 지루한 얼굴로 근무 시간이 끝나길 기다리는 간호조무사 곁에서 임종을 맞이했을까?

"제가 가볼게요."

토바가 조용히 말했다.

"좋습니다. 일단 오늘 제 임무는 마친 거군요. 연락드리겠습니다."

라뤼가 다시금 미소를 지었다.

"다른 질문은 없으신지요?"

토바의 머릿속에 수많은 질문이 떠다녔지만 단 한 가지만 입밖으로 나왔다.

"저를 어떻게 찾으셨나요?"

"아, 언덕 마트에 있는 계산대 직원 덕분이죠. 집 주소로 부인을 찾는 데 실패해서, 커피나 한잔하러 들렀다가 그분과 대화를 나누게 됐어요. 여기 계실 거라고 하더군요. 친절한 분이었어요. 억양이 세고, 레프러콘(아일랜드 민속 전설에 등장하는 노인 요정—옮긴이)처럼 생긴 분이요."

토바가 한숨을 내쉬었다. 이선을 말하는 것이었다.

무슨 복인지 오늘 아쿠아리움은 꽤나 깔끔한 상태였다. 전투를 벌여야 할 말라붙은 껌도, 쓰레기통에 끈적이는 무언가도 없었다. 화장실도 말로 할 수 없을 정도로 엉망인 지경은 아니었다.

그리고 다행스럽게도 모두가 제 수조를 잘 지키고 있는 듯 보였다.

"뒤에 있는 거 다 보여."

토바가 문어 수조 앞 유리에 가득 찍힌 기름진 지문들에 약품을 뿌리고 걸레로 닦아내는 동안 문어는 위쪽 구석에서 그녀를 지켜봤다. 이제 토바는 제 집을 비우고 옆 해삼 수조에 있는 문어가 익숙할 정도였다. 문어가 좋아하는 간식이 해삼인 것 같았다. 그런 행동은 괜찮은 건 아니지만 어쨌거나 토바를 미소 짓게 했으며, 둘만의 비밀이었다.

문어는 토바에게 시선을 떼지 않은 채 앞 유리를 향해 팔들을 뻗었다.

"오늘은 배가 안 고픈가 봐?"

문어가 눈을 깜박였다.

"고속도로로 한 시간 거리인데."

토바는 몸을 기울여 유난히 지워지지 않는 손자국을 문질러 댔다.

"고속도로 운전은 별론데."

문어는 마치 태곳적 움직임과 같은 느릿한 몸짓으로 한 팔을 수조 벽면에 붙이고 앞으로 이동했다. 오늘 밤 유리에 달라붙은 문어의 빨판은 푸르스름한 보랏빛이었다.

토바는 걸레를 쥔 손에 힘을 주었다.

"그런 곳도 별로고. 실버타운, 요양원…… 다 비슷하잖니? 하나같이 아픈 사람들 냄새가 풍기는 곳이잖아."

문어는 다른 세계에서 온 구슬처럼 빛나는 눈으로, 걸레를 접어 청소 카트에 넣는 토바의 움직임을 낱낱이 쫓았다.

토바가 카트에 몸을 기댔다.

"라스는 항상 일거리를 남겼어. 이제 마지막으로 내가 뒤처리해줘야 할 일을 남긴 거고. 죽은 후에까지 그러다니. 라스의 삶은 늘 너저분했어. 그렇다고 그 때문에 우리가 연락을 끊은 건 아니고. 그게 이유는 아니었어."

토바는 혀를 찼다. 지금 뭘 하고 있는 건지, 문어에게 무슨 이야기를 하고 있는 건지……. 이곳에 사는 생명체들에게 늘 인사를 하고 애정했지만, 이건 좀 다른 이야기였다. 지금 하고 있는 것은 말이었다. 하지만 세상에나, 문어가 정말 자신의 말을 들어주는 것 같은 기분이었다.

정말 말도 안 되는 일이었다.

어쨌거나, 딱히 무슨 이유가 있어서 라스와 소원해진 것은 아니다. 정말 별다른 일은 없었다.

"그럼, 안녕히 주무시길."

토바는 문어를 향해 공손하게 고개 숙여 인사하고는 자리를 벗어났다.

해마 수조 앞에는 종이 한 장이 테이프로 붙여져 있었다. 휘갈겨 쓴 것이 테리의 필체였다. **짝짓기 중입니다! 프라이버시를 지켜주세요!**

"오!"

종이 너머를 조심스럽게 들여다보며 토바는 한 손으로 가슴께를 꼭 눌렀다. 벌써 그럴 때가 됐나?

지난해에 테리는 해마가 산란한 후 전 직원 여덟 명을 초대해 베이비 샤워 파티를 열었다. 매켄지는 입장권 판매 시간이 끝난 후에도 남아서 풍선을 불고, 현수막에 **이랴, 작은 카우보이들!**이라는 문구를 썼다. 닥터 산티아고는 케이크를 들고 잠시 들렀다. 케이크에는 필기체로 이렇게 쓰여 있었다. **새끼 해마들을 위해 힙-힙-후레이!**

보통 토바는 파티에 참석하지 않는 편이지만 그 케이크가 흥미를 자극했다. 에릭이 2학년 때 생물학 선행반 과제로 인간 두뇌 해마에 관한 포스터를 만들었다. 종이 가득 해마의 고대 그리스어 어원, 두뇌 속 해마와 바다 생물 해마 학명이 지닌 공통점, 신화 속 바다 괴물과 해마의 연관성에 대해 썼다. 어쩌면 우리 뇌 속에 바다 괴물이 사는지도 몰라요. 식탁 위에 펼쳐놓은 마분지에 종이를 붙이며 에릭이 농담을 했었다.

어쨌거나 테리와 매켄지가 올해도 파티를 열 생각이라면 이미 준비를 시작했을 것이다. 토바는 아직 들은 바가 없지만 그래도 아쿠아리움 사람들이 의도적으로 자신만 빼놓을 리는 없었다.

정말 축하 파티가 열린다면 그것이 끝난 뒤 토바는 엉망진창이 된 현장을 마주하게 될 것이다.

"그래도 어처구니가 없긴 해."

새끼 해마 탄생을 축하하는 파티에 대해 말했을 때 니트-위츠 멤버들이 한 말이다.

어쩌면 새끼 해마가 아기보다 흥미롭다고 여기는 사람은 지구 상에 토바뿐인지도 모른다.

토바가 숍웨이에 도착했을 때 이선은 계산대를 닦고 있었다. 이선이 토바를 향해 활짝 웃었다.

"토바!"

토바는 신문대 옆에 깔끔하게 쌓인 장바구니들을 지나치고 조립된 것처럼 포개진 몇 대의 카트도 지나쳐 곧장 계산대로 향했다. 장을 보러 온 것이 아니었다.

"안녕하세요, 이선."

이선의 얼굴이 달아올라 순식간에 턱수염만큼이나 붉게 물들었다.

"제가 일하는 곳에 누가 찾아왔더군요. 혹시 아는 바가 있으신가요?"

"그럼요. 이가 큰 양반."

이선은 겸연쩍은 얼굴로 손에 쥔 걸레를 접어 앞치마 주머니에 넣었다.

"중요한 일이라고만 안 했어도 저도 입 꾹 다물고 있었을 겁니다. 토바 오빠의 유산이랑 뭐 그런 거 말입니다."

토바가 혀를 챘다.

"유산이라고 말하던가요?"

"그럼요. 유산을 원치 않을 사람이 어디 있습니까?"

토바는 한숨을 내쉬었다. 이 동네에서 벌어지는 일 가운데 이선이 떠들고 싶어 안달하지 않는 일이 있을까? 토바는 퉁명스럽게 말했다.

"알고 보니 오빠가 죽으며 요양원에 몇 가지 소지품을 남긴 모양이에요. 가치 있는 건 없겠지만 제가 직접 가서 챙겨 와야 할 상황이 돼버렸네요."

커다란 초록색 눈에 후회를 가득 담은 이선은 진심으로 미안하다는 표정을 지었다.

"세상에나, 토바. 미안합니다."

"최소 한 시간은 걸리는 곳이에요."

"이런, 꽤나 먼 거리군요."

이선은 엄지에 박인 굳은살을 만지작거렸다.

토바는 자신의 스니커즈를 내려다봤다. 다른 사람에게 부탁하는 성격은 아니지만 일전에 이선의 말은 진심인 것 같았고, 고속도로에서 왕복 두 시간을 운전한다고 생각하니 걱정이 앞섰다.

"그때 말씀하신 거, 좀 부탁드리려고요."

"제가 말한 거요?"

이선이 고개를 들고 조금 밝아진 목소리로 물었다.

"네. 뭐든 필요한 게 있으면 말하라고 하셨잖아요. 하나 있어요."

"뭐든지요. 뭐가 필요하신가요?"

토바가 침을 삼켰다.

"벨링햄까지 운전하는 거요."

해마들이 또 그러고 있다.

인간들은 놀라운 일이라도 되는 양 충격과 흥분을 가라앉히지 못했다. 확실히 말하는데, 놀라울 만한 일이 아니다. 해마는 매년 같은 시기에 새끼를 낳는다. 이곳에 감금된 후 해마 번식기를 네 번이나 목격했다.

수백 마리의 해마가 탄생할 것이다. 어쩌면 수천 마리일지도. 며칠 후면 새끼들이 기다란 몸을 꿈틀거리기 시작하는데, 부모와 생긴 게 전혀 다르다. 메인 수조 모래 위를 돌아다니는 바다 벌레의 축소판에 가깝다.

갓 태어난 생명체가 부모와 그리도 다르게 생겼다니 굉장히 흥미롭다.

인간은 당연히 그렇지 않다. 모든 생애 주기별로 인간을 봤지만 그들은 부인할 여지없이 언제나 인간 모습 그대로였다. 제 부모에게 안겨 있는 무력한 인간 아기마저도 다른 종으로 착각할 수 없을 정도다. 성장하며 몸집이 커지고, 삶의 끝에 가까워지며 다시 작아지는 경우는 있을지언정 네 개의 팔다리와 스무 개의 손발가락, 머리 앞쪽에 달린 두 개의 눈은 변함이 없다.

인간이 부모에게 의존하는 기간은 대단히 길다. 물론 아주 작은 아이들이 먹고, 마시고, 대소변을 처리하는 아주 기본적인 일에는 도움이 필요하다. 작은 키와 어설픈 팔다리로 그런 일들을 행하기 어려우니까. 하지만 신체적으로 자립해나가도 기이하게 어려움이 계속된다. 그들은 사소한 일로 엄마나 아빠를 부른다. 신발 끈이 풀렸다고, 주스 팩이 안 열린다고, 다른 아이와 문제가 생겼다고.

어린 인간은 분명 바다에서 혹독한 실패를 맛보게 될 것이다.

나는 거대태평양문어가 어떻게 산란하는지 모른다. 나의 자식은 어떤 모습일까? 해마처럼 형태가 달라질까, 아니면 인간처럼 아무런 변화가 없을까? 아마도 나는 영영 알 수 없을 것이다.

내일은 사람들이 엄청 모일 것이다. 테리가 해마 산란을 보고 싶어 하는 사람들을 더 많이 들이려고 정문을 늦게까지 열어둘지도 모른다. 정해진 시간을 어기고 들어온 사람들 대부분은 다른 무엇도 관심 없이 해마에만 빠져 내 수조는 바삐 지나칠 것이다.

가끔 내 수조 앞에서 걸음을 멈추는 인간도 있다. 그럴 때면 그를 대상으로 게임을 하나 한다. 펌프에서 인공적으로 뿜어내는 물살 쪽으로 팔들을 쭉 뻗어 흩날리게 하는 것이다. 촉수들을 하나씩 수조 유리에 붙이면 인간이 가까이 다가온다. 그때 외투막을 수조 쪽으로 확 당겨 가까이 접근해서 인간의 두 눈을 빤히 바라본다. 인간은 이 장면을 보여주기 위해 같이 온 인간을 불러

댄다. 수조 모서리에서 다가오는 발자국 소리가 들리면 곧장 몸을 뒤로 날려 바위 뒤에 숨는다. 작은 물보라 외에는 아무것도 남지 않는다.

인간들은 정말 한 치도 예상을 벗어나지 않는다!

단 한 사람만 빼고. 바닥을 닦는 나이 든 여성은 내 게임에 속지 않는다. 대신 그녀는 내게 말을 한다. 우리는…… 대화를 나눈다.

해피 엔딩

벌써 몇 번째, 이선의 생각이 니트-위츠로 향했다. 그 친구들 중 토바를 벨링햄까지 데려다줄 사람이 있을 텐데. 그들도 당연히 토바가 고속도로 운전을 꺼린다는 것을 알고 있을 것이고. 하지만 토바는 자신에게 부탁했다.

오늘 아침 그는 한 시간 일찍 일어났다. 샤워를 하고, 턱수염을 샤프하게 손질하려고. 토바가 깔끔한 차림새를 좋아한다는 것은 누구나 아는 사실이다. 일찍 일어나 평소보다 차를 한잔 더 마신 영향인지, 피아노 즉흥 연주를 하듯 손가락으로 핸들을 두드렸다.

"괜찮으세요?"

조수석에 앉은 토바가 물었다. 그녀는 십자말풀이를 하던 연필을 무릎 위 신문에 놓더니 시트 천에 붙은 보푸라기를 떼냈다. 이선은 6시가 아니라 5시에 일어났어야 했다. 그랬다면 본인 몸단

장뿐 아니라 트럭도 깨끗하게 정리할 수 있었을 텐데.

"그럼요, 괜찮습니다. 왜 물으세요?"

토바의 얼굴에 고운 미소가 번졌다.

"꿀벌 손이네요."

"꿀벌 뭐요?"

"꿀벌 손이요. 그러니까…… 막 바쁘게 움직인다고요. 에릭이
손을 가만히 두지 못할 때 하던 말이죠."

갑작스레 튀어나온 에릭의 이름에 놀란 이선은 깊이 심호흡을
하며 팔다리의 긴장을 잠재우려 애썼다.

"꿀벌 손이라. 기발하군요."

머릿속으로 오늘 아침에 카페인을 너무 많이 마셨다는 이야기
를 어떻게 해야 할지 정리했지만, 슬쩍 보니 토바는 반으로 접은
신문에 시선을 고정하고 있었다. 연필 끝 지우개로 뺨을 톡톡 두
드리며, 다시금 십자말풀이에 빠져 있는 것이다.

그럼 그 이야기는 하지 말자. 이선은 새벽 내내 연습한 대화 거
리들을 되짚었지만 어쩐 일인지 아무것도 생각나지 않았다. 떠오
르는 것이라고는 금기시되는 이야기들뿐이었다. 죽은 오빠, 죽은
남편, 죽은 아들 같은. 제길. 좀 전에 토바가 에릭을 언급해서 아
직도 가슴이 벌렁대고, 그 이야기를 이어가기에는 타이밍이 늦어
버렸다.

대신 입에서 이런 말이 튀어나왔다.

"지금 뭐 하고 계신지요?"

한심한 질문이었다. 누가 봐도 십자말풀이를 하고 있으니까.

토바가 미간을 찌푸렸다.

"어제 거예요. 밀릴까 봐 걱정이죠."

"밀려요?"

그가 웃었다.

"매일 하신다는 말씀인가요?"

"그럼요. 일간지에 실리잖아요. 십자말풀이는 그날그날 끝내
야죠."

"하루 놓치면요? 전날 것부터…… 하시는 거고요?"

연필이 사각사각 소리를 내며 빈칸을 채웠다.

"그럼요."

길게 이어진 구불구불한 도로를 가로지르자 완만하게 경사진
푸르른 언덕들이 나란히 나타났다. 그곳에 차터빌리지 장기 요양
센터가 있다. 센터 부지를 따라 올라가자 가장 큰 길을 중심으로
기억 센터, 테니스장, 중증 케어, 클럽하우스라는 표지판과 함께
작은 도로들이 나 있었다. 모든 시설이 갖춰진 곳이었다. 마침내
리셉션 표지판이 나왔고, 이선이 액셀러레이터를 밟았다. 완만한
곡선 길을 따라가자 담쟁이덩굴이 휘감은 붉은 벽돌 기둥 한 쌍
이 나왔고, 이선이 낮게 휘파람을 불었다. 우아함이 넘치는 곳이
었다. 나이 든 사람들이 와서 테니스나 치다가 삶을 마감하는 비
참한 곳이 아닌, 비싼 사립 초등학교나 대학교처럼 보였다.

"여기인 것 같은데요?"

토바가 굳은 얼굴을 했다.

"네, 그런 것 같네요."

이선이 시동을 끄고 의아한 표정으로 토바를 바라봤다.

"여기 한 번도 오신 적이 없나요?"

"처음 왔어요."

그는 또다시 휘파람을 불고 싶은 마음을 간신히 참았다. 토바 말에 따르면 라스는 이곳에서 10년이나 살았는데, 정말 단 한 번도 온 적이 없다고?

토바는 신문을 가방에 넣었다.

"갈까요?"

"그럼요."

서둘러 트럭에서 내린 이선은 토바가 내릴 타이밍에 맞춰 문을 열어주려고 빙글 돌아 조수석 쪽으로 갔지만, 어느새 토바는 우아한 건물을 향해 걸어가고 있었다.

이선은 처음 30분간은 리셉션 구역에서 기다렸지만 적잖이 지루했다. 가죽 의자는 매우 안락했지만 읽을거리라고 준비된 것들은 처참한 수준이었다. 『내셔널 지오그래픽』 『AARP 더 매거진』, 거지 같은 『월 스트리트』 신문 몇 부. 『롤링 스톤』이나 『피플』 같은 재밌는 걸 구비해놓을 순 없는 걸까? 유명인사에 대한 가십은 이선의 길티 플레저였다. 그의 손이 다시금 꿀벌 손이 되어 낮은 커피 테이블을 초조하게 두드려댔다. 자리에서 일어나 로비 구석에 마련된 다과 테이블을 둘러봤지만 어쩐 일인지 커피만 있고 차는 없었다. 가죽 의자에 담쟁이덩굴까지 온갖 것을 다 갖춰놓고 얼 그레이 몇 개가 없다고? 어처구니가 없었다!

이선은 쌓여 있는 일회용 컵 하나를 꺼내 디카페인 커피를 따랐다. 어쨌거나 공짜니까. 그는 딱히 커피를 즐기는 편은 아니었다. 열아홉 살 때 글래스고에 있는 어린이 동물원의 코끼리 우리에서 삽질 일을 잠시 했었다. 한번은 그곳 직원 두 명이 장난 삼아 코끼리 배설물을 모아 착즙기에 넣었다. 그 결과물이란 것이 상당히…… 커피와 비슷했다. 그 사건 이후로 커피가 다르게 보였다.

서둘러 건물 안으로 들어가려는 토바에게 그는 오빠의 소지품들을 천천히 살펴보라고 당부했지만, 사실 그런 일에 시간이 얼마나 걸리는지 짐작조차 되지 않았다. 온종일 기다려야 하는 것은 아닐까? 책이라도 한 권 챙겼어야 했다.

프런트 쪽이 시끌벅적했다. 사람들이 시설을 둘러보기 위해 방문한 것 같았다.

회색 정장에 윤이 나는 호박색 머리카락을 깔끔하게 포니테일로 묶은 여성이 자신감 넘치는 목소리로 사람들을 이끌었다.

"차터빌리지에 오신 것을 환영합니다. 해피 엔딩이 바로 저희 전문입니다."

커피를 뿜을 뻔했다. 해피 엔딩이라고? 세상에 누가 그런 문구를 생각해낸 거지?

회색 정장을 입은 여성이 그를 향해 얼굴을 찌푸렸다.

"선생님?"

"네?"

이선은 턱으로 흘러내린 커피를 소매로 닦았다.

"함께 둘러보실 건가요?"

"저 말입니까?"

그는 다른 선생님이 있나 싶어 뒤를 돌아보고는 어깨를 으쓱했다.

"그러죠, 뭐. 안 될 거 있겠습니까?"

어쨌거나 시간을 죽일 만한 일이 필요했다.

"그럼 이쪽으로 오세요."

그 여성이 정중한 미소를 띠고 사람들이 모인 쪽을 손으로 가리켰다.

이선은 이제 동의할 수밖에 없었다. 사람들이 정말 행복해 보였다. 그 터무니없는 슬로건이 말이 안 되는 소리는 아닌 모양이었다.

당구장도 있고, 음식이 끝도 없이 나열된 뷔페를 갖춘 카페테리아, 심지어 수영장과 거품 욕조도 있었다. 룸서비스가 가능했고, 매일 정리해주는 침대에는 600수의 고급 시트가 제공되었다. 투어가 끝날 즈음 이선은 이곳에 입소해야겠다는 생각이 들 정도였다. 마치 그럴 여유라도 되는 사람처럼 말이다. 물론 조합 연금으로 이런 시설은 어려웠다.

한 시간 후 상자 하나를 든 토바의 모습이 보이자 이선은 고급 가죽 의자에서 벌떡 몸을 일으켰다.

"다 된 건가요?"

"네."

자주색 카디건 차림의 토바는 안 그래도 왜소한데 상자 때문인지 더 가녀리게 보였다.

이선이 그녀보다 먼저 차에 도착했다. 정중하게 조수석 쪽 문을 열고 토바가 탈 수 있도록 옆으로 비키자 토바도 예의 바르게 고맙다는 인사를 건넸다. 이선은 토바에게서 상자를 받아 조수석 뒷자리에 놓았다. 상자 외에 다른 것도 있었는데, 커뮤니티 센터와 테니스 코트 모습이 담긴 윤이 나는 홍보 책자였다. 거기엔 머리가 하얗게 센 사람들이 흰색 반바지를 입고 라켓을 휘두르고 있었다.

토바가 안전벨트를 하는 사이 이선은 그걸 좀 더 찬찬이 살폈다.

단순한 브로슈어가 아니었다. 관련 서류가 모두 담긴 꾸러미였다. 번쩍번쩍한 차터빌리지 폴더에는 그 소름 끼치는 모토, '해피엔딩이 바로 저희 전공입니다!'가 새겨져 있었다.

종이 한 장이 삐져나왔다.

입소 신청서였다.

인간들은 쿠키를 좋아한다. 내가 어떤 음식을 말하는 건지 당신은 알 것이다.

일반적인 조개만 한 크기에 동그란 모양을 한 그것. 검은색 점들이 찍혀 있기도 하고, 색이 칠해져 있거나 가루 같은 것이 뿌려져 있기도 하다. 인간의 식도를 타고 고요하게 넘어가는 부드럽고 조용한 것도 있고, 시끄럽고 지저분한 것도 있다. 씹을 때 조금씩 부서져 턱을 타고 떨어지는 바람에, 토바라는 이름의 나이든 여성이 쓸어야 하는 잔해를 남긴다. 이곳에 감금되어 있는 동안 다양한 쿠키를 봤다. 정문 근처 자판기에서 파는 것들이다.

이제 당신은 이른 저녁에 닥터 산티아고가 한 말에 내가 얼마나 혼란스러웠을지 짐작할 수 있으리라.

"달리 무슨 말을 할 수 있을까요, 테리?"

닥터 산티아고가 어깨를 으쓱하며 양손을 올렸다.

"지금껏 수없이 많은 문어를 봐왔지만, 이 문어는 스마트 쿠키(영리한 녀석—옮긴이)네요."

두 사람은 퍼즐이라고 부르는 것을 두고 이야기를 나누고 있였다. 뚜껑에 걸쇠가 달린, 투명한 플라스틱 상자 말이다. 그 안에 게 한 마리가 들어 있었다. 테리가 그 상자를 내 수조에 넣었다. 테리와 닥터 산티아고는 몸을 숙이고 이쪽을 관찰했다. 나는 곧장 상자를 움켜쥐고 걸쇠를 푼 뒤 뚜껑을 들어 게를 먹었다.

탈피 중인 레드록크랩이었다. 육즙이 넘치고 식감이 부드러운 그것을 한입에 삼켜버렸다.

테리와 닥터 산디아고는 기분이 좋아 보이지 않았다. 두 사람은 미간을 찌푸린 채 열띤 대화를 나눴다. 보아하니 내가 상자를 해체하기까지 더 오래 걸릴 거라 생각한 모양이었다.

나는 스마트 쿠키다. 두말할 것도 없이 영리하다. 문어는 다 그렇다. 걸음을 멈추고 내 수조를 들여다본 모든 인간의 얼굴을 기억한다. 패턴을 기억하는 것은 쉽다. 동틀 녘, 일출이 시작되면 벽 위쪽으로 어떤 문양이 떠오르는데 계절이 변함에 따라 그게 매일 어떻게 달라지는지도 알고 있다.

듣고자 한다면 무엇이든 들을 수 있다. 바닷물이 바위에 부딪히는 소리를 듣고 이 감옥 바깥의 조류가 언제 썰물로 바뀌는지도 알 수 있다. 보고자 한다면 내 눈은 더없이 정밀해진다. 유리에 남긴 지문만으로도 정확히 누가 내 수조를 만졌는지 안다. 인간들의 글자와 말을 배우는 것은 쉬웠다.

나는 도구를 사용할 줄 안다. 퍼즐도 풀 수 있다.

여기에 감금된 누구도 이런 능력이 없다.

나는 5억 개의 뉴런을 지녔고, 그것들은 여덟 개의 팔에 퍼져 있다. 가끔은 내 촉수 하나가 인간의 머리보다 지능이 더 높은 게 아닌가 하는 생각도 든다.

스마트 쿠키.

나는 스마트하지만 자판기에서 나오는 간식거리는 아니다.

얼마나 가당찮은 말인가.

그럼 마라케시는 빼고

:·

맥맨션은 지나치게 고요하다. 위층에서 쿵쿵대는 소음마저 없는 곳이다. 캐머런의 핸드폰 배터리에 빨간 불빛이 들어왔다. 거의 방전된 것이다. 충전기를 찾으려 더플백 깊숙이 손을 넣었지만, 그건 케이티의 집 안에 있다는 걸 알아차렸다. 스탠드 위 충전기 모습이 캐머런의 눈에 선했다. 그걸 두고 온 덕분에 그는 지금 말 그대로 무력한 상태다.

브래드나 엘리자베스에게 여분의 충전기가 있을지도 모른다. 그는 발걸음을 죽이고 주방으로 가 최대한 조용히 서랍을 열었다. 한 서랍에는 은으로 된 포크와 나이프, 스푼이 가지런히 정리되어 있었고, 오븐용 장갑만 가득한 서랍도 있었다. 오븐용 장갑이 왜 저렇게 많이 필요한 걸까? 보병 부대 하나를 먹일 만큼 많은 양을 요리하는 건가? 장갑 대부분에는 모노그램이 새겨져 있었다. 엘리자베스와 브래드 버넷의 EBB가. 그게 마치 썰물(ebb tide)처럼 읽혀서, 두 사람이 해변에 혼자 남은 캐머런에게 손을 흔들며 먼 바다로 떠나는 것만 같았다.

"캠."

복도에서 목소리가 들렸다.

"엘리자베스!"

캐머런이 서랍을 세게 밀었다. 그런 그를 놀리듯 서랍은 천천히 부드럽게 닫혔다. 고급 서랍장이 으레 그렇듯.

"놀라게 할 생각은 없었는데."

빈 컵을 쥔 엘리자베스가 미소를 지었다. 다른 손은 연푸른 가운 아래 불룩 솟은 배 위에 올려놓은 채였다.

"목이 말라서. 한 시간 있다가 또 화장실에 가야 하겠지만. 요즘 내 방광이 콩알만 해졌거든."

그녀는 불을 켜고 조용한 걸음으로 냉장고에 다가가 정수기에 컵을 갖다 댔다.

"너희 둘 사이에 아기가 태어난다니 믿기지가 않아."

브래드와 엘리자베스가 결혼한 지 3년이 되었고, 캐머런은 신랑 들러리까지 섰지만 아직도…… 낯설었다. 엘리자베스는 유치원 때부터 가장 친한 친구였고, 브래드도 꽤 괜찮은 애였지만 항상 캐머런과 엘리자베스가 어울리는 그룹 언저리에서 겉도는 쪽이었다. 고등학교 때만 해도 브래드는 감히 엘리자베스를 넘보기 어려운 처지였지만, 어쩌다 보니 몇 년 후 두 사람은 사귀고 있었다. 이제는 결혼해서 아기를 기다리고 있고.

"아기라니. 난 그냥 내 몸이 좀 부은 줄 알았지."

농담하는 엘리자베스의 눈가에 주름이 잡혔다.

"그런데 왜 이 시간에 깨어 있어?"

"핸드폰 배터리가 없어서."

캐머런은 방전 직전의 핸드폰을 들어 보였다.

"남는 충전기 있어?"

엘리자베스가 서랍 하나를 가리켰다.

"잡동사니 모아두는 서랍에."

"고마워."

그는 깔끔하게 돌돌 말려 있는 충전기를 꺼냈다.

엘리자베스는 얼굴을 찡그린 채 아일랜드 식탁 앞에 나란히 놓인 스툴들 중 하나에 조심히 엉덩이를 대고는 오래도록 물을 들이켰다.

"케이티랑 그렇게 됐다는 얘기 들었어."

캐머런은 엘리자베스 옆 스툴에 털썩 앉았다.

"내가 망쳤어."

"그런 거 같더라."

"따뜻한 말 고맙다, 리저드-브레스."

"언제든지 말만 해, 캐멀-트론."

그녀가 어릴 적 별명을 부르며 환하게 웃었다.

"그래서 이제 어떻게 되는 거야?"

캐머런이 가장 아끼는 후드 티 소매의 헤진 부분을 뜯어내자 식탁 위로 녹색 실오라기들이 쌓였다.

"살 집을 찾아야지. 델스 위층에 있는 아파트를 알아볼까 싶기도 하고."

"델스? 거기 너무 지저분해."

엘리자베스의 콧잔등에 주름이 잡혔다.

"더 나은 데를 찾아야지. 캠 삼촌이 아기 보러 올 때 퀴퀴한 맥주 냄새를 풍기면 되겠어?"

머리를 푹 떨군 캐머런은 차가운 화강암 상판에 잠시 기대었다가 고개를 들었다.

"그다지 선택권이 많지 않아."

엘리자베스는 식탁으로 몸을 기울여 실오라기들을 손으로 쓸어 담았다.

"그 옷도 지저분해. 브래드는 그거 오래전에 갖다 버렸어."

"뭐? 왜?"

모스 소시지 밴드의 정식 유니폼은 아니지만, 그래도 멤버 전원이 오래전부터 하나씩 소장한 옷이었다. 문구 같은 것도 새기려고 생각 중이었는데.

"그 옷 마지막으로 언제 빨았어?"

"지난주. 내가 무슨 짐승인 줄 아나."

캐머런이 언짢은 듯 말했다.

"그래도 지저분해. 옷이 다 헤졌잖아. 게다가 왜 하필 아기 변색깔을 고른 건지 이해가 안 된다니까."

"이끼 색이야!"

엘리자베스가 잠시 그를 바라보더니 낮은 목소리로 말했다.

"여행이나 좀 다녀오면 어때? 이곳에 꼭 있어야 하는 이유라도 있어?"

캐머런이 눈을 깜빡였다.

"어디를 가겠어?"

"샌프란시스코나 런던, 방콕, 마라케시도 있고."

"아, 물론이지. 내 리어제트(자가용 소형 제트기의 상표―옮긴이)
가 있으니 지구 반 바퀴 날아가는 건 일도 아니지."

"알겠어, 그럼 마라케시는 빼고. 솔직히 말해 마라케시가 어디
에 있는지도 몰라. 어제 「휠 오브 포천」(미국의 인기 TV 퀴즈 쇼―옮
긴이)에 문제로 나오더라고."

"모로코에 있어."

캐머런은 거의 반사적으로 대꾸했다. 가본 적도, 앞으로 갈 일
도 없을 곳이다.

"알겠어, 잘난 척쟁이. 텔레비전을 보다가 브래드랑 소파에서
잠들지 않았다면 나도 마라케시가 어디 있는지 배웠을 거야."

캐머런이 코를 찡긋했다.

"나중에 나한테 결혼하지 말라고 말해줘."

"네가 결혼한다고 나서면 엄청 놀랄 거 같은데."

그녀는 고개를 저으며 움찔하고는, 손으로 잔뜩 부른 배 아래
를 쓸어내렸다.

"이제 자야겠다. 좋은 소식은……."

엘리자베스는 잔을 싱크대에 가져다 놓으며 말을 이었다.

"다행히도 벌써 화장실에 가고 싶다는 거지. 대화 상대가 되어
줘서 고마워. 덕분에 두 번 오갈 것 없이 한 번에 다 해결하네."

"천만에."

캐머런은 핸드폰 충전기를 챙겨 다시 거실로 향했다.

"아침에 보자."

"그래, 이따 봐."

그녀는 주방 불을 끄고 복도 끝으로 이내 사라졌다.

한 시간.

두 시간.

세 시간.

핸드폰에서 나오는 푸른빛이 캐머런의 얼굴을 환히 밝혔다. 이 빛에 중독성이 있다는 기사를 읽은 후 케이티는 침실에서 핸드폰 사용을 금했다. 뇌파에 교란을 준다나 어쩐다나. 캐머런은 말도 안 되는 소리라고 여기지만, 화면 불빛으로 눈이 뻑뻑하고 머릿속이 온통 엉망이 된 것 같았다.

당연하게도 케이티의 소셜 미디어 피드에 새로 올라온 소식은 없었다. 몇 번이나 확인하는 중인데, 케이티는 그를 차단하지 않았다. 아직까지는. 손가락이 그녀의 이름 위를 맴돌았다. 한번 살짝 누르기만 하면 통화를 할 수 있다. 하지만 지금쯤 자고 있을 것이다. 그가 떠났으니 그 어느 때보다 편안하게.

캐머런은 그 집에 단 한 번도 속한 적이 없었다. 그의 집이었던 적도 없었다. 그러니 미련을 버려야 했다.

아파트 매물을 보여주는 앱을 열어 스크롤을 쭉 내리며 볕이 들이치는 창과 반짝이는 조리대가 찍힌 사진들을 살폈다. 주방에는 하나같이 오렌지 두 개, 노란 바나나 한 개, 윤이 나는 빨간 사과 몇 개가 담긴 신선한 과일 그릇이 놓여 있었다. 마치 그 그릇을 들고 다니며 사진을 찍은 것 같았다. 집 사진을 다 찍고 나면 과일은 누가 챙겨 가는 걸까? 그나저나 빨간 사과를 먹는 사람도 있나? 뜨끈한 피자와 여섯 개들이 맥주 한 팩을 두는 편이 마케팅에는 더 나을 텐데.

멋진 과일이 주방에 있는 아파트는 그가 머물 곳이 아니었다. 그에게는 델스 위층 집이면 충분할 것 같았다. 하지만 올드 알이 바보는 아니었다. 보증금을 받으려 할 텐데. 자식을 내팽개친 엄마가 전당포에 맡길 만한 무언가를 남겼는지 상자를 열어볼 때가 되었다.

거실에서 상자를 가져오는데 앞마당의 방범등이 깜빡였다. 멈칫했지만 그저 라쿤이었다. 저렇게 살찐 라쿤은 본 적이 없었다. 저런 유해 동물마저도 이곳에서는 기름기가 줄줄 흘렀다. 창문 너머 라쿤이 중년의 극성 아빠처럼 매서운 눈으로 이렇게 늦은 시간까지 안 자고 뭐 하냐고 훈계하는 것만 같았다.

양말 신은 발가락으로 툭 밀자 상자는 스윽 하는 소리를 길게 내며 반대편까지 미끄러졌다. 소파에 털썩 앉아 상자의 날개 한쪽을 홱 열자마자 기침이 터져 나왔다. 의사는 진 이모의 만성 기침이 흡연 때문이라고 했지만 트레일러의 위생 상태도 한몫했을 것이다. 한번 떠올리고 났더니 담배 생각이 간절해졌다. 정말 끊

어야 했다. 그럼에도 그는 마지막 담뱃갑을 운동복 바지 주머니
에 쑤셔 넣은 후 상자를 들고 밖으로 나갔다.

상자에서 하나씩 꺼내놓은 내용물들이 달빛에 빛났다. 캐머런
은 놀라울 정도로 짜릿한 긴장감을 느꼈다. 어떤 물건인지 알리
지 않고 창고를 경매에 붙여 파는 리얼리티 쇼의 장면들이 어쩌
면 과장이 아닐지도 모른다.

하지만 흥분은 잠깐이었다. 하나같이 쓸모없는 것들뿐이었다.

반 정도 쓰다 만 더러운 립스틱 하나.

자필로 쓴 글을 모아둔 서류철. 고등학생 수필같이 지루하고
무가치한 글들.

1988년 8월 14일, 시애틀 센터 콜로세움에서 열린 화이트스네
이크의 콘서트 티켓. 쓸데없을 뿐 아니라 음악 취향도 의심스러
웠다.

곱창밴드인지 뭔지 여자들이 포니테일 할 때 쓰는 머리끈 100만
개쯤.

고릿적 카세트테이프 한 묶음. 대부분이 거지 같은 헤어메탈
(헤비메탈의 하위 장르—옮긴이) 밴드였다. 노래를 직접 녹음한 믹
스 테이프도 몇 개 있었다. 재밌는 게 담겨 있을 수도 있지만, 요
즘 누가 카세트 플레이어를 갖고 다닐까? 아무튼 팔 만한 가치가
전혀 없었다.

캐머런은 담배를 한 모금 빨며 엄청난 실망감에 젖었다. 진 이
모는 왜 이 쓰레기를 준 걸까? 엄마를 향한 애정을 눈곱만큼이라
도 불러일으키는 것이 하나도 없는데. 그보다 더 중요한 건, 단 1센

트라도 돈이 될 만한 물건이 하나도 없다는 점이다.

빈 상자를 드는데, 검은색 작은 주머니가 굴러떨어졌다. 잭팟!
패물이었다. 팔찌 네 개, 목걸이 일곱 개, 아무것도 들어 있지 않
은 로켓 펜던트 두 개, 끊어진 은 체인 하나. 아쉽게도 다이아몬
드 같은 건 없지만 몇 개는 진짜 금처럼 보였다. 어쨌거나 전당포
에서 받아줄 만한 것들이다.

주머니 안에 뭐가 더 없는지 만지작거리자 무언가 느껴졌다.
바닥에 끼어 있었다. 주머니를 거꾸로 해서 흔들자 그것이 떨어
졌다. 접힌 종이처럼 보였지만, 그냥 종이라 하기에는 무거웠다.
뻣뻣한 재질의 오래된 사진이었고, 그 안에 크고 투박한 졸업 반
지가 있었다. 반지를 눈 가까이 가져오자 각인된 글자가 보였다.

소웰베이 고등학교, 1989년 졸업.

사진을 평평하게 펴자, 어둠 속에서도 10대 시절 엄마 얼굴을
알아볼 수 있었다. 캐머런은 한 번도 본 적 없는 남자의 몸에 두
팔을 두른 채 웃고 있었다.

부가티와 금발

.·. :

월이 아프기 전만 해도 토바는 치즈와 과일, 레드 와인 한 병과 플라스틱 텀블러 두 개를 챙겨 두 사람을 위한 소풍 가방을 준비하곤 했다. 해밀턴 공원에 있다가 썰물 때가 되면 재빨리 방파제 아래 벤치로 자리를 옮겼다. 거친 모래 속에 맨발을 묻으면 바닷물이 해변을 덮쳤다 빠져나갈 때마다 차가운 포말이 발목을 훑었다.

토바는 공터에 해치백을 세웠다. 세월에 변색된 피크닉 테이블 두 개와 고장 난 음수대가 있는 좁고 질척한 잔디밭이 '공원'이라는 후한 이름으로 불린 지 오래였다.

이제 토바는 집에 혼자 있는 것에서 벗어나 휴식이 필요할 때면 이곳에 온다. 견딜 수 없는 적막을 텔레비전도 깨지 못할 때 말이다.

갑작스럽게 찾아온 여름 날씨에 새파란 하늘 아래서 한껏 데워진 피크닉 테이블 상판은 놀랄 만큼 뜨거웠다. 토바는 신문에서 십자말풀이가 실린 면을 펼쳐 지우개 가루를 털어냈다. 물이 빠진 바다는 잠잠했고, 파도가 묵직하고도 느리게 해변으로 밀려들었다. 얼마 지나지 않아 모자가 간절해졌다. 해가 어찌나 센지 정수리가 뜨거웠다.

"어디 한번 볼까."

십자말풀이를 들여다봤다. 빈 칸이 반 정도 채워져 있었다. 모닝커피를 마시는 동안 이룬 성과였다. 토바는 여섯 글자: 블론디의 해리 문제를 다시 시작했다.

연필로 밑줄을 그으며 힌트를 읽었다. 록 밴드 블론디. 언젠가 크리스마스에 에릭에게 카세트테이프 앨범을 선물해준 적이 있었다. 에릭이 열 살쯤이었으니 79년, 아니면 80년도였나? 몇 달 동안 반복해서 듣다 보니 나중에는 테이프가 늘어졌다. 그 앨범 커버가 눈에 선했다. 번쩍이는 드레스에 새빨간 립스틱을 바른 금발의 여자. 그 여자 이름이 해리는 아니었던 것 같은데. 그렇다면 아마도 힌트는 다른 것에 관한 것일 거다.

토바는 다른 문제로 넘어갔다.

다음 힌트는 세 글자: 플란넬 특징.

"너무 쉽잖아."

토바는 칸에 답을 적어 내려가며 중얼거렸다. N, A, P(원단 표면의 털—옮긴이).

여섯 글자: 이탈리아 자동차 제조업자 부가티 문제를 고민하고 있는데, 페달을 밟지 않은 채 쌩 지나가는 자전거 소리가 토바를 방해

했다. 뒤이어 클릿 페달에서 신발을 탈착하는 딸깍 소리가 두 번 들렸다. 자전거에서 내린 남성은 멋진 클릿 슈즈 덕분에 이상한 걸음걸이로 포장도로를 지나 음수대로 향했다. 키가 크고 마른 체형이었지만, 뒤뚱거리는 걸음 때문에 토바 눈에는 펭귄처럼 보였다.

"헛걸음하는 거예요."

토바가 말했다.

"네?"

누가 있어 놀랐다는 듯이 남성은 토바를 향해 몸을 돌렸다.

"음수대요. 고장 났거든요."

"아. 네, 감사합니다."

토바는 남자가 음수대에 입을 가까이 대는 모습을 지켜봤다. 수도꼭지를 돌리던 그가 욕설을 내뱉었다.

"이런 건 좀 고쳐줘야지."

그는 투덜거린 후 선글라스를 벗더니, 굉장히 목마른 표정으로 바다를 내다봤다. 바닷물을 마시면 정말로 역할까 궁금해하는 얼굴이었다.

토바는 가방 아래쪽에서 새 물병 하나를 꺼냈다. 혹시 모를 상황에 대비해 항상 챙기는 것이었다.

"물 좀 마시겠어요?"

그가 손을 내저었다.

"아니요. 그럴 순 없죠."

"받아요. 주고 싶어서 그래요."

"아, 그럼. 네."

잔디를 밟는 클릿 슈즈에서 철벅거리는 소리가 났다. 뚜껑을 비틀어 연 그는 단숨에 물 한 병을 다 들이켰다.

"감사합니다. 생각했던 것보다 훨씬 덥네요."

"네, 많이 더워요. 드디어 여름이 왔나 봐요."

남자는 선글라스를 테이블 위에 올려두고 토바 맞은편에 앉았다.

"와, 요즘도 십자말풀이 하는 분이 계시네요."

그는 신문 쪽으로 목을 길게 빼고 십자말풀이를 살폈다. 토바는 마지못해 신문을 상대방 쪽으로 돌렸다. 두 사람은 빤히 문제만 바라봤다. 어디선가 갈매기 울음소리가 침묵 속에 울려 퍼졌다. 토바는 남자의 턱을 타고 흘러내린 땀이 신문의 고민 상담란에 번지는 모습에 움찔했지만, 잘 참아 넘겼다.

"에토레요."

그가 갑자기 입을 열었다.

"무슨 말인지?"

"에토레요. 여섯 글자로 된 이탈리아 자동차 제조업자요. 에토레 부가티예요."

남자가 미소를 지으며 말했다.

"여기 차 끝내주죠."

토바가 연필로 답을 적었다. 칸에 딱 맞아떨어졌다.

"고마워요."

토바가 말했다.

"아! 이건 데비요. 블로디의 데비 해리."

그렇지, 참. 이름을 적으며 토바는 스스로를 향해 혀를 찼다. 글자가 칸 수에 맞아떨어지자 남자가 손을 올려 하이 파이브를 기다렸다. 잠시 망설이던 토바는 작은 손바닥을 크고 축축한 손바닥에 부딪쳤다.

좀 한심한 짓 같았지만 토바는 미소를 지었다.

"와, 저 예전에 데비 해리한테 빠져 있었거든요."

웃는 남자의 눈에 잔주름이 잡혔다.

토바가 고개를 끄덕였다.

"내 아들도 그랬어요."

남자가 토바를 빤히 바라봤다. 두 눈이 커졌다.

"젠장."

그가 낮게 읊조렸다.

"뭐라고요?"

"에릭 설리번의 어머님이시군요."

토바의 몸이 굳었다.

"네, 맞아요."

"와."

남자가 작게 탄성을 질렀다.

"누구시죠?"

에릭과 아는 사이인가요? 그곳에 함께 있었나요? 뭐 아는 게 있나요? 당장에라도 튀어나올 것만 같은 끝없이 돌고 도는 질문들을 간신히 누른 채 이것만 물었다.

"저는 애덤 라이트예요. 에릭과 같은 학교를 다녔어요. 같이 수업도 몇 개 들었고요. 3학년 때, 그러니까 에릭이……."

"에릭이 죽기 전에요."

그가 못 다한 말을 토바가 대신 했다.

"네. 저…… 실례가 많았습니다."

그는 클릿 페달에 신발을 연결했다.

"어…… 제가 가봐야 해서요. 물 감사했어요."

그가 페달을 밟자 자전거 체인이 빙그르르 돌아갔다.

토바는 완성하지 못한 십자말풀이를 펴놓고 그에게 물어봤어야 할 문제들을 바라보며 피크닉 테이블에 한참을 앉아 있었다. 호흡을 하려 애를 썼다.

애덤 라이트란 남자, 추모식에 온 아이들 중 하나였을까? 저 사람도 학교 축구장에서 촛불을 들고 기도했을까?

집에 돌아오니 세탁물이 기다리고 있었다. 수요일은 한 주 동안 쓴 수건들과 함께 시트를 벗겨 빠는 날이다.

세탁기 위 반듯하게 접혀 있는 것은 지난주 차터빌리지에서 가져온 플란넬 가운이었다. 라스가 몇 년 내내 입었던 거라고 간호사는 설명했었다. 토바는 요양원에 두고 오고 싶었다. 죽은 오빠가 입던 가운을 뭐 하러 가져오고 싶겠는가? 그냥 세탁한 후 다른 입소자에게 주면 안 되는 걸까? 자선단체에 기부를 하거나. 쓸모를 다한 옷을 걸레로 만들어 쓰는 토바처럼 잘라서 걸레로 만들어 청소용으로 쓰면 되지 않는가.

망설이는 토바를 향해 간호사는 많은 사람들이 이런 유품을 소중히 여긴다고 덧붙였다.

그런 연유로 그녀의 집에 오게 된 가운은 토바가 많은 사람들과 다르다는 사실만 떠올리게 했다.

지난주, 가운을 걸레로 만들려고 가위를 들었던 토바는 당장 쓸 걸레가 많다는 것을 깨닫고는 마음을 바꿨다.

라스의 소지품 중에는 사진도 좀 있었다. 토바와 라스의 유년 시절이 담긴 오래된 사진도 몇 장 보였다. 그것들은 앨범에 끼워 다락방의 가족사진 보관 상자에 넣었다.

다른 사진들은 비교적 최근 것으로 토바가 알아보지 못하는 얼굴들이 있었다. 두 사람이 소원해진 후 라스의 삶이 담겨 있었다. 칵테일파티에서 중년들이 미소 짓는 사진, 등산객 몇 명이 산속 폭포 아래 걸음을 멈춘 사진. 토바가 모르는 라스 모습이었다. 이 사진들은 쓰레기통에 넣었다.

어느 쪽에도 속하지 않는 사진 하나가 나왔다. 라스가 10대인 에릭과 보트에 나란히 앉아 있는 사진. 허공에 늘어뜨린 까무잡잡한 다리 네 개가 새하얀 선체에 대비되었다.

에릭에게 배를 모는 법을 가르친 사람이 라스였다. 항해에 대한 모든 것을 가르치고 바다에서 벌어질 가능성이 희박한 상황까지 가정해 해결책을 알려주었다. 가령 닻줄을 깔끔하게 잘라내는 법 같은 것 말이다.

보고 있기에 가슴이 아픈 사진이었다. 토바는 쓰레기통에 넣으려다가 마지막에 마음을 고쳐먹고는 냄비 장갑과 타월을 보관하는 주방 서랍 안쪽에 밀어 넣었다. 앨범에도 쓰레기통에도 속하지 않는 사진은 주방 서랍에도 어울리지 않았지만 말이다.

인간이 지치지 않고 떠드는 대화 주제가 하나 있다면, 바로 그들이 처한 야외 환경 상태일 것이다. 늘 똑같은 이야기를 하면서 항상 놀라다니…… 내가 다 놀라울 따름이다. 항상 하는 그 터무니없는 말들. 오늘 날씨 진짜 대단하지 않아? 이 소리를 몇 번이나 들었던가? 정확히 1,910회다. 평균적으로 하루에 1.5회를 들은 것이다. 인간 지능에 대해 다시 한번 말하자면, 인간은 예측 가능한 기상 현상을 이해조차 하지 못한다.

내가 옆 수조에 사는 해파리들에게 다가가 못 믿겠다는 듯 외투막을 가로저으며 이런 말을 한다고 생각해보길 바란다. 오늘 수조에서 나오는 버블 진짜 대단하지 않아? 터무니없는 소리 아닌가(물론 이 말이 터무니없는 것은, 해파리는 대답을 하지 않기 때문이기도 하다. 해파리는 이 정도 수준의 의사소통을 할 수 없다. 학습도 안 된다. 직접 시도해봤기에 잘 안다).

태양, 비, 구름, 안개, 우박, 진눈깨비, 눈. 인간이 두 발로 지구를 딛고 선 지 수백만 년이나 되었으니, 이제는 날씨를 그러려니 받아들일 때도 되었다.

오늘은 그들의 이마에서 짭짤한 땀 냄새가 났다. 입구에서 나눠주는 팸플릿으로 부채질하는 인간들도 있었다. 거의 모든 이들이 두툼한 다리가 드러나는 짧은 옷에, 걸을 때마다 바닥을 찰싹 때리는 끈 달린 신발을 신었다.

역시 더위에 대한 실없는 소리는 멈추지 않았다. 오늘 날씨 진짜 대단하지 않아? 오늘만 해도 열일곱 번째다.

계절이 변하는 시기가 왔다. 밝은 시간이 길어지고 어두운 시간은 짧아진다. 얼마 지나지 않아 1년 중 낮이 가장 긴 날을 맞이할 것이다. 인간이 '하지'라고 부르는 그날 말이다.

내 마지막 하지다.

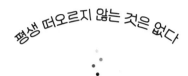

평생 떠오르지 않는 것은 없다

　다음 날 오후, 콜레트 뷰티 숍을 찾은 토바는 헤어드라이어 바람을 쐬는 바브 밴더후프 옆에 앉아 머리를 말리고 있었다. 이곳은 핑크색으로 페인트칠한 문 그대로 50년 가까이 소웰베이 시내를 지켰다. 콜레트는 니트-위츠 멤버들과 마찬가지로 70대지만 손에서 일을 놓지 않았다. 매장은 몇 년 전에 고용했던 젊은 스타일리스트들에게 완전히 넘긴 채로.

　토바는 허영이라고는 눈곱만치도 없지만 다행히도 스스로에게 이 정도 사치는 허용했다. 게다가 그녀가 제대로 자기 헤어스타일을 관리할 거라고 믿는 사람은 아무도 없었다. 몇 분 전, 토바는 콜레트가 능숙하고도 세심한 손길로 바브의 머리를 다듬는 것을 구경했다. 콜레트는 정말 최고의 미용사였다.

　"토바, 잘 지내고 있지?"

　바브는 헬멧처럼 생긴 드라이어 아래서 최대한 토바 가까이 몸을 기울여 '잘'이란 단어를 지나치게 강조하며 물었다. 괜찮다고 거짓으로 꾸며낼 생각조차 하지 말라고 먼저 선을 긋는 것 같았다. 바브는 상대가 허튼소리를 못 하게 효율적으로 차단하는 쪽이다. 존경할 수밖에 없는 재능.

하지만 토바는 가식적이지 않은 스스로에게 자부심을 갖고 있었다. 진심을 담아 답했다.

"나는 괜찮아."

"라스는 좋은 사람이었어."

바브가 안경을 벗자 구슬로 된 줄에 안경이 대롱거렸다. 바브는 손수건 끝으로 눈가를 찍었다. 토바는 비웃음이 터져 나오려는 것을 참았다. 바브가 이런 식으로 다른 사람 비극에 자신을 끼워 맞추며 자기 꼴을 우습게 만드는 장면을 본 게 한두 번이 아니었다. 바브는 라스를 대여섯 번 만난 게 다였다. 토바가 그와 연을 끊기 아주 오래전에.

"편안히 갔어."

토바는 누군가에게 전해 들은 게 아니라는 듯 확신 어린 투로 말했다. 아무런 고통 없이 갔을 거라고 말하며 차터빌리지 사람이 토바의 팔을 꽉 잡았으니 사실일 것이다.

"고통 없이 가는 건 정말 축복이야."

바브가 가슴께에 손을 올렸다.

"시설이 꽤 좋더라고."

"그래?"

바브가 고개를 바로 했다. 새로운 정보였을 것이다. 토바는 벨링햄에 다녀온 일을 니트-위츠 멤버들에게 털어놓지 않았고, 이선 맥도 이번만큼은 숍웨이 계산대에서 떠들어대지 않는 것 같았다.

"응. 오빠 유품을 가지러 갔었거든. 그리 많지는 않았어. 그런데 요양원이 깔끔하고 운영도 잘되고 있더라고."

"거기가 어딘데?"

"차터빌리지. 벨링햄에 있는."

"아! 여기야?"

다시 안경을 쓴 바브는 무릎에 올려둔 잡지를 휙휙 넘겼다.

구름 한 점 없는 하늘 아래 어색할 정도로 초록색을 띤 잔디밭과 함께 차터빌리지가 우아하게 어우러진 광고가 실려 있었다.

"응, 거기 맞아."

바브는 코앞으로 잡지를 가져가더니 눈을 가늘게 하고 작은 글자들을 읽어 내려갔다.

"이것 좀 봐! 해수풀장도 있대. 영화관이랑."

"그렇대?"

"스파도!"

"생각했던 것보다 훨씬 근사하긴 했어."

토바도 인정했다.

바브는 기대감을 지우려는 듯 한숨을 내쉬며 잡지를 덮었다.

"그래도 뭐, 우리 앤디가 날 요양원에 보낼 리는 없으니……."

"그럼, 그럴 리 없지."

미소도 안타까움을 표하는 것도 아닌 애매한 표정으로 토바는 고개를 끄덕였다.

바브가 잡지로 부채질을 했다. 헬멧처럼 생긴 드라이어 아래에 있자니 더운 모양이었다.

"어디 한번 볼까."

토바는 열처리기 옆 작은 테이블에 놓인 낡은 『리더스 다이제스트』를 집어 목차를 읽는 척했다. 당연히 해수풀장과 영화관, 스파가 있다는 걸 알고 있었다. 차터빌리지에서 가져온 꾸러미가 집에 있으니까. 최소 세 번은 훑어봤다.

"시작할까요, 토바?"

건너편에서 콜레트가 밝은 목소리로 토바를 불렀다. 토바는 초현대적인 헬멧 드라이어를 위로 밀어 올린 후 손가방을 챙기고는 바브에게 고상하게 작별 인사를 한 뒤 머리를 마무리하러 자리를 옮겼다.

그날 저녁, 아쿠아리움의 테리 사무실에 불이 켜져 있었다. 토바는 인사를 건네기 위해 사무실 문을 열고 고개를 빼꼼 내밀었다.

"안녕하세요, 토바!"

테리가 안에서 손을 흔들었다. 책상에 쌓인 서류들 위로 안테나처럼 젓가락 한 벌이 삐죽 나온 하얀색 테이크아웃 상자가 보였다. 그 상자에 엘런드에 있는 중국 음식점의 야채볶음밥이 담겨 있다는 것을 토바는 알고 있었다. 그날 밤, 문어를 유혹해 수조에서 탈출하게 만든 포장 용기와 같았다.

"안녕하세요, 테리."

토바가 고개를 살짝 숙였다.

"여기 좀 앉으시죠."

테리는 책상 맞은편에 놓인 의자를 향해 고갯짓을 했다. 그는 비닐 포장지에 담긴 포춘 쿠키를 들어 보였다.

"하나 드시겠어요? 맨날 두 개씩은 주더라고요. 어쩔 때는 서너 개 줄 때도 있고요. 볶음밥 하나를 몇 명이랑 나눠 먹을 거라고 생각하는 건지."

토바는 미소를 지으며 문가에 서 있었다.

"감사하지만 괜찮아요."

"편하신 대로요."

테리는 어깨를 으쓱하고 책상 위 잡동사니 쪽으로 포춘 쿠키를 툭 던졌다. 마구잡이로 물건들이 쌓여 있고 여기저기 서류들이 흩날리는 테리의 책상만 보면 토바는 손바닥이 근질거렸다. 조금 있다 청소 카트를 밀고 와서 쓰레기통을 비우고, 책상 뒤편 액자 세 개의 먼지도 닦아낼 생각이다. 걸음마를 뗀 테리의 어린 딸이 놀이터에서 그네를 타는 모습. 구릿빛 피부, 어두운 곱슬머리에 활짝 웃는 입매가 테리와 꼭 닮은 모친의 어깨에 팔을 두른 테리. 바람에 소매가 말려 올라간 졸업 가운을 걸치고 자주색과 금색 술이 달린 학사모를 쓴 테리. 그 사진들 옆에는 학위증이 놓여 있었다. 해양생물학 전공 이학사, 최우등 졸업생, 워싱턴 대학교에서 테리 베일리에게 수여.

이런 사진들은 토바네 벽난로 선반에는 없는 것들이었다. 그해 여름 밤, 그 사건이 벌어지지 않았다면 에릭은 가을에 대학에 입학했을 것이다.

테리가 어쩌나 깔끔하고도 능숙하게 젓가락으로 밥을 떠먹는지, 자메이카 낚싯배에서 자란 사람이라기엔 너무도 자연스러워 보였다. 젊은 사람들은 무엇이든 쉽게 배운다. 음식을 삼킨 테리가 말했다.

"오빠 일은 유감입니다."

"마음 써줘서 고마워요."

토바가 조용히 말했다.

테리는 식당에서 가져온 얇은 냅킨에 손을 닦았다.

"이선에게 들었어요."

"전 괜찮아요."

계산하는 동안 대화 거리가 필요한 이선으로서는 조용히 있기가 어려웠을 것이다. 온종일 수다를 떨어야 하는 그런 자리야말로 토바가 진심으로 싫어하는 일이었다.

"어쨌거나, 마침 얼굴을 봐서 다행입니다, 토바. 부탁드릴 일이 있어서요."

"네?"

토바가 고개를 들었다. 대화 주제를 빨리 바꿔준 것이 고마웠다. 오빠의 죽음에 대해 이토록 짧게 말하고 끝내는 사람을 드디어 만나다니.

"오늘 밤에 전면 유리창을 좀 닦아주실 수 있을까요? 안쪽만요."

"물론이죠. 기꺼이요."

진심이었다. 로비에 있는 널찍한 유리창은 항상 지저분했고, 지금으로서는 유리에 약을 뿌리고 옷을 잘라 만든 걸레로 얼룩을 말끔히 지우는 일만큼 그녀를 행복하게 해줄 일이 없었다.

"이번 주말에 오는 손님들에게 깔끔하게 보이고 싶어서요."

테리가 한 손으로 얼굴을 쓸어내렸다. 피곤함이 묻어나는 얼굴이었다.

"그것 때문에 바닥 청소를 못 해도 걱정하실 것 없습니다. 아시겠죠? 다음 주에 하면 되니까요."

독립기념일이 있는 주말은 아쿠아리움이 가장 바쁜 날이다. 소웰베이가 북적이던 시절에는 이 시기에 마을에서 대규모 해변 행사를 열기도 했다. 요즘에는 평소보다 조금 더 시끄러운 정도다.

토바가 고무장갑을 꼈다. 펌프실 청소는 물론이고 전면 유리창 닦기 역시 끝낼 자신이 있었다. 늦은 밤까지 해야겠지만, 늦게 자는 것은 그녀에게 별문제가 되지 않았다.

"토바 덕분에 걱정을 덜었습니다."

테리가 고마움을 담아 활짝 미소를 지었다.

"할 일이 있으면 좋죠."

토바도 미소로 답했다.

테리가 책상 위에 어질러진 서류와 잡동사니를 이리저리 들추자 은으로 된 무언가가 토바의 눈에 들어왔다. 기다란 몸체가 테리의 검지만큼 두껍고, 묵직해 보이는 클램프였다. 테리는 무심

코 그 물건을 들었다가 문진처럼 서류 위에 다시 내려놨다.

하지만 토바는 그것이 문진이 아니란 걸 알았다.

"어디에 쓰시는 건지 물어봐도 될까요?"

문가에 기댄 토바는 속이 불편해지는 것 같았다.

테리가 한숨을 내쉬었다.

"마셀러스가 또 문제를 일으키는 것 같습니다."

"마셀러스요?"

"네, GPO요."

이니셜을 이해하기까지 조금 시간이 걸렸다. 거대태평양문어
(Giant Pacific octopus)에게 마셀러스란 이름이 있었구나. 어떻게
몰랐을까?

"그렇군요."

토바가 조용히 말했다.

"어떻게 하는 건지 모르겠지만 이번 달만 해도 해삼 여덟 마리
가 빕니다."

테리는 클램프를 들어 무게를 가늠하듯 손 위에 올렸다.

"거기 조그만 틈으로 나오는 것 같아요. 수조 뒤편에 딱 맞는
나무판자 같은 것을 구해야 이 클램프로 고정할 수 있는데."

토바는 잠시 망설였다. 휴게실에 있던 볶음밥 상자 이야기를
꺼내야 할까? 그녀의 두 눈이 테리의 책상, 지저분하게 쌓인 서
류 위에 다시 올려진 클램프를 향했다. 결국 이렇게만 말했다.

"수조가 잠겨 있는데 문어가 어떻게 탈출하는지 도무지 모르
겠네요."

엄밀히 말하면 거짓말은 아니었다. 토바는 정말 문어가 어떻게 빠져나오는지 몰랐다.

"흠, 농담을 좀 섞자면, 뭔가 비린내 나는 일이 벌어지고 있는 건 맞습니다."

테리가 손목시계를 확인했다.

"지금 가면 철물점에 들를 수 있겠네요."

그는 노트북을 닫고 소지품을 챙기기 시작했다.

"토바, 바닥이 미끄러우니 항상 조심하시고요, 아시겠죠?"

테리는 항상 토바에게 조심하라고 말했다. 그녀가 넘어져 허리라도 다치면 아쿠아리움에 거액의 소송이 걸릴까 봐 불안한 것이었다. 니트-위츠는 다들 정말 그래야 한다고 했다. 토바는 상대가 누구라도 고소하겠다는 생각은 한 번도 해보지 않았고 더구나 아쿠아리움이라니 말도 안 되는 얘기지만, 친구들에게 굳이 반박하지 않았다. 그녀는 조심성이 많은 사람이었다. 윌은 그녀가 '조심'을 미들 네임으로 써야 한다고 놀리곤 했다.

토바는 진심을 담아 답했다.

"항상 조심하고말고요."

"안녕, 친구."

토바가 문어를 향해 인사했다. 그녀의 목소리에 바위 뒤에 있던 문어가 오렌지빛을 띤 노랗고 하얀 별처럼 몸체를 쫙 펼쳤다. 토바 쪽으로 가까이 다가오며 문어는 눈을 끔뻑였다. 오늘 밤은 문어 색이 전보다 나아 보였다. 더 밝아져 있었다.

토바가 미소 지었다.

"오늘 밤은 모험심을 자제 중이신가?"

촉수를 수조 유리에 붙인 문어의 둥근 외투막이 한숨을 내쉬듯 잠시 들썩였다. 한숨이라니 불가능한 일이었지만, 그래 보였다. 문어는 순식간에 뒤쪽으로 재빨리 가더니, 눈은 여전히 토바에게 맞춘 채 촉수 끝으로 수조에 난 작은 틈을 더듬었다.

"안 돼, 이 친구야. 테리가 눈치챘다고."

혼을 낸 토바는 황급히 모든 수조의 뒷문이 있는 곳으로 향했다. 좁고 습한 공간에 들어온 그녀는 한창 탈출 중인 문어를 보게 될 거라 예상했지만, 놀랍게도 문어는 아직 수조 안에 있었다.

"뭐 그래도, 자유의 밤을 마지막으로 누릴 기회는 남았는지도 모르지."

토바는 테리의 책상 위에 있는 묵직한 클램프를 떠올리며 말했다.

문어는 수조 유리에 얼굴을 딱 붙이고는, 안아달라고 조르는 아이처럼 팔들을 위로 쭉 뻗었다.

"악수를 하고 싶은 거구나."

토바는 나름 짐작했다.

문어의 팔들이 물속에서 흐늘거렸다.

"악수를 하자는 걸 거야."

긴 철제 테이블 아래 놓인 의자를 끌고 와 그 위에 올라 균형을 잡자, 수조 뒤편 덮개에 손이 닿았다. 토바의 머릿속에 한 가지 생각이 스쳤다. 문어가 나를 이용하려는 건 아닐까. 내가 뚜껑을 열면 수조에서 빠져나올 수 있으니까.

그녀는 도박을 걸어보기로 했다. 뚜껑을 들어 올렸다.

문어는 아까보다 느릿해진 움직임으로 여덟 개의 팔을 쫙 펼치고 낮게 유영했다. 그러다 팔 하나를 물 밖으로 들어 올렸다. 토바가 지난번 사건으로 아직도 흐릿하게 멍이 남은 팔을 쭉 뻗자, 문어는 냄새를 맡듯 그 팔을 자기 팔로 휘감았다. 길게 뻗은 촉수 끝이 토바의 턱을 쿡쿡 찔렀다.

토바는 개를 쓰다듬듯 머뭇머뭇 문어의 외투막을 어루만졌다.

"안녕, 마셀러스. 네 이름이 마셀러스 맞지?"

그 순간, 문어가 홱 토바의 팔을 잡아당겼다. 그 바람에 의자 위에서 휘청거리게 된 그녀는 문어가 자신을 수조로 끌고 들어가려는 건 아닐지 두려워졌다.

몸이 앞으로 꼬꾸라져 코가 물에 닿기 일보 직전, 토바는 문어의 눈을 너무도 가까이에서 마주하게 되었다. 이 세상 것 같지 않은 짙푸른 눈, 너무 어두워 검은색처럼 보이는 그 눈은 영롱한 구슬처럼 빛났다. 서로의 눈을 마주 본 채 영겁과도 같은 시간이 흘렀을까, 그녀는 문어가 흐느적거리는 다른 팔을 자신의 다른 쪽 어깨로 뻗어 이번에 새로 한 머리를 툭 건드리는 것을 느꼈다.

토바가 웃음을 터뜨렸다.

"건드리면 안 돼. 아침에 미용실에 다녀왔다고."

그러자 문어가 팔을 풀고 바위 뒤로 사라졌다. 벙 찐 토바는 주변을 둘러봤다. 문어가 무슨 소리를 들은 걸까? 목에 손을 올리니 문어의 촉수가 닿았던 자리에 축축한 물기가 느껴졌다.

문어가 다시 위로 떠올랐다. 팔 끝에 회색의 작은 무언가가 걸려 있었다. 문어가 토바에게 팔을 뻗었다. 그녀에게 주는 것이었다.

집 열쇠였다. 지난해에 잃어버렸던.

그녀가 청소하는 동안 물건을 담아두는 곳 근처 바닥에서 발견했다. 가져오면 안 된다는 걸 알았지만 참지 못했다. 무언가 굉장히 익숙한 느낌이었다.

수조로 돌아와 거처 안에 묻었다. 속이 텅 빈 바위 안쪽의 깊숙한 틈은 제아무리 꼼꼼한 청소부의 손길이라도 닿지 못한다. 그곳에 보물들을 묻어둔다.

내 수집품 중에 어떤 보물이 있는지 궁금한가? 흠, 뭐부터 시작해야 할까? 유리구슬 세 개, 플라스틱으로 된 슈퍼히어로 피규어 두 개, 에메랄드가 박힌 반지, 신용카드 네 개와 면허증 한 개, 보석 머리핀 하나, 인간의 치아 하나. 왜 그런 역겨운 표정인가? 내가 인간의 입에서 뽑아낸 게 아니다. 이곳에 소풍 온 사람이 이를 이리저리 흔들다 뽑아버렸고, 그 뒤로 이의 행방을 놓친 것이다.

또 뭐가 있더라? 귀걸이. 쌍으로 된 건 없고 모두 한쪽짜리인데, 정말 많다. 팔찌 세 개. 인간의 언어로 뭐라고 하는지 모르는 기구 두 개. 아마도…… 플러그 같은데. 인간은 가장 어린 자식을 조용히 시키기 위해 몸에 난 구멍에 이것을 꽂는다.

이곳에 감금되어 있는 동안 수집품이 크게 늘어났고, 때문에 나도 점점 까다로워졌다. 여기에 온 지 얼마 안 됐을 땐 동전이 많았지만 이제는 너무 흔해져 생김새가 다른 동전만 줍는다. 인간이 외화라고 부르는 것만.

지난 몇 년간 물론 열쇠를 발견하는 일도 많았다. 내게 열쇠는 동전과 같은 부류라, 원칙적으로는 무시한다.

하지만 앞서 말했듯 이 열쇠는 이상하게 끌렸다. 무엇 때문에 특별하게 느껴지는지 몰라도 반드시 가져야겠다는 생각이 들었다. 그날 밤 늦게 팔 끝으로 열쇠의 굴곡을 쓸어보고 나서야 깨달았다. 전에 이 열쇠를 본 적이 있었다. 아니, 이것과 똑같이 생긴 열쇠를.

열쇠는 인간의 지문과 완전히 다르다. 열쇠는 복제가 가능하기 때문이다.

아주 어렸을 때 이것을 복제한 열쇠를 쥐어본 적이 있다. 이곳으로 잡혀 오기 전에 말이다. 동그란 고리가 달린 그 열쇠는 바다 깊은 곳에, 인간이 남긴 것이라고밖에 설명할 수 없는 매장물에 섞여 있었다. 매장물이라고 해서 뼈나 살점을 말하는 것은 아니다. 그런 것들은 바닷속에서 그리 오래 버티지 못한다. 스니커즈의 고무 밑창과 한쪽 비닐 끈, 그리고 셔츠에서 떨어져 나온 플라스틱 단추 몇 개. 바위 무더기 아래로 다 같이 흘러 들어와 자리를 잡은 것들이었다. 분명 그녀가 잃어버린 사람이 갖고 있던 물건들일 것이다.

바다가 깊숙이 간직한 비밀이란 이런 것들이다. 내가 다시는 탐험할 수 없는 것들. 그때로 되돌아갈 수 있다면 스니커즈 밑창과 끈, 단추, 복제 열쇠를 모두 챙길 것이다. 전부 다 그녀에게 전해줄 것이다.

그녀의 상실에 위로를 전한다. 이 열쇠를 돌려주는 것이 내가 할 수 있는 최소한의 일이다.

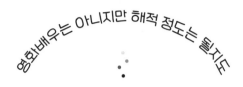

영화배우는 아니지만 해적 정도는 될지도

아침 9시, 캐머런은 내심 잠겨 있으면 좋겠다는 마음으로 델스 살룬 바의 문을 당겼다. 기대와 달리 문이 활짝 열렸다. 어두컴컴한 실내에 적응하느라 눈을 깜빡였다.

바텐더 올드 알이 바 뒤편에서 고개를 내밀었다.

"캐머런."

조폭 영화에나 나올 법한 그 탁한 목소리는 이탈리아와 브루클린 느낌이 물씬 나서 이곳 캘리포니아 중심부에서는 도리어 우습게 들렸다.

"별일 없죠?"

캐머런이 바에 있는 스툴에 앉았다. 지금은 술 상자가 쌓여 있는 뒤편 한쪽 구석에 모스 소시지가 공연하는 작은 무대가 있다. 아니, 브래드로 인해 해체되기 전에 섰던 무대라고 하는 게 맞겠다. 당구대 옆 긴 테이블 위에 놓여 있는 라디오 안테나는 더럽기

그지없는 창문을 향해 뻗어 있었다. 청취자와 전화로 대화를 나누는 라디오 프로그램에서 남성과 여성이 금리니 연방준비제도니 하는 재미없는 이야기를 열심히 하고 있었다.

"늘 먹던 거?"

올드 알이 칵테일 냅킨을 바 위로 툭 던졌다.

"아뇨. 술 마시러 온 거 아니에요."

캐머런이 목을 가다듬었다.

"제안할 게 있어요. 부동산 관련 진짜 제안이요."

올드 알이 바 싱크대에 등을 기대고는 눈썹을 올리며 팔짱을 꼈다.

"위층에 있는 집 말인데요."

캐머런이 자세를 바로 했다.

"그 빈집이요."

"그 집이 왜?"

"임차를 하고 싶어서요. 나름대로 계획을 다 세워봤거든요. 첫 달 월세는 다음 주쯤 마련할 수 있고……."

올드 알이 손을 들었다.

"아냐, 캠. 관심 없어."

"말을 다 듣지도 않았잖아요!"

"집을 세놓고 신경 쓰며 살 생각 없어."

"신경 쓰지 않게 하면 되잖아요! 위에 사는 것조차 모르게 제가 잘할게요."

"관심 없다고."

"하지만 빈집이잖아요!"

"그렇게 두는 게 좋다니까."

"얼마를 생각하는데요?"

캐머런은 후드 티 호주머니에서 검은색 주머니를 꺼내 바 위로 패물을 쏟았다.

"월세 낼 수 있다니까요. 알았어요?"

한데 뒤엉킨 패물을 잠시 바라보던 올드 알은 고개를 젓고는 싱크대에서 회색 행주를 집었다.

"어디 양로원이라도 턴 거야?"

캐머런이 화가 난 투로 말했다.

"그냥 몇 달만 좀 지낼 곳이 필요해서 그래요. 안 되겠어요?"

"미안하지만 안 돼."

"제발요, 알. 제가 월세 잘 낼 사람이란 거 알잖아요."

"생각을 좀 해봐라, 캐머런. 네 길고 긴 외상 장부 뒷면에 장편소설이라도 쓸 판이야. 그리고 작년에 네가 쓸데없는 짓거리 하느라 부숴먹은 테이블 값도 아직 안 주고 있잖아. 무대에서 뛰어내리다 해먹은 거 말이야."

캐머런이 움찔했다.

"그건 행위 예술이잖아요."

"기물 파손이지. 사람들이 네가 연주하는 시끄러운 소리를 좋아하는 것 같고, 네 이모가 좋은 친구라서 내가 너그러이 용서해 준 거야. 그런데 나도 참는 데 한계가 있다. 이 동네에 발에 차이는 게 코딱지만 한 아파트야. 집안 패물 챙겨서 그런 데 가보면 되잖아."

"그게, 그러니까……."

당연히 신원 및 신용 기록 조회 때문 아니겠냐는 듯 캐머런은 얼버무렸다.

"네가 알아서 잘해봐."

어깨를 으쓱한 올드 알은 행주로 원을 그리며 바 위를 닦았다. 한번씩 싱크대에서 행주의 땟물을 짜내면서. 드디어 행주질을 끝낸 그는 싱크대로 행주를 던졌다.

"네 어머니 거라고?"

"네."

"이모가 준 거고?"

"네."

바텐더는 금으로 된 테니스 팔찌를 집어 들었다.

"꽤 괜찮은 것들도 있네."

그런 뒤 소웰베이 고등학교 1989년 졸업 반지를 집었다.

"흠, 이것 좀 보게. 요즘에는 졸업 선물로 이런 거 안 사지?"

캐머런이 어깨를 으쓱했다. 알 턱이 있나. 그가 고등학교를 졸업하지 못했다는 것은 올드 알도 아는 사실이었다.

"소웰베이. 워싱턴주에 있는 데지?"

"그런 것 같아요."

캐머런도 그렇게 알고 있었다. 물론 구글 검색으로 알았다. 허나 그게 어디 있든 뭐가 중요할까. 엄마가 그 못된 취미 활동을 하려고 훔친 반지겠지. 어쩌면 사진 속 그 남자가 공범일지도.

"진이 직접 가서 데려오려고 거기까지 간 적이 있었지."

"누구를 데려와요?"

"네 엄마 말이다."

"지금 무슨 말을 하는 거예요?"

"네 이모가 말을 안 해주더냐?"

"무슨 말을요?"

캐머런은 손으로 동그랗게 말아 만지작거리던 칵테일 냅킨 뭉치를 바에 내려놓았다.

올드 알이 한숨을 쉬었다.

"그러니까 나는 다프네를 진의 골치 아픈 동생 정도로만 알고 있거든. 아마 다프네가 고등학생 때 가출을 했을 거야. 워싱턴주로. 그 이유는 누가 알겠니? 거기서 무슨 문제가 생겼나 봐. 진이 하루 일을 쉬고 동생을 집으로 데려오려고 워싱턴주까지 갔지. 언젠가 밤에 여기 와서 얘기했었어."

"아."

캐머런 입에서 나온 말은 이것뿐이었다. 머리가 멍해졌다.

"뭐, 그렇다고."

올드 알은 손바닥에 반지를 올리고 무게를 재듯 손을 위아래로 흔들었다.

"남자 친구 건가. 나도 3학년 때 여자 친구한테 줬었는데."

바텐더 얼굴로 천천히 미소가 번졌다.

"그 여자는 반지를 체인에 걸어 목걸이처럼 했었어. 그 예민한데 있잖아, 가슴골에 딱 반지가 들어가게."

캐머런은 민망하다는 듯 몸을 움츠렸다.

"잘은 몰라도 그 반지는 지금도 거기 있을 거다. 헤어진 후에는 소식을 들은 적 없지만."

올드 알은 끙, 하고 낮게 탄식했다.

끼익하는 소리와 함께 문이 열리자 뿌연 빛이 쏟아졌고, 이내 남자 두 명이 들어왔다. 동네에서 익숙한 얼굴들이었다. 별달리 하는 일 없이 어슬렁거리는 백수들. 두 사람은 캐머런을 향해 고개를 까닥해 보이고는 몇 자리 건너 스툴에 앉았다.

주문도 받지 않고 올드 알이 병맥주 두 병을 열어 두 사람 쪽으로 스윽 밀고는 캐머런을 향해 세 번째 병을 들어 보였다.

"한잔할래?"

조금 누그러진 말투로 덧붙였다.

"서비스야."

"그럼요. 감사해요."

올드 알이 미안한 얼굴로 고개를 까닥였다. 빈집을 세주지 않는 치졸한 짓을 2달러짜리 맥주 한 병으로 퉁치자는 듯. 그런 뒤 그는 라디오 쪽으로 다가가 코드를 빼고 전선을 돌돌 감아 정리했다. 잠시 후 한쪽에 놓인 주크박스에 불이 들어오더니 스피커에서 기타 소리가 울려 퍼졌다. 보아하니 저 한량들은 컨트리음악을 좋아하는 듯했고, 델스 살룬은 본격적으로 장사를 시작하는 듯했다.

캐머런은 단번에 얼음장같이 차가운 맥주를 비운 후 테이블에 찍힌 동그란 병 자국을 손으로 닦아내고는 바를 나섰다.

소웰베이 고등학교 1989년도 졸업생들은 온라인에서 놀라울 정도로 왕성하게 활동하고 있었는데, 캐머런은 올해 졸업 30주년 동창회 때문이라고 생각했다. 30년, 꼭 그의 나이와 같았다. 그해 여름, 친구들이 모두 졸업할 때 엄마는 아이를 가진 것이다.

남자 친구 반지일까. 도대체 어떤 놈이 엄마를 임신시킨 걸까?

동창회 웹사이트에 누군가 수백 장의 사진을 스캔해 업로드하는 수고를 했다. 망할 놈의 졸업 앨범 하나를 통째로 올린 것 같았다. 나이 든 사람들은 시간이 너무 남아돌아 탈이다. 캐머런은 계속 스크롤을 하며 흐릿한 사진들을 살피다 엄마처럼 층이 진 갈색 곱슬머리를 발견할 때면 잠시 멈췄지만, 사실 찾고 있는 사람은 엄마가 아니었다. 진 이모가 건넨 구깃한 사진 속 엄마와 함께 있는 남자를 찾고 있었다.

캐머런은 반지 안쪽을 살폈다. 놀랍게도 흐릿한 글자가 새겨져 있었다. EELS. 소웰베이 고등학교…… 장어들(eels)? 이상한 마스코트지만 학교가 바닷가 근처라면 말이 안 되는 것은 아니다. 졸업 앨범에 장어를 의미하는 것이 하나도 없다는 게 이상했고, 장어를 테마로 한 졸업 앨범이 어떤 모습일지는 상상조차 하기 어려웠다.

그는 스캔된 사진들을 계속 살폈다. 크게 부풀린 헤어스타일과 촌스러운 1980년대 옷을 입고 그 세대 특유의 이해할 수 없는 이상한 포즈를 취한 채 카메라를 향해 익살스러운 표정을 짓고 있는 학생들. 그러던 중 무언가가 그의 눈길을 사로잡았다. 처음 보는 엄마 사진으로, 인파가 가득한 잔교 위에서 한 남자가 엄마에게 팔을 걸치고 있었다. 지금 캐머런이 갖고 있는 사진 속 인물과 같은 남자. 그의 고개는 옆으로 돌아가 있었다. 엄마 뺨에 입을 맞추고 있는 것처럼. 바람에 날리는 엄마의 머리카락에 남자 얼굴이 가려져 있었지만 그가 분명했다.

순식간에 축축해진 손으로 웹사이트 속 사진을 확대했다. 글이 쓰여 있었다. 다프네 캐스모어와 사이먼 브링스.

"찾았다. 사이먼 브링스."

낮게 갈라진 목소리가 간신히 새어 나왔다. 곧장 그는 인터넷 창 하나를 새로 열어 이름을 검색했다.

검색 결과 페이지들을 보면서 어떤 사람인지 확실히 알 수 있었다. 시애틀의 유명한 부동산 개발업자이자 나이트클럽 소유주였다. 그가 별장으로 쓰는 집이 『시애틀 타임스』에 실리기도 했는데, 빌어먹을 페라리까지 버젓이 찍혀 있었다.

굉장한 일이었다. 굉장한 데다 캐머런이 엄청난 부자가 될 수 있는 기회였다.

허, 하고 짧게 웃음을 보인 캐머런은 주먹을 불끈 쥐었다.

사이먼 브링스. 캐머런은 거실을 이리저리 거닐다 브래드와 엘리자베스의 티끌 한 점 없는 소파에 몸을 파묻고는 반지를 품고 있던 사진을 유심히 살폈다. 이 사람이 정말 아버지일까? 고작 사진 한 장이지만 지금껏 아무것도 없었던 그에게 대단한 단서인 셈이었다. 사진 속 엄마를 찬찬히 들여다봤다. 바람에 휘날리는 머리카락과 아무런 근심 없는 환한 미소. 캐머런도 잘 알고 있듯 크고 늘씬한 엄마는 꽤 건장해 보이는 브링스와 키 차이가 별로 나지 않았다. 다만 캐머런이 시선을 떼지 못하는 것은 엄마의 얼굴이었다. 아기처럼 통통한 두 볼은 생기 넘치고 건강해 보였다. 불거진 뼈에 퀭한 얼굴을 한 다프네 캐스모어가 아니었다.

그는 배경을 유심히 살폈다. 꽃이 가득 핀 커다란 화분들이 보였다. 수선화와 튤립이다. 그렇다면 4월이었을 것이다. 어쩌면 3월이나 5월일 수도 있지만, 꽃들이 활짝 핀 걸 보면 사진은 4월에 찍혔을 가능성이 매우 컸다.

캐머런은 2월생이었다. 계산을 해봤다. 어쩌면 자신도 이 사진 속에 있을까?

임신 기간을 생각해보면 가능했다.

"캐머런."

복도에서 엘리자베스가 불렀다.

"델스에 다녀온 건 어떻게 됐어?"

자리에서 일어난 캐머런은 엘리자베스를 따라 주방으로 들어가며 아파트를 임대해달라고 올드 알을 설득하는 데 실패했고, 사이먼 브링스라는 남자와 페라리의 존재를 알게 됐다고 털어놨다.

"네 아버지인 게 확실해?"

엘리자베스가 빨간색 피망을 네모나게 썰기 시작했다. 메뉴는 파히타(구운 고기와 채소를 토르티야에 싸서 먹는 요리—옮긴이)였다. 칼질을 할 때마다 날이 아슬아슬하게 손가락 끝을 비켜나는데도 엘리자베스는 시선 한번 주지 않고 작은 비트를 한 무더기나 토막 냈다. 캐머런은 저런 자신감이 너무도 부러웠다.

"달리 누가 있겠어?"

캐머런이 사진을 들었다.

"이 사진을 보고도 둘이 그렇고 그런 사이가 아닌 것 같다고?"

엘리자베스가 한쪽 눈썹을 치켜올렸다.

"글쎄. 그렇고 그런 사이인 사람들이야 많아. 그거로는 뭘 증명할 수가 없다고."

"하지만 타이밍이 그렇잖아. 딱 맞아떨어진다고."

"근데, 너랑 닮은 것 같아?"

캐머런은 고개를 기울여 사진을 들여다봤다.

"80년대 헤어스타일이라 잘 모르겠어."

"좀 전까지 이 남자를 온라인 스토킹하지 않았어?"

"맞아. 그런데 지금은 그냥 평범한 중년 아저씨야. 그 나이대 아빠들 얼굴 있잖아."

"아빠들 얼굴이라고 다 똑같지는 않아."

엘리자베스가 눈을 굴렸다.

"생각해봐. 나랑 닮았는지가 중요해? 내 말은, 본인이 내 아빠라고 생각한다면……."

"네 엄마랑 사진을 찍었다고 아무 남자한테나 가서 돈을 뜯어낼 수는 없어."

엘리자베스가 피망 조각들을 팬에 쏟아붓자 치익 하며 뜨거운 김이 피어올랐다.

"게다가 이 남자가 진짜 아버지인지 알고 싶은 거 아니야? 아버지와 관계를 쌓고 싶었던 거 아니었어?"

"관계란 과대평가된 개념이야."

그는 도마에 남아 있는 피망 조각 하나를 입에 넣었다. 깜짝 놀랄 만큼 달았다.

"그래서 이제부터…… 네가 하려는 게 뭔데? 그 남자를 찾으러 워싱턴주에 가겠다고?"

"당연하지. 안 될 이유라도 있어?"

캐머런은 엘리자베스가 자신의 말에 담긴 의미를 파악해주길 바랐다. 가선 안 될 이유라면 수백 가지도 넘으니까. 가장 먼저, 워싱턴주까지 무슨 수로 갈 건가? 브래드가 1,600킬로미터는 족히 되는 장거리 여행에 트럭을 빌려주진 않을 것이다.

"굉장한 모험이 되겠네."

"그렇겠지."

엘리자베스는 냉장고에 부른 배를 기대고 안을 들여다보더니, 다진 칠면조 고기를 꺼내 냄비에 넣었다.

"내가 이렇게 외계인 알을 품지만 않았더라면 브래드랑 같이 가줄 텐데."

그녀가 팬을 뒤적이자 고기가 치익 소리를 내며 익었다.

"우리 어렸을 때 네 아버지 찾으러 가는 상상 많이 했었는데, 기억나? 그때는 네 아버지가 해적이나 유명한 영화배우라고 생각했잖아. 세상에, 말도 안 되는 상상이었지!"

"사이먼 브링스는 물론 영화배우는 아니지만 해적 정도는 될지도 모르지. 뭐든 상관없어. 18년간 자신이 모른 척한 양육비 지급만 한다면 계속 정체불명의 사나이로 남아도 괜찮아."

"실패해도, 뭐 시애틀이 엄청 예쁘다고들 하니까."

"응, 그러니까."

캐머런이 고개를 끄덕였다. 예쁘고, 나무도 많다고 한다. 하지만 알 게 뭔가? 워싱턴주 서부는 미국에서 비가 가장 많이 내리는 지역이고, 바로 그 비처럼 사이먼 브링스가 현금을 뿌려줄 텐데.

냉장고에서 레모네이드를 꺼내 따른 엘리자베스는 한 잔은 캐머런 쪽으로 밀고, 한 잔은 자신이 들었다.

"캐멀-트론. 미지의 비밀을 위해."

"미지의 비밀을 위해."

캐머런이 잔을 맞부딪쳤다.

캘리포니아에서의 마지막 새벽, 캐머런은 여전히 잠들지 못한 채로 핸드폰의 차가운 불빛을 마주하고 있었다. 최저가 보장을 광고하는 여행 앱을 터치 두 번으로 다운받았다. 진짜 최저가였다. 새크라멘토 국제공항에서 시애틀로 가는 조이젯 여객기 새벽 5시편. 이제 세 시간쯤 남은 상황이다. 그러니까…… 지금 나간다면 그 비행기를 탈 수 있으리라.

급히 초록색 더플백에 든 짐을 쏟아낸 뒤 소지품을 꼼꼼하게 살펴 속옷과 옷, 패물이 든 작은 주머니만 가방에 넣었다.

짐을 모두 싼 후 다시 핸드폰을 켰다. 제발 신용카드로 결제가 되길 바라며 예약 버튼을 눌렀다.

사이먼 브링스가 정말 아버지가 맞다면 지난 30년간 하지 못한 아버지 노릇을 톡톡히 보상해야 할 것이다.

엄밀히 말해 거짓말은 아닌 이야기

·
 · ·
·

베이킹 소다로 문질러 닦으니 열쇠에 쌓인 녹이 대부분 지워졌다. 그간의 사정에도 불구하고 열쇠가 현관문에 부드럽게 맞아들어가는 것을 보고 토바는 크게 놀랐다. 토바는 원본 열쇠를 원래 자리인 열쇠고리에 걸었다. 그리고 한번씩 말썽을 부리는 여분 열쇠는 고리에서 빼내 잡동사니를 보관하는 주방 서랍에 넣었다.

다시 모닝커피를 마시며 십자말풀이를 하려는데 현관 앞 베란다에서 긁는 듯한 작은 소리가 토바를 방해했다. 주방 의자에서 몸을 일으키다 등허리에서 소리가 나자 손바닥으로 허리를 감싸쥐고 문으로 향했다. 문을 열자 마침 캣이 헐거워진 방충문 사이로 몸을 이리저리 틀며 들어오려 하고 있었다. 방충문이 언제 저렇게 된 거지? 또 수리해야 할 것이 생겼다. 윌이 세상을 떠난 후로 손봐야 할 것들이 너무도 빨리 쌓여갔다. 초강력 접착제로 고쳐볼 수 있을 것도 같았다.

초강력 접착제는 테리가 클램프 작업에 필요한 나무판자를 구하러 갔던 철물점에 가면 살 수 있다. 토바가 쓰레기봉투를 대형 쓰레기통에 버렸을 때, 쿵 하는 소리를 냈던 그 클램프 말이다.

캣은 호리호리한 몸체 아래를 꼬리로 야무지게 감싸고 현관 한가운데 앉아, 눈을 깜박이며 도리어 토바에게 당신이 왜 여기에 있냐고 묻는 듯했다.

요즘 왜 이렇게 생명체와 자주 마주치며, 작은 구멍은 왜 또 이렇게 자주 나는 걸까?

"자, 나랑 같이 가자. 아침은 주방에서 먹는단다. 이제부터 현관 서비스는 중단해야 할 것 같아."

그날 저녁 아쿠아리움의 텅 빈 입구에 토바의 발자국 소리가 울렸다. 그녀는 평소와 같이 업무 준비를 시작했다.

"안녕, 친구들."

비품 창고로 가는 길에 열대어들에게 인사를 했다. 그런 뒤 키다리게, 코가 뾰족한 둑중개, 무시무시한 늑대장어에게 차례대로 아는 척을 했다. 레몬과 식초를 섞고 걸레와 양동이를 복도 벽에 세워두었다. 다녀올 때쯤이면 준비가 되어 있을 것이다.

늘 그렇듯 마셀러스는 바위 뒤에 있었다. 빠른 걸음으로 펌프실로 연결된 문을 통과한 토바는 수조에 클램프가 고정되어 있지 않은 것을 보고 곧장 안도했다. 죄책감이 밀려들었다. 테리는 본인이 클램프를 다른 곳에 두었다고 착각하고 있는 건 아닐까?

집을 나설 때 소파에 웅크리고 있던 캣의 모습이 떠올랐다. 어쩌다 보니 토바는 방충문을 수리하지 않는 쪽으로 마음을 정했다. 지금 당장은 말이다.

생명체들이 자신만의 작은 구멍을 누리게 두자고. 그렇게 생각하며 토바는 소리 내어 웃었다. 펌프들이 고로로록 소리를 내며 맞장구쳤다.

토바는 낡은 접이식 2단 발판 사다리를 꺼낸 후, 조심스럽게 그 위에 올라 수조 뒤쪽의 덮개를 벗겼다. 수조를 내려다보니 인공적으로 생긴 잔물결에 머리가 어지러워져 이를 악물었다. 그녀는 스웨터 소매를 걷고, 손가락 하나를 수면 위로 내밀고는 잠시 망설였다. 은신처에 있는 문어를 톡 건드릴 수 있을 정도의 팔 길이가 될까. 그렇다고 정말 시도해보려는 건 아니었다. 은신처는 존중받아야 하니까.

하지만 상상으로나마 그렇게 과감한 방법을 고민할 필요가 없었다. 문어가 은신처 밖으로 나오더니, 토바에게 눈을 맞춘 채 위로 올라왔기 때문이다. 문어의 팔 하나가 앞뒤로 일렁였고, 토바는 그것이 인사라고 생각했다. 물속으로 손을 넣자 숨이 턱 막혔다. 물이 차가워서인지, 본인이 지금 하고 있는 행동이 스스로도 황당해선지, 아니면 그 둘 다 때문인지 알 수 없었다. 문어는 응답하듯 촉수 두 개로 토바의 손목과 팔뚝을 감았다. 특유의 무겁고 이상한 느낌이 그녀에게 전달되었다.

"안녕하세요, 마셀러스."

토바가 정중하게 인사를 건넸다.

"오늘 하루는 어떠셨나요?"

토바의 팔을 휘감은 촉수에 힘이 좀 더 들어갔지만 품위 있는 무게감이었다. 그녀는 다음과 같은 정중한 화답으로 이해했다.

아주 좋았습니다. 물어봐주셔서 감사합니다.

"그럼 오늘은 말썽을 부리지 않았단 뜻이군요."

잘했다는 듯 토바가 고개를 끄덕였다. 문어의 색깔이 좋았다. 더는 휴게실에서 전선과 난투를 벌이는 일은 없는 듯했다.

"굿 보이."

토바는 이 말을 한 즉시 후회했다. 굿 보이는 메리 앤이 간식을 먹기 위해 자리에 앉는 롤로에게 하는 말이다.

마셀러스가 언짢아졌는지 어떤지는 알 수 없었다. 토바의 팔꿈치 안쪽에 붙어 있던 문어의 팔 끝이 반대편으로 뻗어가더니 다른 쪽 팔꿈치 위쪽, 자신경을 두드렸다. 관절의 메커니즘을 이해해보려는 듯 말이다. 쉽게 부러지는 뼈와 움푹 파인 뼈로 이루어진 토바의 신체 구조가 문어에게는 얼마나 이상하게 보일까. 문어는 토바의 삼두근에서 펄럭거리는, 중력 때문에 매년 점점 더 아래로 늘어지는 피부를 쿡 찔렀다.

"뼈와 거죽뿐이지. 내가 못 들을 거라 생각하고 니트-위츠 친구들이 한 말이야."

토바가 고개를 저었다.

"수십 년째 친구로 지낸 사이야. 매주 화요일에 점심을 같이했지만 지금은 2주에 한 번씩 만나. 생전에 윌은 내가 외출할 때면 웃음을 터뜨렸어. 늙은 암탉들 사이에서 도대체 어떻게 견디는지 모르겠다면서."

문어가 눈을 깜빡였다.

"굉장히 수다스럽기는 하지만, 그래도 내 친구들인걸……."

흐려진 말끝이 웅웅대고 고로록거리는 펌프 소음에 묻혔다. 후덥지근한 공기에 먹힌 목소리가 낯설게 들렸다. 니트-위츠가 지금 토바를 본다면 과연 뭐라고 할까. 그 늙은 암탉들은 아주 신이 나서 떠들어대겠지. 그렇다고 뭐라고 할 수도 없을 것이다. 이 이상한 생명체를 붙잡고 자신의 인생 이야기를 하고 있지 않은가?

토바의 팔목을 단단히 옭아맨 문어가 그녀의 팔뚝에 있는 반점을 발견한 듯했다. 어리고 오만하던 시절에는 강낭콩 크기의 그 반점 세 개가 그렇게나 싫었다. 그때만 해도 그것들은 희고 매끈한 피부에서 불청객처럼 도드라졌었다. 이제는 주름과 검버섯에 가려져 거의 보이지 않지만. 문어는 대단히 흥미로운 듯 반점을 다시 한번 쿡 찔렀다.

"에릭은 미키 마우스 점이라고 불렀어."

토바는 어쩔 새도 없이 미소를 지었다.

"샘을 냈던 것 같아. 자기도 이런 점을 갖고 싶다고 했거든. 다섯 살 때인가, 네임펜으로 내 것과 똑같은 점을 팔에 그렸더라고."

그녀는 목소리를 낮춰 말을 이었다.

"사실 그 펜으로 소파에 그림도 그렸거든. 도무지 지워지지가 않았어."

문어가 다시 눈을 깜빡였다.

"그때 얼마나 화가 나던지! 그런데 있잖아, 윌과 내가 그 소파를 결국 정리했을 때, 아주 나중에 말이야……."

토바는 더는 말하지 않아도 알 거라는 듯 그저 고개만 한 번 끄덕였다. 가구를 수거한 사람들이 자갈 깔린 진입로를 내려가는 동안 자신은 화장실에 숨어 있었다는 이야기는 굳이 하고 싶지 않았다. 에릭의 흔적들은 하나하나, 낙서였던 그 그림조차 예술 작품이 되어 생생한 상실감을 안겼다.

"에릭은 열여덟 살 때 죽었어. 여기서. 그러니까 저기…… 밖에서."

토바는 펌프실 끝을 향해, 이제 밤이라 어두워진 퓨젓사운드가 내려다보이는 작은 창문을 향해 고개를 기울였다. 마셀러스가 몸을 일으켜 그 창문을 내다본 적이 있을까? 바다를 보며 위안을 얻을까? 아니면 자연 서식지가 이토록 가깝고도 멀다는 사실에 조롱당하는 기분일까? 오래전 이웃이었던 소렌슨 부인은 화창한 날이면 잉꼬 새장을 현관에 꺼내놨었다. 잉꼬들이 다른 새들의 노랫소리를 듣는 것을 좋아한다면서. 그 모습을 볼 때마다 괜스레 슬퍼지곤 했다.

하지만 마셀러스는 토바를 따라 어둡고 작은 창문 쪽으로 시선을 옮기지 않았다. 저 창문이 있다는 것 자체를 모르는 걸까. 문어의 눈은 여전히 그녀에게 고정되어 있었다.

"어느 날 밤, 물에 빠져 죽었어. 작은 보트를 타고 나가서. 혼자서 말이야."

토바는 허리 통증을 몰아내려고 사다리 위에서 자세를 바꿨다.

"몇 주나 수색을 했지만 닻만 발견됐지. 로프가 끊어져 있었어."

토바가 침을 삼켰다.

"시신을 계속 찾았지만, 그때쯤 이미 에릭의 몸은 온전하지 않았을 거야. 바다 밑바닥에서는 무엇도 오래 버틸 수 없거든."

먹이사슬에 따른 나름의 입장으로 인해 바닷속 친구들이 저지른 잘못을 인정하듯 문어는 잠시 시선을 돌렸다.

"다들 에릭이 스스로 그런 거라고 말했어. 달리 설명할 길이 없었지."

토바가 가빠진 호흡을 골랐다.

"그래도 너무 이상했어. 에릭은 행복한 아이였거든. 열여덟 살이었으니 무슨 생각을 하는지는 아무도 몰랐겠지만. 나랑 말다툼을 한 적은 있는데…… 아, 정말 별일 아니었어. 친구들이랑 집 안에서 축구를 하다가 내 달라호스(가정에 평화를 가져다준다는 스웨덴 전통 목각 말 인형—옮긴이) 하나를 깨뜨렸거든. 제일 아끼는 거였어. 낡기도 했고 잘 부러지는 물건이지만…… 어머니가 스웨덴에서 사다 준 거였는데…… 다리 하나가 떨어져 나갔지."

토바는 허리를 펴고 자세를 바로 했다.

"그것 말고도 내가 자꾸 매표소 일을 하라고 해서 불만이 좀 있었어. 하지만 그럴 수밖에 없잖아. 10대 아들을 여름 내내 빈둥거리게 내버려둘 수는 없지."

월을 닮아 에릭은 게으른 편이었다. 두 사람은 미식축구든 야구든 시즌 중인 구기 종목은 뭐든 시청하며 방에서 몇 시간이나 늘어져 있곤 했다. 나중에 토바가 청소기를 갖고 들어가 소파 가장자리에 떨어진 감자칩 부스러기를 빨아들이고, 테이블에 찍힌 탄산음료 자국을 걸레로 훔치곤 했다. 에릭이 죽은 후에도 월은 경기가 있을 때마다 똑같이 굴었다. 에릭의 자리는 텅 비어 있는데도 아무 일 없었다는 듯 평소처럼 늘어져 있었다. 그럴 때마다 그녀는 신경이 곤두섰다.

바쁘게 움직이는 편이 훨씬 건강하다.

"제대로 된 부모라면 자식들에게 여름방학 동안 일을 해야 한다고 할 거야."

조금 떨리는 목소리로 말을 이었다.

"물론 어떤 일이 벌어질지 알았더라면……."

토바는 자기도 모르게 문어에게 잡혀 있지 않은 팔을 앞치마 주머니에 넣어 걸레를 꺼내더니, 검은색 고무로 된 수조 가장자리에 하얀 가루처럼 쌓인 석회를 닦아내기 시작했다. 꽤 고생했지만 결국 눌어붙은 것은 항복을 선언했다. 여전히 토바의 한쪽 팔을 잡고 있는 문어의 눈이 의아한 듯 일렁거렸는데, 그녀에게는 이렇게 해석되었다.

도대체 지금 뭘 하고 계시죠, 부인?

토바가 가볍게 웃었다.

"나 정말 못 말리지?"

때가 묻은 반대쪽 가장자리에는 손이 닿지 않았다. 무게중심을 이동시켜 팔을 쭉 뻗는 순간 사다리가 흔들리기 시작했다. 눈 깜짝할 새 문어의 촉수가 손가락 끝을 스치며 멀어졌다. 딱딱한 타일 바닥에 떨어지자마자 고통이 전해졌다.

"아야!"

토바는 앓는 소리를 내며 몸 구석구석을 확인했다. 왼쪽 발목이 시큰했지만 일어날 수는 있었다. 바닥으로 떨어지며 수조 밑으로 들어간 걸레를 다시 꺼내는 그녀의 모습을, 문어는 바위 뒤에서 바라보고 있었다. 갑작스러운 난리에 그곳으로 숨은 것 같았다.

"난 괜찮아."

토바는 안도의 숨을 내쉬며 말했다. 다친 데는 없었다.

접이식 발판 사다리만 빼고.

그것은 수조 펌프 주변 물건들 사이에 끼인 채로 옆으로 쓰러져 있었다. 토바가 떨어지는 바람에 튕겨 나간 것이다. 사다리 위쪽 발판 한쪽 면이 대롱거렸다.

"이런, 세상에나."

토바는 낮게 탄식하며 절룩이는 다리로 사다리를 주우러 갔다. 분리된 발판을 다시 고정시키려 했지만 나사가 사라지고 없었다. 희미한 불빛 아래 눈을 가늘게 뜨고 나사를 찾던 토바는, 앞치마 주머니에서 안경을 꺼내 쓰고 타일 바닥을 살폈다. 아무것도 보이지 않았다.

토바는 좀 더 다급해진 손길로 발판을 어떻게든 고정시키려 했지만 소용이 없었다. 테리한테 뭐라고 말해야 할까? 저런 데

올라가서는 안 되고, 펌프실 사다리에는 더더욱 올라가선 안 된다. 순간 증거를 아예 없애버릴까 싶었다. 오늘 밤에 나온 쓰레기와 함께 부서진 사다리를 대형 쓰레기통에 던져버리는 거다. 범죄 현장에서 멀리 떨어진 곳이 나을 수도 있다. 집에 가져가 쓰레기 수거 날 집 앞 도로에 내놓으면 된다. 하지만 만약 테리가 차를 몰고 우리 집 근처를 지나가다 보게 되면? 그 생각을 하자 심장이 방망이질했다.

"안 돼, 그러면 안 돼."

도저히 그럴 수 없었다. 토바 설리번은 거짓말을 하는 사람이 아니다. 테리에게 솔직하게 말해야 한다.

어쩌면 테리가 자신을 해고할지도 모른다. 나이를 생각하면 여러모로 위험이 크다고 테리는 결론을 내릴 수도 있다. 만에 하나 그렇게 된다 해도 토바는 테리를 탓하지 않을 것이다.

갑자기 등 뒤에서 철벅거리는 움직임이 느껴졌고, 고개를 돌리자 수조를 빠져나오는 문어가 보였다.

토바는 넋이 빠진 채 얼어붙었다.

"테리 말이 맞았구나."

그녀는 낮은 소리를 내뱉으며, 문어가 두툼한 팔 하나를 납작하게 한 후 물리법칙에 위배되는 듯한 움직임으로 펌프와 뚜껑 사이 좁은 틈으로 팔을 통과시키는 모습을 지켜봤다. 불가능한 일이었다. 그 틈은 폭이 5센티미터 정도밖에 안 되었다. 문어가 8월 말에 딴 수박만 한 커다란 외투막을 끈적끈적한 액체처럼 변신시켜 작은 틈을 통과하는 순간, 그녀는 어쩐지 기대에 차서 말 그대로 숨도 못 쉬고 있었다.

토바가 숨을 토해낼 즈음, 문어는 벽을 타고 내려와 타일 바닥을 가로지르더니 캐비닛 아래로 들어가 모습을 감췄다. 시간이 한참 지났는데도 나올 기미가 보이지 않자, 토바는 문어가 돌아올 생각이 없는 건가 싶었다. 어쩌면 영원히 돌아오지 않을지도 모른다. 그런 생각을 하자 쾽한 아쉬움이 드는 스스로에게 놀라 마른침을 삼켰다. 적어도 작별 인사 정도는 해줘야 한다고 생각했던 모양이다.

"아, 거기 있었구나."

잠시 후 캐비닛 아래에서 기어 나오는 문어를 향해 토바가 말했다. 팔 하나를 말고 토바를 똑바로 응시한 채 미끄러지듯 다가온 문어가 그녀의 스니커즈 앞에 작은 은색 무언가를 내려놨다.

토바는 너무 놀란 나머지 입을 다물지 못했다. 발판 사다리 나사였다.

"고마워."

토바의 말이 끝나기도 전에 문어는 다시 수조로 돌아가고 있었다.

다음 날 아침, 잠에서 깬 토바는 슬리퍼를 신으려다 바닥에 넘어지고 말았다.

"왜 이러지?"

눈을 깜빡였다. 왼쪽 발목이 문제였다. 왼쪽 발을 뒤덮은 자주색 멍을 보고서야 욱신대는 통증을 느꼈다.

다시 몸을 일으키려 할 때는 통증에 대비해 마음의 준비를 단단히 했다. 토바는 찌푸린 얼굴로 발을 끌며 천천히 복도를 따라가 주방으로 가서 커피를 올렸다.

점심시간이 되어서야 닥터 레미에게 전화를 걸어볼까 고민했다.

오후 늦은 시간이 되자, 거실 콘솔에 보관해둔 전화번호부를 들출 때라는 생각이 들었다. 윌이 앉던 소파 자리에 앉아 얼린 콩을 넣은 주머니로 감싼 발목을 커피 테이블에 올리고 전화번호부를 획획 넘겼다. 그러고는 도로 내려놓고 텔레비전을 켰다.

오후 5시가 다 되어서야 마침내 전화를 걸었다. 닥터 레미의 병원은 5시에 문을 닫는다.

"스노호미시 병원입니다."

전화를 받는 목소리에서 짜증이 묻어났다. 안내 데스크 위로 몸을 기울이고 전화기를 어깨에 괸 채 재킷과 핸드백을 만지작거리는 직원 그레첸의 모습이 그려졌다. 전화를 하지 말았어야 했다. 하지만 색도 그렇고 자두 크기만큼 부은 발목을 보니, 인정하고 싶진 않지만 치료가 필요할 것 같았다. 토바는 이름과 생년월일을 대고 간략하게 상황을 설명했으나 아쿠아리움에서 있었던 사고는 언급하지 않았다. 거대태평양문어와 대화를 나누다가 그랬다고는 더더욱 말할 수 없었다. 청소를 하다가 의자에서 떨어졌다고만 했다. 엄밀히 말해 거짓말은 아니니까.

"설리번 부인, 큰일 날 뻔하셨네요."

그레첸의 말투가 부드러워졌다.

"잠시만 기다려주세요. 레미 선생님 진료 가능하신지 확인해볼 게요."

이내 전화기에서 딸깍하는 소리에 이어 비슷한 코드가 반복되는 음악이 흘러나왔다. 은은한 재즈풍 음악으로 마음을 편안하게 해주려는 의도일 거라고 토바는 생각했다.

다시 전화를 받은 그레첸의 목소리는 전보다 경직되어 있었다.

"선생님께서 지금 통증을 감당할 수 있는 정도면 내일 아침 일찍 진료를 보자고 하네요. 아침 8시로 예약하겠습니다. 선생님께서 다리를 높은 곳에 올려두라고 하셨어요. 만지지 마시고요."

"네, 그럴게요."

"설리번 부인, 오늘 저녁 아쿠아리움에서 청소도 하시면 안 됩니다."

뭐라 반박하려던 토바는 이내 입을 꾹 다물었다. 자기 일을 저 여자가 왜 신경 쓰는 건지. 전에는 이선이 잔소리를 하더니 이젠 그레첸까지. 소웰베이 사람들 중 남 일에 쓸데없는 참견을 삼갈 줄 아는 사람이 있을까?

"물론이죠."

토바는 결국 이렇게만 답했다.

"네. 그럼 내일 아침에 뵐게요."

전화를 끊은 토바는 다른 번호를 눌렀다.

테리가 전화를 받기를 기다리며 손가락으로 소파를 두드렸다.

테리가 펌프실 발판 사다리가 망가진 걸 알게 되었을까? 나사는 찾았지만 알고 보니 발판을 제대로 고정시키려면 다른 도구가 필요해서 위쪽 한 면이 여전히 덜렁거리는 상태였다. 오늘 밤 월의 오래된 공구 상자를 챙겨 가 고쳐놓을 생각이었다. 하지만 지금 상황으로는 언제 고칠 수 있을지 미지수였다.

바닥도 문제였다. 오늘 밤 누가 바닥을 대걸레로 닦을까? 할 사람이 있을까?

마셀러스는 왜 토바가 안 보이는지 궁금해할까? 어쨌거나 문어는 그 나사가 필요하다는 것을 이해하고 있었다. 아직도 그 일을 생각하면 경탄을 금할 수 없었다.

"토바?"

테리가 전화를 받았다.

"어쩐 일이세요?"

무거운 한숨을 뱉으며 토바는 그레첸에게 했듯 엄밀히 말해 거짓말은 아닌 이야기를 테리에게 했다.

토바는 난생처음 결근하게 되었다.

짐 있어요?

∴

캐머런은 수하물 컨베이어 벨트를 눈으로 훑으며 초록색 더플 백을 찾았다. 회색과 검정색 여행 가방들 사이에서 금방 눈에 띌 법도 한데 보이지 않았다. 잠시 후 캐머런은 근처 벤치에 앉았다. 아마도 가장 마지막에 나올 것 같았다.

컨베이어 벨트를 계속 확인하며 핸드폰을 꺼내 호스텔을 검색했다. 소웰베이에서 몇 킬로미터 떨어지지 않은 곳에 하나 있었다. 물론 소웰베이에서부터 수색을 시작할 생각이었다. 아까 탑승을 기다리는 동안 관공서 웹사이트에서 부동산 조회를 해본 결과, 사이먼 브링스는 소웰베이에 부동산이 세 채 있었다. 캐머런은 호스텔의 방 사진을 확대했다. 두툼한 카펫에 평면 스크린을 갖춘 신식 아파트는커녕 델스 살룬 바 위층의 허름한 집만도 못했지만 제법 깔끔해 보였고, 패물을 전당포에 맡기면 생길 돈으로 몇 주는 지낼 수 있을 만큼 저렴했다.

패물 이야기가 나와서 말인데, 도대체 가방은 언제 나오는 걸까? 졸업 반지는 몸에 지니고 있지만 나머지 패물은 전부 더플백에 있었다. 컨베이어 벨트가 가방을 토해내는 빈도가 점점 줄고 있었다. 오렌지색 조끼를 입은 직원들이 마지막 가방들을 카트에 실은 뒤 활주로를 가로질러 운반하는 모습을 상상해봤다. 비합리적이었다. 너무도 비효율적이고 복잡한 과정을 거치는 시스템. 짐이 누락될 가능성이 지나치게 컸다.

"늘 이렇죠, 안 그래요?"

캐머런과 비슷한 나이대에 무테 안경을 쓴 남자가 벤치 끝에 앉더니 기다란 샌드위치 포장을 벗겨 입속에 밀어 넣고는 말했다. 씹는 동안에도 그 입은 닫힐 줄을 몰랐다. 양념된 파스트라미(향신료와 양념을 입혀 염장한 고기—옮긴이)가 계속 짓이겨 나오는 모양새를 보니 캐머런의 속이 불편해졌다. 아침 8시에 파스트라미를 먹는 사람도 있나?

"곧 나오겠죠."

캐머런이 말했다.

"조이젯을 자주 타는 분은 아닌가 봐요."

웃음을 터뜨리는 그의 입속에서 피클과 상추가 들썩거렸다.

"단언컨대 수하물 분실로 유명한 곳이라니까요. 짐이 저 컨베이어 벨트에서 나올 확률보다 라스베이거스에 가 있을 확률이 높아요."

캐머런은 숨을 들이마시며 최고의 사모펀드 회사가 조이젯을 수십억 달러에 매입해 신규 상장된 소식에 투자자들이 잔뜩 고

조되어 있으며, 아무리 초저가 항공사라도 승객 가방을 상습적으로 분실한다면 살아남을 수 없을 거라고 설명하려 했다. 그 순간 컨베이어 벨트가 삐걱대며 움직임을 멈췄다.

"젠장."

패물 주머니. 그걸 왜 몸에 지니고 타지 않았을까? 아마도 새크라멘토와 시애틀 어딘가를 헤매고 있거나 수하물 관리 직원의 개인 물품 보관함에 처박혀 있을 확률이 높았다. 그는 두 손으로 머리를 감싸 안고 괴로운 신음 소리를 냈다.

"맞죠? 제가 그랬잖아요."

양념된 파스트라미가 컨베이어 벨트를 향해 고개를 끄덕했다. 벨트는 죽은 뱀처럼 여전히 꼼짝도 하지 않았다.

"분실 신고서나 작성하러 갑시다."

캐머런은 짐 찾는 구역에서 한참이나 떨어진 작은 사무실 쪽으로 가서 길게 이어진 줄을 바라봤다. 물론 수하물 티켓 뒷면에는 작은 글씨로 위탁 수화물 내 귀중품에 대해서는 보상하지 않는다고 쓰여 있었다. 더플백이 기내 짐칸에 들어가지 않는다며 직원들이 캐머런의 짐을 가져갔을 때 수하물 티켓에 적힌 유의사항을 훑어보긴 했었다. 하지만 설마 자신에게 해당될까 싶어 대수롭지 않게 여겼다. 캐머런 캐스모어에게는 귀중품이 없으니까.

수하물 관리소에는 스무 명이 기다리고 있었다. 양념된 파스트라미는 벽에 기대어 아직도 샌드위치를 뜯어 먹고 있었다. 샌드위치가 화수분처럼 끊임없이 나왔다.

"그나저나 전 엘리엇이에요."

"네, 만나서 반가워요."

캐머런은 굉장히 중요한 비즈니스라도 생긴 듯 핸드폰에 집중하는 척했다.

"뭐, 굳이 말하자면 만난 건 아니죠. 제 이름은 말했는데, 그쪽 이름은 말 안 해주시네요."

이 남자는 달리 할 일이 없는 건가?

"캐머런이요."

"캐머런. 반가워요."

남자가 비위 상하는 샌드위치를 들어 보였다.

"출출하세요? 같이 먹어요."

"괜찮아요. 파스트라미를 별로 안 좋아해서요."

엘리엇의 눈이 커졌다.

"아, 이거 파스트라미 아니에요! 얌위치인데."

"얌 뭐요?"

"얌위치요! 비건 몰라요? 캐피톨힐에 있는 음식점이요. 작년에 공항에 입점했어요."

캐머런은 기름기 도는 기다란 샌드위치 빵을 쳐다봤다. 얇게 저며진…… 무언가가 채워져 있었다.

"그러니까 얌(참마―옮긴이)으로 만든 거라고요?"

"네! 거기 루벤 샌드위치가 끝내줘요. 진짜 안 먹어볼래요?"

"패스할게요."

캐머런은 터져 나오는 비웃음을 참았다. 시애틀 힙스터들이란,

꼭 그 이미지처럼 살고 있었다.

"정말요? 반 있는데, 손도 안 댄 거요."

"그럼, 좋아요."

남자의 제안을 수락한 것은 실랑이를 끝내고 싶어서였지만, 한 편으로는 지금 공짜 음식을 거절할 입장이 아니라고 잔소리를 해대는 머릿속 목소리를 진정시키려는 의도도 있었다.

엘리엇이 미소를 지었다.

"엄청 좋아할 거예요."

캐머런은 샌드위치를 한입 베어 물고는 다시 핸드폰 화면에 집중했다. 케이티가 반려견과 찍은 셀카를 올렸다. #개를키우는 싱글여성. 캐머런이 눈살을 찌푸렸지만 이내 입속에서 느껴지는 기분 좋은 식감에 표정이 풀렸다. 참마라고? 진짜로? 솔직히…… 전혀 나쁘지 않은 맛이었다.

캐머런은 엘리엇을 향해 고개를 끄덕였다.

"고마워요. 꽤 맛있네요."

"프렌치 딥 샌드위치가 진짜죠. 나중에 한번 먹어봐요."

줄이 줄어드는 속도가 더뎠다. 드디어 엘리엇은 기름진 샌드위치 포장지를 구깃구깃 뭉쳐 던졌다. 포장지는 가장자리를 스치지도 않고 쓰레기통에 깨끗하게 골인했다. 별것도 아닌 그 행동이 캐머런의 심기를 건드렸다.

엘리엇이 캐머런을 향해 몸을 돌렸다.

"보아하니 이 지역 분이 아닌 것 같은데요? 출장 왔어요? 아니면 휴가?"

"가족을 보러요."

"아, 좋네요. 저는 여기가 집이에요. 할머니 장례식 때문에 캘리포니아에 다녀오는 길이에요."

돌아가신 할머니까지. 당연히 그렇겠지. 캐머런이 중얼대듯 말했다.

"상심이 컸겠네요."

"솔직히 말하자면 좀 심술궂은 면이 있는 분이었지만 그래도 손주들을 정말 사랑해주셨어요."

놀라울 정도로 아련한 목소리였다.

"애가 버르장머리가 없어도 오냐오냐 하는 거, 할머니나 할아버지만 할 수 있는 거, 뭔지 알죠?"

"네, 그럼요."

캐머런은 대답하며 샌드위치 봉투를 쓰레기통에 던졌다. 당연하게도 그는 조부모가 없었다. 엘리자베스 집에서 놀다가 그녀의 할아버지를 뵌 적이 있었다. 할아버지는 캐머런의 양 볼을 꼬집고는 캐러멜을 주셨다. 캐러멜이 너무 달고 이에 쩍쩍 들러붙는 데다 꼬집힌 볼도 아팠다. 할아버지한테 오래되어 퀴퀴한 콩과 관절염 크림이 섞인 듯한 이상한 노인 냄새가 났다. 엘리자베스는 할아버지가 있는 요양원은 사실 영안실이나 다름없다고 했었다.

"그래도 이제 할머니께서는 평안에 이르셨겠네요."

엘리엇의 얼굴에 서글픈 미소가 번졌다. 캐머런은 시선을 떨구었다. 자신은 가질 수 없는 보통 사람들의 삶을 염탐하는 불청객이자 아웃사이더가 된 기분이었다. 조부모를 잃는 것, 여행 가방

속 귀중품을 걱정하는 것 같은 경험은 다른 사람들에게나 해당되는 일이었다.

두 사람이 천천히 앞으로 이동하던 와중에 엘리엇이 안경을 벗어 소매로 닦았다.

"가족들이 무척 기다리고 있겠네요! 시애틀에 살고 있어요?"

"아니요. 소웰베이요. 아버지가요."

아버지란 단어가 노인들이 먹는 캐러멜처럼 캐머런의 혀에 끈적하게 들러붙었다.

"멋지네요. 아버지와 친밀한 시간도 보내고요."

"그렇죠, 뭐."

"소웰베이 좋죠. 정말 아름다운 곳이에요."

"그렇다고들 하더라고요."

엘리엇이 고개를 갸우뚱했다.

"한 번도 가본 적이 없어요?"

"그게 아니라, 아버지가 얼마 전에 거기로 이사를 하셨어요."

캐머런은 슬쩍 웃으며, 어떻게 이런 거짓말이 툭 튀어나온 건지 내심 놀랐다.

"그렇군요. 소웰베이, 예전에는 관광객이 정말 많이 찾는 곳이었는데 지금은 좀 초라해졌죠. 그래도 거기 아직 아쿠아리움이 있을 거예요. 한번 가봐요."

"그러죠. 고마워요."

말은 이렇게 했지만 사이먼 브링스를 찾기에도 바쁜데 물고기나 구경하며 시간을 낭비할 생각은 전혀 없었다. 여전히 줄은 느리게 움직였다. 조이젯 수하물 관리소에는 나무늘보와 달팽이로 구성된 팀이 근무하고 있는 게 분명했다. 그가 엘리엇을 향해 고개를 돌렸다.

"짐 분실된 적이 있었단 거죠? 보통 얼마나 기다려야 해요?"

엘리엇이 어깨를 으쓱하며 답했다.

"그래도 처리가 제법 빠른 편이라, 두세 시간쯤?"

"세 시간이요? 말도 안 돼요."

"뭐, 저가 항공사니 어쩔 수 없죠."

진 이모는 세 번째 연결음에 전화를 받았다.

"여보세요?"

이모는 숨이 찬 듯 헉헉거렸다.

"괜찮아요?"

캐머런은 시끄럽게 떠드는 단체 여행객들의 소음을 차단하려고 반대편 귀를 손가락으로 막았다. 웬일인지 그들은 수하물 구역 한쪽 구석에, 그것도 캐머런에게서 한 뼘 떨어진 곳에 모여 있어야만 하는 모양이었다.

"캐미? 너니?"

"네."

그는 여행객들에게서 가능한 한 멀리 몸을 움직였다.

"뭐 하고 있어요? 왜 그렇게 헉헉대요?"

그리 달갑지 않은 월리 퍼킨스의 모습이 번쩍 떠오르자, 그는 진저리가 나서 전화를 끊고 싶었다.

"침실 청소 중이었어."

이모가 답했다.

"큰 결심을 했네요."

"네가 머물 곳이 필요할 것 같아서."

긴 침묵이 이어졌다.

"케이티와 잘 안 되었다는 이야기를 들었거든."

"소문이 빠르네요."

캐머런이 손톱을 깨물었다. 엄마가 자신을 임신했을 때 다른 주에 살고 있었다는 건 왜 말하지 않은 건지 이모와 진지한 대화를 나눠야 했다. 하지만 그러기에는 수하물 찾는 곳이 이상적인 환경이 아니었고, 이모가 자신을 걱정해 청소까지 하고 있으니…… 적어도 지금 어디에 있는지는 알려줘야 했다. 달리 방법이 없었다.

"진 이모, 저는 절대……."

저는 절대 온갖 잡동사니로 가득 찬 손바닥만 한 트레일러에서 살 수 없어요. 머릿속 생각이 그대로 튀어나오기 전에 입을 닫았다. 허튼 짓거리야 수도 없이 했지만 한 가지, 떠오르는 대로 말하지 않는 것만큼은 그가 항상 잘 지켜온 것이었다.

이 한 가지를 지키는 것만으로 충분했다면 얼마나 좋았을까.

전화 건너편에서 조르르 무언가를 따르는 소리와 치익 하는 소리가 들리는 걸 보니, 이모가 커피를 따르고 유리 주전자를 열판 위에 올려둔 모양이었다.

"그래, 알아. 너는 절대 여기서 나랑 같이 못 산다는 거. 하지만 캐미, 달리 계획이 있는 것도 아니잖니."

"사실, 있어요!"

그 순간 캐머런은 이모에게 원대한 계획을 모두 공개할까 고민했다. 하지만 여기, 공항에서 할 이야기는 아니었다.

"계획이 있어요. 그런데요……."

"무슨 일 있니?"

"도움이 필요해요. 아주 작은 도움이요."

진 이모의 한숨이 서부 해안 지역까지 전해졌다.

"이번에는 또 무슨 일인데?"

어디서부터 시작해야 할까? 제멋대로 여기까지 와서는 돈을 달라고 이모 집에 전화나 하다니, 새로운 최저점을 경신하는 것이었다. 자신의 엄마와 다를 바가 없었다. 하지만 달리 무슨 선택을 하겠는가? 건너편 수하물 관리소에서 나온 엘리엇이 회색 수트케이스를 끌고 손을 흔들며 다가오고 있었다. 운도 좋은 놈 같으니라고.

"캐미, 무슨 일 생긴 거야?"

진 이모가 닦달했다.

낮은 천장에 달린 스피커에서 짐과 소지품을 잘 챙겨달라는 여성 목소리의 안내 방송이 흘러나왔다. 정말 얄궂을 정도로 아이러니한 상황이었다.

그는 숨을 들이마시고는 상자에서 반지와 사진을 찾았고, 즉흥적으로 비행기 표를 사서 여기까지 왔으며 호스텔에 머물 생각이라는 이야기를 최대한 요약해서 설명했다.

한참 이어진 침묵 끝에 진 이모가 미안한 듯 말했다.

"아, 캐미. 내가 말을 해줬어야 했는데."

"괜찮아요. 그런데 거지 같은 선데 아이스크림에 완벽한 체리까지 올라간 거 있죠."

이모가 자주 쓰는 비유를 들었다.

"항공사가 제 짐을 잃어버렸어요."

"좀 더 크게 말해줄래? 하나도 안 들려!"

안내 방송이 또다시 크게 흘러나왔다.

"제 짐을 잃어버렸다고요!"

이렇게까지 크게 소리 지를 생각은 아니었다. 몇몇 여행객이 고개를 들어 캐머런을 쳐다봤고, 단체 여행객은 충격을 받은 표정으로 슬금슬금 그에게서 멀어졌다.

이모는 혀를 찼다.

"그래서? 양말이랑 속옷이 필요해?"

"그 정도가 아니에요. 지금 가진 돈이 4달러 정도밖에 안 돼요."

"내가 준 패물은 어쩌고? 지금쯤이면 다 정리했을 줄 알았더니."

"그 패물이 짐 가방에 있어요."

이모는 꽤 오래 아무런 말도 하지 않더니, 다시 한번 한숨을 쉬었다.

"머리가 그렇게 좋은데, 가끔씩 말도 안 되게 멍청한 짓을 한단 말이지."

아직도 희미하게 후추와 머스터드 냄새를 풍기는 엘리엇은 주차장으로 이어지는 구름다리 통로를 건너는 캐머런을 따라 걸으며 끝없이 질문을 해댔다. 캐머런이 단답으로 일관해도 단념하지 않았다. 조이젯에서 그쪽 짐이 어디로 갔는지 정말 모른대요? 네. 그럼 이제 어디로 갈 건데요? 다른 데요. 거기까진 어떻게 가요? 버스요. 다행히 경비에 대해서는 묻지 않았다. 이모에게 2,000달러를 빌린 사정을 한마디로 말할 방법은 없었다.

이모는 꼭 갚아야 하는 돈은 아니라고 했지만, 그 말은 자신이 돈을 갚을 수 있는 사람으로 보이지 않는다는 소리처럼 들렸다. 뼈아픈 말이었다. 하지만 조이젯이 언젠가는 더플백을 찾아줄 테고, 패물을 돈으로 바꿔 이모의 예금 계좌로, 크루즈 여행 계약금을 내야 하는 날보다 훨씬 전에 송금할 것이다. 이모가 크루즈 여행 자금이라고 명확히 말한 건 아니지만 캐머런은 알고 있었다. 그녀가 꿈꿔온 알래스카 크루즈 여행을 위해 오래전부터 돈을 모았다는 것을. 8월 말까지 잔금을 모두 치르고 9월에 배를 탈 계획이었다. 그는 자신 때문에 이모가 여행을 못 가는 일이 없도록 장기라도 팔겠다고 다짐했다.

"태워줄까요? 제가 데려다줄게요."

엘리엇이 벌써 백 번째 같은 말을 하고 있었다.

"아니요. 괜찮아요."

"소웰베이까지 꽤 멀어요. 온종일 버스를 타고 가야 하는 거리인데."

"어디서 캠핑이라도 하죠, 뭐."

캐머런이 건조하게 말했다.

"이봐요!"

엘리엇이 캐머런에게 바짝 다가왔다.

"황당한 아이디어가 떠올랐어요."

참마로 만든 가짜 파스트라미보다 황당한 아이디어일까? 캐머런이 고개를 돌려 엘리엇을 바라봤다.

"뭐요?"

"친구가 캠핑카 팔 곳을 알아보고 있는데, 좀 낡긴 했지만 멀쩡하거든요. 그 차를 사면 직접 운전해서 다닐 수도 있고, 거기서 잠도 해결할 수 있잖아요."

캐머런이 이마를 찌푸렸다. 사실, 그리 나쁜 생각은 아니었다. 하지만 캠핑카라니, 분명 자신이 감당하기 어려운 금액일 것이다. 주머니에 있는 핸드폰을 꺼내 은행 앱을 확인했다. 2,000달러가 들어와 있었다. 메모란에 이모티콘과 더불어 경고 메시지가 적혀 있었다. 한심한 짓거리 하는 데 쓰지 말고. 💩

진 이모가 이모티콘 쓰는 법을 언제 배운 거지? 헌데 캠핑카 구입은 한심한 짓거리로 분류되는 걸까? 아마도. 그는 다른 무엇보다 그저 호기심에 물었다.

"그 친구는 얼마쯤 생각하는데요?"

"글쎄요, 정확히는 모르지만 한 2,000달러쯤?"

"1,500달러 선에서 가능할까요?"

엘리엇이 웃었다.

"제가 이야기해볼 수 있을 것 같아요."

망가졌지만 충성스러운

∴

해 질 녘이 되면 소웰베이 해변은 바위게로 뒤덮인다. 여름 언젠가, 저녁 식사를 마치고 가족이 함께 산책을 나갔다가 어린 에릭이 뒷다리 두 개가 떨어져 나간 바위게를 발견한 적이 있었다. 무슨 끔찍한 일이라도 당한 듯했다. 에릭은 당연히 그 게를 집으로 데려가겠다고 고집을 부렸다. 다리 열 개 중 두 개가 사라졌기에 에릭은 그 게에게 '여덟 다리 에디'라는 이름을 붙여줬다. 몇 주 동안 에릭과 윌은 불쌍한 에디가 자갈을 채운 유리 수조 안에서 이상하게 기어 다니는 모습을 지켜봤다. 토바는 에디가 먹을 저녁 식사용 감자 껍질과 호박 조각을 모아두었다. 한번씩 윌이 엘런드에 있는 반려동물 가게에 가서 브라인 슈림프를 사 오면, 에디는 정신없이 먹어치웠다.

게치고 에디는 오래 산 셈이었다. 어느 날 아침, 토바는 굳어버린 에디를 발견했다. 항상 무언가를 빤히 바라보던 두 눈이 영원히 멈춘 것 같았다. 윌은 게의 시체를 손가락으로 집어 정원에 던져버리려 했지만 깜짝 놀란 에릭이 방에서 나와 제대로 묻어줘야 한다고 고집했다. 정의롭지 않은 일을 막기 위해 나무 몸통과 자신의 몸에 체인을 둘러 시위를 하는 히피들처럼 에릭은 몸을 내던져 아빠의 다리를 붙들고 떨어질 생각을 안 했다.

에릭이 직접 만든 추모비는 정원에서 무성하게 자란 양치식물 아래 아직도 서 있다. **망가졌지만 충성스러운 여덟 다리 에디, 이곳에 편히 잠들다.**

토바는 웃기게 생긴 플라스틱 부츠에 왼발을 의탁해 절룩거리며 주방을 다니는 지금에서야 그 불쌍한 게가 얼마나 힘들었을지 절감했다. 닥터 레미는 6주를 선언했다. 아무것도 못하는 6주 동안 밭에 난 민들레를 뽑지 못한다. 미칠 것 같은 6주 동안 복도에 먼지가 쌓이는 것을 지켜봐야 할 것이다. 견딜 수 없는 6주 동안 아쿠아리움 바닥 청소는 누군가의 손에 맡겨질 것이다.

"너는 다리 네 개가 다 튼튼하구나."

토바는 커피를 따르며 캣에게 말했다.

"나한테 하나 빌려줄래?"

캣은 대답하듯 발을 핥았다.

김이 피어오르는 따뜻한 커피를 한 모금 마시기도 전에 초인종이 울렸다.

"깜짝이야."

토바는 현관으로 다가갔다.

"토바!"

날카로운 재니스의 목소리가 창유리 너머로 또렷하게 전해졌다.

"갑자기 들러 미안해. 집에 있어?"

토바는 마지못해 잠금장치를 돌렸다.

"있었구나."

재니스가 캐서롤 접시를 들고 수선을 떨며 들어왔다.

"이번 주 니트-위츠 모임에 안 나왔잖아."

"응. 몸이 좀 안 좋아서."

재니스가 웃음을 터뜨렸다.

"픽이나!"

또 시트콤 말투가 나왔다.

"어떻게 된 거야? 일하다 넘어졌어? 숍웨이 이선이 한 말이 진짜였구나."

토바는 얼굴에 핏기가 가시는 기분이었다. 이선이? 어떻게 알고?

"뭘 어떻게 해야 한다고 말하는 건 절대 아니고,"

재니스가 방어적인 몸짓으로 손을 들어 보였다.

"혹시 변호사 필요하면 얘기해. 내가 아는 사람이 있거든."

그러고는 핸드백에 손을 뻗었다.

"여기 그 사람 명함이 있어."

"재니스, 아니야. 그냥 삐끗한 거야."

"아주 심하게 삔 거지."

재니스의 눈이 보호대로 향했다. 그녀는 하늘하늘한 핑크 스카프와 핸드백을 주방 의자에 걸었다. 그러고는 콧노래를 부르며 캐서롤 접시를 들고 냉장고로 가서 안에 든 음식들을 이리저리 옮겼다.

"제일 아래 선반에 자리가 있을 거야."

토바가 말했다.

"아하! 여기 있네."

재니스가 손바닥을 맞부딪쳤다.

"바브가 만든 거야. 포테이토 리크라고 했나 뭐 그런 거래. 바브가 온라인에서 찾은 레시피가 어쩌고 하면서 계속 설명하더라고."

"고맙기도 하지."

토바는 퍼컬레이터(불 위에서 침출과 침윤이 결합된 원리로 작동하는 커피 기계—옮긴이)로 다가가며 말했다.

"커피 좀 끓일까?"

"아니야. 좀 앉아 있어. 다리 올려놓고."

재니스가 토바 앞을 급히 막아섰다.

"커피는 내가 끓일게."

재니스가 만든 커피는 늘 너무 연했다. 토바는 재니스가 말한 대로 자리에 앉아 그녀가 원두 가루와 물을 계량하는 모습을 주의 깊게 지켜봤다.

"고양이 밥 챙겨줘야 해?"

재니스는 동그란 안경을 살짝 내리고 마뜩찮은 눈으로 캣을 바라봤다. 캣은 토바의 식탁 의자 아래 자리 잡은 상태였다. 친밀

함의 표현이었다.

"고맙지만 고양이는 아까 아침 먹었어."

토바는 설마 재니스가 요리라도 할까 싶어 덧붙였다.

"나도 먹었고."

고양이가 옆으로 몸을 발랑 뒤집자 전과 달리 불룩해진 배가 드러났다. 캐서롤에 담긴 음식들로 찐 살이었고, 살이 붙은 모습이 캣에게 잘 어울렸다. 나를 대신해 찐 살이라고 토바는 다정하게 말하곤 했다.

"알겠어, 알겠어. 그냥 뭐든 도와주고 싶어서 그래."

재니스는 김이 나는 머그잔 두 개를 식탁으로 가져와 자리에 앉았다.

"닥터 레미한테 진료 봤어?"

"그럼."

뜨거운 커피를 후 불며 말했다.

"어떻대?"

"말했잖아. 그냥 삔 거라고."

"일은 며칠이나 쉬어야 해?"

"몇 주 정도."

토바가 사실대로 이야기했다. 다만 닥터 레미가 골밀도 검사를 진행했고, 나이를 고려하면 일터로 돌아가는 것이 바람직하지 않을 수도 있다고 말한 것은 언급하지 않았다. 않을 수도 있다고 했다. 아직 확실히 정해진 건 아무것도 없다. 그러니 굳이 말할 이유가 있을까?

"몇 주 정도."

재니스가 의심스러운 눈초리로 다리를 쳐다보며 토바 말을 따라 했다.

"그건 그렇고, 내가 여기 온 이유가 있어. 네가 살아 있는지 확인하는 것 말고 말이야."

"그렇구나."

토바는 재니스가 만든 커피 맛을 평가하는 마음으로 한 모금 마셨다. 원두 가루를 계량할 때 다른 스푼을 쓴 것 같지만 커피는 꽤 괜찮았다.

"사실 두 가지 이유야."

토바는 고개를 끄덕이며 뒷이야기를 기다렸다.

"먼저 할 이야기는, 지난 화요일에 니트-위츠 모임에 나왔다면 메리 앤 소식을 들었겠지만 네가 못 나왔으니까……."

"무슨 소식?"

"딸네 집으로 들어간대."

"로라 집? 스포캔에 있는?"

"맞아."

"언제?"

"9월 전에 간대. 메리 앤이 사는 집은 내놨어."

토바가 느리게 고개를 끄덕였다.

"그랬구나."

재니스는 안경을 벗고는 식탁 위 냅킨꽂이에서 냅킨을 한 장 꺼내 안경을 닦았다. 그러고는 토바를 향해 눈을 가늘게 뜨고 말을 이었다.

"잘됐지. 그 집 계단도 너무 가파르고, 세탁기가 지하실에 있는 것도 그렇고……."

"응, 위험하지."

토바도 동조했다. 세탁실이 지하에 있지만 않았어도 지난가을에 메리 앤이 넘어지는 일은 없었을 것이다. 그나마 몇 바늘 꿰맨 것으로 끝나 천만다행이었다.

"로라가 돌봐줄 테니 잘됐어. 스포캔이라니, 완전히 새로운 모험이겠어."

"응, 그렇겠지."

재니스가 다시 안경을 썼다.

"송별회 삼아 특별한 점심 식사를 계획 중이야. 진행 상황에 따라 다르겠지만 몇 주 후에 잡힐 것 같은데 올 거지, 당연히?"

"그럼. 다리를 절뚝거려도 꼭 가야지."

진심이었다.

"잘됐다."

고개를 든 재니스는 알 수 없는 표정을 지었다.

"있잖아, 메리 앤도 가면 니트-위츠는 세 명뿐이잖아. 언젠가는 앞으로 어떻게 할지 생각해봐야 할 것 같아."

토바는 길게 숨을 내쉬며 자신과 바브, 재니스, 이렇게 세 명인 니트-위츠는 어떤 모습일지 그려보려 했다. 메리 앤과 그녀가 가게에서 사 와 집 오븐에 데워 내놓는 쿠키 없는 모임이란 어떨까. 수십 년간 만나온 사람들이었다. 니트-위츠 모임은 인이 박인 습관 같은 것이었다.

"우리 셋이 얘기해보자고."

재니스가 자리에서 일어나 어깨에 스카프를 둘렀다. 리놀륨 바닥에 끌리는 의자 소리에 잠들어 있던 캣이 고개를 들고 못마땅한 듯 한쪽 눈을 떴다.

"서둘러야겠다. 티머시랑 엘런드에 새로 생긴 텍사스식 멕시칸 음식점에 점심 먹으러 가기로 했거든."

"보기 좋아."

현관까지 재니스 뒤를 따르며 토바가 말했다. 재니스의 아들은 항상 엄마를 모시고 외식을 했다. 두 사람이 토르티야 칩을 같은 그릇에 담긴 과카몰리에 찍어 먹는 모습이 그려졌다.

"맞다! 내가 온 두 번째 이유, 잊을 뻔했네."

재니스는 짧은 웃음을 터뜨리며 몸을 돌려 핸드백에서 핸드폰을 꺼냈다.

"이거. 네 거야."

토바가 눈을 가늘게 떴다.

"나 핸드폰 없는데."

"이제부터 있는 거지."

재니스가 토바를 향해 핸드폰을 내밀었다.

"예전에 티머시가 쓰던 거라 좋은 건 아니야. 그래도 비상시에는 아무 문제 없이 잘될 거야."

재니스의 눈이 슬쩍 토바의 다리로 향했다.

"이런 거 필요 없다고 몇 번이나 말했잖아. 거실에 멀쩡한 전화기가 있다고. 핸드백에 전화기를 넣고 다닐 필요는 없어."

"그렇지가 않아, 토바. 네가 이 집에서 계속 혼자 살 거라면 필요하다고. 언제가 될지는 몰라도 다시 아쿠아리움에서 혼자 일할 때는 물론이고. 또 다치면 어쩌려고 그래? 우리끼리 이미 얘기 끝났어. 너도 핸드폰이 있어야 돼."

긴 침묵 끝에 토바가 손을 내밀자, 재니스는 핸드폰을 그녀의 손바닥에 올렸다.

"고마워."

토바가 작게 말했다.

"그래, 그래."

재니스가 미소 지었다.

"어떻게 쓰는지 티머시한테 전화로 알려주라고 할게. 메리 앤 송별회 식사 관련해서는 또 연락할게. 그사이 뭐 필요한 거 있으면……."

"알겠어."

재니스가 집을 나선 후 토바는 문을 잠갔다.

저녁 식사 메뉴는 포테이토 리크였다. 바브는 요리 실력으로 정평이 나 있지는 않지만, 이번 음식은 냄새도 좋고 오븐 문 너머로 지글지글 끓어오르는 모습이 먹음직스러워 보였다. 저녁으로 늘 치킨라이스만 올라오던 식탁에 반가운 변화였다. 바브에게 감사 카드를 보내야겠다.

타이머가 울렸다. 멀쩡한 발목으로 조심히 중심을 잡고 허리를 굽혀 오븐에서 김이 모락모락 나는 접시를 반쯤 꺼냈을 때, 갑자기 주머니에 있는 무언가가 그녀를 공격했다.

지잉!

캐서롤 그릇이 바닥에 떨어지며 오일과 치즈가 공중으로 솟구쳤다. 지잉! 식탁 쪽으로 한 걸음 내디디다 크림색 리놀륨 바닥에 플라스틱 부츠가 미끄러져 꼬리뼈를 찧었다. 이번 주만 해도 벌써 두 번째다.

지잉, 징, 징!

끔찍한 기기를 주머니에서 꺼내자 작은 화면에 '알 수 없는 발신자'라는 문구가 떠 있었다. 토바는 굳은 얼굴로 핸드폰을 던져버렸다.

도대체 왜 사람들은 자기 일에나 신경 쓰고 살지를 못할까?

몸을 일으켜야 했지만 상당한 난관이 예상되었다. 일어서려 할 때마다 난장판이 된 바닥에 발이 미끄러졌다. 핸드폰은 주방 저쪽 구석에서 은색 딱정벌레처럼 배를 뒤집고 있었다. 용케 거기까지 가서 핸드폰을 되찾는다 해도 쓰는 법을 몰랐다. 토바는 겨우 자리에서 일어나 식탁 의자에 앉았다.

"세상에나."

양손에 묻은 포테이토 리크를 닦아내기까지 터무니없이 많은 냅킨이 필요했다.

토바는 소파에 앉아 무릎 위에 그릇을 놓고 치킨라이스를 먹었다. 경기가 있는 날이면 가끔 윌이 그랬던 것처럼.

"이런, 우리 좀 봐. 꼴이 말이 아니네. 그렇지, 캣?"

토바는 캣의 부드러운 이마를 쓰다듬고는 리모컨을 들어 저녁 뉴스를 틀었다.

사람들이 주식 시장과 날씨에 대해 떠들어댔지만 귀에 하나도 들어오지 않았다. 머릿속에는 메리 앤 이야기만 맴돌았다. 메리 앤의 끝이 시작되는 것이다. 삶의 마지막 장의 첫 문장이. 더는 그녀 혼자서 살아가지 못하고 보호자에게 의지하던 어린아이의 삶으로 회귀한다. 그나마 딸 로라는 엄마를 요양원에 보내는 대신 모시고 살겠다는 의식이 있는 아이였다.

바브는 시애틀에 있는 딸들이 돌봐주겠지. 재니스는? 그녀와 피터는 이미 티머시 집 지하층, 따로 출입구가 있는 공간에 들어가 살고 있다. 위층 아들과 며느리의 바쁜 삶 아래, 보이지 않는 곳에 얌전히 놓여 있었다. 다들 언젠가는 어디론가 가야 했다.

남성 평균 수명은 여성보다 몇 년 짧고, 토바는 이 사실이 항상 부당하다고 여겼다. 윌의 죽음은 비교적 단순했다. 적어도 윌에게는 말이다. 암 진단, 입원, 치료. 하나같이 힘든 과정이었지만 이후 벌어진 서류 준비와 보험 심사, 합의도 그것만큼이나 끔찍했다. 토바는 늦은 밤까지 홀로 식탁에 앉아 몇 시간이나 서류 처리에 매달렸다. 자신이 죽은 후에는 보답하는 마음으로 그런 뒤처리를 해줄 사람이 누가 있을까? 상속인이 없는 경우엔 무자비하게 밀려드는 서류 작업도 없는 걸까?

토바는 커피 테이블에(물론 받침대 위에) 치킨라이스 그릇을 두고 벽난로로 다가갔다. 플라스틱 부츠에 러그가 망가져가고 있었다. 삼나무로 된 벽난로 선반의 매끄러운 모서리를 만져봤다. 아버지가 손으로 직접 사포질을 하고 착색한 작품이었다. 아버지가 도끼로 자른 나무로 세워진 이 집의 뼈대는, 구세계의 장인 정신과 스웨덴인의 노력이 더해져 수백 년은 버틸 정도로 견고했다. 토바의 노쇠함에 불을 지필 어떤 사건이 벌어지기까지 시간이 얼마나 남았을까? 좁은 계단이나 고르지 않은 진입로가 문제가 될까? 잘못된 캐서롤 요리나 크림과 감자로 미끄러워진 바닥이 계기가 될까?

사람들은 주방에 쓰러진 토바를 발견하게 될까? 병원에 이송하기 위해 구급차도 오고? 클립보드에 끼워진 입원 신청 서류는 누가 작성해줄까? 이것은 그저 시작에 불과했다.

그게 아니라면.

차터빌리지에서 가져온 서류가 떠올랐다.

이제는 신청서를 작성할 때인지도 모른다.

하우스 스페셜

캐머런은 캠핑카에 대해 아는 것이 없었지만 이 차가 쓰레기라는 것만은 확실히 알 수 있었다.

시동을 걸자 엔진은 덜거덕거렸고, 느슨해진 벨트에서는 끼익하는 소음이 났다. 엘리엇의 친구는 차가 좀 거칠게 나간다며, 조수석 서랍에 포장도 뜯지 않은 교체용 벨트가 있다고 알려줬다. 그나마 캐머런이 흥정을 해서 1,200달러로 깎은 것이 다행이었다.

쓰레기 같은 차라도 차가 생기니 기분은 좋았다. 진 이모가 갚지 않아도 된다고 말한 돈으로 산 것이긴 하지만 말이다.

800달러 정도 남은 돈에서 6달러를 써가며 제값도 못하는 비싼 라테를 산 캐머런은, 고속도로를 타고 시애틀 북쪽으로 두 시간을 달려 목표물에 다가갈 만반의 준비를 마쳤다. 퀴퀴하고 까슬까슬한 갈색 천으로 뒤덮인 운전석에 앉아 있으니 어쩐지 등이 자꾸 가려웠다. 뒤에 마련된 매트리스도 냄새가 나는 것이 상태가 비슷했다. 어젯밤은 시애틀 남쪽에서 보냈다. 주차장이라고 하기에 애매한 곳 구석에서, 거의 뜬눈으로. 자리가 불편해 한참을 뒤척이고 있는데 자갈 위를 지나는 타이어 소리가 나서 작은 창문으로 내다보니, 경찰차 한 대가 진입하고 있었다. 새벽 여명 속에서 경찰차 실루엣이 또렷해지자 그는 재빨리 운전석에 옮겨 앉아 차를 몰고 급히 그곳을 빠져나왔다.

워싱턴주에서 맞이한 첫날 밤은 영 별로였다. 하지만 오늘은 새로운 날이다.

마지막 표지판에 따르면 소웰베이까지 약 30킬로미터가 남았다. 사이먼 브링스를 만나기 전까지 30킬로미터. 수중의 800달러로 얼마나 버틸 수 있을까? 숙박비가 들지 않게 되었으니 한동안은 괜찮을 것 같다. 브링스를 찾거나 더플백을 되찾을 때까지만 버티면 된다. 그때까지 800달러로 충분히 생활할 수 있을 것이다.

캠핑카 와이퍼가 앞 유리의 빗방울을 제대로 걷어내지 못해 캐머런은 몸을 앞으로 기울인 채 눈을 가늘게 뜨고 빗물에 번들거리는 고속도로 차선을 주시했다. 그러다 앞 차의 브레이크 등이 대시보드를 붉게 물들인 순간 급하게 브레이크를 밟았고, 꽉 막힌 도로를 눈앞에 마주했다. 브레이크는 잘 들어 다행이었다. 손으로 핸들을 두드리며 조금씩 차를 앞으로 움직이던 그는 이끼로 뒤덮인 가드레일과 잡초가 무성한 갓길 쪽으로 시선을 돌렸다. 온통 초록이었다. 거대한 상록수들로 빼곡한 숲을 마주하니 자신이 나무인 듯 밀실 공포증이 밀려올 것만 같아 계속 보고 있기가 괴로웠다.

16킬로미터, 8킬로미터, 3킬로미터. 도착 지점까지 거리가 줄어들었다. 고속도로를 벗어나는 지점에 있는 **소웰베이에 오신 것을 환영합니다**라고 적힌 표지판은 색이 바래고 녹이 슬어 있었다. 미리 찾아 둔 사이먼 브링스의 사무실 주소로 곧장 향했다. 실제로 보니 고속도로 바로 옆, 보잘것없는 작은 상가 건물이었다. **브링스 개발 주식회사**라는 간판이 보였다. 주차장에 차가 한 대도 없어 불길한 예감이 들었다. 역시나 사무실 문은 잠겨 있었다.

뭐, 아직 이른 시간이니까. 브링스와 직원들은 아침형 인간이 아닐지도 모른다. 캐머런도 아침형 인간은 아니었다. 이런 성향은 유전인가.

이제 뭘 어쩌지? 아쿠아리움에나 가볼까? 그곳에 가면 브링스 개발 사무실이 언제 문을 여는지 아는 사람이 있을지도 모른다.

돔 모양의 금속제 지붕은 곡선을 따라 곰팡이가 줄무늬처럼 내려앉았고, 군데군데 상처 위에 생긴 딱지처럼 이끼와 새똥이 뭉쳐 있었다. 주차장을 가로지르는 캐머런의 머리 위로 갈매기들이 빙빙 돌았다. 이곳 주차장도 이상할 정도로 텅 비어 있었다. 아쿠아리움 문을 당겼다가 잠긴 것을 확인한 그는 그제야 주차장이 한산한 이유를 깨달았다.

"정오에 오픈합니다."

안내문을 따라 읽었다. 그러시겠지. 이 동네는 뭐가 문제일까?

반쯤 잠들어 있는, 아니 반쯤 죽어 있는 곳 같았다. 해변의 텅 빈, 널판 깔린 길을 바라봤다. 뭘 모르는 사람이라면 주변에 하수처리장이 있을 거라 여길 정도로 냄새가 고약했다. 바위 위에서 내리쬐는 햇볕에 익어가는 해초가 원인으로, 썩은 달걀 냄새 같은 유황 냄새가 났다. 잔파도가 연이어 방파제에 철썩였다.

정오까지 한 시간 남은, 짜증나게 애매한 시간대였다. 아침을 먹기에는 너무 늦고, 점심을 하기에는 너무 이른. 커피는 괜찮을 것 같았다. 큰길가에 델리 가게가 보였다.

언덕을 오르다 두 번이나 캠핑카 시동이 꺼질 뻔했다. 간신히 목적지에 도착해 클러치에서 발을 떼고 안도의 한숨을 쉬었다.

델리 가게는 작은 마트와 붙어 있었다. 거기에도 사람이 없었다. 매장 안으로 들어서니 마치 다른 시간대에 진입한 것 같았다. 잠시 후 좁은 통로 어딘가에서 바스락거리는 소리가 들렸다. 캐머런은 흑백 텔레비전에 등장하는 캐릭터가 튀어나오지는 않을까 기대했다.

대신 모습을 보인 것은 꽤 나이가 있는 불그스름한 수염의 남자였다. 허리춤이 꽉 조이는 초록색 앞치마를 두르고, 두툼한 팔에 라면을 잔뜩 안고 있는 것을 보니 선반을 채우는 중인 듯했다.

"어서 오세요. 뭐 찾으시는 거 있으십니까?"

남자가 말했다.

"커피요. 여기 음식점인 줄 알았는데요?"

"델리는 앞으로 쭉 가시면 됩니다. 제가 안내해드리죠."

남자가 바닥에 라면 더미를 내려놨다.

"급하지 않아요. 제가 지금 시간 여유가 좀 있어서요."

캐머런이 고개로 라면을 가리키며 말했다.

"말도 안 되죠. 태너를 부르면 됩니다."

그러더니 붉은 수염이 곧장 소리쳤다.

"태너!"

미로같이 얽힌 비좁은 통로 어딘가에서 마찬가지로 초록색 앞치마를 두른 뚱한 표정의 10대가 나타났다. 그는 두 사람 뒤편에서 슥 걸어 나와 앞쪽으로 향했다.

"여깁니다."

붉은 수염이 델리 진열장의 전등을 켰다. 표백제 특유의 냄새에 더해 익숙한 음식 냄새가 났다. 후추와 양파, 햄버거 헬퍼(인스턴트 파스타 브랜드—옮긴이) 냄새. 케이티와 함께 지내기 전에 살았던 낡고 후진 아파트가 떠올랐다. 복도에서 이웃들의 저녁 식사 메뉴를 알아맞힐 수 있는 곳이었다.

태너가 코팅된 종이 몇 장을 내밀었다.

"그게 메뉴입니다. 다 보신 후에 그 친구가 주문을 받을 겁니다."

붉은 수염이 굳이 덧붙였다. 캐머런이 메뉴판을 훑었다. 누군가가 데려온 개나 어린아이가 깨물어댄 것처럼 한쪽 귀퉁이가 해져 있었다.

"저는 블랙커피면 돼요."

배가 꼬르륵거렸지만 캐머런은 커피만 주문했다.

"태너, 스페셜로 준비해라."

붉은 수염이 명령하자, 캐머런이 거절할 새도 없이 청년은 고개를 끄덕이곤 어디론가 뛰어갔다. 매장에서는 보이지 않는 부엌에서 팬이 덜그럭대고, 기기가 위잉 소리를 내며 작동을 시작했다. 상체를 숙인 붉은 수염이 스페셜 메뉴의 비밀을 털어놨다.

"파스트라미 멜트 샌드위치죠."

왜 이렇게 파스트라미가 난리일까? 이번에는 참마로 만든 파스트라미가 아니길 바랐다.

"네."

캐머런이 어색하게 호응했다.

"서비스입니다. 태너는 아직 신참이죠. 주방 일 좀 배우게 해야하는데, 요즘에는 제물이 될 손님들이 많이 없어서요."

붉은 수염이 활짝 웃으며 캐머런 맞은편 비닐 의자에 앉더니, 주근깨 있는 대머리를 한 손으로 쓸어 넘겼다.

"말동무 좀 해드릴까요?"

캐머런이 어깨를 으쓱해 보였다.

"외지 사람에게는 좀 더 친절하려고 합니다. 제대로 된 환영 인사인 셈이죠."

붉은 수염이 눈을 찡긋했다.

"어떻게 아셨어요?"

"이 동네 사람들은 다 알거든요. 어디서 오셨는지요?"

"캘리포니아요."

붉은 수염이 낮게 휘파람을 불었다.

"캘리포니아라……. 설마 자금력 빵빵한 부동산쟁이는 아니시겠죠? 그 왜, 집수리해서 되파는 플리퍼요."

부동산이라니, 캐머런이 허탈하게 웃었다.

"아니요, 그런 게 아니라, 누굴 좀 찾으러 왔어요……. 가족이요."

"그래요? 안 그래도 얼굴이 익숙하다 했는데."

캐머런은 순간 정신이 퍼뜩 들었다. 왜 그 생각을 못 했지? 60대로 보이는 붉은 수염은 아버지일 사람보다는 나이가 많겠지만 그래 봤자 열 살 정도 차이일 터였다. 더욱이 동네 사람들과 전부 알고 지내며 좀 성가시게 구는 타입 같았다.

"그렇군요. 사실 아버지를 찾으러 왔어요."

"아버지 성함이 어떻게 되나요?"

"사이먼 브링스요. 혹시 아세요?"

이름을 듣자 붉은 수염의 눈이 커졌다.

"개인적으로 아는 사이는 아니에요. 미안하군요."

둥둥거리는 베이스 소리가 주방에서 흘러나왔다. 캐머런이 100만 번쯤 들었던 노래인데 제목은 모른다. 30대가 되면 이런 식으로 요즘 음악을 듣는 세대와 멀어지는 건가? 가장 최근에 모스 소시지 공연 때는 관중 연령대가 이상하리만치 높았다. 모스 소시지도 클래식 록이 되어버린 건가?

뭐, 이제 모스 소시지는 아무것도 아니다.

음악 소리를 들은 붉은 수염이 얼굴을 찌푸렸다.

"당장 끄라고 해야겠군요."

그가 몸을 일으키려 하자 캐머런이 손을 들며 막았다. 불쌍한 태너를 향한 동정심이 몰려왔다.

"괜찮습니다. 저는 아무 상관 없어요."

"요즘 애들은 이런 소음이 음악이라고!"

붉은 수염이 고개를 내저었다.

"글쎄요, 괜찮은데요. 제가 모스 소시지 밴드의 리드 기타리스트이니 음악을 안다고 말할 수 있겠죠."

캐머런은 자신이 한 말을 곧장 후회했다. 괜히 쓸데없는 소리를 지껄이다니.

"모스 소시지요? 진짜 모스 소시지예요?"

"저희 노래를…… 들어보셨어요?"

캐머런의 입이 벌어졌다. 마지막 싱글 앨범은 다운로드 수가 100도 안 되었고, 델스 살룬 바의 단골들이겠거니 했건만 어쩌면 붉은 수염도 노래를 다운받은 사람들 중 한 명일지 모른다. 1,600킬로미터나 떨어진 곳에 사는 누군가가 모스 소시지 음악을 들었다는 것을 브래드가 알면 기절할 것이다. 어쩌면 밴드를 다시 시작하자고 사정할지도 모른다.

붉은 수염이 진지한 얼굴로 고개를 끄덕였다.

"진짜 팬입니다."

"와."

정말 캐머런의 입에서 이 말밖에 나오지 않았다.

"아휴, 그런 얼굴 마세요. 이제 죄송해지네요."

그런데 붉은 수염의 얼굴이 수염만큼이나 붉어졌다.

"그냥 장난 좀 친 거예요."

이번에는 캐머런의 얼굴이 새빨개졌다.

"농담이 아니었군요. 무슨 밴드 이름이 모스 소시지('나방 소시지'라는 뜻—옮긴이)랍니까?"

한심한 밴드죠.

태너가 테이블로 다가왔다.

"하우스 스페셜 나왔습니다."

무심한 한숨을 내뱉으며 태너는 감자튀김이 수북한 타원형의 접시를 내려놨다. 감자튀김 아래 아마도 샌드위치가 있을 것이다. 믿기지 않을 정도로 맛있는 냄새가 났다.

"그리고?"

붉은 수염이 태너를 올려다봤다.

"그리고…… 맛있게 드세요?"

"커피는!"

캐머런이 손을 올렸다.

"아뇨, 괜찮습니다."

"괜찮지가 않죠."

화가 난 붉은 수염이 코를 벌름거렸다.

"우리 고객께서 블랙커피를 시켰잖아. 얼른 가져와!"

그런 뒤 캐머런을 보며 말했다.

"죄송하게 되었습니다."

태너는 부루퉁한 얼굴로 주방으로 향했다. 캐머런은 그가 커피에 침을 뱉지 않기를 바랐다.

"커피도 서비스로 제공하겠습니다. 그럼 편히 식사하시도록 전 일어서지요."

붉은 수염이 자리에서 일어났다.

"아버지 꼭 찾으시길 바랍니다."

마트에서 나온 캐머런은 잿빛 햇살에 눈을 가늘게 떴다. 어떻게 이렇게 구름이 낀 동시에 눈을 뜰 수 없을 정도로 밝을 수가 있지? 레이밴 선글라스를 찾으려고 주머니를 더듬거리느라 숍웨이 주차장을 반이나 가로지르는 동안 캠핑카에 이상이 생긴 것을 눈치채지 못했다.

차가 한쪽으로 기울어져 있었다.

"안 돼. 안 돼, 안 돼."

캐머런은 이렇게 중얼거리며 상황을 확인하려고 차 뒤로 달려갔다. 오른쪽 뒤 타이어 바람이 빠져 있었다.

"젠장!"

캐머런은 소리를 내지르며 휠 캡을 세게 차다 엄지발가락을 다치고 말았다.

얼굴을 찌푸린 채 연석에 주저앉았다. 견인차를 부르고 타이어를 교체하고 나면 돈이 얼마 남지 않을 터였다. 조이젯에서 연락이 온 것은 없는지 핸드폰을 확인했다. 엘리자베스의 문자뿐이었다. 잘되고 있어, 캐멀-트론?

"끔찍해. 끔찍함을 넘어섰어."

혼잣말로 대답했다. 이내 마트 앞에 서 있는 붉은 수염을 발견

하고는 모멸감을 느꼈다. 그는 손차양을 하고 주차장을 바라보고
있었다. 바람에 붉은 수염이 풍성하게 흩날렸다.

"도움이 필요하신 것 같은데요?"

그가 다가와 캐머런 앞에 멈추더니 손을 내밀었다.

"참, 저는 이선입니다."

"감사합니다."

캐머런은 손을 맞잡고 악수한 뒤 이선을 따라 마트로 들어
갔다.

감금 1,322일째

_____

_____

지문을 좋아하긴 하지만 그래도 이건 좀 너무하다.

그녀가 청소하러 오지 않은 지 사흘이 되었다. 수조 유리가 뿌
옇게 얼룩투성이가 되었다. 바닥은 더럽고 신발 자국이 겹겹이
쌓였다. 좋지 않다.

내 심장이 세 개인 것은 알고 있겠지? 인간을 포함한 대부분의
종이 심장이 하나뿐임을 고려하면 이상하게 보이리라. 여러 개를
지녔으니 더 높은 수준의 영적 존재라고 주장하고 싶지만, 안타
깝게도 심장 두 개는 내 폐와 아가미를 통제하는 역할만 할 뿐이
다. 다른 하나는 내 기관 심장으로 다른 모든 기관에 동력을 공급
한다.

나는 기관 심장이 멈추는 것에 익숙하다. 내가 수영할 때 기관
심장이 멈춘다. 커다란 메인 수조를 피하는 이유 중 하나도 수영
을 너무 많이 해야 해서다. 바닥을 기어가는 편이 혈관계에 부담
이 덜하지만, 메인 수조 바닥은 맛있는 것들로 가득해서 상어들
이 순찰을 돈다. 나는 수영을 오래하면 힘들어지기에, 작은 공간
에서 사는 게 적합하다고 하겠다.

놀라거나 충격을 받거나 공포를 느낄 때, 인간들은 심장이 멎었다고 말한다. 처음 이 말을 들었을 땐 혼란스러웠다. 내 기관 심장은 수영을 할 때마다 멎으니까. 하지만 청소하는 여자가 사다리에서 떨어졌을 때는 수영을 하고 있지 않았다. 그런데도 심장이 이상했다.

그녀가 나아졌길 바란다. 수조 벽면이 더러워서만은 아니다.

초록색 타이츠

수요일 저녁이었다. 에릭이 죽은 것은.

1989년 당시 수요일 저녁이면 소웰베이 주민 센터에서 재즈사이즈(재즈댄스와 에어로빅이 결합된 운동─옮긴이) 수업이 열렸고, 토바가 거기 빠지는 일은 거의 없었다. 운동복 바지 속에 입는 에메랄드 초록색 타이츠는 서른아홉 살의 늘씬한 허리에 착 감겼다. 윌은 타이츠 색이 토바의 눈과 잘 어울린다며 좋아했다.

그 일이 있던 수요일, 집에 돌아온 토바는 늘 그랬듯 욕조에 몸을 담글 생각에 운동복을 벗기 시작했지만 윌이 그녀를 방해했다. 저물어가는 해가 침실 창문으로 쏟아지며 두 사람의 정사를 아찔한 빛으로 물들였다. 생각해봐. 이불이 침대 발치로 구깃구깃하게 밀려 있는 침대에 누우며 윌이 토바에게 미소를 지었다. 조금 있으면 이제 이 집에 우리 둘뿐이라고.

에릭은 가을부터 워싱턴 대학교에 다니기로 되어 있었다. 그날 오후 에릭은 어디에 있었을까? 토바는 아직도 모른다. 경찰이 몇 번이나 물었지만 토바가 할 수 있는 대답이란 친구를 만나러 나간 것 같다는 말뿐이었다. 열여덟이었으니 늘 친구들과 있었다. 2, 3년 전부터는 아이의 복잡한 사생활에 세세하게 관여하지 않았다. 착한 아이였다. 훌륭한 아이였다.

그 수요일 날에 타이츠가 있던 곳은 세탁 바구니 안이 아니었다. 거실 한쪽에 자리한 1인용 소파 팔걸이에, 윌이 아내에게서 벗겨 던져놓은 곳에 걸려 있었다. 다음 날 아침, 아들이 페리 매표소 야간 근무를 마치고 집에 돌아오지 않았다는 두 사람의 신고에 소웰베이 경찰이 그들의 집을 찾았을 때, 깔끔한 집 안에 옥의 티처럼 타이츠는 여전히 소파 팔걸이에 널려 있었다. 그날의 기록 중 비공식적인 부분이다.

형사의 말을 들으면서도 눈으로는 그 타이츠를 바라봤었다. 토바는 그때까지도 믿기지가 않았다. 에릭은 친구 집에, 누군가의 소파에 잠들어 있을 거야. 집에 전화하는 건 깜빡했겠지. 착한 아이라도, 훌륭한 아이라도 한번씩 그럴 때가 있으니까.

언제인지 몰라도 누군가 타이츠를 세탁 바구니에 넣었다. 세탁을 한 건 토바였으리라. 토바 말고 세탁기를 돌릴 사람이 누가 있을까? 윌은 절대 아니다. 하지만 토바는 기억이 나지 않았다. 에릭의 실종이 확실해지고 사망 확인을 받은 후부터 수많은 일들이 그랬듯, 타이츠를 세탁한 기억 역시 구렁텅이 속으로 삼켜졌다.

1인용 팔걸이 소파는 여전히 자리를 지키고 있다. 몇 년 후 천갈이를 하긴 했지만. 토바는 분위기를 밝게 하려고 파랑과 초록이 들어간 페이즐리 문양의 천을 골랐다. 하지만 새 옷으로 갈아 입혀도 그 소파가 자신과 죄를 함께한 공범처럼 느껴졌다.

이 집을 떠날 때 가장 먼저 정리해야 할 것이 바로 그 소파였다.

처음에는 자신이 자라온 집에서 계속 살 의도가 없었다. 하지만 삶 속 무수한 일들이 그녀의 의도대로 흘러가지 않았다. 아버지가 이 3층짜리 집을 지었을 때 토바는 겨우 여덟 살이었다.

중간층은 생활공간이었다. 비탈을 깎아 만든 아래층은 사과와 순무, 루테피스크(말린 대구 요리—옮긴이) 캔을 보관하는 저장고였다. 제일 위층에는 토바 어머니의 트렁크들을 둔 다락이 있었다.

그 트렁크들 안에는 토바 부모님이 스웨덴에 차마 두고 올 수 없었던 온갖 물건이 들어 있었다. 새로운 미국 삶에는 어울리지 않는 유물들이었다. 수를 놓은 리넨 천, 외할머니에게서 물려받은 웨딩 접시 세트, 빨강, 파랑, 노랑으로 섬세하게 칠해진 나무 상자들과 작은 조각상들. 비 오는 날 오후면 토바와 라스는 사다리를 타고 다락방에 올라 서까래가 드러난 천장 아래서 함께 놀았다. 레이스가 달린 식탁보를 깔고 달라호스를 손님으로 앉힌 뒤, 이가 나간 본차이나 컵들로 소꿉놀이를 하곤 했다.

몇 년 후 어느 여름, 아버지는 다락방으로 오르는 사다리를 계단으로 만들 결심을 했다. 아버지는 가게에서 가장 솜씨 좋은 일꾼 두 명에게 도움을 요청했다. 세 사람은 새벽부터 밤까지 일했다. 아버지의 건강이 슬슬 안 좋아지기 시작하던 때였다. 젊은 일꾼 두 명이 삼나무 판자에 못을 박는 동안 복도 의자에 앉아 쉬던 아버지 모습이 토바의 눈에 선했다.

계단이 완성되자 일꾼들은 서까래 사이사이에 광재면을 채우고 마룻장에 사포질을 했다. 그러는 동안 아버지는 다락 한구석에 인형 집을, 다른 한쪽에는 튼튼한 테이블을 만들었다. 나무 의자를 완성한 아버지는 다리를 꽃 덩굴 문양으로 조각하고 등받이에는 별들을 새겼다.

공사가 모두 끝나자 어머니가 빗자루를 들고 올라갔다. 한쪽 구석에 말아놓은 실로 짠 러그에서 거미줄을 털어낸 후 완성된 다락방 정중앙에 깔았다. 토바와 라스, 어머니, 아버지, 일꾼 두 명이 다 함께 러그 위에 올라 완성된 공간을 보며 감탄했다. 지붕 창이 워낙 지저분한 탓에 볕이 들어오지 못했다. 어머니는 창이 반짝반짝해질 때까지, 식초에 푹 담근 천으로 무자비하게 문질러 댔다.

"이제 너희에게도 제대로 된 놀이 공간이 생겼네."

창문틀을 쓰다듬으며 아버지가 말했다.

다만, 토바와 라스는 더는 어린아이가 아니었다. 라스는 10대였고 토바는 두 살 아래였다. 두 사람은 개조한 다락방에 가끔 올라가긴 했지만 얼마 지나지 않아 놀이방에 대한 흥미가 떨어졌다. 당신이 그렇게 고생해서 만든 공간이 자식들에게 외면당하는 모습을 아버지가 보지 않아서 어찌 보면 참 다행이라고 토바는 생각했다.

손주들 놀이방으로 쓰여야 했던 곳이다. 물론 토바와 윌에게 손주는 없었다.

에릭이 어릴 때, 어머니를 돌보기 위해 부부는 이 집으로 들어왔다. 토바는 에릭이 유아기 때 갖고 놀던 장난감들을 기부하려 했지만 어머니가 말렸다. 언젠가 태어날 손주들을 위해 보관해두라고 말이다. 그래서 토바는 장난감들을 다락에 두었다.

에릭이 죽은 후에도 그것들은 다락에 있었다. 지금도 마찬가지다.

다락에서 달라진 것이라곤 지붕창뿐이다. 윌이 교체했다. 에릭이 죽고 몇 년 후, 윌에게 사건이 생겼다. 슬픔이 인간에게 저지를 수 있는 종류의 일이었다. 토바는 그 사건을 떠올리기가 싫다. 윌이 할 만한 일이 아니었다. 하지만 사실, 아이를 잃으면 정상적인 것은 아무것도 없다.

현실적으로 생각하려고 노력한 토바는 결국 그 사건 끝에 새 지붕창이, 더 크고 환한 창이 생겼다고 말했다.

다락방을 가로지르던 토바는 이대로 곧장 창문을 통과해 바깥에 있는 나무 꼭대기에 닿을 수 있을 것만 같았다. 실로 아름다운 곳이었다. 바다 전망이 훌륭했다.

언젠가 토바와 윌은 그냥 알아보기라도 할까 싶어 부동산 중개인을 부른 적이 있었다.

"정말 멋지네요."

중개인이 칭찬을 쏟아냈다.

"집 전체가 정말 멋져요. 이런 외진 곳에 이렇게 좋은 집이 있었다니!"

사실이었다. 산딸기나무가 무성한 가파른 바윗길 끝, 산비탈에 자리한 탓에 바로 근처를 지나가면서도 이곳에 집이 있으리라고 예상하기 어려웠다.

계단 난간을 손끝으로 어루만지며 올라가던 중개인은 대성당처럼 탁 트인 천장에 가로로 설치된 반짝이는 보를 보고 감탄사를 쏟아냈다. 중개인이 선반에서 바퀴가 하나 빠진 장난감 자동차를 집었다. 에릭의 것이었다.

"내놓기 전에 이런 물건들은 싹 다 정리하는 게 좋겠어요."

중개인이 말했다.

부부는 집을 팔지 않기로 했다.

장난감 자동차는 여전히 여기 있었다. 토바는 그것을 집어 들어 가운 주머니에 넣었다.

이번에는 집을 팔 생각이다.

아주 늦은 시간이 되어서야 침실로 향했다. 침대보 위에 옆으로 누워 잠든 캣의 몸이 고요하게 오르락내리락거렸다. 토바는 캣이 깨지 않게 조심스럽게 이불을 덮었다. 미소가 떠올랐다. 동물과 함께 침대에서 잠을 잘 생각은 한 번도 못 했지만, 캣이 있어 좋았다.

의식이 낯선 세계로 빠져들었다. 꿈일 거야, 그럴 거야, 하면서도 모든 것이 너무도 평범해서 확신이 서지 않았다. 꿈속에서도 바로 이 딱딱한 침대에 누워 자신의 팔로 몸을 감싸고 있던 중

갑자기 양팔이 자라기 시작하더니, 아기 포대기처럼 자신의 몸을 이리저리 단단히 감쌌다. 팔에 생겨난 셀 수 없이 많은 작은 빨판들이 피부에 밀착되었고, 계속 자라나는 촉수들이 보호막을 만들어 감싸자 세상이 어둡고 고요해졌다. 강렬한 감정이 밀려들었고, 잠시 후 토바는 그 감정이 안도감임을 깨달았다. 보호막은 따뜻하고 부드러웠고, 토바는 그 안에서 혼자였다. 행복에 겨운 혼자였다. 마침내 그녀는 잠에 빠져들었다.

그리 멋진 일은 아니에요

.
..

캐머런은 자신이 여기에 있어도 되는 것인지 찜찜해하며 이선
의 식탁에 앉았다. 이선이 견인 업체에서 일하는 지인에게 연락
을 취하자, 그 지인은 그리 달가워하지 않는 얼굴로 캠핑카를 무
료로 이선 집까지 운반해 진입로에 세워두었다. 캐머런은 몇 번
이나 감사 인사를 전했다. 타이어 교체 일이 남았지만, 적어도 마
트 주차장에서는 벗어나서 다행이었다.

하지만 캠핑카 문제 해결에 너무 많은 시간을 써버려 벌써 5시
였다. 브링스 개발 사무실 방문은 오늘은 포기해야 했다.

"제가 정말 여기 차를 세워둬도 괜찮아요?"

"아침에 시끄럽게 굴지만 않으면요."

"제가 딱히 아침형 인간은 아니에요."

캐머런이 웃으며 말했다. 오늘 밤을 나기 위해 그늘진 주차장
을 찾아 헤맬 걱정은 던 셈이었다. 다시 위스키를 한 모금 넘기자

굳어진 어깨가 조금 풀리는 것 같았다. 머데스토를 떠나고 처음으로 편안함 비슷한 기분을 느꼈다.

"솔직히 말하자면, 누군가 함께 있어 좋군요."

"저도요."

캐머런이 동조했다. 이선은 사이먼 브링스를 잘 모른다고 했지만, 그래도 무언가 얻어낼 게 있을지도 모른다. 이 동네 사람 모두와 알고 지내는 것 같으니 몇 다리만 건너면 연결되지 않을까. 브링스 같은 부자도 한번씩 우유를 사야 할 테고.

캐머런은 한 가지 아이디어에 사로잡혔다. 그것도 아주 기막힌 아이디어에.

"이선."

"네?"

"숍웨이에서 혹시 사람 구하나요?"

캐머런이 식탁 위로 몸을 기댔다.

"그러니까, 절 고용하실 생각이 있으세요?"

이선은 잠시 고민하는 듯 보였다.

"금전등록기를 다룰 수 있어요."

그걸 만져본 적도 없지만, 뭐 얼마나 어렵겠나?

"선반에 물품 채우는 일이나 테이블 치우는 일도, 뭐든지 할 수 있어요."

"그런데요, 미안하지만 그리 할 일이 많지 않아요."

이선이 고개를 저었다.

"한 사람 더 고용하면 태너를 해고해야 할 정도예요."

침울해진 캐머런이 잔을 비웠다.

"그렇군요. 그냥 해본 말이에요."

"일자리를 찾는다면, 제가 아는 곳이 있긴 한데."

이선이 캐머런의 잔을 채웠다. 호박색 액체가 잔 안에서 소용돌이치자 강렬한 알코올 향이 퍼졌다.

"원하면 소개하죠."

캐머런이 주먹 쥔 손으로 턱을 받쳤다. 망할 놈의 타이어. 이선이 부른 견인 기사는 쪼그려 앉아 상태를 보더니 낮게 휘파람을 불었다. 타이어 림에 금이 가고, 휠 웰이 구부러지고 어쩌고. 상황이 좋지 않았다. 몇 년 전, 당시 타던 지프차를 들어 올려 림을 수리하는 데 수백 달러나 썼었다. 가방은 여전히 행방불명 상태인 데다 진 이모의 크루즈 경비도 갚아야 하는데. 어떻게든 돈을 마련해야 했다.

"관리 일 같은 겁니다."

이선이 덧붙였다.

"그리 멋진 일은 아니에요."

"괜찮습니다."

캐머런이 고개를 들었다.

"저 좀 연결해주실 수 있을까요?"

"그러고 보니 저한테 지원서가 있을 것 같은데. 친구가 델리 카운터에 좀 놔달라고 한 뭉치 가져다 놨거든요."

자리에서 일어난 이선이 주방을 나서며 금방 돌아오겠다고 했다.

잠시 후 종이 한 장을 흔들며 돌아왔다.

이선의 얼굴에 천천히 미소가 번졌다.

"제 소개면 따놓은 당상입니다. 그러니 어떻게, 장난 좀 쳐볼 까요?"

다음 날 아침 10시 45분, 캐머런은 아쿠아리움에 도착했다. 오늘은 문을 밀자 활짝 열렸다.

아침 일찍부터 '친구'에게 전화를 한 것인지, 이선은 10시에 캠핑카를 두드려 깊은 잠에 빠져 있던 캐머런을 깨웠다. 이선의 초록색 눈이 영롱했다. 늦은 밤까지 깨어 있었음에도 멀쩡해 보였다. 그는 활력 넘치는 목소리로 한 시간 후 아쿠아리움에서 면접을 보라고 캐머런에게 말했다.

"테리라는 사람인데, 물고기 마니아이긴 하지만 그래도 멋진 사람이죠."

이미 열 번쯤은 들은 소리였다.

"긴장할 거 없어요. 가면 테리가 바로 일자리를 줄 겁니다."

회전의자에서 몸을 돌려 얼굴을 보인 사내는 캐머런이 상상한 물고기 마니아의 모습이 아니었다. 라인배커(미식축구 수비의 핵심 포지션으로 체격이 좋은 선수들이 많다―옮긴이)라고 해도 이상하지 않을 인상이었다. 통화 중이었지만 그는 고갯짓으로 캐머런에게 들어오라는 표시를 했다.

미안합니다, 그가 입모양으로 사과를 전하고 다시 통화를 계속했다.

캐머런은 통화 내용을 엿듣고 싶지 않은 마음과 고용주의 지시를 따르고 싶은 마음 사이에서 갈팡질팡하며 문가에서 서성였다. 고용주의 말을 무시하는 태도로 면접을 시작할 이유는 없었다.

물고기 마니아가 목소리를 낮췄다.

"토바, 지난번 통화 때 했던 말을 또 해야겠네요. 의사가 6주라면 따라야죠."

미간을 찌푸린 그는 전화 건너 상대의 답변에 마뜩찮은 표정을 지었다.

"좋아요. 알겠습니다. 4주로 하고 다시 이야기해요."

잠시 침묵이 흘렀다.

"네, 그럼요. 가능한지 확인할게요."

침묵.

"네, 쓰레기통 주변으로 물기가 생기는 거, 저도 알고 있습니다."

침묵.

"네, 순면으로 쓰라고 할게요. 폴리에스테르는 유리에 자국을 남기고요. 이해했어요."

침묵.

"네, 그래요. 몸조심하시고요."

이 말을 할 때는 그의 목소리에 다정함과 더불어 희미한 카리

브해 지역 억양이 묻어났다. 그렇다고 캐머런이 그 지역에 가본 것은 아니지만.

길게 한숨을 내쉰 물고기 마니아는 수화기를 내려놓고 고개를 저은 후 자리에서 일어나 악수를 청했다.

"테리 베일리입니다. 면접 때문에 오신 거죠?"

캐머런은 이선의 말을 떠올리며 자세를 바로 했다.

"네, 관장님. 시설 유지 일이요."

그러고는 지원서를 책상 너머로 내밀었다.

"좋습니다."

자리에 앉은 테리는 지원서를 훑어봤다. 캐머런도 자리에 앉았다. 그 순간 자신이 지원서에 적어낸 내용을 후회했다. 스카치 한 병을 거의 다 마신 상태로 지원서를 썼는데, 이선은 뭐라고 쓰든 중요하지 않고 자신의 추천이 가장 중요하다고 했었다. 두 사람의 장난이 심했던 것 같다.

테리가 눈살을 찌푸렸다.

"시월드에서 수조 시설 유지 일을 했다고요?"

"네."

캐머런이 고개를 끄덕였다.

"맨덜레이 베이에서는 상어 수조를 짓는 팀에 있었고요? 그…… 라스베이거스에 있는 거요?"

"네."

캐머런의 입술이 씰룩거렸다. 너무 갔나?

테리의 목소리가 사무적으로 변했다.

"맨덜레이베이에서 상어 전시가 있었던 게 아주 오래전인데…… 1994년쯤이었을 텐데요?"

"네. 90년대가 정말 좋은 시절이었죠."

캐머런은 자연스럽게 보이려고 웃음으로 넘겼다.

테리는 그냥 넘어가지 않았다.

"그때면 당신이 태어나지도 않았을 때인데요."

캐머런은 1990년생이었지만 군이 테리에게 정정할 일은 아니었다. 대신 이렇게 말했다.

"네, 그게 몇 개는 좀 과장해서 적은 것도 있습니다."

"알겠습니다. 오늘 와주셔서 감사해요. 가보셔도 좋습니다."

캐머런은 단 몇 마디 말이 얼마나 효과적인 공격력을 발휘하는지 놀라 고개를 들었다.

"농담 아닙니다. 제 시간을 더는 낭비하고 싶지 않군요."

테리가 무미건조한 목소리로 말했다.

"잠시만요!"

애원하는 듯한 간절한 말투가 튀어나와 캐머런 자신도 섬뜩할 지경이었다. 하지만 망할 놈의 타이어가 문제였다. 진 이모의 크루즈 여행도. 돈을 벌어야 했다. 그것도 가능한 한 빨리. 캐머런은 지원서를 가리키며 말했다.

"맞습니다. 여기 적힌 내용 모두 사실이 아니에요."

"설마요."

"이선이 이렇게 적으면 당신이 재밌어 할 거라고 했어요."

테리가 한숨을 쉬었다.

"하지만, 제 말 좀 들어주세요."

캐머런이 말을 이었다.

"지금 제가 좀 어려운 처지입니다. 수리, 시설 유지, 뭐든 말씀만 하시면 다 할 수 있어요. 건설 현장 경력이 몇 년 됩니다. 캘리포니아에서 부자들이 살 호화 저택을 지었어요."

셀 수 없이 해고를 당했다는 이야기는 하지 않았지만, 얼굴에 드러날까 걱정이었다.

테리가 등을 기대고 앉아 팔짱을 끼고는 한쪽 눈썹을 들어 올렸다. 좋아요, 이야기 한번 해보세요를 의미하는 만국 공통의 제스처였다.

캐머런이 진심 어린 얼굴로 몸을 앞으로 기대었다.

"카라라 대리석 실링 작업은 상상도 못 할 만큼 많이 해봤어요. 뭐든 필요한 작업이 있으면 제가 할 수 있습니다. 약속할 수 있어요."

테리는 뭘 저렇게 오래 보나 싶을 정도로 한참 동안 지원서를 쳐다봤다. 마침내 눈을 가늘게 뜨고는 고개를 들었다.

"캘리포니아에서 뭘 했는지, 카라라 대리석을 어쨌는지는 관심 없습니다. 그리고 이런 장난도 좋아하지 않고요."

캐머런은 깍지를 낀 채 무릎에 올린 테리의 손을 바라봤다. 야외 관람석 밑 공간에서 몰래 담배를 피우다 교장실에 불려 가 혼이 났을 때와 이상할 정도로 비슷한 상황이었다. 그때도 그랬지만 지금도 이런 취급을 받는 게 당연하게 느껴졌다.

테리가 말을 이었다.

"제가 미국 대학에 지원할 때 시험 점수가 그리 좋지 않았습니다. 하지만 바다에 대해서만은 잘 알고 있었죠. 킹스턴 근처 낚싯배에서 자랐으니까요."

테리는 어지러운 책상 위에서 서류 뭉치 하나를 들어 위치를 바꿨다.

"미국에서 해양생물학을 공부하고 싶었고, 많은 이들이 제게 기회를 준 덕분에 가능하게 되었죠."

캐머런은 책상 뒤편 액자에 담긴 학위를 올려다봤다. 최우등 졸업생. 테리는 분명 물고기 마니아 그 이상이었다. 물고기 천재에 가까웠다.

"그래서…… 제게도 기회를 주고 싶다는 말씀인가요?"

"글쎄요."

테리는 캐머런을 빤히 쳐다봤다.

"제 생각에 당신은 이미 많은 기회가 있었을 것 같습니다. 미처 몰랐던 기회들요. 다 놓쳐버린 거겠죠."

따끔한 말이네.

"어쨌거나, 기회는 한번 줘보겠지만 그렇다고 당신이 기회를 얻을 자격이 있다고 생각하는 건 아닙니다. 이선 입을 막으려는 거죠. 예전에 나한테 포커 게임에서 크게 진 후에 그 얘기를 얼마나 떠들어대던지."

테리가 픽 하고 웃었다.

"감사합니다, 관장님."

캐머런이 자세를 바로 했다.

"후회하실 일 없으실 겁니다."

"정확히 어떤 일인지는 궁금하지 않아요?"

"시설 유지 일이라고 알고 있는데요."

물론 이선은 캐머런의 건설 현장 경력을 이미 말했을 것이다. 캐머런은 지붕을 고치고 물이 새는 수도꼭지를 손보는 일을 생각했다.

"네, 뭐. 먹이를 자르고, 양동이를 닦고, 그런 일이죠."

"알겠습니다."

먹이 자르기라, 뭐 얼마나 끔찍하겠는가? 그리고 어쨌거나 이 일은 가방이 오거나 사이먼 브링스를 찾을 때까지만, 둘 중 뭐든 먼저 해결되는 그때까지만 하면 된다. 물론 그 사실은 테리에게 말하지 않았다.

"시급 20달러이고, 일주일에 스무 시간 근무하는 겁니다."

머릿속으로 계산을 해본 캐머런은 금세 희망이 사라지는 기분이었다. 세금 떼고, 캠핑카 유류비 제하고 나면, 이선의 가게에서 유통기한 지난 음식만 먹으며 돈을 아낀다 해도 이모에게 여름이 다 끝날 때쯤에나 돈을 갚을 수 있을 듯했다. 그때면 크루즈 여행 계약금 납부 기한은 이미 마감한 뒤다.

"혹시, 가능하다면…… 근무 시간을 늘릴 수도 있습니다."

캐머런이 말했다.

양쪽 손을 맞대고 고심하듯 한동안 말이 없던 테리가 입을 열었다.

"클린해요?"

반사적으로 캐머런은 자신이 입고 있는 셔츠를 내려다봤다. 이옷은 이선 집에 있는 세탁기에 넣고 다른 옷을 입고 왔어야 했다. 하지만 잠시 후 캐머런은 테리의 말뜻이 그게 아님을 깨달았다. 자신의…… 전과를 말하는 건가.

"네, 대체로요. 경범죄는 두어 건 저질렀어요. 그중 하나는, 바가 문을 닫아서……."

테리가 고개를 저었다.

"아뇨. 그 말이 아니라, 청소도 하냐고요. 그러니까 바닥 걸레질 같은 거요."

"아."

잠시 생각해야 했다.

"어, 네. 그럼요."

"그렇다면 근무 시간을 늘릴 수 있겠군요. 저녁 시간이요. 하지만……."

테리가 명심하라는 듯 손가락을 폈다.

"청소 일은 임시로만 해주면 됩니다. 원래 있던 청소부 아주머니가 올 때까지 몇 주만 메워주면 돼요."

"문제없습니다."

"그리고 캐머런 캐스모어 씨, 이 점은 알아두길 바랍니다. 이선 맥이 입사 지원서에 훈수를 두는 데는 소질이 없지만, 제게 소중한 친구인 것은 맞습니다. 그 친구를 믿고 당신에게 기회를 주는 거예요."

"명심하겠습니다."

캐머런이 고개를 끄덕였다.

"이선을 실망시키는 일 없길 바랍니다."

이선이 데리러 오길 기다리는 동안 캐머런은 잔교를 거닐었다. 정오의 햇빛을 받아 해수면이 눈부신 은빛으로 반짝였다. 패들보드를 타는 사람들이 일으킨 잔물결이 부두에 부딪혔다.

주머니에 손을 넣자 키 카드가 닿았다. 지금껏 자신에게 키를 맡긴 상사는 없었다. 키 카드를 꺼내 들고 바다를 배경으로 사진을 찍은 후, 진 이모에게 보낼 메시지를 작성했다.

발송 버튼을 누르자마자 전화가 울렸다. 캐머런은 곧장 번호를 알아봤다. 이번 주에 수십 번이나 전화를 하고, 여섯 번이나 음성을 남긴 곳이었다. 초록색 버튼을 누르는데 심박이 빨라졌다.

"캐머런입니다."

사무적인 말투로 전화를 받았다.

"안녕하세요. 브링스 개발 소웰베이 지사의 존 홀입니다."

피곤에 지친 목소리였다.

"메시지를 여러 차례 남기셨는데, 제가 도와드릴 일이 있나요?"

"네!"

그가 속이 시원하다는 듯 숨을 뱉었다.

"그러니까, 네, 있습니다. 브링스 씨와 만날 약속을 잡고 싶어요."

"지금으로서는 어려울 것 같습니다."

"왜요?"

"브링스 씨는 주로 시애틀 지사에 계세요. 그쪽으로 연락해보시는 게 좋겠습니다."

"했어요!"

당연히 해봤다. 거지 같은 웹사이트에 있는 번호로.

"그쪽에서는 브링스 씨를 만날 수 없다고 했고요."

"그렇다면 만나시기 어려울 것 같네요."

존 홀이 기계적으로 말했다.

"만나기 어려우면 안 된다고요!"

케이티에게 자신의 물건을 창밖으로 던지지 말아달라고 사정할 때처럼 애걸하는 목소리가 튀어나와 짜증이 났다.

"제발요. 중요한 일입니다."

수화기 너머로 존 홀이 서류인지 뭔지를 정리하는 듯한 소리가 들렸다. 열차 기적 소리도 전해졌는데, 맹세컨대 캐머런이 서 있는 잔교 위에서도 똑같은 기적 소리가 들렸다. 이렇게 가까이까지 왔는데 어쩜 이리 닿기가 어려울 수 있을까?

마침내 홀이 물었다.

"누구라고 하셨죠?"

"캐머런 캐스모어요. 저는…… 가족입니다."

"그렇군요. 알겠습니다."

긴 침묵 끝에 홀이 조심스럽게 말했다.

"아시겠지만, 이맘때쯤이면 브링스 씨는 여름 별장에 계시는 날이 많습니다."

"여름 별장이요? 거기가 어딘가요?"

홀이 웃음을 터뜨렸다.

"별장 주소를 알려드릴 수는 없죠. 아마도 가족 중에 아는 사람이 있을 겁니다."

캐머런이 머릿속으로 상황을 정리하고 나니 전화가 끊어져 있었다. 그는 벤치에 털썩 주저앉았다. 여름 별장을 도대체 무슨 수로 찾는단 말인가?

핸드폰을 주머니에 넣으려다 진 이모가 보낸 답장이 눈에 띄었다. 샴페인 잔 이모티콘 뒤에 네가 자랑스럽다, 캐미라는 메시지가 적혀 있었다.

테리가 사람을 교체했다. 인간의 말을 빌리자면 나이 든 여자를 버리고 어린 모델을 앉힌 셈이다. 그는 면접을 보러 가는 길에 내 수조를 지나쳤다. 어깨가 귀에 닿을 듯 올라와 있고 손바닥은 축축한 것이 잔뜩 긴장한 모습이었다. 나갈 때는 걸음걸이가 편안해 보였다. 면접이 잘 끝났다는 것을 알 수 있었다. 그런데 걷는 게 어딘지 모르게…… 익숙했다. 좀 더 관찰하고 싶었지만 그 남자는 순식간에 건물 밖으로 나가버렸다. 조만간 기회가 있으리라. 어쩌면 오늘 저녁이 될지도.

한시가 급하다. 어젯밤 레드록크랩이 탈피 중인지 보려고 여정을 떠났었다. 껍질이 부드러워 가장 맛이 좋을 때니까. 그런데 솔직히 말해 바닥이 심각한 상태였다. 수조로 돌아온 후에 한참 동안이나 빨판에 묻은 때를 벗겨내야 했다.

젊은 청년이 오늘 밤부터 일을 시작하기를 간절히 바라고 있다. 내일이면 레드록크랩은 탈피를 시작할 것이다. 이렇게 지저분한 바닥을 또다시 지나고 싶은 마음은 조금도 없다. 전에 있던 청소부는 다시 이곳에 오지 않을 것 같다. 그리울 것이다.

다친 사람에게 마음이 약해지는 편이에요

캐머런은 야구 방망이로 매질을 당하는 것처럼 허리가 아팠다. 고등어들을 잘게 썰고, 또 그것들을 채운 여러 개의 양동이를 끌고 아쿠아리움 전체를 돌아다니는 일은 장난이 아니었다. 허리 아래쪽이 욱신거리고, 왼쪽 견갑골 밑이 결리며, 오른쪽으로 고개를 돌릴 때면 목에서 뚝 하는 성가신 소리가 났다. 조수석 사이드미러가 부서진 탓에 오른쪽으로 고개를 돌려야 할 때가 많았다.

캠핑카 매트리스도 전혀 도움이 되지 못했다. 며칠 밤을 보낸 그는 더는 참을 수가 없었다. 캠핑카의 전 주인은 매트리스를 소변기로 쓴 게 분명했다. 퀴퀴한 소변 악취가 어찌나 괴로운지 간밤에는 매트리스를 질질 끌고 나와 이선의 집 진입로에 던져버리고는, 기름때 묻은 합판 위에서 잠을 청했다. 이렇게 잔다고 큰일이야 나겠어? 반쯤 잠든 채 그렇게 생각하고 말았지만, 큰 실수였다. 캐머런도 늙어가고 있었다. 서른 살이 되어버렸으니까.

그래도 타이어와 휠 웰은 수리를 마쳤다. 수중의 800달러 중 700달러가 수리비로 나갔다. 가방이 마법처럼 나타나지 않는다면, 아쿠아리움에서 첫 급료를 받을 때까지 100달러로 버텨야 한다. 이번 주 금요일이면 급료가 나올 것이다. 사흘 남았다.

목에서 또다시 뚝 소리가 나서 얼굴을 찌푸린 그가 마지막 우회전을 하자, 안타까울 정도로 빈약한 상점들이 늘어선 소웰베이 상업 지구가 나타났다. 이선이 알려준 부동산 중개업자 사무실은 상업 지구 중앙에 있었다. 건물 앞에 차를 세우고 누가 봐도 작동할 것 같지 않은 주차 요금 징수기를 지나쳤다. 사무실 문을 열자 배터리가 얼마 남지 않은 아이들 장난감처럼 기운 빠지는 음악 소리가 흘러나왔다.

"어떤 일로 오셨어요?"

중개업자는 길고 무표정한 얼굴에 금발로 탈색한 중년 여성이었다.

캐머런은 이름을 밝힌 뒤 사이먼 브링스를 찾고 있다고 설명했다.

중개인은 웃으며 고개를 저었다.

"그 사람 광고는 봤지만 아는 사이라고 말하긴 어려운데요."

"그 사람도 부동산업계에 있고, 당신도 그렇잖아요. 제가 그 사람과 연락할 수 있도록 좀 도와줄 수 없을까요?"

캐머런은 책상 위에 제시카 스넬이라고 적힌 명패를 내려다봤다.

"정말 큰 도움이 될 것 같아요, 제스."

"제시카예요."

여자가 단호하게 말했다. 캐머런이 텅 빈 사무실을 훑어봤다. 벽에는 아웃도어 장비 같은 것을 취급하는 업체의 달력이 걸려 있었다. 8월로 넘어간 달력에는 조각배에 탄 사람이 안개 낀 강에 낚싯대를 던지는 사진이 인쇄되어 있었다. 아직 7월 둘째 주인데 무슨 이유인지 너무 이르게 다음 달로 넘어간 달력을 보자니 짜증이 일었다.

"제발요."

캐머런은 다정하게 웃으며 비는 듯이 손을 모았다.

"정말 그 사람을 꼭 만나야 해요."

그는 자세를 바로 하고 다시 한번 이름을 밝히고는 잠시 망설이다 덧붙였다.

"제가 브링스의 아들이에요."

"아들이라고요?"

"아마도요. 아니…… 어쩌면요."

캐머런이 어깨를 폈다.

"그분이 제 아버지라고 생각할 만한 근거가 있어요."

제시카 스넬이 눈썹을 치켜올렸다.

"확실한 증거요. 확실한 증거가 있어요."

"그렇다면 왜 제 도움이 필요하다는 건지 이해가 안 되네요."

중개인이 어깨를 으쓱했다.

"가족들에게 물어보면 되잖아요. 어머니라든가."

"제가 아홉 살 때 어머니가 절 버렸어요."

"세상에나. 끔찍하네요."

여자의 눈이 커지며 힘이 들어갔던 턱이 부드러워졌다.

완전히 낚였다. 그는 달력 사진 속 낚시꾼이고, 여자는 호수 아래서 대기 중인 민물고기 구피였다.

"다른 가족이 없어요."

이 말을 할 때 캐머런은 등 뒤로 손가락을 꼬았다(거짓말을 할 때 신에게 용서를 구한다는 의미―옮긴이). 상황상 진실을 조금 왜곡할 수밖에 없다는 것을 진 이모는 이해해줄 것이다.

제시카 스넬은 연민 어린 눈빛으로 고개를 끄덕였다.

"그런 이유로, 아버지를 한 번도 만난 적이 없어요."

캐머런이 설명을 이었다.

"어머니가 저와 아버지를 떨어뜨려놓은 셈이죠."

뭐, 그건 사실이니까. 9년을 함께 사는 동안 엄마는 아버지에 대해 뭐든 이야기할 기회가 많았다. 그 이후로 아버지에게 연락할 기회도 많았다. 적어도 자신이 저지른 잘못을 만회할 시도라도 했어야 했다. 캐머런이 아버지에 대해 질문은 할 수 있도록 연락이라도 하고 지내야 했지만, 그러지 않았다. 그러니 엄마가 캐머런과 아버지 사이를 떨어뜨려놨다는 것은 사실이었다. 다른 수많은 일이 그렇듯, 이 역시 엄마 잘못이었다. 은유적인 의미에서 부자를 헤어지게 만든 사람은 바로 엄마였다. 엄마가 그토록 망가지지만 않았더라면, 그의 아버지가 사진 속 사이먼이든 다른 누구든 곁에 머물렀을 것이다.

얇은 아랫입술을 잘근대던 제시카 스넬은 꼭 나쁜 짓을 하려는 사람처럼 주변을 둘러봤다.

"작년에 열린 지역 컨벤션에 참석을 못 했어요."

그녀는 감정이 격앙된 듯 숨을 내쉬고는 좀 더 자세한 설명을 덧붙였다.

"사실 참석하려고 했죠. 등록도 했는데, 그날 딸아이 피아노 독주가 있었어요. 그 컨벤션이 여기서 가장 큰 박람회이긴 하지만, 둘 중 우선순위를 따지는 건 사실 어려운 일이잖아요?"

캐머런은 그런 딜레마에 깊이 공감한다는 듯 세차게 고개를 끄덕였다. 책상을 내려다보니 도자기로 된, 근엄해 보이는 초록색 개구리 문진이 있었다. 그 밑부분에 장난스러운 문구가 새겨져 있었다. **이곳에서 헛짓거리는 안 통한다.** 진 이모가 좋아할 만한 문구였다.

중개인이 또다시 안경을 밀어 올렸다. 왜 안경테를 얼굴에 맞게 조정하지 않는 걸까? 작은 드라이버로 쉽게 고칠 수 있는데 말이다.

여자는 설명을 이었다.

"그래서 컨벤션에 못 갔지만, 브릭스 씨는 갔을 거예요. 제가 들은 바로는 그런 행사가 그 사람 낙이라고 하더라고요. 무료로 제공하는 오픈 바를 좋아한다는 소문도 있고요."

중개인은 새끼손가락과 엄지만 쫙 펴서 술을 들이켜는 제스처를 취했다.

개구리 문진의 동그란 등에, 먼지가 한 겹 쌓인 그곳에 있는 **헛**

짓거리란 글자를 손가락으로 쓸어내리고 싶은 마음을 억누르고 캐머런은 다시금 고개를 끄덕였다.

"어쨌든, 주최 측에서는 등록된 사람 전원에게 참석자 연락처를 전달해요. 거기서 브링스 씨 연락처를 찾을 수 있을 거예요."

"정말 감사합니다. 제게 얼마나 큰 의미인지 모르실 거예요."

캐머런이 활짝 웃자 제시카 스넬의 뺨이 조금 붉어졌다.

"앉으세요. 연락처를 찾는 데 시간이 좀 걸릴 거예요."

제시카 스넬이 뒤쪽 공간으로 사라지자 캐머런은 자리에 앉았다. 어떤 그림이 머릿속에 그려지기 시작했다. 딱 떨어지는 맞춤 정장에 머리가 희끗한 남성이 세련된 마호가니 바에서 자신을 향해 손짓하고 바텐더를 부르는 장면. 멋진 삶이란 무엇인지 너도 알아야지, 아들아. 번쩍이는 바에 팔을 기대고 남자는 이렇게 말하며 옆자리를 툭툭 두드리는 것이다. 더러운 엉덩이 자국이 새겨진 넬스 살룬 바의 딱딱한 스툴과 달리 티 하나 없는 도톰한 와인색 가죽을 입힌 의자로 캐머런을 초대한다. 아들을 보며 따뜻하게 미소 짓는 남자의 왼쪽 뺨에 캐머런과 같은 보조개가 잡히고, 캐머런은 속에서 끓어오르는 무언가가 넘쳐흐른 후에야 그것이 기쁨과 안도가 뒤섞인 복잡하고도 강렬한 감정임을 깨닫는다. 금빛 액체가 소리 없이 잔 두 개에 쏟아진다. 코냑 혹은 이선이 마시던 최상급 위스키일지도 모른다. 도수 높은 술이 지나치게 큰 얼음을 타고 폭포처럼 쏟아지고, 남자가 애정 어린 손길로 캐머런의 등을 두드리는데…….

딩-동!

고개를 홱 돌리자 주먹을 꽉 쥔 여자가 사무실 문 안쪽에 서 있었다. 머리가 푹 젖어 있었다. 예쁘다. 소웰베이에서 본 여자 중 가장 예쁘다. 어쩐지 화가 잔뜩 난 얼굴 때문에 더 예뻐 보이는 것 같다.

여자가 외쳤다.

"제스!"

지겹다는 듯 소리치는 모양새를 보니 같은 문제로 여러 번 찾아왔던 듯했다. 갑자기 들이닥친 불청객에게 혼이 나간 채 캐머런은 중개인의 별명을 제대로 짚었다는 생각에 뿌듯해했다.

캐머런은 엄지로 안쪽 공간을 가리켰다.

"저 안에 있어요."

"그렇군요. 언제 나올지 아세요?"

목소리에서 조급함이 느껴졌다. 여자가 가슴께로 팔짱을 끼자 작지만 볼록한 가슴이 탱크톱 네크라인 쪽으로 밀려 올라갔고, 캐머런은 자신도 모르게 의자에서 몸을 뒤척였다. 열두 살도 아니고 뭐 하는 짓인지. 하지만 케이티와 헤어진 후 여자를 가까이 하지 않은 게 벌써 3주나 되었다.

그는 아래턱에 힘을 주었다.

"글쎄요. 금방 나오지 않을까요?"

"지금 뭐 하는데요?"

"어, 제가 부탁한 일을 하고 있겠죠? 저도…… 고객이니까."

여자는 웃음을 터뜨리고는 캐머런에게 한 발 다가왔다. 여자에게서 선크림 냄새가 났다.

"고객이라고요?"

"제가 고객이면 안 됩니까?"

"글쎄요. 제시카 스넬은 수백만 달러짜리 집을 거래하는 중개인인데, 그쪽한테는 시호크스 미식축구 경기 4쿼터 때의 경기장 화장실보다 더한 악취가 나니까? 그리고 턱에 뭔가가 묻었는데, 그쪽을 위해서라도 초콜릿이길 바랄게요."

오늘 아침으로 초콜릿 프로틴 바를 먹은 것이 생각나 급히 손을 올렸다. 캠핑카에는 제대로 된 거울이 없다. 얼굴에 뭐가 묻었는지 어떻게 알겠는가?

"맨션을 사러 온 건 아니지만, 제스가 제 일을 도와주는 건 맞아요."

"그러든가요."

여자가 관심 없다는 듯 대꾸했다. 한 손으로 젖은 머리를 쓸어 넘기던 여자가 머리카락 전체를 들어 올리자 목 뒤로 매듭진 핑크 비키니 끈이 드러났다.

여자는 고개를 뒤쪽으로 돌려 다시 한번 소리쳤다.

"제스!"

"맙소사, 에이버리."

성큼성큼 걸어오는 제시카 스넬의 얼굴은 제 옷처럼 잘 어울리는 본래의 위압적인 표정으로 돌아가 있었다.

에이버리는 말하는 데 거침이 없었다.

"온수 가지고 또 장난질했잖아요."

"물탱크 온도를 낮춘 게 다야."

"그래서, 영하로 낮췄어요?"

"우리가 내는 공과금을 좀 줄여보려는 것뿐이라고."

"샤워하다 얼어 죽느니 가스 요금 몇 푼 더 내고 말겠어요."

여자. 샤워. 캐머런은 말 그대로 뭐든 아무거나 다른 생각을 떠올리려 애썼고, 그 결과는 웰리나 이동주택에 도는 클라미디아였다.

제시카 스넬이 양손을 허리춤에 올렸다.

"사람들은 보통 영업장에서는 샤워를 하지 않는다고."

"아, 이러지 마요, 정말."

에이버리가 기가 막힌 듯 웃었다.

"아침에 패들보드를 타고 나서 씻고 가게 여는 거 알잖아요. 덕분에 얼어 죽는 줄 알았다고요."

제시카 스넬은 젊은 여자를 향해 턱을 내밀었다. 캐머런이 추측하기에 젊은 여자는 옆 가게와 관련 있는 사람 같았다. 서핑 가게가 있었던 게 떠올랐다. 제시카 스넬이 콧방귀를 뀌며 말했다.

"임대차계약서 어디에도 온수를 무제한 제공한다는 문구는 없는데."

"그거야 이웃들이 인간다운 인간일 거라는 전제하에 작성된 거고요."

캐머런이 영웅처럼 등장해 자신의 편을 들어주길 바라는 듯 에이버리가 기대에 찬 눈빛을 보냈다.

하지만 중개인의 손에 그 종이가 들려 있었다. 지금껏 양육비 한 번을 내지 않은, 친부일지도 모를 사람에게 닿을 로드맵 말이다. 캐머런은 중립을 지키며 어깨만 으쓱했다.

에이버리가 잠깐 캐머런을 노려보다 제시카 스넬을 쏘아봤다.

"뭐, 됐고요. 추가금은 따로 낼 테니까 온수 온도 높게 유지해 줘요."

코코넛 향과 또 한 번의 불쾌하기 그지없는 현관 벨 소리만 남긴 채 여자는 씩씩거리며 눈을 쾅 닫고 나갔다.

"죄송합니다."

중개인 얼굴에 어색한 미소가 번졌다.

"별말씀을요."

"좋은 소식이 있어요. 사이먼 브링스의 주소를 찾았어요."

종이를 내밀며 부드럽게 덧붙였다.

"행운을 빌어요. 기도할게요. 아버지와의 재회에 기쁨만 가득하길 빌어요."

캐머런은 다시 한번 감사 인사를 전하고 종이를 주머니에 넣었다.

"초콜릿이었어요."

캐머런은 몇 걸음 만에 서핑 가게인지 뭔지 앞에 A자 입간판을 세우는 에이버리에게 다가갔다.

"네?"

에이버리는 눈부신 아침 햇살을 막으려고 한 손을 올린 채 실눈을 뜨고 캐머런을 바라봤다.

"얼굴에 묻었던 거요. 똥이 아니었다고요. 초콜릿이었어요."

"알려줘서 고맙네요."

무미건조한 말투였다.

"아까 제 상태에 대해 신경을 너무 많이 쓰는 것 같아서요."

"네."

에이버리는 양손을 털고 가게 문으로 향했다. **소웰베이 패들 숍**이라는 로고가 앞 유리에 새겨져 있었다. 여자 뒤를 쫓아 가게 안으로 들어가자 한쪽 벽면에는 깔끔하게 늘어선 길고 두툼한 보드가, 반대편에는 차곡차곡 쌓인 플라스틱 카약과 카누가 그를 반겼다.

"그러니까 제가 막 이상한 사람은 아니라는 거죠."

캐머런이 힘주어 말했다. 말과 달리 이상한 사람처럼 굴면서도 그런 자신을 멈추지 못했다. 그리고 그 망할 놈의 매트리스! 그 때문에 소변 냄새가 날 터였다. 그는 등을 보이고 선 반바지 차림의 에이버리에게서 한 걸음 물러났다. 반바지가 무척이나 잘 어울렸다.

에이버리는 몸을 돌려 무표정한 얼굴로 캐머런을 마주했다.

"뭐 찾으시는 거라도……?"

"그냥 둘러보는 거예요."

"네, 마음껏 구경하세요. 망가뜨리진 말고요."

"제가 앤가요?"

에이버리가 픽 하고 웃었다.

"얼굴에 초콜릿 묻히고 다니고, 바지에는 쉬한 것 같은 냄새가 나고. 본인 이야기 같은데……."

"뭐 좋아요. 아무것도 손 안 대겠습니다. 여기 어떤 물건도 저 때문에 더러워지는 일은 없을 거라고 사장님도 안심시켜드리세요."

"제가 사장인데요."

에이버리가 머리를 뒤로 살짝 젖혔다.

"제 가게예요."

캐머런도 뭐라 말하려고 입을 열었지만 놀랍게도 할 말이 없었다. 에이버리가 자신보다 나이가 한참 많을 것 같지는 않았다. 캐머런의 명의로 된 것은 끔찍한 캠핑카뿐이었고, 상대는 가게를 소유하고 있었다.

"이봐요, 저는 당신 같은 사람을 좀 알아요."

이제는 여자의 목소리에 우월감 같은 게 담겨 있었다. 여자가 야무지게 팔짱을 꼈다.

"그쪽이 뭘 쫓고 있는지는 몰라도, 제스를 이용했단 건 알아요."

"그게 당신과 무슨 상관인데요? 둘이 딱히 친한 사이도 아니잖아요."

"신경이 쓰이죠. 제가 남을 이용해먹는 사람을 못 견디는 편이라."

에이버리가 캐머런을 위아래로 훑었다.

"그쪽 정체가 뭐죠? 이 동네에서 본 적 없는 얼굴인데."

"난 그저 중개사 도움이 필요했을 뿐입니다."

잠시 말을 멈춘 캐머런이 다시 입을 열었다.

"아버지를 찾고 있거든요."

"아."

에이버리가 조금 부드러워진 목소리로 팔짱을 꼈던 팔을 내렸다. 덕분에 캐머런의 시야에 여자의 멋진 가슴이 들어왔다.

"미안해요. 시비를 걸자는 건 아니었는데. 하루를 좀 춥게 시작해서 그랬나 봐요."

"저도 그 기분 알아요."

캐머런이 웃자 에이버리는 경계심이 좀 더 풀어졌는지, 이름을 밝히며 내미는 그의 손을 맞잡았다. 악수를 푸는 순간 캐머런 목에서 다시 뼈와 뼈가 부딪히는 소리가 났다.

그 소리에 에이버리가 눈살을 찌푸렸다.

"아프겠네요. 괜찮아요?"

"예, 괜찮은 것 같아요. 간밤에 잠을 잘못 자서."

캐머런은 말을 하자마자 곧장 후회했다. 30대에 접어들면 허리 통증에 대한 불평이 작업 멘트가 되는 건가? 물론 통증 원인이 세상에서 가장 끔찍한 캠핑카 때문이라는 말은 굳이 덧붙이지 않았다. 높아진 해가 매장 창문으로 따뜻한 빛을 내뿜었다. 캐머런은 아침에 호스로 매트리스에 물을 뿌려 좀 빨아놓을 걸 싶었다. 한낮 더위에 충분히 마를 텐데. 왜 이런 생각은 항상 당시에는 떠오르지 않는 걸까?

"목이 결리겠네요. 저한테 좋은 게 있어요. 잠깐만요."

에이버리는 카운터 아래로 사라졌다가 금세 나타나 그에게 작은 통 하나를 건넸다. 크림 같은 거였고, 밝은 오렌지색 가격표가 뚜껑에 붙어 있었다. 19.95달러.

"천연 원료만 들어 있어요. 보드 타고 나서 몸이 쑤실 때마다 바르는 거예요."

캐머런의 한쪽 눈썹이 올라갔다. 거의 20달러짜리 유기농 바셀린이라니. 겨우 살짝 미소를 보이고는 말했다.

"고맙지만 사양할게요."

"서비스로 드리는 거예요."

"정말 괜찮습니다."

"그냥 좀 받아줄래요?"

작은 통을 내미는 에이버리의 얼굴에 진짜 웃음이 번졌다.

"제가 다친 사람에게는 마음이 약해지는 편이에요."

잠시 후 가게를 나선 캐머런의 목은 값비싼 연고로 번드르르했고, 그의 핸드폰에는 에이버리의 번호가 저장되어 있었다.

캐머런이 진입로에 들어섰을 때 이선은 현관 베란다에 앉아 있었다. 집으로 걸어가는 캐머런은 자신의 얼굴에 활짝 미소가 피어 있음을 잘 알고 있었다.

"좀 전에 전화가 왔어요."

이선이 말했다.

"무슨 항공사라던가? 집에 오면 전화 달라고 번호를 남겼는데."

"고마워요, 이선."

심장이 빨리 뛰기 시작했다. 더플백 소식이었다. 마지막으로 가방을 문의하는 전화를 했을 때 이선 집 전화번호를 남겨두길 잘했다는 생각이 들었다. 요즘 들어 핸드폰 배터리가 너무 빨리 닳았다. 핸드폰 교체는 말도 안 되는 생각이었지만 패물이 든 가방이 올 거고 일도 하고 있으니 올봄에 출시된 카메라가 여섯 개 달린 최신 모델을 알아볼 수도 있을 것 같았다. 사실상 저녁 요리까지 해준다는 그 핸드폰 말이다.

캐머런은 여전히 웃는 얼굴로 캠핑카에 들어가 전화를 걸었다.

"조이젯 수하물 서비스입니다."

전화를 받는 여자의 목소리는 항공사 이름과 달리 전혀 조이(joy)하지 않았다.

캐머런이 접수 번호를 불렀다.

"제 짐이 언제쯤 도착할까요?"

"잠시만 기다려주세요."

여자는 키보드를 한참이나 두들겼다. 수화기 너머로 키보드 소리가 들렸다. 틱-틱-틱. 소설이라도 쓰고 있는 건가? 마침내 여자가 답했다.

"네, 선생님의 분실물을 찾았습니다."

"잘됐네요. 주소 알려드릴까요?"

"선생님 가방이 네이플스에 있는 것 같아요."

"네이플스라면…… 플로리다주요?"

"이탈리아에 있는 네이플스(나폴리—옮긴이)요."

"이탈리아라고요?"

캐머런의 목소리가 한 옥타브 높아졌다.

"조이젯에 이탈리아로 가는 노선이 있어요?"

"잠시만요……. 잠시 확인 좀 하겠습니다."

어쩐지 키보드를 더 공격적으로 두들기는 것 같았다.

"아, 어떻게 된 사유인지 알겠네요. 어쩌다 보니 선생님 가방이 저희 유럽 파트너 항공사 중 한 곳으로 간 것 같아요."

직원이 낮게 휘파람을 불었다.

"와, 문제가 심각해졌네요. 저희에게도요."

"이제 알았어요?"

캐머런은 간신히 침착한 목소리로 물었다.

"그래서 그 가방을 찾으려면 어떻게 해야 합니까? 거기…… 그 가방 안에…… 중요한 물건이 있어요."

"선생님, 저희는 모든 승객분께 체크인 전에 귀중품을 따로……."

"저한테 선택권이 없었다고요."

캐머런이 결국 폭발했다.

"게이트에서 기내용 가방을 부치라고 했어요. 저 말고도 수십 명한테요. 조이젯 짐칸이 성냥갑만 하니까요. 그쪽 비행기를 설계한 사람들은 일반적인 슈트케이스 크기가 어느 정돈지 모릅니까?"

한참 침묵을 지킨 끝에 직원이 입을 열었다.

"선생님, 유럽 파트너 항공사로 연결해드릴 수밖에 없습니다. 그쪽에서 새로 접수 번호를 줄 거예요. 서류는 제가 지금 작성해서 파트너사로 연결해드리겠습니다. 우선 성함부터……."

묘비명과 펜

.
.
.

토바의 하루가 일찍부터 시작되었다. 할 일이 많았다.

먼저 시내에 해치백을 주차하는 것인데, 엄청나게 큰 고물 캠핑카가 중개인 사무실과 패들 숍에 걸쳐 두 자리를 차지한 바람에 쉽지 않은 일이 되어버렸다. 캠핑카 때문에 다가오는 차가 안 보였다. 화요일 오전 9시에 소웰베이 시내에 차가 많이 다니는 건 아니지만, 그래도 조심해서 나쁠 건 없었다.

거대한 캠핑카를 향해 못마땅한 시선을 보낸 토바는 발을 끌며 천천히 목적지를 향해 걸었다. 문을 열고 들어서는 토바를 보며 제시카 스넬이 의아하다는 듯 고개를 갸웃했다.

"제가 도와드릴 일이라도 있으세요, 설리번 부인?"

"네. 도움이 필요할 것 같군요."

토바는 집에서 연습했던 말들을 차분히 풀어놓은 뒤, 오늘 오후 사전 답사차 중개인이 집을 방문하는 것으로 약속을 잡고 30분 후 사무실을 나왔다.

다음으로는 한 블록을 걸어 은행에 방문했다. 차터빌리지에 지원하는 데 필요한 서류에는 자기앞수표 및 잔고 증명서가 포함되어 있었다. 요양원 비용을 감당할 수 있는지 확인하기 위해서일 것이다. 재정적인 문제가 없다는 점을 요양원 측이 믿어주면 좋겠는데. 소웰베이 커뮤니티 은행에 있는 계좌는 늘 두둑했다. 어머니가 남겨준 상당한 유산은 지금껏 거의 손도 대지 않은 채 그대로 남아 있었다. 토바는 돈 쓸 일이 그리 없었다.

은행 문을 열고 로비로 들어서자 늘 그렇듯 새 잉크와 페퍼민트 캔디 냄새가 났다. 문득 라스 몫이었던 어머니 유산의 절반은 차터빌리지 요양원 비용으로 거의 다 소진됐겠다는 생각이 스쳤다. 변호사가 정리해준 라스의 남은 재산은 고작 수백 달러 정도였다. 사실상 라스가 죽은 후 남긴 것은 목욕 가운 하나가 다였다. 순간 토바는 망설여졌다. 차터빌리지에서 홍보하는 상당히 호화스러운 라이프스타일은 토바 스타일이 아니었다. 그래도 깨끗한 곳이었고, 라스가 10년 넘게 생활한 곳이었다. 그간 월 이용료가 합산되어 큰돈처럼 보이는 면도 있었다.

"고마워요, 브라이언."

눈썹을 살짝 올린 채 수표를 건네는 은행원을 향해 토바가 인사했다. 브라이언의 아버지인 시저는 월과 골프를 치던 사이였다. 오늘 토바가 은행에서 수표를 찾아갔다고 브라이언이 전화를 걸어 시저에게 알릴지 궁금했다.

토바는 신경 쓰지 않기로 마음먹었다. 어차피 벌어질 일이다.

사람들 사이에 말이 퍼질 것이다. 소웰베이 사람들은 항상 남 말 하기를 좋아하니까.

토바의 다음 목적지는 재니스 킴네 집이었다. 재니스의 아들에게 좋은 스캐너가 있었고, 오늘 아침 전화를 걸어 사용해도 될지 묻자 재니스는 곧장 그러라고 했었다.

"괜찮은 거야?"

재니스는 안경을 슬쩍 내리며 토바의 플라스틱 부츠를 못마땅한 눈초리로 보았다. 토바는 갑작스럽게 누구 집에 들르겠다고 연락하는 타입이 아니었다.

"당연하지. 왜?"

토바는 평소처럼 대답하려 했다. 요양원 지원서에 면허증 사본이 필요했지만, 토바는 그에 대해 자세히 설명하고 싶지 않았다.

재니스는 면허증을 스캔할 때 프린터에서 어떤 버튼을 눌러야 하는지 알려주었다. 작업을 마친 후 재니스가 물었다.

"커피 한잔할래?"

토바는 재니스가 이렇게 물을 거라 예상하고, 재니스 집에서 커피를 마시며 지체될 시간을 미리 계산해서 일정을 짰었다.

한 시간 후 재니스 집에서 나온 토바는 엘런드로 향했다. 주간 고속도로를 타면 10분 거리지만 늘 그렇듯 뒷길을 택했다. 30분 후, 스노호미시 카운티 전화번호부의 '여권 사진' 항목에 나와 있던 한 약국 체인점에 도착했다. 지원서에 여권 사진 두 장이 필요한데 여권을 발급받은 적 없는 토바에게 그런 사진이 있을 리 없었다.

일이 너무 지긋지긋해 못 견디겠다는 태도로 젊은 여성이 토바를 하얀색 배경 앞에 세우고 안경을 벗어달라고 말했다. 토바는 토를 달지 않고 안경을 벗어 손에 쥐고는, 연달아 두 번 플래시를 터트리는 카메라를 향해 눈을 게슴츠레하게 떴다.

"18달러 50센트입니다."

웃음기 없는 사진 두 장이 담긴 작은 봉투를 내밀며 점원이 말했다.

"18달러요?"

"거기에 50센트요."

"세상에나."

토바가 지갑에서 20달러짜리 지폐 한 장을 꺼냈다. 조그만 사진 두 장 찍는 게 이렇게 비쌀 줄이야.

마지막 일을 처리하기 위해 토바는 엘런드에서 거의 한 시간 거리인 소웰베이 북쪽 끝으로 돌아와, 페어뷰 추모 공원으로 향했다. 오후가 아름답게 물들어갔고, 구름 한 점 없는 맑은 하늘 아래 두 팔 벌려 환영하듯 공원 문이 활짝 열려 있었다. 잔디 깔린 묘지들을 둘러싸고 이쪽저쪽으로 완만하게 굽이치는 오솔길이 나 있었다. 일자로 된 길은 전혀 없었다. 되도록 고요히, 최대한 천천히 걷게 만들기 위한 설계 같았다. 나무랄 데 하나 없는 잔디 위로 똑같은 모양을 한 묘비들이 단정하게 솟아 있었다.

토바는 잔디에 무릎을 꿇고 앉아 남편의 묘비명에 새겨진 문구를 손으로 어루만졌다. 윤이 나는 묘비가 7월의 뜨거운 볕을 받아 손에 온기를 전해주었다. **윌리엄 패트릭 설리번: 1938-2017. 남편이자**

아버지, 친구.

토바가 페어뷰 추모 공원에 묘비명을 전달하자 직원은 정말 더 추가하고 싶은 문구가 없는지 재차 확인했다. 120자까지 넣을 수 있다면서. 토바는 겨우 그 절반밖에 쓰지 않았다. 단순한 것이 좋을 때가 있다. 윌은 소박한 사람이었다.

윌의 묘비 옆에는 에릭이 있었다. 토바는 아들의 묘비를 세우고 싶지 않았지만 윌이 원했다. 시체가 바닷속에 있는데 에릭을 기념하는 무언가가 이곳, 풀로 덮인 땅에 머문다는 것이 늘 마음에 들지 않았다. 어쨌거나 지나치게 화려한 서체로 **에릭 어니스트 설리번**이라 새겨진 묘비가 이곳에 있었다. 윌이 누구한테 문구를 맡긴 건지 몰라도 에릭의 이름이 제대로 기록되지 않았다. 토바의 결혼 전 성인 린드그렌이 두 번째 미들 네임으로 들어갔어야 했는데. 그녀는 항상 에릭의 묘비를 뽑아 들고 잔교 끝에 서서 바다로 던져버리는 상상을 했다. 물론 해서는 안 될 짓이었다.

비어 있는 세 번째 묘비는 토바 것이었다. 요양원 신청서에는 장례에 관한 질문이 여럿 있었다. 희망 사항, 선호 사항. 토바는 추후 법적 절차에 필요한 정보일 거라고 생각했다. 자신이 무엇을 바라는지 유서에 분명히 밝히긴 했지만, 만약 누가 장례식을 강행하려고 한다면 어쩌지? 특히나 바브라면 그럴 만했다. 떠나기 전 바브와 이 문제에 대해 분명히 이야기해야 한다. 묘비야 괜찮지만 장례식은 원치 않았다.

말소리가 잔디밭을 울렸다. 고개를 돌리자 크레치 부인이 오솔길을 따라 느리게 올라오는 모습이 보였다. 세상에나, 아흔 중반은 되셨을 텐데. 하지만 거동에 전혀 불편함이 없어 보였다. 오늘은 증손녀를 데려오셨다. 뜨개바늘처럼 길게 쭉 뻗은 두 다리가 망아지처럼 불안해 보였다.

"안녕하세요, 설리번 부인."

증손녀가 스쳐 지나가며 인사를 했다. 고개를 숙여 보이는 고령의 크레치 부인과 눈을 마주친 건 잠시였지만, 측은한 눈빛은 충분히 읽을 수 있었다.

"좋은 하루 보내세요."

토바가 대답했다.

증손녀의 가느다란 팔에 바구니가 걸려 있었다. 두 사람은 묘비 여섯 개를 건너 자리를 잡았다. 바구니를 펼치자 닭고기, 햄 냄새가 훅 퍼졌다. 두 사람은 깔끔하게 손질된 잔디를 입은 차디찬 회색 묘비에 대고 민망해하지도 않고 말을 걸었다. 허공을 향한 일방적인 대화였다.

토바는 윌의 무덤에 소리 내어 말을 건 적이 없었다. 당연하지 않은가? 윌의 지치고 병든 몸은 흙이 되어 들을 수가 없다. 땅속에 있는 암이 퍼진 몸은 대답할 수가 없다. 토바는 남편의 유골 항아리를 벽난로 선반에 올려두고 매일같이 대화를 나누는 메리 앤 미네티를 흉내조차 낼 수 없었다. 남편이 천국에서 내 목소리를 들을 수 있어. 메리 앤이 그렇게 말할 때면 토바는 그저 고개만 끄덕였다. 그렇게 생각하는 것이 친구에게 위안이 되고 또 누구에게도 해가 되지 않는다면 문제 될 건 없었다. 크레치 부인과 증손녀 또한 마찬가지다. 그렇지만 빨간색과 하얀색 체크무늬 담요

위에서 같이 레모네이드를 마시고 있는 일행을 대하듯 죽은 사람과 정답게 농담을 주고받는 모습을 보자니, 왜 투명인간이 되고 싶다는 생각이 드는 것일까?

이렇게 하면 눈물이라도 날까 싶어 토바는 손가락으로 묘비를 천천히 어루만졌다.

제시카 스넬이 집을 다녀가고 저녁이 되자, 토바는 캐서롤 접시에 담긴 음식을 데워 먹은 뒤 지원서와 구비 서류들을 정리했다.

10분 후 토바는 다시 운전 중이었다. 안내 사항 첫 번째 줄에 적힌 내용이 토바의 발목을 잡았다. 검은색 펜으로 작성하세요. 때문에 제대로 된 검은색 펜 구매하기가 오늘의 할 일로 추가되었다. 집에 있는 펜을 전부 확인했지만 토바 눈에 검은색 잉크가 담긴 펜은 하나도 없었다. 검은색인가 싶은 펜들을 매의 눈으로 엄격하게 살피니 실제로는 진회색이었다.

"토바! 안녕하세요."

숍웨이 델리 코너에서 테이블을 훔치던 이선 맥이 인사를 했다.

"안녕하세요, 이선."

잡화들이 모여 있는 곳에 펜도 보였다. 토바는 선택지를 살폈다. 펠트펜? 젤펜 아니면 볼펜?

행주를 앞치마 주머니에 넣은 이선이 금전등록기 뒤 자신의 자리로 느릿느릿 걸어 들어갔다.

"다친 다리는 좀 어떠신지요?"

토바는 지팡이 짚은 손에 힘을 주어 몸을 기대고는 순순히 말했다.

"예상대로 잘 낫고 있어요. 고마워요."

"정말 다행입니다! 현대 의학은 정말 대단하다니까요. 동굴인이 살던 시대라면 어땠겠습니까? 발목을 삐끗하면 사람들이 그냥 공룡 먹이로 버리고 갔다니까요!"

토바는 눈썹을 올렸다. 농담이겠지. 공룡은 소위 동굴인은 물론이고 그 어떤 인류와도 공존하지 않았다. 공룡 멸종과 인류 출현 사이에는 수천만 년의 시간 차이가 있다. 어쩌면 이선은 이런 지식을 배울 기회가 없었는지도 모른다. 어린 아들을 둔 여느 엄마와 마찬가지로 토바는 에릭이 어렸을 때 열심히 공룡을 공부했다. 한번은 도서관에서 공룡 책을 너무 많이 빌린 나머지 대출이 정지된 적도 있었다.

겸연쩍은 얼굴로 이선이 주춤거렸다.

"뭐 어쨌거나, 찾으시는 물건이라도 있으십니까?"

"검은색 펜이 필요해요."

"펜이요? 그런 펜 하나에 돈을 받을 순 없죠! 여기 있습니다."

그가 귀 뒤에 꽂혀 있던 펜을 꺼냈다. 그간 붉은색 풍성한 수염에 가려져 보이지 않았던 모양이다.

"그런데, 이게 파란색인지 검은색인지 가물가물하네요."

그가 금전등록기 옆에 놓인 종이에 낙서를 시작했으나 잉크가 잘 나오지 않았다. 집중하느라 입술 사이로 혀끝이 살짝 삐져나왔다.

"고맙지만 이걸로 하겠습니다. 기쁜 마음으로 지불할게요."

토바가 가장 평범한 볼펜 두 자루를 카운터에 올렸다.

이선의 펜이 드디어 응답하기 시작하자 종이가 낙서투성이로 변했다.

"아! 어차피 파란색이었군요. 하지만 필요하시면 비상용으로 이 것도 가져가셔도 됩니다. 펜이란 게 많은 것 같아도 늘 아쉽죠!"

이선이 펜을 내밀었다.

토바가 웃으며 말했다.

"글쎄요. 생전에 윌은 음식점에서고 은행에서고 펜이란 펜은 다 가져왔어요. 잡동사니 모아두는 서랍이 항상 펜으로 넘쳐났죠."

"예, 예, 그리 놀랄 일은 아니군요. 지난 몇 년간 델리에서 볼펜 한두 개를 챙겨 갈 때면 모르는 척했었죠. 일주일에 두어 번은 여기 와서 샌드위치를 먹으며 책을 읽고는 했어요. 물론 아시겠지만요."

토바의 얼굴에 꽤 오랫동안 미소가 걸려 있었다. 미소를 거둬야 할지 어째야 할지 가늠하지 못하는 것처럼. 결국 토바가 다정하게 말했다.

"맞아요. 외출하는 것을 좋아했던 사람이죠. 펜 때문에 경찰을 부르지 않아줘서 고마워요."

이선이 손사래를 쳤다.

"좋은 분이었어요, 윌 설리번은."

"네, 그랬죠."

"그럼 이건……."

이선의 목소리에서 무언가가 전해졌고, 그로 인해 토바는 꺼져가던 작은 숨소리를 떠올리게 되었다.

"이건 필요 없으신 걸로 알겠습니다."

이선이 토바에게 내밀었던 펜을 앞치마 주머니에 넣었다.

"선뜻 펜을 주시겠다고 해서 감사해요. 검은색 펜으로만 작성해야 한다고 서류에 적혀 있어서요."

"서류요?"

이선의 얼굴이 해쓱해졌다. 말투에서는 경계심이 느껴졌다.

"무슨 서류를 말씀하시는 건지?"

"입소 신청서요."

토바가 별일 아닌 듯 대답했다.

"그럴 줄 알았습니다!"

이선의 턱이 떨렸다.

"가려는 거군요. 그, 그…… 요양원에. 토바, 거기는요! 당신과…… 어울리지 않는 곳이에요."

"네?"

이선이 코를 훌쩍였다.

"그러니까 제 말은요, 토바에게는 부족한 곳이라고요."

"차터빌리지는 주에서도 손꼽히는 곳이에요."

"그렇지만 소웰베이가 토바의 집인걸요."

그의 말에 눈이 순식간에 뜨거워지며 눈물이 차올라 토바 자

신도 깜짝 놀랐다. 그녀는 아래턱에 힘을 주고 눈물을 참아내고
는 침착한 목소리로 입을 열었다.

"저는 현실적인 사람이에요. 요양원은 현실적인 해결책이고요.
젊은 사람도 아니고, 지금 상태도…….''

토바는 신고 있던 플라스틱 부츠로 시선을 줬다. 이선의 시선
도 뒤따랐다. 토바는 저 수염 아래 그의 볼이 떨리고 있음을 알
수 있었다. 토바가 주근깨로 덮인 이선의 팔뚝에 손을 올리자 뻣
뻣한 털이 손바닥을 간지럽혔다. 이선의 팔은 놀랄 정도로 따뜻
했다.

"지금 당장 떠나는 게 아니에요, 이선."

엄밀히 말해 사실이었다. 집이 팔리려면 시간이 좀 걸릴 터였
다. 차터빌리지에서 토바의 잔고 증명서와 18달러 50센트짜리
사진 두 장, 검은색 펜으로 쓴 서류를 검토하는 데에도 시간이 걸
릴 것이다.

"예, 예."

이선은 이 말밖에 하지 못했다.

"그리고 이게 맞는 일이에요. 앞으로 누가 저를 돌봐주겠어요?"

토바의 질문은 한참을 답을 찾지 못한 채 맴돌았다. 마침내 이
선이 입을 열었다.

"그럼, 중요한 신청서네요. 그런 펜으로 쓰실 게 아니죠."

그가 고갯짓으로 볼펜 두 자루를 가리켰다.

"저 펜은 형편없답니다."

손가락을 좌우로 짚어가며 진열대를 살피던 이선은 로고가 휠

씬 현란한 제품을 꺼내 들었다.

"캐딜락 모델, 이겁니다."

"그럼 그걸로 할게요. 고마워요."

"천만에요."

토바가 목을 가다듬었다.

"얼마인가요?"

그가 손을 내저었다.

"말씀드렸잖습니까. 펜 하나에 돈을 받을 순 없죠. 서비스입니다."

"아뇨, 아니에요."

토바는 오늘 두 번째로 지갑에서 20달러짜리 지폐를 꺼냈다.

"바코드는 나중에 찍으시고 잔돈은 안 주셔도 돼요. 좋은 제품을 추천해주셨으니까. 고마워요."

"저한테 감사 인사를 하고 싶으시다면, 언제 차라도 한잔하시죠."

자기도 모르게 이선의 입에서 불쑥 말이 튀어나왔다.

토바가 얼어붙었다.

"차요? 여기서요?"

델리 쪽을 바라봤다.

"아, 아뇨, 여기 말고요. 솔직히 여기에는 제대로 된 차가 없습니다. 하지만 편하시면 여기도 좋고요. 사실 장소까지는 생각하지 못했어요."

이선이 아랫입술을 잘근거리고는 두툼한 손가락으로 금전등록기를 두들겼다.

"다른 곳으로 갈까요, 그럼? 아니면 없던 일로 해도 됩니다. 신경 쓰지 마세요. 거지 같은 생각이었네요."

"거지 같은 생각은 아니에요."

이런 말을 내뱉다니 토바 본인도 놀랄 지경이었다. 재니스도 이런 식으로 시트콤 말투를 배운 걸까? 토바는 자신도 모르는 새 이렇게 말하고 있었다.

"언제 차 한잔 마셔요. 아니면 커피도 좋고요."

이선이 고개를 저었다.

"스웨덴 사람들의 커피 사랑이란."

얼굴이 달아오른 토바는 스코틀랜드 사람인 이선에 대해 자신도 농담을 해야 하나 고민했지만, 그녀가 무슨 말을 떠올리기도 전에 그가 종이를 내밀었다. 아까 낙서를 했던 종이 뒷면에 파란색으로 그의 전화번호가 적혀 있었다.

"전화 주세요. 자리를 마련해봅시다. 토바가…… 가기 전에요."

그녀는 고개를 끄덕이고는 도망치듯 숍웨이를 나왔다. 갑자기 숨을 쉬는 것이 어렵게 느껴져 당황스러웠다.

10시가 지나자 하늘에는 빛의 기운이 완전히 사라졌다. 집으로 돌아가던 중 토바는 예정에 없던 목적지로 방향을 틀었다.

오늘 해야 할 일이 하나 더 생겼다.

아쿠아리움 주차장은 텅 비어 있었다. 허물어지기 직전처럼 보이는 캠핑카 한 대만 빼고. 오늘 아침 제시카 스넬 사무실 앞에 주차되어 있던 그 차였다. 차주가 낚시꾼일지도 모른다. 낚싯대를 드리운 형체를 찾아 잔교를 살폈지만 아무도 보이지 않았다.

다리를 절며 입구에 도착한 토바는 망설였다. 테리는 토바에게 청소를 하러 오면 안 된다고 했지만, 갖고 있는 열쇠를 사용하면 안 된다고 꼬집어 말하지는 않았다. 열쇠를 돌려주려 하자 그럴 필요 없다고 만류하는 테리를 보며 토바는 그가 자신을 신뢰할 뿐 아니라 잘 나을 거라 확신하고 있다고 느꼈다. 금방 복귀하실 거예요. 테리는 그렇게 말했었다.

오늘 낮, 토바를 윌의 묘지로 이끌었던 무언가가 이번에는 이곳으로 그녀를 끌고 왔다. 바로…… 대화를 나누고 싶다는 마음이었다. 차터빌리지로 갈 계획을 문어에게 알리고 싶었다. 윌도, 문어 마셀러스도 토바를 이해할 수 없겠지만 그래도 알려야 했다. 그리고 그보다 급한 일은 아니지만, 이선 맥과 차를 마셔야 하는 난감한 상황에 대한 해결책을 문어가 알려줄지도 모를 일이었다. 아니면 그냥 모르는 척 넘길 수도 있는 일인가? 아무 일도 없었던 것처럼 군다면 차를 마시자는 약속은 없던 일이 될 수 있을까? 명민한, 모든 것을 아는 듯한 마셀러스의 눈이 자신을 얼마나 빤히 바라볼지, 빨판이 죽 늘어선 팔이 어떻게 흔들리며 자신을 혼낼지 눈앞에 그려졌다. 한편으론 자신의 한심한 행동에 혀를 쯧쯧거렸다. 아무런 지각도 없는 생물과 대화할 수 있는 척을 하다니. 메리 앤 미네티와 크레치 부인을 합쳐놓은 것보다 열 배쯤은 더 끔찍한 사람이 된 것 같았다.

찰칵 하며 문이 열렸다. 무엇보다 토바는 자신이 없어도 아쿠아리움이 잘 유지되고 있는지 확인하고 싶은 마음이 컸다. 그러니까, 위생적인 면에서 말이다.

쩐득한 타일 바닥과 얼룩투성이가 된 유리를 상상하며 숨을 죽였다. 그런데 모든 것이 꽤나 깔끔해 보였다. 업무 공백을 채우기 위해 테리가 데려온 사람이 관리를 잘하고 있는 것 같았다. 약간의 실망감과 더불어 자신이 없어서는 안 될 존재는 아니었다는 뭉근한 자각이 찾아왔다. 하지만 크게 생각하면 좋은 일이었다. 아쿠아리움의 청소 상태가 수준 이하가 될지 모른다는 생각이 들 때면, 이곳을 떠날 계획에 몇 번이나 제동이 걸리곤 했었다. 어쩌면 새 직원이 토바가 떠난 후에도 계속 남아줄지 모른다.

토바는 복도에서 방향을 틀어 문어 수조로 가면서 가능한 한 부츠 소리가 안 나게 조용히 움직이려고 조심했다. 사실 그럴 필요가 없는 것이 이곳에서 사람은 토바뿐이었다. 키다리게, 늘대 장어, 해파리, 해삼. 이 오랜 친구들에게 그녀가 작은 소리로 전하는 인사말이 가늘게 피어오른 연기처럼 어두운 복도에 잠시 머물다 청록빛 허공으로 사라졌다. 이 작은 생명체들은 설사 할 수 있다 해도 토바가 여기 왔다는 사실을 아무에게도 알리지 않을 터였다. 토바와 그들만의 비밀이었다.

바다사자 동상을 지나다 늘 그랬듯 잠시 멈춰 머리를 쓰다듬었다. 에릭이 아꼈던 무언가를 만질 때면 그녀 안에서 희미하게 깜빡이다 순식간에 사라지는 아들의 환영이 반가웠다.

문어 수조 뒤편으로 이어지는 문에 다가간 토바는 미간을 찌푸렸다. 형광등 불빛이 문 아래쪽 틈에서 새어 나왔다. 누군가 불을 켜놓고 간 게 분명했다.

안쪽에서 우당탕하는 요란한 소리가 들렸다.

양심이 우리 모두를 겁쟁이로 만든다

캐머런은 눈을 껌뻑였다. 미간을 찌푸리며 욱신대는 관자놀이를 문질렀다. 떨어지며 테이블에 부딪힌 것 같았다. 셔츠로 이마의 피를 닦고는 망가진 발판 사다리를 걷어차며 분풀이를 했다. 마음만 먹으면 고소도 가능한 일이었다. 장비 관리 부실. 산재. 하지만 애초에 이 뒤에 왜 들어왔냐고 물으면 어떻게 설명해야 할까?

"너 이 자식."

몸을 일으켜 생명체를 노려봤다. 꼼짝도 안 하고 있었다. 수조들 위쪽 선반에 있는 튜브와 통, 펌프 부속품 더미에 파고들어 거대한 타란툴라처럼 몸을 말고 있었다. 빗자루로 몰아보려 했더니 어떻게 한 건지 저 위로 올라가 저러고 있다. 캐머런이 또다시 빗자루로 몸을 툭 건드렸다.

"도대체 왜 이러는 거야? 난 널 도와주려는 거라고."

한숨을 내쉬듯 거대한 몸체가 들썩였다. 일단은 살아 있지만 그리 오래 버티지는 못할 것이다. 문어는 물 밖에서 잠깐밖에 버티지 못하는데(언젠가 자연 다큐 채널에서 본 적이 있다), 저놈은 물에서 나온 지 20분이 다 되어간다. 그것도 캐머런이 열어놓은 뒷문으로 빠져나가려는 것을 발견한 후부터 잰 시간이다.

수조 안 생물이 탈출할 수도 있다고 미리 경고라도 해줬다면. 하지만 사실 이게 가능하기나 한 일인가? 관광객이 찾는 아쿠아리움 수조가 튼튼할 거라는 건 너무도 당연한 추측이었다. 중앙에 있는 커다란 수조 안에서 빙빙 돌고 있는 상어들을 보니, 더욱이 머리에서 피가 나고 있으니, 불안해졌다. 상어가 유리 너머의 냄새도 맡을 수 있을까?

"이러지 마, 친구."

캐머런이 사정했다. 머리가 욱신대는 와중에 아까 문어가 자신의 팔목을 감싸며 빗자루를 건드리려 해서 꼈던 장갑을 매만졌다. 그래서 나는 지금 문어가…… 어떻게 움직여주길 바라는 거지? 소방대원처럼 기둥 아래로 미끄러져 내려오길 기대하는 건가? 어쨌거나 고집불통 저놈을 저 위에서 그냥 죽게 할 수는 없었고, 장갑을 꼈다 해도 다시 만지고 싶은 생각도 없었다.

"거기서 나와야 된다고. 수조로 들어가야 돼."

문어는 반항하듯 촉수 끝을 홱 흔들어 가벼운 금속 통 두 개를 바닥으로 떨어뜨렸다. 쩽그랑 소리가 두 번 울리며 통들이 바닥에 꽂혔다.

이 일로 해고될 게 뻔했다. 사람이 살면서 이렇게 많이 해고를 당해도 되는 건가? 법적 제한 같은 거라도 있어야 했다.

뒤에서 철컹하는 소리가 났다. 뒤이어 여성의 목소리가, 떨리지만 분명한 목소리가 들렸다.

"저기요? 누구 있어요?"

놓칠 뻔한 빗자루를 간신히 잡고 캐머런이 뒤를 돌아봤다. 문가에 자그마한 여자 한 명이 서 있었다. 미니어처로 보일 정도로 몸이 작았다. 150센티미터도 안 돼 보였다. 진 이모보다 좀 더 나이가 있어 보이니 60대 후반에서 70세 정도 되었을까. 자줏빛 블라우스를 입은 여자의 왼쪽 발목은 반깁스 신발 안에서 부어올라 있었다.

"아! 어…… 안녕하세요. 저는 그저…….."

노부인이 캐머런의 말을 자르며 놀라서 헉 소리를 냈다. 높은 선반 위에 몸을 웅크리고 있는 그 생명체를 발견한 것이다.

캐머런이 양손을 비볐다.

"그게요, 저는 단지…….."

"잠깐 비켜봐요."

노부인은 캐머런의 몸을 살짝 밀며 지나갔다. 낮고도 조용한 목소리에서 더는 두려움이 느껴지지 않았다. 나이와 다리 상태를 고려하면 매우 빠른 속도로 성큼성큼 세 발자국을 걸어 나간 노부인은 망가진 발판 사다리를 잠시 바라보다 고개를 저었다. 그런 뒤 놀랍게도 힘겹게 테이블 위로 올라갔다. 그녀가 몸을 쭉 펴고 서자 문어를 눈높이에서 마주하는 위치가 되었다.

"마셀러스, 나야."

구석에 있던 문어가 살짝 몸을 틀어 노부인을 바라보며 소름 끼치는 눈을 껌뻑였다. 이 사람은 누구일까? 도대체 여기에 어떻게 들어왔을까?

노부인은 달래듯 고개를 끄덕였다.

"괜찮아."

노부인이 손을 내밀자 생명체가 팔 하나를 뻗어 그녀의 손목을 감는 모습을 보고 캐머런은 충격에 빠졌다. 노부인이 다시 한번 말했다.

"괜찮아. 여기서 내려오도록 내가 도와줄게, 알겠지?"

문어가 고개를 끄덕였다.

잠깐만, 아닐 거야. 그럴 리가 없잖아. 아닌가? 캐머런이 눈을 비볐다. 여기 배관으로 무슨 환각 물질 같은 게 나오는 건가?

그렇다면 오늘 밤 이 사단이 말이 되었다.

노부인의 가녀린 팔에 의지해 문어는 선반을 타고 움직였다. 그녀는 힘겹게 버티며 문어를 얼러 테이블을 건너게 했다. 문어가 빈 수조 바로 위에 근접하자, 그녀는 캐머런을 향해 고갯짓을 했다.

"뚜껑 좀 열어줄 수 있어요?"

그는 순순히 뚜껑을 뒤로 최대한 민 뒤 손으로 잡고 있었다.

"자, 이제 들어가자."

노부인이 속삭였다.

풍덩, 하고 생명체가 수조로 들어가자 짠내 나는 차가운 물이 첨벙하며 높이 튀어 올랐다. 캐머런은 반사적으로 고개를 털며 몸을 뒤로 물렸고, 다시 제자리로 오니 문어는 보이지 않고 수조 바닥에 있는 문어 보금자리 주변 돌들만 들썩이고 있었다.

노부인이 몸을 숙이자 테이블이 삐걱거렸다. 캐머런이 단숨에 다가가 노부인의 팔꿈치를 잡고 내려오도록 도와주었다.

"고마워요."

노부인은 손을 털고 안경을 고쳐 쓴 뒤 캐머런을 살폈다.

"다쳤나요? 치료를 받아야 할 것 같군요."

노부인이 발을 절며 중간에 떨어뜨린 핸드백을 가지러 갔다. 그러고는 백 안을 뒤적거리더니 밴드 하나를 꺼내 그에게 내밀었다.

"별거 아니에요."

캐머런이 손을 내저었다.

"무슨 소리. 얼른 받아요."

노부인은 굽히지 않았다. 단호한 목소리였다. 캐머런은 포장을 벗기고 네온핑크 색깔의 밴드를 이마에 붙였다. 꼴이 우스울 것 같았다. 뭐, 오늘 밤 만날 사람은 이선 말고는 없으니 아무렴 어때.

"됐네요."

노부인이 고개를 끄덕였다. 그러더니 침착한 목소리로 말했다.

"자, 이제 다 끝났네요. 여기서 무슨 일이 있었던 건지 말해줄 수 있나요?"

"전 아무 짓도 안 했어요!"

캐머런이 손가락으로 수조를 가리켰다.

"쟤가 탈출했어요. 저는 다시 수조 속에 넣으려고 한 거고요."

"이름이 마셀러스예요."

"그래요. 마셀러스가 나쁜 짓을 하려고 했어요. 전 그냥 도와주려 한 것뿐이에요."

"빗자루로 괴롭히면서요?"

캐머런이 코웃음을 쳤다.

"사람들이 다 문어 위스퍼러인가 뭔가가 아니라고요. 저는 최선을 다했어요. 제가 아니었으면 문어는 지금쯤 바다 근처까지 갔을 거예요."

"무슨 말인가요?"

"문어가 뒷문으로 나가고 있었어요."

노부인의 입이 떨어졌다.

"세상에나."

"제 말이요."

어쩌면 잘리지 않을 수도 있다. 오히려 시급을 더 줄지 모른다. 캐머런이 아니었다면 새 문어를 구해야 했을 테니까. 거대태평양 문어가 얼마쯤 할까? 싸지는 않을 것이다.

노부인이 매섭게 말했다.

"뒷문은 왜 열려 있었죠?"

"그야 쓰레기통 비우던 중이었으니까요. 제 일을 한 거예요. 그 문을 열어둔 채로 두면 안 된다는 소리는 못 들었어요."

"그렇군요."

"하지만 이제부터는 꼭 닫아놓을 생각이고요."

"그래요. 좋은 생각이군요."

캐머런은 새삼 본인이 굉장히 바른 자세로 서 있음을 깨달았다. 왜 저 노부인이 내 상사인 것 같은 느낌이지? 도대체 저 사람은 어떻게 여기에 들어온 걸까? 그 부분은 분명히 밝혀야 할 것 같았다. 근무 시간에 웬 낯선 노부인을 아쿠아리움 안으로 들였다고 테리에게 오해를 사고 싶은 생각은 전혀 없으니까. 캐머런은 다시금 노부인을 살폈다. 40킬로그램도 채 나가지 않을 것 같았다. 도둑처럼 보이진 않았다. 더구나 문어와 무슨 사연이라도 있는 것 같았다. 퇴직한 해양생물학자인가. 자원봉사자일 수도 있다. 노년층 봉사 활동 같은 게 있으니까.

"지금 여기 왜 계신 건지 물어도 됩니까?"

캐머런은 최대한 정중하게 질문했다.

"제 말은, 좋은 분 같아 보이긴 하지만 여기는 아무나 들어오면 안 되는 곳이거든요. 적어도 저는 그렇게 들었습니다만."

"이런, 그럼요. 제가 놀라게 했군요. 미안해요. 전 토바 설리번이라고 해요. 청소부요."

토바는 반깁스를 가리키고는 얇은 입술로 빙그레 미소를 지으며 덧붙였다.

"다친 청소부요."

"아, 네. 처음 뵙겠습니다."

이렇게 말은 했지만 캐머런은 속으로 젠장이란 단어를 떠올렸다. 일을 마치면 마라톤을 뛴 것마냥 녹초가 되는 이 일을, 이 연약한 여성이 했다고? 2주나 되었지만 아직도 퇴근할 때면 발이 쑤셔댔다.

"저는 캐머런 캐스모어라고, 현 청소부입니다. 따지면 임시 청소부죠. 다치셨다니 유감입니다. 테리가 제게 일을 맡길 때 몇 주간 근무를 못 하신다고 들었어요."

"전 꽤 괜찮아졌어요. 어처구니없는 사고였죠."

토바가 망가진 발판 사다리를 흘낏했다.

"테리가 좋은 사람을 구해서 다행이네요, 캐머런. 제가 본 바로는 일을 잘하시는 것 같더군요. 다리 때문이 아니라 다른 이유로 예상보다 자리를 오래 비우게 될지도 모르겠어요. 캐머런이라면 여러모로 걱정을 덜겠어요."

캐머런은 상황 판단을 하느라 말이 없었다. 근무 기간이 연장된다고 해서 세상이 끝나는 건 아니다. 2주가 지났지만 사이먼 브링스를 찾는 일은 처음 이곳에 왔을 때보다 진전된 것이 전혀 없었다. 제시카 스넬이 준 연락처는 옛날 번호가 분명했다. 전화를 걸자 없는 번호라고 나왔다.

"네, 괜찮을 것 같습니다. 나쁘지 않은 일자리이기도 하고요."

"멋진 일이죠."

토바가 웃었지만 슬픔을 감춘 듯 경직된 미소였다.

저분이 좋은 사람이란 건 알겠는데, 타일 바닥을 걸레질하는 일을 이토록 좋아하는 것이 과연 정상일까? 캐머런은 어색함에 발을 움직거렸다.

"그럼…… 여기 그냥 가끔씩 취미 삼아 오시는 건가요?"

"마셀러스를 보러 왔어요."

토바가 작아진 목소리로 덧붙였다.

"서로 잘 알지도 못하는 사이에 이런 부탁이 적절치 않다는 건
잘 알지만, 오늘 일은 모른 척해주면 고맙겠어요."

"왜요?"

결국 테리가 문제 삼을 만한 일이 될 게 분명했다.

"저도 거짓말은 용납될 수 없다고 생각한답니다. 하지만 봤다
시피 마셀러스는 밤이면 여행가가 되죠. 물론 그 아이가 이 건물
을 나가고 싶어 한다는 건 나도 조금 전에야 알았지만요."

토바가 깊이 숨을 들이마시고 이어 말했다.

"그런 모습은 처음이었는데 걱정스럽네요. 하지만 그 아이가
여기저기 돌아다닌다는 걸 안 지는 좀 되었어요. 수조를 탈출하
는 데 놀랍도록 능숙한 아이예요."

"그럼 다른 사람들은 모른다는 말씀이시군요."

캐머런은 이제야 이해가 된다는 듯 고개를 끄덕였다.

"확실하지는 않지만, 테리는 의심하고 있는 것 같아요. 알아채
면 분명 조치를 취하려 할 거예요."

"수조 위를 막는다든가, 그런 거요?"

토바가 끄덕였다.

"그렇게 되면 마셀러스는 크게 상심할 거예요. 사실 그것보다
더 걱정되는 게 있어요. 마셀러스는 나이가 많아요, 캐머런. 마음
대로 돌아다니는 문어는 골칫거리죠."

설마 토바도 자신이 상상하는 것을 걱정하고 있는 걸까? 물고
기 마니아인 테리가 가혹하게도 수조 속 이 생물을 안락사시키

는 것. 하지만 만약 문어가 한낮에 수조를 탈출해 현장 학습을 온 아이 뒤라도 쫓는다면? 골칫거리가 될 거라는 토바의 생각은 아마도 맞을 것이다. 캐머런은 팔짱을 꼈다.

"마셀러스와 친구시죠?"

"네, 그렇다고 볼 수 있죠."

"마셀러스를 구하러 올라갔을 때 전혀 두려워하지 않으셨어요."

"그럼요! 착한 아이랍니다."

"그래도 굉장히 터프하셨어요."

"그렇게 말해주니 고맙군요."

잠시 바닥을 보던 토바가 고개를 들어 캐머런을 바라보자 그의 녹회색 두 눈이 명민하게 반짝였다.

"어때요? 우리 둘만의 비밀로 해주겠어요?"

캐머런이 망설였다. 자신이…… 이 사건의 공범임을 테리가 알게 되면 근무는 그것으로 끝이었고, 그와 함께 진 이모의 돈을 갚을 수 있다는 희망 또한 끝일 게 확실했다. 사이먼 브링스를 찾는 일은 또 어떻고? 전부 다 끝이었다. 해고를 당해선 안 된다. 이번에는 정말 안 된다.

하지만 이 다정하고 가녀린 노부인이 친구를 잃는다고 생각하니 마음이 좋지 않았다. 사람과 비슷한, 기묘한 눈으로 자신을 바라보던 문어가 안락사를 당할지도 모른다는 생각에 이르자…… 그는 어깨를 으쓱해 보였다.

"네, 비밀로 할게요."

"고마워요."

토바가 고개를 살짝 숙였다.

캐머런은 좀 전에 놓쳐버린 빗자루를 집어 들었고 발판 사다리는 누군가 고치겠지 하는 생각으로 벽으로 대충 밀쳤다.

"양심이 우리 모두를 겁쟁이로 만드는 거 아니겠어요?"

토바의 몸이 얼어붙었다.

"뭐라고 했어요?"

"양심이 우리 모두를 겁쟁이로 만든다고요."

캐머런은 얼굴이 달아오르는 게 느껴졌다. 도대체 어떻게 대화를 할 때마다 이런 괴짜 같은 소리를 빼놓지 않고 족족 해댈 수가 있을까? 그가 해명하기 시작했다.

"그냥 한심한 셰익스피어 인용문이에요. 그 작품이……."

"햄릿이죠."

토바가 차분하게 말했다.

"내 아들이 가장 좋아했던 작품 중 하나예요."

뜻밖의 일들이 벌어질 수 있어

스웨덴에서 배를 타고 미국으로 올 때의 기억은 띄엄띄엄했다. 당시 토바는 겨우 일곱 살, 라스는 아홉 살이었으니 당연했다. 웁살라에서 기차를 탔고, 예테보리에서 머물던 호텔에서 아버지와 힘든 작별 인사를 했다. 아버지는 서류 정리와 집 문제로 가족들보다 몇 주 앞서 비행기를 타고 미국에 도착했다. 호텔 침대에는 라벤더 향이 나는 두툼하고 새하얀 시트가 깔려 있었고, 테이블 위에는 텔레비전이 놓여 있었다. 토바와 라스는 승선 날짜를 기다리며 하루에도 몇 시간씩 텔레비전을 시청했다. 로비에 있는 레스토랑에서는 고블릿 잔에 초콜릿 푸딩을 담아줬는데, 한번은 라스가 그 푸딩을 너무 많이 먹는 바람에 배탈이 나 새하얀 시트 위에 게워냈다. 1956년 5월 어느 눈부신 아침, 차에서 내리자 부두를 따라 거대한 회색 레이어 케이크 같은 SS 바스테나 배를 마주하게 되었다. 두 달 후 메인주 포틀랜드에 도착한 가족은 그곳에서 2년간 한 아파트에서 살다가 이곳 워싱턴주 소웰베이로 터전을 옮겼다. 표면적으로는 몇 안 되는 먼 사촌들과 좀 더 가까이 살자는 게 이유였지만, 소위 친척이라는 그들을 토바는 한 번도 만난 적이 없었다. 항상 가족 네 명이 전부였다.

원양 정기선에서 보낸 몇 주는 토바의 기억에 커다란 여백으로 남아 있는데, 그때가 그녀가 살면서 가장 흥미진진한 모험을 경험한 시기임을 감안하면 안타까운 일이었다.

SS 바스테나에 대한 몇 안 되는 또렷한 기억 중에는 '바다코끼리 아저씨'가 있다. 물론 진짜 이름은 아니고, 송곳니처럼 입 양옆으로 회색의 길고 뻣뻣한 수염이 달려 있는 그 승객을 토바와 라스는 그렇게 불렀다.

바다코끼리 아저씨는 카드 게임을 좋아했다. 식당에서 저녁을 먹은 후 라스가 붉은 벨벳으로 된 칸막이 좌석 등받이에 장난감 병사들을 죽 정렬하는 동안 바다코끼리 아저씨는 토바 모녀에게 게임을 하자고 꼬드겼다. 처음에 엄마는 숙녀는 카드 게임을 하지 않는다고 말했지만 결국에는 지고 말았다. 유리 램프에서 나오는 약한 불빛 아래서 토바는 러미, 하트, 트웰티원을 배웠다. 가끔 바다코끼리 아저씨는 음흉하게 윙크를 하고는 카드를 섞으며 트릭을 보여주었다. 토바에게 자신이 뽑아 든 카드가 무엇인지 맞혀보라고 한 뒤 카드를 보여주며 토바의 추측이 틀렸음을 확인시켜줬다. 그러고 나서 목깃이나 소매에서 토바가 말한 카드를 꺼내 보였다.

뜻밖의 일들이 벌어질 수 있단다, 아가야.

또 속은 것이 분해서 못마땅한 표정을 짓는 어린 토바에게 바다코끼리 아저씨는 웃으며 말했었다.

젊은 친구가 떨어진 금속 통을 제대로 살피지도 않고 거꾸로 선반에 올리는 모습을 지켜보며 토바는 못마땅한 표정을 지었다. 지난 2주간 바브 밴더후프와 이선 맥을 포함한 사람들이 자신의 자리를 대신한 캘리포니아 출신의 이 홈리스를 두고 입방아를 찧어댔었다. 하지만 캐머런의 손톱은 깔끔했고, 치아도 하얗고 건강해 보였다. 그뿐만 아니라 셰익스피어 작품에 정통하기까지 했다. 비밀을 지키겠노라 약속도 했고. 왜인지는 몰라도 토바는 캐머런이 좋았다. 그를 믿을 수 있을 것 같았다.

캐머런은 토바가 예상치 못한 뜻밖의 일이었다.

펌프실 습도 때문에 핑크색 밴드가 벌써부터 접착력이 약해져 관자놀이에 비스듬히 걸쳐져 있었다. 토바는 손을 뻗어 밴드를 엄지로 꼭 눌러주고 싶은 강력한 충동을 다스렸다. 토바의 시선을 느낀 캐머런이 멋쩍은 미소를 보였다.

"죄송해요. 평소에는 죽은 시인들을 인용하고 그러지 않아요. 정말 기이한 밤이네요."

이 모든 일이 정말 현실인지 헷갈린다는 듯 눈을 껌뻑였다. 토바도 충분히 이해할 수 있는 감정이었다.

토바는 캐머런 너머로 수조를 유심히 지켜봤다. 펌프 근처 수면이 조금씩 일렁일 뿐 마셀러스 낌새는 없었다. 토바가 오지 않았다면 어떤 일이 벌어졌을까?

"네, 이상한 밤이죠."

토바가 목을 가다듬고 자세를 바로 했다.

"여하튼, 이곳 업무는 어때요? 테리에게서 교육을 따로 받았나요? 혹시 청소 용품이…… 필요한가요?"

초록색 부식성 세제의 알싸한 냄새가 이미 퍼지기 시작했다. 토바의 트렁크 속 식초 단지로 해결할 수 있는 문제였다.

"네? 바닥에 걸레를 문지르는 게 대단한 전문 지식을 요하는 일은 아니잖아요."

토바가 혀를 찼다.

"그렇지 않을지는 몰라도 일을 제대로 하는 방법이야 있죠."

"제가 뭔가를…… 제대로 하지 못하고 있어요?"

"흠, 같이 한번 볼까요? 이쪽으로요."

토바는 문을 열고 나가 굽이진 복도를 가리켰다. 아까 들어올 때 봤던 것처럼 바닥은 괜찮았지만 수조 앞 유리에는 긴 먼지 자국이 남아 있었다. 토바의 손이 자국을 따라 내려갔다.

"유리에는 순면으로 된 천을 써야 해요. 폴리에스테르가 아니라."

캐머런이 방어적으로 팔짱을 꼈다.

"제 눈에는 괜찮아 보이는데요."

"그럼 좀 더 자세히 들여다보는 게 좋겠군요."

"유리 청소 전문가라도 되세요?"

토바가 쯧, 혀를 찼다.

"수십 년 경험이라고 해두죠."

"폴리에스테르는 안 되고 순면을 써야 한다, 이런 소리는 들어

본 적 없어요."

캐머런이 격앙된 목소리로 말을 이었다.

"여기 있던 걸레를 썼어요. 제가 어떻게 알았겠어요?"

그의 말이 맞았다. 이 남자가 앞으로도 계속 토바 일을 할 거라면 테리에게 업무 교육에 대해 말해야 할 것 같았다. 토바는 쓰레기통에 다가가 가장자리를 가리켰다.

"이것도요. 여기 보이죠? 봉투를 가장자리에 제대로 둘러서 걸어야지 안 그러면 쓰레기통이 다 찼을 때 봉투가 빠져버려요. 그렇게 되면 사람들이 버리는 쓰레기가 봉투 안이 아니라 쓰레기통 바닥으로 떨어져 나중에 더 골치 아파진답니다."

"참 정말. 쓰레기통에 봉투 끼우는 법 정도는 알아요, 저도."

"글쎄요, 아닌 것 같군요."

토바의 목소리가 날카로워졌다.

"캘리포니아에서는 쓰레기통에 봉투를 어떻게 끼우는지는 몰라도……."

"잠시만요. 뭐라고 하셨어요?"

캐머런이 끼어들었다.

"제가 캘리포니아 출신인 건 어떻게 아셨어요?"

"소웰베이 사람들은 말이 많죠."

토바는 입술에 힘을 주었다. 좀 전에 한 말을 주워 담을 수만 있다면. 자신도 이 동네에서 가십의 주인공이었던 적이 얼마나 많았던가?

"네, 그런 것 같더군요."

이 말을 끝으로 잠시 침묵하던 캐머런의 두 눈이 순간 반짝였다.

"부인께서 오늘 밤 여기에 왔다는 이야기를 들으면 떠들기 좋아하는 사람들이 신이 나겠어요. 문어를 보러 왔다는 이야기가 퍼지면 말이죠."

토바는 놀라 벌어진 입을 재빨리 닫았다.

"걱정 마세요. 아무한테도 말 안 해요. 약속할게요."

캐머런이 중얼거렸다. 토바가 계속해서 미간을 구긴 채로 그를 응시하자 그가 말했다.

"제게 전해주실 신나는 업무 조언이 더 있으세요?"

토바가 허리를 폈다.

"네, 한 가지 더 있어요. 문 문제요. 아쿠아리움에서 가장 인기 많은 생물이 수조 밖을 떠돌 뻔한 일이 용인될 수 없다는 건, 잘 알겠죠?"

캐머런이 티 나지 않게 눈을 굴리며 난감한 듯 한숨을 내쉬었다. 그 모습을 보니 토바의 마음 깊은 곳에 엉켜 있던 기억 한 조각이 풀려났다. 엄마에게 짜증이 난 10대 에릭의 모습과 판박이였다. 토바는 또다시 혀를 찼다. 애들이란. 앞에 선 청년은 보아하니 못 되어도 스물다섯은 넘은 것 같은데, 철이 좀 더 들어야 했다.

"그게 어떻게 제 잘못이에요?"

캐머런이 버럭 목소리를 높였다.

"크라켄(노르웨이와 아이슬란드 해안에 살았다고 하는 신화 속 바다 괴물―옮긴이)이 여기저기 제멋대로 다닐 수도 있다는 얘기를 누구든 먼저 해줬어야 하는 거 아니에요? 아니면 수조 잠금장치를 채우든가요."

"마셀러스는 잠금장치를 풀 수 있어요."

토바가 바로 잡았다.

"그렇지 않다면 그 아이가 어떻게 펌프실을 나갔겠어요?"

청년이 얼굴을 찌푸렸다. 마땅히 받아칠 말이 없었다. 대신 물었다.

"왜 그러는 건데요?"

그에 대한 답을 생각하느라 토바는 말이 없었다. 수없이 생각해본 질문이자 분명한 답을 찾지 못한 질문이었다. 토바는 자신이 생각하기에 가장 그럴듯한 이유를 말해주었다.

"심심한 것 같아요."

캐머런이 어깨를 으쓱했다.

"작은 수조에서 평생을 갇혀 지내려면 짜증나겠죠."

"맞아요."

토바도 동의했다.

"특히나 그렇게 똑똑하다면요."

"마셀러스는 굉장히 똑똑한 아이죠."

캐머런의 눈에 공포가 스쳤다.

"이런 일이 또 벌어지면 어쩌죠? 그러니까, 또 탈출하면요. 제가 청소할 때요."

"그냥 둬야죠."

달리 무슨 말을 할 수 있을까? 문어를 향해 빗자루를 휘두르게 할 수는 없었다.

"네, 네. 그냥 둬야죠."

마셀러스가 어딘가 숨어 있기라도 하듯 캐머런은 미심쩍은 눈초리로 복도를 바라봤다.

그런데 무언가가 토바를 계속 괴롭혔다. 그때 휴게실에서 전선에 온몸이 끼어 꼼짝도 못 하는 문어를 자신이 발견하지 못했더라면 어떻게 됐을까? 오늘 밤 마셀러스가 건물 밖으로 나가려 했다는 사실을 알기 전까지만 해도 그 아이가 그렇게 위험한 행동은 하지 않을 정도의 상식은 갖췄을 거라 생각했었다. 해마에게 장난을 걸고 야식을 위해 해삼 수조를 뒤지는 등 늘 하던 야행 정도로 끝날 줄 알았다. 하지만 이제 마셀러스가 혼자 죽을 수도 있다는 생각에 돌연 공포가 밀려왔고, 자신이 여기서 근무를 계속한다 해도 그 아이의 죽음은 막을 수 없다는 희미한 무력감도 일었다. 문어가 밤중에 수조를 탈출해 텅 빈 아쿠아리움 어디선가 위험에 빠지는 일은 언제든 충분히 벌어질 수 있었다.

어쩌면 마셀러스가 이곳을 빠져나가게 두는 게 나을지도 모른다. 퓨젓사운드 저 깊은 해저에 잠들어 있는 에릭을 보러 가줄지도 모르지 않나? 이런 말도 안 되는 생각이라니. 토바는 미소 짓지 않을 수 없었다.

청년이 토바를 향해 고개를 기울였다.

"뭐가 그렇게 재밌으세요?"

"아무것도 아니랍니다."

"그러지 말고요, 토바. 재밌는 건 친구들과 같이 나눠야죠."

악의 없는 장난기로 캐머런의 두 눈이 반짝였다.

"정말, 별거 아니에요."

"아무것도 아닌 건 없죠!"

캐머런이 토바를 향해 웃었다. 무례하게 굴지 않을 때는 정말로 매력적인 청년이었다. 에릭도 그랬다. 부모를 두 손 들게 만들기도 했지만 타고나길 사랑스러운 아이였고, 누구나 그 아이와 친구가 되고 싶어 했다.

토바의 머릿속에 한 가지 생각이 떠올랐다.

"이쪽으로 와봐요."

토바가 왔던 길을 되돌아 펌프실로 향하며 손짓했다.

"계획이 있어요."

"계획이요? 무슨 계획요?"

"마셀러스가 탈출했을 때 어떻게 해야 하는지요."

"그냥 두라고 하셨잖아요."

캐머런이 속도를 높여 토바 뒤를 따랐다.

"문어를 어떻게 잡는지 보여주실 거예요?"

토바가 몸을 돌렸다.

"그건 아니에요. 그 아이와 친구가 되는 법을 알려줄게요."

"친구라고요?"

캐머런이 걸음을 멈췄다.

"별 가능성이 없는 얘기 같은데요. 좀 전에는 그 바다 괴물 스킬라(그리스 신화에 등장하는 괴물—옮긴이)가 딱히 저한테 따뜻하고 온순한 태도를 보이지 않았거든요."

"뜻밖의 일들이 벌어질 수도 있답니다."

토바가 미소 지었다.

인간이 하는 말 대부분이 헛소리지만, 그중에서도 가장 터무니없는 건 자신의 어리석음을 미화하는 말이다. 이런 식의 어처구니없는 말 말이다. 몰라서 나쁠 건 없어! 더 한심한 말도 있다. 모르는 게 복이야!

이 끔찍한 곳에 갇혀 있는 주제에 행복에 대해 논한다고 나에게 반박할 수도 있다. 감금된 두족류가 기쁨에 대해 뭘 알겠는가? 너른 바다에서 하는 야생 사냥의 전율을 다시는 경험하지 못하겠지. 끝없이 펼쳐진 밤하늘이 수면으로 쏟아내는 은색 달빛을 다시는 누리지 못하겠지. 다시는 교미하지도 못하겠지.

하지만 내게는 지식이 있다. 나 같은 생명체가 경험하는 행복이란, 그 지식에 근거한다.

알다시피 나는 학습에 능하다. 테리가 제공한 퍼즐이나 퀴즈도 손쉽게 풀었다. 그가 안에 가리비가 든 뚜껑 닫힌 상자나, 끝에 홍합이 놓인 작은 플라스틱 미로를 가져다 놓으면 인간의 표현대로, 식은 죽 먹기다. 나는 수조 뚜껑을 여는 법, 펌프실 문을 여는 법도 배웠다. 내가 한 짓에 대한 **결과**로 고통이 다가오기 전까지,

얼마나 멀리 또 오래 여행할 수 있는지 정확하게 계산하는 법도 깨우쳤다.

정말 행복이란 것이 있는지도 모르겠고, 내가 말하는 것이 진짜 행복이 아닐 수도 있지만, 내 지식으로 나는 만족감과 비슷한 무언가를 경험한다. 좀 더 정확히 말하자면, 고통의 일시적인 감소다.

아, 무지로 행복을 얻는 인간이란! 이곳 동물의 왕국에서 무지는 곧 위험을 의미한다. 수조로 떨어진 저 불쌍한 청어는 깊은 곳에 숨어 있는 상어의 존재를 인지하지 못하고 있다. 몰라서 나쁠 것 없다는 소리가 맞는지 청어에게 물어보길 바란다.

하지만 인간도 무지로 인해 상처를 입는다. 본인들은 모르겠지만 내 눈에는 보인다. 매일같이 경험하는 일이다.

최근에 바로 여기, 내 수조 앞에서 목격한 한 부자의 이야기를 들려주겠다. 곧 열릴 스포츠 경기 이야기를 나누던 중 아버지가 청소년기 아들의 등을 두드렸다. 아들이 이길 거라고 확신하며 아버지는 이렇게 말했다. 나를 닮아 던지는 힘이 좋잖아. 아버지가 주 대표로 쿼터백을 뛴 몸이라고. 쿼터백이 뭔지는 모르지만 이것 하나만은 분명하다. 그 아이는 아버지와 유전적으로 아무런 관계도 없다. 그 남자의 아내는 외도를 했었다. 정말이지 내가 가장 좋아하는 인간의 단어 중 하나다.

잠시 후 아이의 엄마가 다가왔고, 세 사람은 언젠가 가족을 무너뜨릴 배신감에 대해선 알지 못한 채 내 옆에 있는 코가 뾰족한 둑중개를 보러 자리를 이동했다.

내가 어떻게 아냐고? 관찰하기 때문이다. 내 뛰어난 통찰력은 인간이 이해하는 수준을 벗어날 정도로 놀랍다.

수천 개의 유전자가 자식의 신체를 만들고, 그것들이 내 눈에는 훤히 보인다. 1,329일 동안 감금되어 끔찍하게 지내는 동안 관찰력을 연마했다. 외도를 한 아내를 둔 쿼터백 출신 후견인의 경우, 운동하는 아이와 유전형질의 차이를 따지자면 이야기가 너무 길어지겠지만 코 모양, 눈 색깔, 귓불의 세밀한 위치가 서로 다르다. 억양과 걸음걸이도. 아, 걸음걸이! 걸음걸이는 너무나 알아채기 쉬운 특징이다. 자각하지는 못해도 피를 나눈 인간들은 걸음걸이가 정말 비슷하다(따라서 이 경우에는 다르다고 해야 한다).

그런데, 전에 있던 청소부와 새로 온 청년은 말이다. 걸음걸이가 똑같다.

두 사람 모두 보조개치고는 보기 드물게 아래쪽에, 왼쪽 뺨 아래쪽에 있으며 모양도 같은 하트다. 두 사람의 눈은 반점처럼 초록빛과 금빛이 섞여 있다. 두 사람 모두 대걸레질을 할 때면 단조로운 콧노래를 부른다(솔직히 말해 굉장히 듣기 싫지만, 고맙게도 펌프의 윙윙 소리가 그 소음을 다소 막아준다). 누군가는 별거 아니라는 듯 손을 내저으며 다 정황일 뿐이라고 할지도 모르겠다. 우연의 일치라고 말이다. 유전이란 이해하기 어려운 방식으로 나타난다. 도플갱어 현상처럼. 아무런 관계도 없는 거의 똑같은 두 사람이 지구 반대편에서 태어나는 것처럼.

나도, 당신도 아는 이야기지만 그 여성의 경우 살아 있는 핏줄이 없다. 외동아들이 30년 전에 죽었다는 것을 알고 있을 것이다.

그녀의 슬픔에 대해서도 알고 있을 것이다. 이후 그녀의 삶을 지배한 슬픔에 대해. 한동안 그녀를 은둔 속에 가둔 슬픔에 대해. 마침내 그 슬픔이 그녀를 더 끔찍한 곳으로 이끌 것 같아 두렵다.

당신이 왜 내 말을 믿지 못하는지 그 이유를 이해할 수 있다. 논리에 반하는 이야기처럼 들리겠지.

증거야 더 댈 수 있지만 지금은 좀 쉬어야겠다. 이렇게 소통하는 일은 나를 지독히 소모시키는 데다 이번 대화는 너무 길어졌다.

하지만 이 말만은 믿어야 한다. 얼마 전부터 청소 일을 맡게 된 젊은 남성은 발을 다친 여자 청소부의 직계 자손이다.

왼쪽으로 핸들을 크게 꺾었다가 다시 오른쪽으로

7월 말 어느 아침, 캐머런은 드디어 그럴듯한 단서를 손에 넣었다.

좀처럼 찾기 힘든 부동산업계의 거물 사이먼 브릭스가 여름이면 주말마다 산후안 아일랜드에 있는 별장에서 지낸다는 소식을 접한 것이다. 잘 알려지지 않은 해협이 내려다보이는 절벽에 자리한 토스카나 양식의 호화로운 빌라였다. 캐머런이 이름 모를 웹사이트를 뒤지다 오래된 잡지 기사에서 발견한 내용이었다. 대략적인 위치와 사진만 있으면 주소를 찾아내는 것은 쉬웠다. 소웰베이에서 차로 두 시간 거리였다.

혼자서 왕복 네 시간 거리를 운전해야 한다는 소리다. 캐머런은 핸드폰 주소록을 내리며 살폈다. 엄지손가락이 에이버리의 번호 위에서 맴돌았다.

생물학적 아버지일지도 모를 사람을 찾아가는 데 데려가는 것이 데이트로 이상해 보일까? 그럴 것이다. 이런 상황을 괜찮게 받아들일 만큼 에이버리가 특이한 사람일 수 있을까? 그럴지도. 에이버리에 대해서는 무엇이든 확률이 반반처럼 느껴졌다. 그녀와 몇 번 커피를 마시고 한번은 엘런드의 한 펍에서 늦은 저녁 식사도 했지만, 일정에 문제가 생겨 그녀가 약속을 취소한 적도 여러 번이었다. 싱글 여성과의 데이트치고는 이상할 정도로 복잡했다. 캐머런은 패들 숍 때문일 거라 여기고 넘어갔다. 비즈니스라는 게 얼마나 복잡한지 자신은 알 턱이 없으니까. 숨을 참은 채 캐머런은 전화를 걸었다.

"캐머런이군요."

반가워하는 것 같았다.

"오늘 어디를 좀 다녀올 생각인데, 같이 갈래요?"

캐머런이 일정을 설명했다.

에이버리의 한숨이 스피커를 통해 전해졌다.

"안 돼요. 오늘 가게를 봐야 해서요. 하지만 이번 주 중에 한번 봐요."

"그래요. 다음에 봐요."

"진심이에요. 패들보드 타러 가요. 제가 일정 확인해볼게요."

이선의 접이식 의자에 앉아 있던 캐머런은 그녀에게 인사를 하고는 발을 올려둔 캠핑카 범퍼에 핸드폰을 내려놨다. 처음 이곳에 왔을 때만 해도 비도 오고 끔찍한 날씨였지만 오늘은 완벽했다. 드넓게 펼쳐진 파란 하늘부터 녹음이 무성한 나무들까지 어디를 보아도 현실감이 없을 정도로 색이 선명했다. 먼지투성이 오븐에 들어간 것처럼 숨 막히게 더운 머데스토의 여름과는 달랐다. 오른손을 쭉 뻗은 캐머런은 손가락을 풀고 구름 한 점 없는 여름 하늘 위로 잽을 날렸다.

드디어 삶이 제대로 풀리는 것 같았다.

먼저 에이버리가 있었다. 에이버리 같은 여자에게 관심을 받은 적은 한 번도 없었다. 이상할 정도로 어딘가 비밀스러운 구석이 많은 게 어쩐지 그녀를 더욱 매력적으로 만들었다.

또 하나는 이제 곧 아버지일지도 모를 사람과 직접 만난다는 것이다.

세 번째로는 제대로 된 직장을 벌써 몇 주째나 다니고 있다는 것. 심지어 그 일이 싫지도 않았다. 누가 알았겠는가? 물고기 내장 가르는 일이, 청소하는 일이 싫지 않다니! 그리 대단한 일은 아니지만 혼자서 하는 일이, 특히나 저녁에 하는 일이 잘 맞았다. 청소 시간에는 아쿠아리움에 혼자일 때가 많았다. 혼자인 밤이면 아무도 사지 않는 쿠키나 오래된 빵 같은 것을 토해낼 때까지 자판기를 때렸고, 이어폰으로 노래도 들었으며, 아무 생각 없이 멍한 상태로 바닥을 닦았다. 그러지 않을 때는 이상한 노부인이 함께였다. 토바 말이다. 병가 중인데도 계속 아쿠아리움에 나타났다. 캐머런은 그녀의 방문을 비밀로 하겠다고 약속했다. 곁에 있어도 별로 신경 쓰이지 않았다. 토바는 문어에게 특이하리만치 집착했다. 캐머런은 마셀러스와 친구 되기에는 별다른 진전을 이루지 못했지만, 토바와 같이 있는 것은 희한할 정도로 즐거웠다.

뒤에서 방충문이 쾅 소리를 냈다. 잠시 후 이선이 캠핑카 뒤쪽에서 모습을 드러냈다. 색이 바랜 레드 제플린 티셔츠가 조금 작아 보였다. 이선이 실눈으로 캐머런을 바라보며 인사했다.

"멋진 아침이네요."

"예. 그런데 있잖아요."

캐머런은 사이먼 브링스의 별장을 알아낸 것과 이후 에이버리와 나눈 대화를 이선에게 들려주었다. 그가 고개를 끄덕였다.

"자, 그럼 출발합시다. 내 트럭으로 가죠."

캐머런이 고개를 갸웃했다.

"네?"

"귓밥이 가득 찼나? 내 트럭으로 가자고요!"

"같이 가시게요?"

"당연한 거 아닙니까! 그치를 혼자 상대하게 둘 거라고 생각했어요?"

이선이 활짝 웃으며 덧붙였다.

"때도 마침 딱 좋군요. 내가 가도 된다면 말입니다."

"그러죠, 뭐. 같이 가시죠."

캐머런이 느릿하게 말했다.

"지금 이맘때는 풍경도 좋을 겁니다. 즐거운 여행길로 만들어보자고요. 내가 투어 가이드 역할을 하죠."

투어 가이드라고?

이선이 말을 이었다.

"그리고 고속도로 옆에 끝내주는 피시앤칩스 가게도 있어요."

피시앤칩스라고? 지금 그게 중요한가?

"네. 하지만 먼저 사이먼 브릭스부터 찾고요."

캐머런의 말에 이선이 웃음을 터뜨리며 호응했다.

"돈부터 뜯어내고 피시앤칩스는 그다음이에요."

캐머런은 아직도 이곳 바다의 형상을 받아들이기 어렵다. 수백 개의 긴 손가락을 지닌 괴물이 매섭게 땅을 그러잡는 것처럼, 덩굴손 같은 물길이 전혀 예상할 수 없는 방향에서 녹색 대지를 침범했다. 이선이 끝도 없이 펼쳐진 2차선 도로를 달리는 내내 바다는 트럭 왼편에서 보이다가 커브를 돌면 다시 오른편에 나타나고, 잇따라 다리를 건널 때도(도대체 같은 바다를 몇 번이나 건너야 하는 걸까?) 그 아래에 늘 물이 존재했다. 갓길에 미끼 가게와 주유소, 추레한 소규모 음식점이 늘어서 있는 걸 보니 이선이 말한 피시앤칩스 가게에 대한 신뢰가 떨어졌다.

"이제 얼마 안 남았을 겁니다."

이선이 소리쳤다. 대시보드 거치대에 고정시킨 핸드폰 속 작은 지도에서는 앞으로 한 시간 후 도착이라고 나왔지만, 이선은 다른 소리를 했다.

"드라이브하기 좋은 날씨네요."

이선은 기어코 창문을 내리고는 얼룩덜룩한 소시지 같은 두툼한 팔꿈치를 창문 밖으로 걸쳤다. 이선의 억양과 시속 80의 바람 때문에 그의 말을 알아듣기가 힘들었다.

축축한 손 안에 졸업 반지를 꼭 쥔 캐머런은 조금 후면 벌어질 대면을 어떻게 행해야 할지 몇 번이나 머릿속에 그렸다.

하나는 이런 식이다. 가장 이상적인 그림. 사이먼 브링스가 자신의 등장에 충격을 받는다. 자신의 얼굴을 곧장 알아보고는 놀라 입이 벌어진다. 혹시 모든 것을 부인하는 쓰레기 같은 짓을 한다면, 캐머런이 주머니에 있는 증거 사진을 꺼낸다. 이후 사이먼은 모든 것을 고백한다.

이보다 좀 덜 이상적인 그림은, 사이먼이 눈을 가늘게 뜨고 자신을 바라본다. 즉시 변호사며 DNA 검사 이야기를 해댄다. 모든 것이 밝혀질 때까지 자신의 입을 막으려 한다.

하지만 이내 이런 생각이 들었다. 모든 것이 사실로 밝혀져 사이먼 브링스가 부자 관계를 원한다면? 전화로 진행 상황을 묻던 엘리자베스가 했던 말이다. 엘리자베스는 아들의 등장에 사이먼의 부성 본능이 깨어날 거라고 믿는 듯했다. 영화처럼 말이다. 그러나 삶이란 낯간지러운 할리우드 시나리오가 아니다.

진 이모도 내내 엘리자베스와 비슷한 이야기를 했다. 다만 캐머런이 보기에 이모는 내심 사이먼 브링스 같은 사람이 자신의 동생과 데이트를 했을 리 없다고 생각하는 듯했다. 지난번 통화 때 그에게서 수표만 받으면 곧장 집으로 갈 비행기를 예약하겠다고 하자, 이모는 못마땅한 한숨을 내쉬며 말했다. 상황 봐서 좀 더 거기 있어. 이렇게도 말했다. 말도 안 되는 캠핑카도 샀는데 좀 써먹기라도 해야지. 그곳에서 사는 게 잘 어울리는 것 같기도 하고.

맞는 말이었다.

다만 캐머런은 그게 누구든 아버지일지도 모르는 사람과 관계를 이어가고 싶진 않았다. 그가 원하는 것은, 책임을 다하지 않은 쓰레기에게서 18년간의 양육비를 받아내는 것뿐이다. 기꺼이 일시불로 받을 것이다. 1만 달러, 아니 2만 달러쯤 될까? 어쨌든 받고 나면 이모에게 곧장 보낼 것이다. 긴 세월 자신을 뒷바라지한 이모에게 큰돈을 빚진 셈이니까. 캠핑카를 사느라 빌린 돈은 이미 반쯤 갚았지만 여전히 큰 액수가 남아 있었다.

"아, 저기 좀 봐요!"

이선이 살짝 브레이크를 밟으며 고속도로를 벗어난 비포장도로를 가리켰다.

"고래를 보고 싶다면 저 아래 굉장히 좋은 자리가 있어요. 숙녀한 분을 모시고 온 적이 있죠. 범고래들이 작은 새끼 고양이들처럼 뛰노는 것을 구경했는데, 장관이었죠. 아, 그날 밤 어찌나 뜨거운……."

캐머런이 말을 잘랐다.

"네, 알려주셔서 감사해요. 명심하겠습니다."

요즘 나이 든 사람들은 왜 저렇게 사랑 타령일까?

"그냥 그렇다고요. 만나는 여자분도 있으니."

"에이버리가 돌고래를 보러 여기까지 오고 싶어 할 것 같진 않아요."

"물어보기 전에는 모르는 일이죠, 안 그래요? 범고래는 정말 멋진 동물이랍니다."

이선이 고개를 돌려 눈을 찡긋했고, 두 사람이 탄 트럭이 중앙선을 가로질러 이동하는 순간 맞은편에서 차 한 대가 커브를 돌며 튀어나왔다. 이선은 핸들을 급히 틀어 아슬아슬하게 제 차선으로 들어섰다.

"빌어먹을! 앞 좀 똑바로 보라고. 어쨌거나 거기 모래사장도 멋져서 예쁜 것들 주우며 산책하기 좋아요. 불가사리랑 방패연잎성게가 많아요."

"에이버리에게 불가사리와 방패연잎성게를 보여주고 싶으면, 그냥 그녀 일터로 데려가면 되지 않을까요?"

캐머런이 건조하게 대꾸했다.

"자생 극피동물 종이 가장 많은 곳이니까요. 토바가 그렇게 말하더군요."

이선이 고개를 홱 돌려 불안하리만치 오래 캐머런을 바라봤다. 입술을 깨무는지 곱슬곱슬한 턱수염이 씰룩거렸다. 캐머런은 시트 끝자락을 붙잡았다. 방금 전 자기 입으로 앞 좀 똑바로 보라고, 라고 하지 않았나?

마침내 이선의 시선이 다시 대시보드로 향했다. 두 사람 모두 한동안 말이 없었다. 이선은 낮은 목소리로 말했다.

"토바 설리번을 만난 적이 있어요?"

젠장, 비밀인데. 토바가 아쿠아리움에 온다는 걸 누구도 알아서는 안 되었다. 하지만 캐머런은 원래 그렇게 여겼듯이, 그게 무슨 대단한 문제인가 싶었다. 잠시 생각을 정리한 그는 별일 아니라고 결론지었다. 나이 든 사람들은 한번씩 이상하게 굴 때가 있다. 그리고 이선이 신경 쓸 일도 아니지 않은가? 잠깐의 침묵 끝에 캐머런이 답했다.

"네. 가끔 토바가 도와주러 와요."

"병가 중인 줄 알았는데."

"맞아요. 제 말은 그냥 잊어주세요."

"토바는 괜찮은가요?"

이선의 목소리에서 토바를 향한 깊은 존중이 느껴졌다.

"네, 괜찮아요. 다리도 좋아지는 것 같고요."

"정말 다행이네요."

이선이 나지막이 말했다. 원래도 발그레한 뺨이 더욱 붉어
졌다.

캐머런의 얼굴로 미소가 씩 번졌다.

"세상에. 그분을 좋아하는군요."

"뭐, 누군들 그렇지 않겠어요?"

"말도 안 되는 소리 마세요. 얼굴에 다 쓰여 있다고요."

이제 이선의 귀까지 새빨개졌다.

"고운 분이시죠."

"고운 분이시죠."

캐머런은 이 스코틀랜드 남자의 말을 그대로 따라 하고는 손
을 뻗어 그의 어깨를 툭 건드렸다.

"그러지 말고 한번 말해보세요. 두 분 사이에 과거가 있는
거죠?"

"과거라니요?"

이선이 입술에 힘을 주자 진지한 주름이 잡혔다.

"유부녀에게 마음을 품은 적은 단 한 번도 없어요. 얼마 전까지
만 해도 설리번 부인은 남편이 있는 분이셨고요."

"아, 몰랐어요."

캐머런이 어깨를 떨궜다.

"남편도 좋은 분이셨어요. 두어 해 전에 췌장암으로 돌아가셨죠."

캐머런은 맞잡은 두 손을 무릎에 올리고 가만히 손만 바라봤다. 토바에게 그런 사정이 있었다는 이야기를 들으니 왠지 마음이 안 좋았다. 그런 기본적인 정보를 자신과는 나누려 하지 않았다는 점도.

"힘들게 살아오셨죠. 아들 일도 그렇고요."

"무슨 말씀이세요?"

"그 이야기도 모르는군요. 그럴 수 있죠. 이곳에 온 지 얼마 안됐으니까. 동네 사람들만 알고, 예전처럼 자주 언급되지도 않고."

순간 소름이 끼치며 토바가 한 말이 떠올랐다. 소웰베이 사람들은 말이 많죠. 캐머런이 웅얼거렸다.

"아들이 있는 줄 몰랐어요."

"내가 함부로 말할 거리는 아니지만, 그래도 다른 사람보단 내게서 듣는 게 낫겠죠."

이선이 길게 숨을 들이마셨다.

"80년대 후반, 토바의 아들이 페리 선착장에서 일했어요. 이름이 에릭인데, 아주 똑똑했어요. 졸업생 대표였고, 운동도 잘하고, 보트 세일링 팀 주장이기도 했어요. 어떤 학생이었는지 감이 잡히죠?"

"네, 그럼요."

캐머런이 답했다. 고등학교마다 에릭 같은 학생이 있다.

"하여튼 그 애가…… 아, 이런. 빠질 곳을 지나친 건가?"

이선이 거치대에서 핸드폰을 낚아채더니 가늘게 뜬 눈으로 화면을 확인했다.

"론다, 왜 내게 알려주지 않은 거지?"

캐머런이 한쪽 눈썹을 치켜올렸다.

"론다요?"

"방향을 알려주는 여자 목소리에게 붙인 이름이죠. 지금은 먹통이네요."

핸드폰이 덜그덕 소리와 함께 컵 홀더로 던져졌다.

"그쪽 아버지 집을 1마일 지나쳤군요."

이선이 엄지손가락으로 뒤를 가리켰다.

"그 얘기는요? 토바 아들 얘기요."

트럭이 급히 방향을 틀어 누가 봐도 불법인 유턴을 하자 캐머런은 손등 뼈가 불거질 정도로 손잡이를 꽉 붙잡았다.

"그 얘기는 그만합시다."

"아, 그러지 말고요!"

"이야기를 꺼내지 말 걸 그랬네요. 안타까운 사연입니다."

남쪽으로 방향을 튼 트럭이 속도를 내자 타이어가 웅웅거렸다. 창밖으로 스쳐 지나가는 나무들의 빼곡한 가지들 사이로 담청색 바다가 조각조각 들어찼다.

"아들이 죽었어요. 물에 빠져서. 열여덟이었죠."

"세상에."

캐머런이 숨을 토했다.

"끔찍하네요."

"그렇죠."

이선이 작게 대답했다.

"자, 다 왔군요."

트럭이 아스팔트를 벗어나 아무런 표지판도 없는 흙길로 들어서자 뿌연 먼지구름이 일었고, 두 사람 모두 기침을 해댔다.

캐머런이 창문을 올리며 의심스러운 눈길로 도로를 살폈다. 거칠고 잡초가 우거진 길이었다.

"진짜 여기 맞아요?"

이선은 핸드폰을 들고 주소를 확인했다.

"예, 확실합니다."

확신하건대 이곳일 리 없었다.

억만장자의 별장이 있기 좋은 곳처럼 보이긴 했다. 텅 빈 절벽 삼면에서 감색 바다가 내려다보였다. 그러나 토스카나 양식의 빌라도 없고, 수영장 옆에서 금으로 된 고블릿 잔을 홀짝이며 느긋하게 시간을 보내는 자격 미달의 아버지일지도 모르는 사람도 없었다. 빛이 잘 들지 않는 공터를 마주한 캐머런은 젊은 애들이 차에서 사랑을 나누다 연쇄 살인마에게 난도질당하는 장면에 나오는 영화 세트장을 떠올렸다.

"젠장."

캐머런이 흙길 위 솔방울을 걷어찼다. 절벽 끝으로 굴러간 솔방울이 아래로 굴러떨어졌다.

"이곳이 아닌 것 같네요."

이선이 하나 마나 한 말을 했다.

"절대 아니죠."

캐머런의 탐정 실력이 생각만큼 훌륭하지 않았던 모양이다. 트럭에 올라탄 두 사람은 차를 돌려 느릿하게 거친 길을 되돌아갔다.

길 가운데 움푹 꺼진 곳이 나와 속도를 내야 할 때 이선은 오히려 브레이크를 밟았다. 마치 초보 운전자처럼. 이선이 액셀러레이터를 밟았지만 헛바퀴만 돌았다.

"잠시만요. 지금 트럭이 빠졌어요."

캐머런이 차분히 설명했다. 물론 노면 상태가 안 좋았지만 사륜 트럭은 쉽게 지나갈 수 있는 길이었다. 압류당하기 전에 낡은 지프를 타고 케이티와 함께 달리던 캘리포니아 사막에 비하면 애들 장난 수준이었다.

"빌어먹을."

이선이 읊조리며 액셀러레이터를 더욱 세게 밟았다. 트럭도 이 여행길에 염증이 난 듯 변속기에서 끼익거리는 신음 소리가 났다.

캐머런이 한숨을 쉬며 말했다.

"제가 해볼까요?"

"할 수 있겠어요?"

이선은 얼굴을 찌푸렸지만 두 눈만은 호기심, 아니 어쩌면 희망으로 커졌다.

"글쎄요, 해볼게요."

이선은 엔진을 끄고 캐머런에게 차 키를 건넸다.

"그럼 이제 내리죠."

"내리자고요?"

"네. 내려요."

트럭에서 내리며 캐머런은 목소리에서 짜증이 드러나지 않도록 꾹 참았다.

"아래를 확인해봐야죠. 뒤쪽에 뭘 고여야 할지도 몰라요. 뭐 끼울 만한 게 있을까요?"

캐머런이 길 위를 살피며 말했다. 빼곡한 숲에 둘러싸인 길은 어두워지고 있었다. 탁 트인 사막과는 전혀 달랐다. 옆쪽에 작은 돌이 보였다. 저것으로 될 수 있을 듯했다. 그는 고갯짓을 하며 이선에게 명령했다.

"저 돌 가지고 와보세요."

이선은 놀란 얼굴을 했다. 심지어 감탄하는 표정이었다. 캐머런이 작게 미소 지었다.

"예전에 가끔 사막 오프로드를 달리기도 했거든요."

"그렇군요."

이선은 고개를 끄덕이고는 캐머런이 가리킨 돌을 향해 느리게 달려갔다. 이선이 돌아왔을 때 캐머런은 벌써 뒷바퀴 바로 앞에 마른 흙을 두텁게 쌓아 다진 뒤 트럭 밑을 살피며 손끝을 각도기 삼아 각도를 계산하고 있었다.

캐머런이 이제부터 할 일을 설명했다.

"먼저 트럭을 단 몇 센티미터라도 앞으로 밀어낸 뒤 그 돌로 오른쪽 타이어를 받칠 거예요. 그리고 왼쪽으로 핸들을 크게 꺾었다가 뒷바퀴가 나오면 다시 오른쪽으로 트는 겁니다."

"왼쪽으로요?"

이선은 나무가 빽빽하게 들어찬 왼쪽을 바라봤다. 트럭 앞 범퍼와 두툼한 나무 몸통 사이 거리는 겨우 두 걸음 정도로 보였다.

"그렇게 하면 안 될 것 같은데."

"될 거예요. 물리법칙이 그래요."

사륜차를 모는 친구들과 이런 대화를 몇 번이나 한 기억이 났다. 불가능해 보여도 차를 이쪽저쪽으로 움직일 때 발생하는 힘에 대해 캐머런과 달리 그 친구들은 이해하지 못했다. 그들은 은유적으로도 실제로도 헛바퀴만 돌리며 시간을 낭비했다. 의심스러워하는 이선의 얼굴을 진지하게 바라보며 캐머런은 말했다.

"믿어보세요."

"그래요, 그럼."

왼쪽 그다음 오른쪽으로 핸들을 틀자 백미러를 통해 진흙 섞인 모래가 튀어 오르는 것이 보였고, 캐머런도 놀랄 만큼 속이 뒤집힐 정도로 차가 꿀렁대더니 트럭이 달려 나갔다. 그곳을 무사히 벗어나자 캐머런이 웃음을 터뜨렸다. 이런 일이 얼마나 짜릿한지 잊고 있었다. 이 픽업트럭은 지프에 견줄 바는 아니지만 거친 길에서 나쁘지 않았다. 잔뜩 겁에 질린 이선의 얼굴을 바라본 캐머런은 짓궂은 미소를 짓더니 일부러 앞바퀴를 살짝 파인 곳에 빠뜨렸다. 그러자 두 사람의 몸이 튀어 올랐다.

"좀 더 재밌게 해드릴까요?"

조수석에 앉은 이선이 고개를 뒤로 젖히고는 개가 하울링을 하는 듯한 소리를 질러댔다.

"그럽시다!"

캐머런이 속도를 높였다. 피시앤칩스를 먹는 일보다 훨씬 즐거웠다.

해양 생물들은 속임수의 달인들이다. 아귀라는 물고기를 잘 알 것이다. 아귀들은 어두운 바다에 몸을 숨긴 채 빛나는 미끼로 먹 잇감을 유인해 곧장 삼킨다. 여기에는 아귀가 없지만(그래서 안타 까운 건 아니다), 예전에 로비에 굉장히 멋진 아귀 포스터가 붙어 있었다.

필요한 것을 얻기 위해 모두 거짓말을 한다. 해마는 해초처럼 위장한다. 청소 물고기 흉내를 내는 청줄베도라치는 때를 기다리 다 자신의 몸을 내맡긴 자비로운 다른 물고기를 물어뜯는다. 몸 색깔을 변신시키는 내 능력, 내 위장술 또한 본질적으로는 속임 수다. 주변 환경에 따라 색을 바꾸는 일이 점점 더 어려워지는 걸 로 봐서 안타깝게 내 속임수가 끝에 다다른 것 같다.

인간은 재미를 위해 진실을 거짓으로 말하는 유일한 종이다. 그들은 이를 농담이라고 부른다. 말장난이라고도 하고. 저의가 다른 말 말이다. 이런 말을 들으면 그들은 웃거나 예의상 웃는 척 한다.

나는 웃지 못한다.

오늘 농담을 하나 들었는데 꽤 기발할 뿐 아니라 지금 내 처지와도 딱 어울렸다. 펀치라인이 조금 섬뜩할 수 있다는 점은 미리 밝혀둔다.

젊은 가족이 내 수조 앞에 멈춰 섰고, 아빠가(늘 이런 농담을 하는 쪽은 아빠라서 인간들이 '아재 개그'라고 하나 보다) 어린아이를 바라보며 말했다.

잔디 깎는 기계에 꼬리가 끼자 호랑이가 뭐라고 말했게?(정글에 사는 고양잇과 동물이 왜 잔디 다듬는 기계와 같이 있는지는 묻지 말길 바란다. 이런 농담들은 원래 말이 안 된다)

아이가 웃으며 말했다.

몰라! 뭐라고 했어?

아빠가 답했다.

이제 얼마 남지 않았네(It won't be long now, 살날이 얼마 남지 않았다는 표현이 꼬리가 짧아졌다는 의미로 쓰였다 —옮긴이).

할 수만 있다면 웃음을 터뜨렸을 것이다.

이제 얼마 남지 않았다. 사실이다. 내 세포들이 평소처럼 기능하는 데 어려움을 느끼고 있다. 내일이면 새로운 달이 시작되고, 아마도 벽에 붙은 달력을 넘기는 테리 모습을 보는 마지막 기회일 것이다. 피할 수 없는 나의 끝이 가까워지고 있다.

마티니 세 잔이 밝힌 진실

⋮

8월의 어느 뜨거운 날 정오, 메리 앤 미네티의 송별 점심 식사가 시작되었다. 토바는 10분 전에 엘런드 찹하우스에 도착했다. 해안가에서 가장 고급스러운 구역에 위치한 레스토랑이었다. 맹렬한 햇빛이 가차 없이 괴롭히는 탓에 눈을 가늘게 뜨고 레스토랑 입구 계단을 올랐다. 아직 힘을 제대로 받지 못하는 발목은 몇 주나 깁스에 갇힌 탓에 가늘어져 있었다.

"설리번 아줌마!"

뒤에서 익숙한 목소리가 들렸다. 이내 누군가가 토바의 팔꿈치를 잡아 부축해주었다.

"로라, 잘 지냈어?"

토바는 40대의 늘씬한 메리 앤의 딸에게 고개를 기울여 인사한 후 그녀에게 의지해 계단을 올랐다.

로라가 지난주부터 와서 이사를 돕고 있다는 이야기는 들었다.

이 점심 식사를 계획하고 비싼 레스토랑을 고른 것 역시 로라였다. 메리 앤이라면 자신의 집에서 커피 마시는 것을 선호했을 것 같지만, 어쩌면 이삿짐을 싸고 중개인 방문에 대비해 정리하느라 집에서 모임을 갖는 것이 불가능했을 거라는 생각도 들었다.

"그럼요. 잘 지냈어요."

로라가 고개를 끄덕이고는 레스토랑 문을 열어주었다.

"많이 회복하신 것 같아 다행이에요. 넘어지셨다는 얘기는 엄마한테 들었어요."

로라는 토바의 발을 보며 이마를 찌푸렸다.

"그냥 접질린 거야."

"그래도요, 연세가 있으신데……."

스탠딩 테이블 뒤편에 선 젊은 여성의 밝은 인사 소리 덕분에 토바는 로라의 말에 대꾸하지 않을 수 있었다. 입이 벌어질 정도로 높게 쌓인 메뉴판을 든 종업원은 두 사람을 안으로 안내해 바다가 보이는 창가의 텅 빈 테이블로 데려갔다. 전망이 아름다운 정도 이상이었다.

"담당 서버가 곧 올 거예요. 그동안 제가 음료 주문을 받겠습니다."

종업원은 테이블을 돌며 자리마다 메뉴판을 놓았다. 족히 서른 명 자리는 되어 보였다. 세상에나, 로라가 도대체 몇 명이나 부른 걸까?

"좋죠. 저는 진토닉 부탁해요."

로라가 테이블 위로 핸드백을 내려놓고는 한숨을 쉬었다.

"오전 내내 엄마가 50년 동안 지낸 집에서 짐 정리를 했거든요. 더블 샷이 필요할 것 같아요."

"그렇게 하겠습니다, 손님."

토바는 테이블 끝자리에 앉아 메리 앤의 주방 싱크대 뒤 선반에 평생 있었던 작은 자기 조각상들과 윤이 나는 십자가들이 얇은 종이에 싸여 상자에 담기는 모습을 상상했다. 아마 운 없는 자손 중 누군가가 그 상자 안에 몇 년이나 있었던 그것들을 발견하고 어떻게 처리해야 할지 고민에 빠지게 되겠지. 토바는 주문을 기다리는 종업원을 향해 억지 미소를 보이며 말했다.

"커피 부탁해요. 블랙으로요."

고개를 끄덕인 종업원이 자리를 떠나자 두 여성만 침묵 속에 남았다. 뜨개질 거리라도 가져올걸, 하는 마음이 들 정도로 무거운 침묵이었다. 결국 토바가 입을 열었다.

"다들 잘 지내지?"

로라는 딸 테이텀, 어린 손녀 이사벨라와 함께 스포캔에서 산다. 겨우 일흔의 나이로 증조모가 된 메리 앤도 이제 그곳에서 함께 살 것이다. 물론 테이텀의 임신과 출산이 계획된 바는 아니었지만 그 결과만 보면 감탄스럽지 않을 수 없었다. 여성 4대가 한 집에서 살게 되다니.

로라가 고개를 끄덕였다.

"잘 있어요. 굉장히요. 이사벨라가 걷기 시작했어요."

"너무 귀엽겠구나."

"네."

로라가 미소를 지었지만 더 부연하지는 않았다. 사람들은 토바 곁에서 아이들에 대한 이야기를 삼가려 했다. 고맙기도 하고 불편하기도 한 나름의 배려였다.

또다시 불편한 침묵이 내려앉으려 하자 토바가 다시 물었다.

"일은 좀 어떠니?"

"일은…… 일이죠, 뭐."

로라는 이번에는 좀 더 분명하게 웃더니, 심리학 교수로 재직 중인 주립 대학에서 올여름 새로운 기술을 업데이트한 바람에 벌어진 사건에 대해 말했다. 토바는 듣는 내내 고개를 끄덕였다. 정말 끔찍한 악몽 같은 이야기였다. 로라가 한숨을 내쉬며 설명을 이었다.

"그래서 엄마를 좀 더 일찍 모셔 오려고 하는 거예요. 가을 학기 시작 전에요. 친구분들과 작별 인사를 하실 시간이 충분하지 않아 마음이 무거워요. 무척 친하게 지내셨잖아요. 수십 년을요."

"전화가 있잖아."

"엄마한테 태블릿 사드리려고요. 그럼 가상으로 니트-위츠 모임에 함께하실 수 있으니까요!"

토바는 무슨 말인지 알아듣지 못했지만, 로라는 좋은 해결책을 찾아낸 스스로가 무척이나 자랑스러운 듯 활짝 웃었다.

"아주머니는 어떻게 지내세요? 아쿠아리움엔 언제 복귀하시고요?"

토바는 자세를 바로 하고 테리와 최근에 나눈 대화를 들려주었다. 테리는 토바가 아쿠아리움에 와서 새로운 직원을 도와줘도 좋다고 허락했다. 토바는 더없이 기뻤다. 캐머런에게 일을 제대로 알려줄 수 있고, 이번 달 말 차터빌리지 입소 전까지 인수인계 시간도 충분히 확보할 수 있으니까. 토바는 그 청년과 시간을 보내는 것이 즐겁다는 이야기는 굳이 하지 않았다.

"엄마! 이쪽이요!"

로라가 소리치는 쪽을 보니 손을 흔들며 걸어오는 메리 앤 뒤로 바브 밴더후프와 재니스, 피터 킴이 보였다.

"어이!"

바브가 테이블로 다가오며 양손을 흔들었다. 가슴께가 딱 붙는 상의에 스팽글 장식이 달려 있었다.

"여기 좀 봐! 너무 멋지다!"

바브가 로라를 한 팔로 껴안으며 인사했다.

재니스가 토바 옆에 앉았다.

"잘 지냈어, 토바?"

"발목은 좀 어때요?"

피터 킴이 재니스 옆자리에 앉으며 물었다.

"아주 좋아요. 고마워요."

대답은 그렇게 했지만 내심 토바는 오늘 자신의 다리가 대화 주제에 오르지 않기를 바랐다.

"기쁜 소식이네요. 그런데 팔은 왜 그래요?"

토바가 소매를 당겨 새로 생긴 빨판 자국을 가렸다.

"아무것도 아니에요. 볕이 뜨거워서 그런가 봐요."

피터가 인상을 찌푸리는 것을 보고 토바는 의사인 그의 직업

병이 도지려는 것을 눈치챘다. 피터가 뭐라고 말하기 전에 다행히도 오늘의 주인공이 그를 막아주었다.

"세상에, 다들 와줘서 정말 고마워!"

메리 앤이 소녀 같은 웃음을 터뜨리며 테이블 중앙 지정석에 앉는 동안 사람들이 계속 자리를 채웠다. 메리 앤이 오랫동안 다닌 세인트 앤스 성당 교구 사람들과 동네 사람들 사이에 토바가 아는 얼굴도 있었다. 얼마 지나지 않아 토바 옆 두 자리만 빼고 테이블이 모두 찼다. 곁이 빈 것에 안도감을 느끼며 토바는 핸드백을 옆 좌석에 내려놨다.

"그리 시끌벅적한 테이블로는 안 보이는데요!"

구릿빛 피부에 눈이 반짝이는 청년이 물병 두 개를 들고 테이블로 다가왔다. 이름표에 '오마'라고 적혀 있었다.

"스니커즈를 신길 잘했어요. 오늘 저를 좀 바쁘게 부리실 것 같거든요!"

그의 말에 동조한다는 듯 사람들 사이에서 웃음이 터졌다.

"오늘 파티 하러 왔답니다!"

바브 밴더후프가 몸을 흔들었다.

오마가 손으로 총을 만들어 바브에게 겨눴다.

"그러셔야죠!"

"우리의 소중한 친구 메리 앤이 떠나거든요."

바브가 가리키자 메리 앤이 얼굴을 붉혔다.

"스포캔으로요."

"윽! 스포캔이라니! 유감의 말씀을 전합니다."

오마가 레몬을 맛본 사람처럼 얼굴을 찌푸렸지만 두 눈만은 여전히 반짝거렸다.

"아니, 이봐요! 여기 스포캔에 사는 사람 있거든요!"

로라가 웃으며 빈 하이볼 잔을 들어 올렸다.

토바의 커피를 가져온 보조 직원은 그 떠들썩함에 당황한 얼굴이었다. 토바는 새카만 검은색 액체를 먼저 눈으로 음미한 뒤 한 모금 넘겼다. 뜨겁고 진한 커피였다. 그녀는 메뉴판을 보다가 바질 크림 폼, 얼룸 순무 리덕션 같은 설명을 발견하고는 혀를 찼다. 수프와 샐러드는 어디 있을까? 옥수수 차우더 한 그릇이 적당할 것 같았다.

"여기 자리 있습니까?"

어딘지 익숙한, 굵직한 목소리에 토바는 메뉴판에서 시선을 떼고 키 큰 남성을 올려다봤다. 전처럼 헬멧과 초현대적인 선글라스, 바이크용 반바지 차림이 아니었지만 낯설지 않았다. 몇 주 전 해밀턴 공원에서 십자말풀이를 도와준 애덤 라이트였다.

"아! 안녕하세요."

마찬가지로 토바를 알아본 남자가 미소를 지었다.

"다시 만나서 반가워요."

토바가 의자에서 핸드백을 치우며 인사했다. 애덤 옆에는 적갈색 곱슬머리를 한 체구가 작은 여성이 있었다.

"이쪽은 샌디 휴잇입니다."

애덤이 여성의 팔을 살짝 잡았고, 두 사람은 자리에 앉았다.

"샌디, 토바 설리번 부인이야."

"안녕하세요."

토바가 고개를 살짝 숙이며 인사했다. 보조 직원이 마티니 두 잔이 든 쟁반을 들고 등장해 조심스럽게 그 커플 앞에 잔을 내려 놨다.

마티니를 길게 한 모금 넘기는 애덤을 보니 공원에서 물을 벌컥벌컥 들이켜던 모습이 떠올랐다.

"로라와 저는 세인트 앤스 성당 주일학교를 다녔어요."

애덤이 설명했다.

"제가 다시 여기로 돌아왔다는 소식을 듣고 연락했더군요. 어쩌다 보니 발목이 잡혀 로라 어머님 이사를 돕게 됐고, 저는 또 이 친구 발목을 잡았고요."

그가 샌디를 향해 윙크를 했다.

"로라와 어머님께 애덤이 큰일 한 거죠."

샌디가 웃으며 애덤의 팔을 꼭 잡고는 덧붙였다.

"저도 누구든 도울 수 있다면 기쁘고요. 물론 무거운 짐을 나르는 일은 잘 못해도요. 로라가 고맙게도 이 자리에 저까지 초대해 줬어요. 소웰베이 이웃들을 이렇게 다 같이 만날 수 있어 무척 기뻐요."

토바가 커피를 한 모금 넘기며 말했다.

"로라가 손님을 모시는 데 마음을 많이 쓴 것 같아요."

"네, 그런 것 같아요. 애덤과는 어떻게 아는 사이세요?"

샌디가 고개를 살짝 기울이며 물었다.

토바는 잠시 목을 가다듬고는 조용히 말했다.

"애덤은 제 아들 친구였죠."

애덤이 입술에 힘을 주더니 몸을 숙여 샌디의 귀에 뭐라 속삭였다. 대부분 들리지 않았지만 예전에 친구 한 명이 있었는데, 라는 말은 들렸다.

샌디의 두 눈이 커지더니 이내 토바를 향해 동정 어린 눈빛을 보내고는 어색하게 메뉴판을 들여다보기 시작했다. 잠시 후 머리를 매만지고 자세를 바로 하더니 박수를 치며 쾌활하게 말했다.

"다들 메뉴는 정하셨어요? 여기 스커트 스테이크가 정말 좋다고 하더라고요!"

옥수수 차우더는 엘런드 찹하우스에 없는 메뉴였다. 오마가 추천한 카레 넣은 호박 비스크는 놀랄 정도로 맛있었다. 애덤 라이트와 피터 킴이 토바와 재니스를 사이에 두고 연패에 빠진 마리너스에 대해 불만을 터뜨리는 동안, 스포츠에 조금도 관심 없는 토바는 곁들여 나온 빵으로 비스크를 남김없이 말끔히 비웠다.

"야구라니, 누가 신경이나 쓴다고. 안 그래?"

재니스가 말했다.

토바는 웃어 보이고는 냅킨으로 입가를 콕콕 찍더니 말했다.

"야구 보는 것보다 더 지루한 게 야구 이야기야."

피터 킴이 아내의 어깨를 장난스럽게 쥐었다.

"지루한 이야기해서 미안해, 여보."

"제가 재수가 없어서 그런지도 모르죠."

애덤 라이트가 웃었다.

"제가 여기 왔더니 갑자기 그렇게 죽을 쑤네요. 시카고에서 계속 살 걸 그랬어요."

마티니를 비운 애덤은 샌디를 향해 웃으며 검 모양 플라스틱에 꽂힌 올리브를 내밀었다. 애덤의 팔 하나는 그녀의 의자 뒤쪽에 걸쳐져 있었다.

재니스가 샌디를 향해 몸을 기울였다.

"집 알아보는 건 어떻게 됐어요?"

"아, 그거요!"

샌디가 활짝 웃었다.

"신축 중인 곳으로 정했어요. 동네 남쪽 끝에 있어요."

"잘됐네요. 그럼 계획대로 잘 진행되겠어요."

"그러니까요! 애덤이 지하에 본인만의 아지트를 만들 계획이에요. 야구 시청용으로요."

피터 킴이 반색했다.

"멋지네요! 경기 있는 날 갈게요!"

네 사람이 웃음을 터뜨렸다.

샌디가 토바를 바라보며 물었다.

"설리번 부인은 어떠세요?"

"뭐가 말이죠?"

토바가 눈썹을 살짝 올렸다.

"집이요. 연락 받으신 거 있어요?"

재니스가 포크를 떨어뜨리고 고개를 돌려 토바를 바라봤다.

"저희가 계약을 마무리하는 중에 제시카 스넬이 알려줬어요.

부인 집이 매물로 나왔다고요. 물론 저희가 찾는 조건은 아니었어요. 손주들이 올 때를 대비해 적어도 침실이 다섯 개는 돼야 하거든요."

"먼 훗날의, 이론상의 손주들요."

애덤이 바로잡았다.

토바는 냅킨을 접어 무릎에 올렸다.

"정말 멋진 집인데."

샌디가 아쉬운 소리를 했다.

"제시카 말로는 금방 팔릴 것 같다고 하더라고요. 덥석 잡아채는 사람이 나올 거라고요."

"네, 저도 그렇게 생각하고 있어요."

토바가 나지막이 말했다.

"토바, 지금 무슨 말 하는 거야?"

재니스의 목소리가 날카로웠다.

"어머, 아직…… 그러니까 다들 모르고 계셨어요?"

새로 시킨 애덤의 마티니 속 새빨간 피멘토처럼 샌디의 얼굴이 달아올랐다.

"괜찮아요."

토바가 목을 가다듬었다.

"샌디 말이 맞아. 집을 내놨어. 벨링햄에 있는 차터빌리지에 입소 신청했어."

테이블에 정적이 흘렀다.

"뭐라고?"

메리 앤이 놀라 숨을 들이마셨다.

"왜 아무 이야기도 안 했어?"

바브가 따졌다.

"그 집은 어쩌고?"

재니스가 몸을 앞으로 기울였다.

"그 예쁜 집은! 네 아버지가 지은 집은!"

"그리고 네 물건들은 전부 어쩌고, 토바!"

"예쁜 게 얼마나 많은데! 다 치워버리는 건 아니지?"

"네 짐은 다 어떻게 할 건데?"

"하나하나 살펴볼 물건이 얼마나 많은데!"

"그 다락은, 어떡해."

"어머니 가방들은, 삼나무로 만든 가구는. 아까워서 어쩌면 좋아!"

"내 소지품 정도는 내가 잘 처리할 수 있어."

토바가 경직된 목소리로 말했다. 정신없이 오가던 말들이 일순 간 멈췄다. 더욱이 니트-위츠 멤버들이 토바의 소유물에 대해 뭐 라 말할 수 있는 처지인가? 메리 앤은 작은 조각상들을 잔뜩 갖 고 있고, 재니스 집에는 방 하나가 컴퓨터 장비로, 그것도 대부분 아무런 쓸모도 없는 것들로 가득했다. 바브의 경우 정확히 밝혀 지지 않은 이유로 처녀 때부터 코끼리 기념품을 수집해와서, 그 녀의 집 게스트 룸은 그것들로 가득했다. 다들 토바에게 뭐라고 말할 입장이 아니었다.

재니스가 토바 어깨에 손을 올렸다.

"거기 가지 않아도 돼. 피터와 내가 항상 그랬잖아. 우리와 같이 살면 된다고. 우리랑⋯⋯."

"절대 안 돼. 어떤 식으로든 네게 짐이 되고 싶지 않아."

재니스가 고개를 내저었다.

"네가 내게 짐이 될 일은 결코 없을 거야, 토바."

그릇이 모두 치워지자 메리 앤이 테이블을 돌며 사람들에게 와주어서 고맙다고 인사했다. 재니스와 피터 킴은 도예 수업에 늦겠다며 작별 인사를 했다. 몸에 꽉 끼는 스팽글 상의를 입은 바브 밴더후프도 매주 하는 심리 치료 예약이 잡혀 있다고 몸을 흔들며 떠났다. 오마가 로라에게 계산서 서명을 요청하며, 메리 앤이 스포캔에서 문제를 일으킬 거라고 농담했다. 애덤 라이트는 세 번째 마티니 잔에 든 술을 마신 후 메리 앤의 팔을 잡았다.

"저희를 초대해주셔서 정말 감사해요!"

"너무 즐거운 시간이었어요!"

샌디가 맞장구쳤다. 좀 전에 자신이 직접 터뜨린 폭탄은 까맣게 잊은 모양이었다. 다행스럽게도 사람들 대부분은 토바 집 이야기를 대수롭지 않게 넘겼지만, 재니스와 바브가 쟤를 설득하자고 말하는 것이 토바 귀에 들렸다.

메리 앤이 토바 옆 의자에 앉으며 경직된 미소를 보였다.

"나 떠나기 전에, 주말에 한 번 더 보자."

"그럼. 내가 집으로 갈게."

"그렇게 해주면 고맙고."

메리 앤의 음성이 조금 떨렸다. 로라가 급히 다가와 뒤에서 제 엄마의 어깨를 감쌌다.

"네 집으로 어머니 모시는 거 정말 보기 좋다."

애덤은 로라에게 이렇게 말하고는 상체를 뒤로 젖히며 이번에는 메리 앤을 바라보며 말했다.

"저도 애들이 있어서 다행이에요. 물론 덕분에 전처에게서 벗어나지 못하겠지만, 혼자 늙어가면 너무 끔찍할 거 같거든요. 다들 그래서 아이를 낳는 거 아니겠어요?"

샌디가 애덤을 쿡 찔렀다.

"무슨 소리야."

로라는 애덤을 향해 매서운 눈을 하며 아무런 대꾸 없이 그의 앞에 놓인, 아직 마티니가 남은 잔을 들어 웨이터에게 건넸다.

"제가 실수했습니다."

애덤이 손을 올려 사과를 표하고 팔을 내렸다.

"토바, 정말 죄송해요. 그런 의미가 아니었어요. 홀로 늙어가지 않으실 거예요. 에릭이 떠났다 해도요."

"괜찮아요. 오래전 일인걸요."

토바가 나지막이 말했다.

"저는 어제 일처럼 생생해요."

애덤의 목소리가 좀 전보다 또렷해졌다.

메리 앤이 손으로 입을 가렸고, 로라는 양손을 허리춤에 올린 채 돌도 뚫을 기세로 애덤을 쏘아봤다. 하지만 토바는 돌연 블라우스 아래 고동치는 심장을 느끼며 애덤을 바라봤다.

"어떤 기억이든 환영이에요."

애덤이 얼굴을 쓸어내렸다.

"물론 다 아시는 이야기일 겁니다. 에릭을 마지막으로 봤던 날을 기억하고 있어요. 그날 오후, 에릭이 근무하러 가기 전에 스낵바에서 같이 나초를 먹었어요. 그다음 날 저희 가족 소유의 오두막집에 가자는 이야기를 했죠. 에릭이 집에 있는 맥주를 몰래 가져오기로 했어요. 늘 그랬듯이요."

애덤이 민망한 듯 몸을 조금 숙였다.

"죄송했어요."

토바가 손을 내저었다.

"전혀요."

"그리고 에릭이 그때 잘 보이고 싶어 하던 여자애가 있었어요. 이름은 모르지만요. 오두막집에 그 여자애도 데려오기로 했었어요."

토바가 차갑게 웃었다. 집에 있는 맥주를 몰래 가져가는 건 아들이 했을 법한 일이다. 하지만 다른 건……. 그녀는 고개를 저었다.

"당시 에릭에게 여자 친구가 있었던 기억은 없어요."

"저도 그 여자애와 어떤 관계였는지 정확히는 모르지만, 둘 사이에 뭔가가 있었어요."

애덤이 얼굴을 찌푸리자 이마에 주름이 잡혔다.

"젠장, 걔 이름이 뭐더라?"

로라가 토바의 어깨에 손을 올렸다.

"괜찮으세요?"

"토바? 토바?"

메리 앤도 토바를 부르며 로라의 말을 반복했다.

"정말 괜찮아."

토바의 목소리가 동굴에서 나오는 소리처럼 울렸다. 토바는 자리에서 일어나 로라에게 식사 고맙다는 인사를 하고 메리 앤에게는 가볍게 포옹을 한 후, 애덤 라이트와 샌디 휴잇에게도 작별 인사를 했다.

딸깍딸깍, 딸깍딸깍. 토바는 샌들이 레스토랑의 단단한 목재 바닥에 맞닿는 소리에 의지해 그곳에서 걸어 나왔다. 바깥에는 늦은 오후의 햇볕이 내리쬐고 있었다. 손으로 얼굴에 그늘을 만든 토바는 엘런드 찹하우스 주차장을 가로질러 자기 차가 있는 곳까지 곧장 갔다. 운전석에 앉아 시동을 걸고 라디오가 켜지고 나서야 자신이 그간 숨을 참고 있었음을 깨달았다. 뜨겁고 거친 숨이 터져 나왔고, 그에 대한 반작용처럼 안경에 습기가 차올랐다.

윌의 생각이 맞았다.

여자가 있었다.

잔교의 그림자

에이버리는 주 고속도로 옆에 있는 동네, 노란색 비닐 외벽이 설치된 작은 집에 살았다. 시내에서 제법 떨어진 곳이었다. 캐머런은 그녀가 아침에 패들보드를 탄 후 곧장 집으로 가지 않고 가게에서 얼음장 같은 물로라도 샤워를 하는 게 이해가 갔다. 그녀의 집 진입로는 정원 도구와 실외용 쓰레기봉투로 가득해서 캠핑카를 주차할 공간이 빠듯했다.

에이버리가 커피가 든 머그잔을 들고 현관으로 나왔다. 러닝용 반바지를 내려 입은 탓에 탱크톱과 바지춤 사이로 연한 갈색 피부가 드러났다. 끝내줬다. 순간 가게가 아니라 집에서 만나 패들보드를 타러 가자고 말해준 에이버리가 무척이나 고마웠다. 쉬는 날에도 일터로 나가는 게 싫어서 그런다고 했지만, 어쩌면 다른 생각이 있는지도 모른다.

햇볕에 눈을 찡그리며 에이버리가 말했다.

"왔네요!"

운전석에서 내린 캐머런이 차 키를 주머니에 찔러 넣었다.

"안 올 줄 알았어요?"

에이버리가 웃었다.

"솔직히 말해서 연하는 잘 안 만나는 편이거든요. 잠수를 탔던 친구들이 몇 번 있어서요."

"연하요? 내가 몇 살이라고 생각해요?"

"스물넷?"

"서른이요."

캐머런은 집 앞 계단 몇 개를 한걸음에 뛰어올랐다.

"하지만 봐주죠. 생기 넘치는 외모와 신체 능력 때문에 제 나이 처럼 보이지 않거든요."

에이버리가 눈을 굴렸다.

"그런 잘난 척은 패들보드에 오른 후에 해요. 신체 능력에 대해 서도 그때 다시 이야기하자고요."

"단번에 해낼걸요. 타고났어요."

"네, 네."

에이버리가 웃었다. 그녀가 열려 있는 문을 가리켰다.

"잠깐 들어올래요? 아직 준비가 덜 끝나서요."

"그러죠. 그런데 그쪽은요?"

에이버리가 몸을 돌려 무슨 소리인지 모르겠다는 표정으로 바 라봤다.

"제가 뭐요?"

"몇 살이에요?"

캐머런의 목소리에서 불안이 비쳤다.

"지난달에 서른두 살 됐어요."

에이버리는 안도하는 표정의 캐머런을 보고 웃더니 허리를 굽혀 강화 마루에 떨어진 양말 한 짝을 집고는 물었다.

"내가 몇 살인 줄 알았어요?"

"아, 당연히 20대 초반이죠."

그녀가 양말로 때리는 시늉을 했다.

"됐어요."

캐머런이 활짝 웃었다.

"진짜로요. 뭐가 잘못됐어요? 그쪽 정말……."

어디선가 불편한 듯 끙 하는 소리가 캐머런의 말을 끊었다. 잠시 후 10대 남자애 한 명이 집 밖으로 성큼성큼 뛰어나왔다. 키가 캐머런만 한 아이는 덥수룩한 어두운 색 곱슬머리에, 에이버리와 마찬가지로 황갈색 피부였다. 아이는 캐머런 쪽은 쳐다보지도 않고 시리얼 상자를 든 채 투덜댔다.

"엄마! 치리오스 시리얼 다 떨어졌어."

캐머런의 입이 떡 벌어졌다. 아이라고? 그것도 10대 아이?

에이버리는 잠깐 놀란 표정을 지었다가 이내 경직된 숨을 들이켰다.

"캐머런, 이쪽은 마르코예요."

그녀는 캐머런을 못 볼 것이라도 되는 양 쳐다보는 아이에게 고개를 돌렸다.

"여기는 엄마 친구 캐머런이야."

"안녕."

캐머런이 고개를 살짝 숙이며 인사했다.

"와썹."

마르코가 턱을 들었다 내렸다.

"그냥 그러려니 하세요. 열다섯 살이거든요. 10분 전에 자전거 타러 나간 줄 알았는데."

마르코의 머리를 헝클어뜨리며 에이버리가 말했다. 몇 초간은 어떻게 참은 마르코는 이내 엄마의 손에서 벗어났다. 캐머런은 제대로 된 게 맞는지 확인하려고 세 번이나 암산을 했다. 열일곱, 에이버리가 아이를 낳은 것이 열일곱 살 때였다!

"마르코, 치리오스가 없으면 어떻게 하기로 했지?"

마르코가 눈을 굴렸다.

"리스트."

에이버리가 날카롭게 대꾸했다.

"그래. 장보기 리스트에 적어놔. 그것 말고도 먹을 거 충분히 찾을 수 있을 텐데."

마르코가 투덜댔다.

"감자칩도 없어."

"맙소사다, 정말."

에이버리가 무심하게 말했다.

"이따 마트 다녀올게. 지금은 캐머런이랑 바다에 나갈 거야. 엄마 없는 동안 집 어지럽히지 말고. 알았지?"

"카일이랑 네이트 집에 불러도 돼?"

"온종일 게임만 하지 않겠다고 약속하면. 나가서 자전거도 타고! 잔디도 깎아야 돼."

"알겠어. 잔디 깎을게."

"좋아, 재밌게 놀아. 그리고 이거."

에이버리가 양말 한 짝을 내밀었다.

"세탁 바구니에 들어가야 할 게 여기 떨어져 있네."

마지막 말을 듣자 캐머런은 소름이 끼쳤다. 자신의 옷이 침실 바닥에 떨어져 있을 때면 케이티가 바로 저렇게 말하곤 했다.

"미리 말을 했어야 하는데."

에이버리가 입술을 깨물며 조수석 창문 너머를 응시했다.

"미안해요."

"아뇨! 괜찮아요. 정말요."

캐머런은 열어놓은 창문에 팔을 걸쳤다. 정말 괜찮은 거 맞나? 놀랍게도…… 괜찮을 것 같았다. 엄마인 에이버리를 보자니 왠지 다른 여자들에게선 느끼지 못한 매력이 느껴졌다. 캐머런은 고속도로를 빠져나와 바다를 향해 길게 굽이치는 언덕길을 올랐다. 저속 기어에서 변속기가 떨리고 망할 놈의 늘어진 벨트에서 날카로운 소음이 들리자 캐머런은 운전하겠다고 고집 피운 스스로가 원망스러웠다. 하지만 캠핑카를 자랑하고 싶었다. 요즘 들어 상태도 괜찮아졌다. 차 구석구석을 레몬과 식초를 섞어 닦았고 창문에도 자국 하나 없었다. 저렴하지만 새 매트리스까지 들여놓은 상태였다.

에이버리가 곁눈질로 캐머런을 쳐다봤다.

"내가 아이가 있는 여자라도 괜찮다고요?"

"쉬운 여자라는 뜻이니까요."

'쉬운'이라는 단어를 뱉고는 멈칫했다. 농담인데, 선을 넘었나?
하지만 에이버리는 크게 웃으며 장난스럽게 캐머런의 어깨를 밀
쳤다.

"물에 빠질 준비나 해요. 내가 바다에 던져버릴 거니까."

"안 돼요! 수영복 없다고요."

사실이었다. 케이티가 발코니에서 던져버린 보드용 반바지는
전부 검은색 쓰레기봉투 안에 처박혀 있었다. 그 봉투는 지금쯤
브래드와 엘리자베스 집 지하실로 치워졌을 것이다.

에이버리가 의아한 표정으로 캐머런을 바라봤다.

"수영복이 없어요?"

"지금 당장은 없다는 거죠."

"우리 가게에 있는데."

"저한테는 너무 비싸요. 고등어 토막 내고 그 내장 치우면서 얼
마나 큰돈을 받겠어요?"

"무슨 소리예요. 한 벌 공짜로 줄 수 있어요!"

"됐어요. 더는 공짜로 안 받아요. 그래도 목에 바르라고 준 연
고는 효과가 정말 좋았어요."

"뭐, 좋아요."

에이버리가 고개를 저으며 웃었다.

"어쨌거나 부디 차가운 물에 빠지는 거 좋아해야 할 텐데."

자갈이 깔린 해안가에 파도가 잔잔했다. 뭐 얼마나 어렵겠는가? 그렇지만 에이버리는 하나하나 단계별로 알려주었다.

"자, 발을 여기에 둬요."

보드 정중앙을 가리켰다.

"그리고 패들 위에서 이렇게 버티는 거예요."

에이버리가 몸소 시범을 보였다.

이후로도 계속 뭐라고 설명하는 에이버리를 향해 캐머런은 듣는 둥 마는 둥 하며 고개를 끄덕였다.

"이제 마지막 한 가지는……."

에이버리가 패들보드를 우아하게 물 위에 띄우며 밝게 말했다.

"물에 빠지지 않는 거!"

바람이 에이버리의 반바지 자락을 들추는 바람에 캐머런의 집중력이 흐트러졌다.

"안 빠질게요."

캐머런이 약속했다. 배운 대로 보드 위에 엎드린 그는 바다로 나갔다. 하지만 한쪽 무릎을 세워 일어나려는 순간 넘어지고 말았다. 첨벙하는 초라한 소리와 함께 다리 하나가 보드 밖으로 떨어지며 수면 15센티미터 아래 거친 모래 속으로 빠졌다.

"빌어먹을!"

순간 숨이 제대로 쉬어지지 않았다. 물이 얼음장같이 차가워 숨이 멎는 것 같았다. 소름 끼치도록 차가웠다.

"5초네요."

한쪽 눈썹만 치켜올린 에이버리가 고개를 돌려 캐머런을 바라 봤다.

"기록이에요."

"그냥 시험 삼아 해본 거예요."

"다리를 좀 더 넓게 벌리고 서봐요."

어쩌다 보니 캐머런은 보드 위에서 설 수 있게 되었다. 에이버 리 말이 맞았다. 다리를 넓게 벌릴수록 자세 잡기가 수월했다. 가 장 일반적인 초보자용 루트로 데려가겠다고 말하는 에이버리의 톤이 거슬렸지만 그냥 넘겼다. 너무 추워 정신이 없기도 했고.

에이버리를 따라 완만한 곡선을 그리며 길게 뻗은 방파제를 돌았다. 가장 바깥쪽 돌 위에 갈매기 한 마리가 머리를 쭉 빼고 있었다. 화가 난 듯 노려보는 두 눈이 우스꽝스러웠다. 심통 난 갈매기를 보고 있다가 다시 넘어질 뻔했지만 이번에는 중심을 잡았다. 패들을 저을 때마다 마음이 침착해지는 기분이었다.

잔교까지 반쯤 남았을 무렵 에이버리가 패들을 내려놓고 보드 위에 양반다리로 앉았다. 캐머런의 눈이 커졌다. 저것도 따라 해 야 하는 건가?

에이버리가 웃었다.

"보기보다 어렵지 않아요. 몸의 균형을 잘 잡으면서 앉아봐요."

숨을 참은 채로 캐머런은 그녀의 말을 따라 몸을 낮췄고, 이내 보드 위에 앉아 파도를 느끼고 있었다.

"좋네요."

캐머런이 말했다.

"그렇죠?"

에이버리가 몸을 뒤로 기대 팔꿈치로 지탱했다. 상의가 올라가며 작고 예쁜 배꼽이 드러났다.

"소웰베이는 퓨젓사운드에서 물살이 가장 잔잔하게 흐르는 곳이에요. 이곳에 온 이유 중 하나죠."

"언제 왔어요?"

"5년쯤 됐나? 맞는 것 같네요. 마르코가 열 살이었으니까. 그전에는 시애틀에 살았어요."

"힘들었겠네요."

"마르코는 잘 적응했어요. 아이 아빠가 아나코테스에서 일자리를 구했는데, 여기가 중간쯤 되는 지역이었거든요."

에이버리가 손을 물에 담그고 노를 젓듯 움직였다.

"그리고 패들 숍을 열고 싶었는데, 시애틀에서는 비용 때문에 엄두도 못 내고 있었거든요."

"거기선 무슨 일 했어요?"

"그냥 이런저런 일이요. 마르코가 어렸을 때는 거의 엄마로만 지냈어요. 아이 아빠가 트롤선에서 갑판원으로 일해서 스케줄이 엉망이었죠."

그녀가 멀리 만을 내다봤다.

"여름에는 아이 아빠가 마르코를 거의 못 봤어요. 그래도 나쁜 사람은 아니에요."

"옛 연인들은 전부 나쁜 사람들 아닌가?"

캐머런이 발 하나를 보드 가장자리로 뻗어 물에 슬쩍 담갔다. 물은 여전히 차가웠지만 내리쬐는 햇볕 덕분인지 그리 나쁘지 않았다.

에이버리가 미소를 지었다.

"사실, 조시와 나는 좋은 친구 사이예요. 제대로 된 데이트도 한 적 없죠. 고등학교 2학년 때 딱 한 번 그랬다가 휙! 아이가 태어나 평생 같이 가는 사이가 된 거죠."

"휙! 출산이 그런 식이에요?"

"출산에 대해서는 모르는 게 나을 거예요."

에이버리가 배를 대고 엎드려 턱을 괴었다.

"아까 마르코가 그렇게 군 거, 미안해요. 사실 집에 남자를 자주 들이지 않는 편인데, 집에 왔던 사람들이랑 안 좋게 끝날 때가 있다 보니……."

"괜찮아요. 열다섯 살이잖아요. 오스카 더 그라우치(세서미 스트리트에서 쓰레기를 좋아하는 캐릭터—옮긴이)가 되든 쓰레기통이 되든 뭐든 해도 되는 나이죠."

"쓰레기통이요? 걔 방은 쓰레기장에 가까워요! 나는 이제 그 방에 들어가지도 않아요."

"그래요, 안 들어가는 게 현명한 겁니다."

캐머런이 웃으며 말했다. 모터보트 한 대가 저 멀리에서 시끄러운 소리를 냈고, 얼마 후 수면에 잔물결이 연달아 일어 캐머런의 보드가 에이버리의 보드에 툭 부딪혔다. 두 사람은 어느새 잔교에 가까워져 있었다. 길쭉한 다리를 자랑하는 그 목재 구조물

끝에서 10대 아이들이 시끄럽게 놀고 있었고, 그중 몇 명은 비스듬한 잔교 난간 위에서 줄타기를 하듯 까치발로 걷고 있었다. 이 모습을 본 에이버리가 미간을 찌푸렸다.

"그래도 마르코는 저런 한심한 짓은 안 해요."

그녀가 고개를 내저었다.

"물때에 따라 다르겠지만 수심이 9미터는 될 텐데. 게다가 그 아래 돌들이 엄청 크고 뾰족하잖아요. 잔교 말뚝도 오래됐는데. 잘못해서 떨어지면 끝이에요."

"어휴."

캐머런은 높은 곳을 그리 좋아하지 않았다.

에이버리가 패들을 저어 잔교 물그림자에 가까워지자 물 색깔이 어두워졌다. 캐머런도 그녀 뒤를 따랐다. 잔교 아래에선 차가운 기름 냄새가 풍겼다. 말뚝 아래쪽은 얽혀 있는 해초로 인해 물이 암갈색이었다.

문득 에이버리가 말했다.

"여기서 뛰어내리려는 사람을 막은 적이 있어요."

"뛰어내려요?"

"여자였는데, 잔교 위에서요."

에이버리는 따개비로 뒤덮인 잔교 말뚝을 패들로 툭 건드렸다.

"세상에, 어떻게 막았어요?"

"보드를 되돌려 육지로 와서 잔교에 올라갔죠. 그분과 대화를 나눴어요. 내려오라고 설득했어요."

에이버리가 오한을 느끼듯 몸을 떨었다.

"어떻게 설득해야 할지 감도 안 오네요."

"주로…… 들어주기만 했어요. 좀 이상하긴 했죠. 처음 보는 여자였거든요. 소웰베이는 무척 작은 동네라 낯선 사람이 등장하는 게 사건이나 다름없거든요."

"그런 것 같더군요."

캐머런은 남 말 하기 좋아한다는 니트 수다쟁이들인가 뭔가 하는 토바의 친구들을 떠올렸다. 그리고 마트 문을 닫고 집에 오면 그간 동네에서 있었던 온갖 일을 들려주는 이선도.

"그 여자가 내려오고 나서는 어떻게 했어요?"

"차까지 데려다줬어요. 경찰을 불러야 했나 싶기도 하지만……."

길게 숨을 내쉰 에이버리가 억지로 웃어 보였다.

"어쨌든, 어쩌다 이 얘기가 나온 거죠? 원래 하려던 얘기는, 마르코가 잔교 위에서 저렇게 위험한 장난을 치다 걸리면 평생 동안 집 밖으로 못 나올 거란 거였는데."

"이렇게 좋은 엄마를 두었으니 마르코는 행운아네요."

"우리 엄마가 좀 엄했거든요. 배운 대로 하는 거죠."

"나도 그렇게 자랐다면 좋았을 텐데요."

바다에 시선을 고정시킨 채 캐머런은 엄마가 진 이모 집에 자신을 맡기고 다시는 돌아오지 않았다는 이야기를 들려주었다.

"세상에, 너무 안됐네요, 캐머런."

에이버리가 캐머런 보드의 뾰족한 앞코에 자신의 패들을 갖다 대고는 그를 가까이 당겼다. 서로의 보드가 살짝 맞부딪혔고, 에이버리는 손을 뻗어 캐머런의 무릎에 올렸다.

바로 위 잔교를 오가는 발자국 소리가 목재를 타고 내려와 울렸다. 10대 아이들 중 한 명이 소리를 지르자 캐머런은 테스토스테론이 들끓는 몸 하나가 어두운 물속으로 풍덩 떨어질 거라 예상했다. 하지만 떠들썩한 웃음소리만 이어졌다.

캐머런이 몸을 떨었다.

"엄마가 아직 살아 있기는 한지 궁금할 때도 있어요."

목소리가 침울해졌다.

"그러다 보면 살아 있는 쪽이 더 끔찍하지 않나 하는 생각이 들죠. 그 세월 동안 엄마라는 자리로 돌아오려 하지 않은 거니까요."

"이모님도 소식은 들은 적 없고요?"

"없어요."

에이버리가 손가락으로 보드 가장자리를 쓸어내리자 손길을 따라 작은 물방울들이 남았다.

"어머니도 무척이나 힘드셨을 거예요."

"엄마가요?"

"떠나는 게요. 자신보다 더 나은 사람에게 아들을 맡기고 떠나는 거."

캐머런이 작게 코웃음을 치고는 뭐라 반박하려고 했지만 아무런 말도 떠오르지 않았다. 비슷한 말이야 전에도 들어봤다. 엄마가 진 이모에게 자신을 버린 것이 결과적으로는 잘된 일이라는 말. 심지어 자비로운 행동이라고까지 했다. 그런 말은 A급 개소리라고, 자신을 위로하기 위해 그냥 하는 말이라고 여겼다. 하지만 어쩐지 에이버리에게서 들으니 그 말이 진심이자 진실 같았다.

어렸을 때는 엄마와 함께하는 삶이 어떨지 상상하곤 했는데, 상상 속에서 엄마는 항상…… 정말 평범한 보통 엄마의 모습이었다. 엘리자베스 어머니와 비슷하게 에어로빅 비디오를 보고, 끝내주는 버터스카치 쿠키 레시피를 알고 있는 그런 엄마 말이다. 당연히도 그런 상상 속 엄마를 떠나보내는 것이 고통스러웠다. 하지만 어쩌면 에이버리가 맞을지도 모른다. 애초에 불가능한 이야기였다.

"마르코를 임신했다는 걸 알았을 때 난리도 아니었죠."

에이버리가 이야기를 이었다.

"선택들, 있잖아요. 게다가 가족들이 너무도 불쾌하게 이래라저래라 한마디씩 하고. 어떤 선택을 하든 내 인생은 망가질 거라 생각했어요."

"사람들, 그리고 그들이 하는 말은 대체로 짜증이 나죠. 그리고 분명히 말하는데, 당신은 인생을 멋지게 잘 살아온 것 같아요."

"뭐, 맞아요. 그런 거 같죠?"

에이버리의 얼굴에 반쯤은 겸손을 담은 미소가 번졌지만, 이내 다시 심각해졌다.

"하지만 그땐 열일곱이었으니 뭐가 뭔지 몰랐어요. 아기를 낳기로 결정은 했지만, 내가 아니라 마르코를 위해서는 다른 사람이 키우는 편이 낫지 않을까 생각한 적이 있었죠."

"입양 보낼 생각이 있었군요."

"거의 진행될 뻔했죠."

에이버리가 무릎을 그러안았다.

"가족들은 입양이 모두를 위한 최선이라고 계속 그랬거든요. 내 경우에는 가족들 말이 틀렸지만, 그래도 무슨 뜻으로 한 말인지는 이해했어요. 입양이 옳은 결정일 수도 있죠."

캐머런의 머릿속에서 에이버리가 과감하게 아들의 머리를 헝클어뜨리던 장면이 재생되었다. 바닥에 떨어진 더러운 양말을 그냥 봐주지 않는 엄마의 모습이. 자신은 쓰레기 같은 캠핑카 한 대 살 돈도 모으지 못해 지나치게 너그러운 이모의 돈을 빌려 쓴 반면, 에이버리는 집과 패들보드 매장을 샀을 뿐 아니라 사람 하나를 길러냈고, 20달러짜리 유기농 바셀린을 자신 같은 얼간이에게 무료로 선뜻 내어주기도 했다. 정말로, 다친 사람에게는 마음이 약해지는 사람이었다.

"제 친구 엘리자베스와 브래드의 아이가 곧 태어나요."

이렇게 뜬금없는 소리가 왜 갑자기 나온 건지 자신도 이해가 가질 않았다.

"제일 친한 친구들이죠. 셋이서 오랜 친구예요."

"좋네요."

"네, 좋죠."

캐머런이 천천히 고개를 끄덕였다.

"그 친구들도 뭐가 뭔지 모르지만, 잘 해결해나가겠죠."

"그럼요. 다들 그러는걸요."

캐머런이 웃었다.

"좋아할 거예요. 브래드는 좀 한심하긴 하지만 그래도 믿을 만한 녀석이죠. 그리고 내 생각에, 당신과 엘리자베스는 정말 좋은 친구가 될 거예요."

그는 차갑고 어두운 물속으로 손을 넣었다.

"소개시켜주고 싶네요. 언젠가요."

그가 갑자기 열이 오른 듯 뜨거워진 목 뒤편을 긁적였다.

"좋아요."

에이버리가 무릎을 대고 앉아 패들을 물속에 넣었다.

"이제 나갈까요? 여기 아래 있으니 춥네요."

한 시간 후, 왔던 길을 되돌아가던 두 사람은 방파제 끝에서 아까 그 화난 표정의 갈매기를 다시 마주쳤다. 갈매기는 또다시 매서운 눈으로 두 사람을 노려봤다.

"그 얼굴 좀 풀어, 친구."

캐머런은 이렇게 말하고는 혼자 웃었다. 이선을 닮아가고 있었다.

갈매기는 다시금 머리를 쭉 빼고 부리를 크게 벌리더니 귀가 찢어질 듯한 포효를 내질렀다.

고작 한 걸음이 몇 센티미터 뒤로 미끄러졌을 뿐인데 균형이 무너지더니 풍덩 하는 소리와 함께 캐머런은 물속으로 떨어졌다. 또다시 말이다.

헉헉대며 고개를 내민 캐머런이 소리쳤다.

"빌어먹을, 물이 아직도 차갑네!"

에이버리는 어디로 갔지? 물속에서 선 채로 고개를 이리저리 돌리며 에이버리를 찾았다. 누가 보면 바다표범인 줄 알 것이다. 바다사자인가? 태평양 연안 북서부에 사는 기각류가 뭐였는지 기억이 나지 않았다. 추위 때문에 머리가 이상해지고 있는 걸까? 저체온증인가?

"도와줄까요?"

에이버리가 보드 위에서 패들을 저으며 다가오고 있었다. 숨을 몰아쉬며 웃고 있었다.

"괜찮아요."

캐머런은 미끄러운 보드 위로 올라가려고 용을 쓰며 말했다. 간신히 올라와 무릎 하나를 세우는데, 보드가 기우뚱하더니 그를 다시 물속으로 빠트려버렸다.

다시 수면 위로 올라오니 에이버리가 알아들을 수 없는 말들을 늘어놨다.

"무게중심을 이동시키고, 무릎에 힘을 싣고, 코어를 조여요. 아니, 다른 쪽 무릎이요. 팔꿈치를 그렇게 하고, 그 손으로 꽉 잡아요. 아니, 오른손이요. 아니, 아니, 밥 먹는 손……."

간신히 보드 위로 올라온 캐머런이 물을 뚝뚝 흘리는 채로 헉헉대며 폐인처럼 앉아 있는데, 방파제에 있던 갈매기는 하늘로 솟아오르더니 두 사람을 지나쳐 활공했다.

"저놈의 깃털을 그냥."

캐머런이 주먹을 치켜올렸다.

에이버리는 그제야 간신히 웃음을 멈추고는 옷자락으로 눈가를 닦아냈다.

"이제 조금만 더 가면 되는데! 아까워라."

"와, 저에 대한 신뢰가 그렇게 두터웠다니, 고마운걸요."

캐머런의 입가에 미소가 걸렸다.

"뭐, 이미 다 젖었으니……."

그가 차가운 바다로 몸을 던지더니 곧장 에이버리의 보드로 향했다. 보드를 힘껏 밀자 에이버리가 뭐라 말했지만 물소리에 모두 묻혔다. 꺅 소리를 지르며 캐머런 위로 떨어진 에이버리가 그의 몸을 눌렀고, 다시 물에 떠오른 보드는 수십 센티미터쯤 흘러갔다.

캐머런이 웃는 얼굴로 물 위로 올라왔다.

"이제 둘 다 젖었네요!"

"가만 안 둘 거예요."

엄한 목소리였지만 에이버리의 두 눈은 반짝였다. 캐머런이 한 팔로 그녀의 허리를 감싸 자신 쪽으로 당겼다. 물속에서 그녀의 몸은 말 그대로 무중력 상태였다. 에이버리가 두 발로 그의 허리를 감았다. 분위기가 달아올랐지만 물이 차가운 탓에 캐머런은 겨드랑이 밑으로는 아무런 감각도 느끼지 못했다.

"갈아입을 옷 안 가져왔잖아요. 가방 안 들고 왔던데."

캐머런이 턱을 덜덜 떨며 말했다.

숨결이 느껴질 정도로 두 사람의 입술이 가까워져 있었다.

에이버리가 속삭였다.

"물에 빠지는 법이 없거든요."

"캠핑카 뒤에 담요가 있어 다행이네요."

에이버리가 웃으며 뒤로 조금 물러났다.

"캐머런, 옷이 젖었으니 벗어야 한다거나 그런 말을 할 거라면……."

캐머런은 능청스러운 표정을 지었다.

"젖은 옷은 벗어야 하는 게 맞잖아요."

"또, 뭐 마르코랑 친구들이 집에 와 있으니 캠핑카가 있어 다행이라는 둥 그런 소리 할 거면……."

"글쎄, 다행이라고 생각하지 않아요?"

"맞아요."

에이버리는 다시 거리를 좁히며 다가와 캐머런에게 부드럽게 입을 맞췄다. 추위로 덜덜 떨리는 그녀의 입술에서 짭짤한 맛이 났는데, 그녀가 입을 열자 그 안은 따뜻함과 달콤함이 감돌았다. 잠시 후 에이버리가 몸을 떼고 물러났다. 보드를 되찾은 그녀가 아찔한 미소를 보이며 말했다.

"늦게 오는 사람 바보."

캐머런은 정신을 차릴 수가 없었다.

여자가 있었다

·:·

여자가 있었다.

이 생각은 유해한 넝쿨처럼 토바의 일상 면면을 파고들었다. 아침에 침대를 정리할 때도, 여자가 있었다. 커피가 끓기를 기다리면서도, 여자가 있었다. (세상이 뒤집혔다 해도 수요일이니까) 베이스몰딩의 먼지를 닦아내면서도 여자, 여자, 여자.

에릭은 인기가 아주 많은 아이였지만 데이트 상대만큼은 까다롭게 골랐다. 고등학교 시절 내내 여자 친구가 몇 명 있었고, 경찰은 그 아이들과 꽤나 길게 이야기를 나누었다. 물론 용의자가 아니라(경찰은 용의자라는 말을 입에 올린 적도 없었다) 에릭과 한때나마 가깝게 지낸 친구로서, 그날 밤 에릭이 뭘 했는지 알 만한 지인으로서 대화를 나눈 것이다. 그러니까 에릭이 무슨 장난을 치려 했던 건지 아니면 가출할 생각이었는지 그것도 아니면…….

그 일이 있기 한 해 전 가을, 소웰베이 고등학교 홈커밍 댄스파티에서 에릭의 파트너였던 애슐리 배링턴은 아는 바가 전혀 없었다. 그날 밤 애슐리는 가족들과 크루즈 여행 중이었다. 그해 봄에 열린 졸업파티에서 에릭의 파트너였던 제니린 메이슨은 그날 시애틀에서 어떤 모임에 참석한 뒤 그곳에 사는 친구 집에서 묵었던 터라 역시 별 도움이 안 됐다. 스테파니 리라는 학생도 있었다. 경찰이 그 아이를 언급했을 때 토바는 같이 공부를 한다며 봄에 집 근처로 몇 번 찾아왔던 같은 반 친구를 떠올렸다. 스테파니는 그날 밤 집에서 잠을 잤다고 했다. 형사는 처음에는 미심쩍은 표정이었지만, 그 아이는 정말 잠을 자고 있었던 것으로 밝혀졌고 에릭에 대해서는 그 어떤 정보도 주지 못했다.

여자가 있었다. 토바가 어떻게 모를 수 있었을까? 앞에 펼쳐놓은 십자말풀이에 집중하려 했지만 눈앞이 핑핑 도는 것 같았다. 다섯 글자: 무모한 행동. 답이 STUNT라는 걸 알았지만 손으로는 AGIRL을 적고 싶었다. 물론 그 아이의 진짜 이름을 적을 수 있다면 더 좋겠지만. 이름이 뭘까? 자신이 잊은 이름이 있을까? 들어본 적은 있지만 그리 중요하게 여기지 않았던. 애덤 라이트가 그 이름을 기억해낼 수 있을까? 기억을 떠올리려 애써보기는 하는 걸까? 전화번호부에서 애덤의 번호를 찾아봤지만 실려 있지 않았다. 이 동네로 돌아온 지 얼마 안 됐으니 전화번호부에 아직 등록되지 않았을 법했다. 어쩌면 애덤 라이트는 엘런드 찹하우스에서 나눈 대화를 기억조차 못 할 수도 있었다. 마티니를 제법 마셨으니까.

이 점도 걸렸다. 애덤 라이트에 대해 제대로 아는 것이 있나? 점심때 술을 들이켜는 알코올중독자가 술기운에 떠올린 기억을 믿어도 되는 걸까? 에릭의 동창이지만 친한 친구는 아니었다. 본인도 그렇게 말했다.

식탁 상판 귀퉁이에 일어난 부분을 뜯어냈다. 뭐든 벗겨지면 뜯어내고 보는 나쁜 습관이었다. 곧장 초강력 접착제로 붙여야 하는 것은 안다. 하지만 토바는 계속해서 뜯어내기만 했다. 왜 이렇게 모든 것이 헤쳐지기만 할까?

그날 십자말풀이를 들고 해밀턴 공원에 가지 않았더라면, 하필 블론디의 데비 해리로 대화를 나누지 않았더라면…… 엘런드 찹하우스에서 만난 토바를 그가 알아봤을까?

왜 애덤은 그날 밤에 있었던 일을 이제야 떠올린 걸까?

왜 에릭은 보트를 타고 나갔던 걸까?

왜 애덤은 그 여자아이의 이름을 기억하지 못하는 걸까?

왜 이런 일들이 지금 몰려오는 걸까?

"왜일까?"

리놀륨 바닥 위 빛이 들어오는 자리에 앉아 있는 캣을 향해 물었다. 캣은 앞발을 핥은 뒤 눈을 가늘게 뜨고 토바를 바라봤다.

에릭에 대한 수많은 질문이 떠올라 괴로워진 것은 몇 년 만이었다. 너무도 피곤해진 토바는 점심을 먹고 아주 오랜만에 낮잠을 자야 했다.

전화벨 소리가 잠을 깨웠다. 더듬거리며 수화기를 집어 들다 놓칠 뻔한 토바는 갈라진 목소리로 전화를 받았다.

"여보세요?"

"좋은 소식이 있어요!"

여자 목소리였다. 순간적으로 토바의 마음속에 여자가 번뜩 스쳤다. 하지만 중개인인 제시카 스넬이었다.

"그래요?"

자리에 앉은 토바는 관자놀이를 문질렀다.

"집을 사겠다는 사람이 나타났어요. 말씀하신 가격보다 1만 달러 높게 제시했어요!"

제시카 스넬은 매수 희망자가 누군지, 제시한 금액은 얼마인지, 이 제안을 받아들일 생각이면 앞으로 어떻게 해야 하는지 세세하고 장황하게 설명하기 시작했다.

"저희가 아직 오픈 하우스(집에 관심이 있는 사람이면 누구나 예약 없이 들어와 구경할 수 있도록 하는 제도— 옮긴이)를 진행하지 않았으니 좀 더 기다려보겠다고 하셔도 충분히 이해는 하지만……이거 정말 좋은 제안이에요. 저희가 공격적으로 가격을 제시했거든요. 오픈 하우스 전에 매물 리스트에서 거두고 이쪽과 협상할 수 있어요. 어떠세요?"

"그래요, 좋아요."

신문과 펜을 챙겨 온 토바는 반만 끝낸 어제 자 십자말풀이 여백에 번호를 받아 적었다. 요즘에는 십자말풀이를 끝내야겠다는 의욕이 없었다. 어쩐지 전과 달리 퀴즈를 완성하는 것이 그리 중요하게 느껴지지 않았다.

"네, 그렇게 하죠."

"좋아요. 서류는 메일로 전해드릴게요. 잠시만요, 이메일 주소가…… 파일에 이메일 주소가 없는데요?"

토바가 코를 훌쩍였다.

"이메일이 없는데."

"아, 그러네요. 매도자 동의서도 제 사무실로 직접 가져오셨죠.
문제없어요. 직접 뵙고 진행할게요. 오늘 저녁에 서류 전해드리
러 댁에 잠시 들를게요. 괜찮으세요?"

"그렇게 해주면 고맙죠."

토바는 전화를 끊은 후 숨을 몰아쉬었다. 상대는 우리 쪽 제안
을 받아들일 것이다. 계약은 무리 없이 성사되어, 이 집은 팔릴
것이다.

주방으로 가 식은 커피를 한 잔 따른 뒤 커피 잔을 전자레인지
에 넣고 뒷문으로 향했다. 뒤쪽 베란다 양지에 앉아 있는 캣을 보
며 토바는 씁쓸하게 한숨을 내쉬었다. 토바가 작은 정원 벤치에
앉자 캣이 무릎 위로 올라와 가슴에 안기더니 머리로 그녀의 턱
을 들이받았다.

"너를 어쩌면 좋니?"

토바는 캣의 귀 뒤쪽 좀 더 부드러운 털을 쓰다듬었다.

"이제 길고양이 생활은 못할 것 같은데."

대답하듯 캣이 가르랑거렸다. 오늘은 말고, 나중에 생각할 문
제다.

여자가 있었다.

제시카 스넬이 내민 서류에 사인을 하는 와중에도, 여자의 존

재가 토바의 의식 경계를 계속 쪼아댔다. 저녁을 만들 때도 머리를 톡톡, 톡톡, 톡톡 두드렸다. 아쿠아리움까지 언덕길을 내려가는 그 짧은 동안에도 떠날 줄 모르는 파리처럼 토바 주변을 맴돌았다. 주차장으로 들어가는 길도 그냥 지나칠 뻔했다. 최소 천 번을 넘게 다닌 길인데.

정신이상. 이렇게 시작되는 것이다. 이성을 잃어가고 있는 것이다. 마티니에 잔뜩 취한 남자의 뜬금없는 발언을 계기로 말이다.

오늘 저녁 캐머런은 다른 데 정신이 팔린 것처럼 보였다. 두 사람은 아무 말 없이 침묵 속에서 움직였다. 토바가 양동이에 식초와 물을 채우는 동안 캐머런은 대걸레를 헹구고 물기를 비틀어 짰다. 건물 가장 동쪽으로 이동하는 동안 결국 토바가 입을 열었다.

"아버지 소식은 들은 것 없고요?"

"없어요."

"유감이네요."

토바는 톤을 높여 부자연스러울 정도로 쾌활한 목소리를 냈다.

"결국에는 찾을 수 있을 거예요. 캐머런이 찾아줘서 아버지가 무척 기뻐할 거고요."

"네, 어쩌면요."

캐머런이 속도를 높여 토바보다 앞서 모퉁이를 돌았다.

따라가던 토바는 잠시 걸음을 멈추고 마셀러스의 수조를 들여다봤다. 바위 뒤에서 나온 문어는 인사하듯 눈을 깜빡이고는 촉

수 하나를 유리에 갖다 댔다. 매끄러운 유리 표면에 촉수가 달라
붙자, 완벽한 원형의 빨판들이 작은 인형을 위한 미니어처 접시
들처럼 보였다.

한 가지 아이디어가 토바의 머리를 스쳤다. 그거라면 멍해 있
는 캐머런의 정신을 번쩍 깨울 수 있을 것 같았다.

예상치 못한 보물

:··
:

"다른 발판 사다리를 쓰는 게 어떨까요?"

캐머런은 오래되고 망가진 발판 사다리를 치우고 새것을 가져오는 토바를 의심스럽게 바라봤다. 누군가는 저 망가진 사다리를 처리해야 했다. 오늘 밤 퇴근하는 길에 쓰레기장에 던져버려야 할지도 모른다.

"저번에는 숨었잖아요. 왜 오늘은 안 그럴 거라고 생각하세요?"

캐머런이 물었다.

"오늘은 문어가 기분이 좋거든요."

"아, 이러지 마세요. 문어 기분이 좋다니요."

문어 위스퍼러라는 여자도 무척추동물의 기분을 읽어내진 못했던 것 같은데, 아닌가? 캐머런이 수조 안을 들여다봤다. 마셀러스는 여느 때와 다름없어 보였다. 무슨 괴상한 외계 생명체처럼 떠다니고, 무시무시한 눈은 제 의지가 있는 것처럼 움직였다. 마셀러스의 몸체를 열면 속에서 온갖 전선과 회로가 나온다 해도 놀라지 않을 것 같았다. 먼 은하에서 온 바다 감시 로봇. 이런 줄거리의 영화도 있지 않나? 아직 없다면 이제라도 만들어야 한다. 캐머런이 시나리오를 직접 쓰는 것도 가능했다.

발판 사다리에 오르기 전 캐머런은 옆 수조를 보며 잠시 망설였다. 늑대장어가 사는 수조였다. 캐머런이 태어나 본 물고기 중에 가장 못생긴 물고기. 두 마리만 나와 있었다. 앞으로 쭉 내민 주걱턱 틈으로 소름 끼치는 이빨을 삐죽 내민 채 바위 옆에 얌전히 앉아 있었다.

"이쪽이랑 노는 건 어떨까요? 문어만큼이나 다정해 보이는데요."

캐머런의 빈정대는 말을 무시하고 사다리에 오른 토바는 수조 안으로 손을 집어넣었다. 캐머런의 눈에 마셀러스가 한 팔로 토바의 손목을 휘감는 모습이 들어왔다. 토바가 외투막 제일 윗부분을 건드리자 문어가 그녀 손에 기대는 듯 보였다. 케이티의 작은 개가 그녀 무릎에 올라와 관심을 요구할 때의 행동과 비슷했다.

"이제 내 친구 캐머런에게 인사해. 이번에는 다정하게 굴어야 해."

토바가 문어에게 말했다. 그녀가 자리를 바꾸자는 뜻의 손짓을 하자 캐머런은 눈을 굴렸다. 하지만 문어는 말을 알아들은 듯 토바 손목을 잡았던 팔을 풀고는 그 영묘한 눈을 캐머런에게 고정한 채, 기대에 찬 몸짓으로 차가운 파란색 수조 안을 맴돌았다.

"알겠어요."

캐머런은 가장 좋아하는 후드 티를 벗어 작업대에 던져두고 발판 사다리에 올랐다. 그러고는 손을 수조 안으로 넣었다. 너무 차가웠다. 에이버리와의 보드 데이트 이후 스스로 전문가가 되었다고 여기는 퓨젓사운드의 수온보다 더 차가웠다.

문어가 팔을 위로 뻗어 캐머런의 손을 쓰다듬었다.

"으악!"

캐머런이 본능적으로 팔을 빼내자 밑에서 이 광경을 지켜보던 토바가 잔잔하게 웃음을 터뜨렸다.

"조금 당황스러운 거야 정상이에요."

토바가 말했다.

"당황한 게 아니라, 그냥 물이 너무 차가워서 그래요."

캐머런이 툴툴대듯 말했다.

"다시 한번 해봐요."

다시 손을 집어넣은 캐머런이 이번에는 꾹 참고 버티자, 마셀러스가 그의 손등 위에 솟은 핏줄을 쿡 찔러도 보고 도드라진 손등 뼈를 이리저리 탐구했다. 순간 문어의 팔 끝부분이 그의 손목을 감쌌다. 빨판이 하나하나 살아 움직이는 생명체 같았고, 그가 의식하기도 전에 그 수백 개의 빨판이 팔을 감싸고 올라오는 것처럼 느껴졌다.

놀랍게도 캐머런은 웃음을 터뜨렸다.

토바도 따라 웃었다.

"기분이 이상하죠?"

"네."

캐머런이 아래를 내려다봤다. 마셀러스의 눈이 환하게 빛나는 것이, 두 사람과 마찬가지로 웃고 있는 듯했다. 근육으로 된 촉수가 이제는 팔꿈치까지 올라와 좀 더 세게 팔을 감쌌다. 그나저나 문어는 힘이 얼마나 셀까?

캐머런은 문어에게 잡힌 팔에 피가 안 통할까 걱정한 나머지 문어의 다른 신체기관이 뒤에서 살랑거리며 다가오는 것도 몰랐다. 그러다 뭔가가 자신의 반대편 어깨를 톡 건드리자 그제야 눈치챘다. 고개를 돌렸지만 아무것도 없었다. 문어가 일부러 그런 걸까? 놀리려고?

"아, 문어가 당신을 속였네요!"

토바가 눈을 빛내며 말을 이었다.

"오빠가 조카인 내 아들한테 이런 장난 많이 쳤는데. 고전적인 수법이죠."

문어가 캐머런의 팔을 풀어주었고, 그는 사다리에서 내려오며 팔 안쪽에 새겨진 빨판 자국을 살폈다.

"금방 없어질 거예요."

"토바 팔에 난 자국은 꽤 오래갔잖아요."

"70년 된 노인 피부잖아요. 캐머런은 훨씬 빨리 회복될 거예요."

뭐 어떠랴? 팔에 남은 자국은 타투처럼 멋져 보이기도 했다. 에이버리가 좋아할지도 모른다. 선반에서 휴지를 꺼내 팔에 있는 물기를 닦은 후 젖은 휴지를 펌프실 구석 쓰레기통으로 던지려는 순간, 캐머런의 눈이 문어 수조로 향했다. 문어가 좀 전에 몸을 숨긴 커다란 바위 뒤 모래 사이로 반짝이는 무언가가 언뜻 비쳤다.

"저게 뭐죠?"

캐머런이 물었다.

토바는 의아한 눈으로 캐머런을 올려다봤다.

"저기 저거요, 반짝이는 거."

캐머런이 몸을 숙여 수조 유리를 들여다보자 토바도 안경을 고쳐 쓰며 그곳을 주시했다.

"어머나, 저게 뭘까요?"

토바가 눈을 가늘게 뜨며 되물었다.

때맞춰 문어 팔 하나가 바위에서 나와 주변의 모래를 쿡쿡 찔러댔다. 소파에서 자다 깬 진 이모가 비몽사몽간에 쿠션을 더듬거리며 안경을 찾는 것처럼.

"저걸 찾고 있나 본데요."

캐머런은 말을 하면서도 자신이 무슨 소리를 하는 것인지 믿기지가 않았다. 문어가 정말 두 사람의 말을 듣고 있었던 걸까?

토바가 뭐라 대꾸하기도 전에 문어는 드디어 문제의 물건을 손에 넣었고, 그 바람에 물속 모래가 한바탕 흩날렸다. 캐머런이 눈을 가늘게 뜨며 유리 너머를 응시했다. 약 2.5센티미터 너비의 은색 물방울 모양이었다. 낚시할 때 쓰는 루어(인조 미끼—옮긴이)인가? 아니, 귀걸이다. 여자 귀걸이 한 짝.

문어는 팔로 귀걸이를 휙 낚아채 보금자리로 가져갔다.

토바가 고개를 뒤로 젖히며 웃었다.

"왜 웃으세요?"

토바가 가슴께로 손을 올리고는 말했다.

"우리 마셀러스가 보물 사냥꾼이었군요."

"보물 사냥꾼이요?"

토바 뒤를 따라 펌프실을 나간 캐머런은 그녀가 잃어버렸던 열쇠를 문어가 수조 바닥에서 꺼내 돌려준 적이 있다는 이야기를 들었다. 고개를 끄덕이긴 했지만, 정말 그 이야기를 믿어도 될까? 토바가 멋진 사람이라는 것도 알고, 자신이 오늘 밤 직접 목격한 일도 있지만, 그래도 그 이야기는 여전히 말도 안 되는 헛소리 같았다. 마침내 두 사람은 편안한 침묵 속에서 다시 청소를 시작했다. 캐머런은 또다시 이런저런 생각에 빠져들었다. 에이버리와 함께한 밤을, 그의 베개에 남은 에이버리의 과일 향 샴푸 냄새를 떠올렸다. 에이버리가 문자를 보냈는지 핸드폰을 또 확인하는 일은 없을 것이다. 절대로. 문을 닫았다는 걸 알면서도 퇴근길에 패들 숍에 들르는 일도 없을 것이다. 멍하니 쓰레기통을 비우고 새 봉투를 끼워 넣으며 스스로에게 맹세했다.

"봉투가 고루 잘 끼워졌는지 확인하는 것 잊지 말고요."

토바가 복도 반대편에서 외쳤다.

어떻게 알았지? 뒤통수에도 눈이 달렸나? 토바도 머나먼 은하에서 온 로봇 스파이인지 모른다. 시나리오에서 꽤나 멋진 반전이 될 거다.

캐머런이 쓰레기통 가장자리를 가리켰다.

"잘 끼웠어요. 보세요."

"좀 더 당겨야 해요. 당기는 데 고작 몇 초밖에 걸리지 않아요."

"이 정도면 돼요."

"쓰레기가 차기 시작하면 벗겨질 거예요."

"그러면 그때 누가 손을 볼 거예요."

토바가 몸을 돌려 캐머런을 마주하고는 팔짱을 꼈다.

"애초에 일을 말끔하게 처리해야 한다고 어머니가 가르쳐주지 않았나요?"

캐머런이 토바를 바라보며 볼멘소리를 했다.

"엄마가 없어요."

토바의 얼굴이 해쓱해졌다.

"있었는데…… 그러니까 문제가 좀 있어서요. 중독 때문에. 아홉 살 이후로 본 적 없어요."

"세상에나. 정말 미안해요, 캐머런."

"괜찮아요."

그는 얼버무리며 봉투를 꼼꼼하게 끼웠다. 정말 몇 초밖에 걸리지 않아 짜증이 났다. 고개를 들자 토바는 그의 눈을 피한 채 괜히 잊지도 않은 얼룩을 찾아 수조를 열심히 닦았다.

"정말 괜찮아요. 모르셨잖아요."

"전혀 괜찮지 않은 일이에요. 내가 말을 조심했어야 하는데."

"저도 그렇게 화를 낼 건 아니었는데, 좀 피곤해서 그랬나 봐요."

캐머런이 한숨을 내쉬며 말을 이었다.

"오늘 테리가 상어에게 준다고 대구를 좀 더 손질하라고 시킨 데다, 매켄지가 병가로 결근하는 바람에 중간중간 안내 데스크 일도 해야 했고, 전화는 계속 울리고…… 좀 힘든 하루였어요."

"일을 정말 열심히 하는군요."

"네, 그런 것 같아요."

추운 날 몸을 녹여주는 뜨거운 치킨 수프처럼 토바의 말이 천천히, 그리고 따뜻하게 그의 몸을 데워주었다. 그가 들어본 말 중 가장 멋진 칭찬이었다.

"정말로요."

토바가 웃으며 덧붙이고는 고개를 작게 끄덕였다. 그러고는 다시 수조 유리를 닦기 시작했다.

"사실 전 엄마는 없지만, 진 이모가 계세요."

캐머런이 머뭇대며 말하고는 대걸레를 집어 들고 베이스 몰딩을 따라 바닥을 닦았다.

"엄마가 떠난 후 저를 키워주신 분이죠."

"이모님 이야기를 듣고 싶어요."

"세상에서 가장 멋진 분이지만 토바는 싫어할 수도 있어요."

"내가 왜 싫어하겠어요?"

캐머런의 얼굴로 짓궂은 미소가 번졌다.

"단언컨대 이모는 쓰레기통에 봉투를 제대로 끼우는 법을 모를 테니까요."

토바의 웃음소리가 텅 빈 복도에 메아리쳤다.

저들은 보지 못하고 있다.

벌써 몇 주째 같이 일하고 있으면서 어떻게 모를 수가 있을까?

내 수집품을 몇 번이나 들추며 두 사람을 옳은 방향으로 이끌 만한 물건이 있는지 살폈다. 불필요한 수고였다. 덕분에 내 수집품만 엉망이 되었다. 잔뜩 헝클어져 내 보금자리 바깥까지 흘러 나갔다. 위험하다. 내가 좀 더 조심하지 않는다면 다음 수조 청소 때 수집품을 모두 들키고 말 것이다. 그때도 내가 살아 있을지는 장담하기 어렵지만.

어떻게든 버텨야만 한다. 저 둘을 위해서라도. 지금처럼 이 이야기를 미완성 상태로 둘 수 없다. 내가 나서서 두 사람에게 알려주지 않는다면 그렇게 되고 말 것이다.

인간의 임신 기간은 280일쯤 된다. 그 청년이 사고를 당한 밤으로부터 아주 가까운 과거에 수정이 이뤄졌을 것이다. 하지만 모체는 몇 주가 지나야 배아를 잉태하고 있다는 사실을 깨닫는다. 몇 달이 지나야 아는 사람도 있는데, 보통은 자식을 낳을 계획이 없던 경우가 이에 속한다. 이곳에 갇혀 오가는 관람객들을 관찰하는 동안 그런 경우를 수천 번이나 직접 목격했다.

만약 토바가 저 아이의 생년월일을 알게 된다면, 성을 알게 된다면, 그걸로 충분할까? 방법을 찾아야만 한다.

토바가 그 사실을 아는 것이 내게 왜 이렇게 중요한 걸까? 나도 그 이유를 확실히는 모르겠다. 하지만 내 끝이 가까워지고 있고, 그녀가 여기서 머물 시간의 끝 또한 가까워지고 있다. 저 둘이 하루라도 빨리 깨닫지 못한다면 그 일에 얽힌 모두에게 하나의…… 구멍이 남게 될 것이다.

대체로 나는 구멍을 좋아한다. 내 수조 위에 있는 구멍이 내게 자유를 준다.

하지만 그녀의 심장에 생긴 구멍은 싫다. 심장이 세 개인 나와 달리 그녀의 심장은 하나뿐이다.

토바의 심장.

그 구멍이 메워지도록 내가 할 수 있는 일은 무엇이든 할 생각이다.

가계도 나무

토바가 티 타월 하나를 더 얹자 높게 쌓인 티 타월 탑이 쓰러질 듯 위태롭게 흔들렸다. 이런 티 타월이 다락 바닥을 가득 메우고 있었다. 성당 내부처럼 커다란 전망 창으로 쏟아지는 오후의 햇살이 윤이 나는 기둥을 비추었다. 하지만 토바의 기분은 그리 화창하지 않았다. 그녀는 뭔가가 쌓여 있는 더미를 견딜 수 없는 사람이었다.

월은 종이로 된 것들을 쌓아놓기로 악명이 높았다. 영수증, 오래된 광고 우편물, 두 번이나 읽은 잡지, 자신조차 뭐라고 적었는지 알아보지 못하는 쪽지까지. 월의 관점에서는 그런 것들이 보관할 가치가 있었다. 잡동사니 좀 치우라고 토바가 잔소리를 하면, 그것들을 잘 쌓고 귀퉁이를 맞춘 후 책상 한쪽에 올리거나 진열장에 넣고는 만족스러운 표정으로 말했다. 자, 깔끔해졌지?

그럼 토바는 월이 안락의자에서 깜빡 잠이 들기를 기다렸다가,

한숨을 쉬고는 그 쓸모없는 종이들을 적당한 장소로 치웠다. 가끔씩 그 종착지가 서류 캐비닛일 때도 있었지만 대체로 쓰레기통이었다. 윌이 암에 걸린 뒤 점점 보관해야 할 서류가 늘어나며 작은 캐비닛이 꽉 차자, 토바는 새 캐비닛을 사서 보험 회사용 서류부터 병원비 영수증까지 어느 하나 빼놓지 않고 정해진 공간에 넣었다. 암세포가 다른 장기로 전이되는 동안 남편을 돌보는 일이 그녀 삶 일부를 침범했을지 몰라도 서류들이 주방 조리대를 침범하는 것만은 참을 수 없었다.

"정말 엉망이지?"

다락 계단으로 타닥타닥 발소리를 내며 올라오는 캣을 향해 물었다. 시차를 두고 나타난 회색 꼬리는 상자 위로 띄워진 물음표 같았다. 고양이는 늘씬한 몸으로 대단히 우아하게 짐 더미들을 헤쳐 나와 토바 곁의 햇살 드는 작은 공간에 먼지 한 톨처럼 고요히 내려앉았다. 그러고는 지루해하는 시선을 던지더니 옆으로 누워 노란 두 눈을 감았다.

짜증스러운 마음이 조금 가신 듯 토바가 웃었다.

"몰래 낮잠 자려고 여기까지 올라온 거야?"

토바가 캣의 몸을 쓰다듬자 캣은 기분 좋은 가르릉 소리를 냈다.

다락에 있는 물건들은 세 범주로 나뉘어 있었다. 어쨌거나 그렇게 시작하기로 했다. 나름의 시스템이었다. 내일 바브와 재니스, 그리고 재니스의 아들 티머시와 그의 친구 두어 명이 집으로 오기로 했다. 다락 짐들을 분류하고 정리하는 데 손을 보태줄 자원봉사자들이다. 토바가 피자를 시켜주겠다고 약속했지만, 냉장고에 음식이 그득한데 배달 음식을 시키는 게 사치스럽게 느껴졌다. 하지만 도움이 필요한 처지였고, 낯선 사람이 집 물건에 덥석 손을 대는 것보다야 아는 사람이 나았다. 게다가 바브와 재니스가 도와주겠다며 쉬지 않고 전화를 해댔다. 두 사람을 잠잠하게 하려는 목적도 있었다.

가장 수량이 적은 첫 번째 범주는 차터빌리지에 가져갈 짐이다. 에릭의 오래된 장난감 자동차 두어 개, 사진 몇 장. 그리고 도자기로 된 어머니의 다기 세트 중 남은 것들로, 가끔 이 잔에 커피를 마실 생각이다. 지난 수십 년 동안 이 다기 세트를 사용하지 않았다는 게 아쉬웠다.

차받침을 싸고 있는 얇은 종이는 공 모양으로 말아 문 근처 더미로 던졌다. 쓰레기를 모아둔 곳이다. 수많은 사진과 기념품도 쓰레기로 분류했다. 소중히 간직해온 것들을 버리려니 기분이 이상했지만, 그렇다고 달리 어쩌겠는가? 재니스는 물품 보관 창고를 추천했지만 그게 무슨 의미가 있을까? 나중에라도 이 물건들을 가져갈 사람은 없다.

수량이 가장 많은 범주는 기부할 것들이다. 다음 주에 중고품 가게 트럭이 와서 실어 갈 예정이다. 에릭의 장난감 대부분이 여기에 속한다. 누군가의 손주가 갖고 놀지도 모른다. 장난감 옆에는 어머니의 본차이나 식기 세트가 있다. 바다를 건너는 여정에도 무사했으니 시내에 있는 중고품 가게까지도 문제없을 것이다. 다만 그곳에 도착한 후 누군가의 선택을 받을 수 있을지는 다른 문제였다. 처음에는 재니스에게 넘겨주려 했지만 그녀는 마땅한 공간이 없다며 거절했다. 바브 또한 코끼리들 사이에 식기 세트를 둘 공간이 없어 보였다. 아쿠아리움 안내 데스크에서 근무하는 매켄지나 심지어 제시카 스넬 사무실 옆 패들 숍을 운영하는 젊은 아가씨도 고려 대상이었다. 하지만 요즘 젊은 사람들은 본차이나를 좋아하지 않았다. 낡은 스웨덴 물건이 그들에게 별 쓸모가 없었고, 본인들이 쓰는 나름의 식기 세트가 있었다. 아마도 이케아에서 구매한 것일 테다. 새로운 스웨덴 열풍이었다.

기부 물품 중에는 곧게 뻗은 다리에 노란색과 파란색, 빨간색이 정교하게 칠해진 달라호스 다섯 개도 포함되어 있었다. 에릭이 망가뜨린 여섯 번째 달라호스는 보이지 않은 지 오래였다. 언젠가 찾아서 수리해야겠다고 줄곧 생각했지만 지금으로서는 굳이 그럴 것 있나 싶었다. 달라호스 하나를 집어 들어 꼼꼼히 살폈다. 이것들을 가져가봤자 결국 차터빌리지의 누군가가 대신 치워야 할 짐이 된다. 이가 큰 변호사도, 그리고 그가 고용한 사설탐정도 달라호스를 가져가줄 사람을 찾지 못할 것이다.

그럼에도 달라호스를 다른 더미로 옮겼다. 달라호스는 토바와 함께 요양원으로 갈 것이다.

토바는 누레진 베갯잇 한 뭉치를 집어 들었다. 어머니가 직접 장미를 수놓은 것이다. 베갯잇을 리넨을 모아둔 곳으로 던지자 퀴퀴한 먼지가 날렸다. 기부하기 전에 당연히 세탁할 생각이다.

훗날 가계도 나무의 가지가 뻗어감에 따라 대대로 이어질 유물로 물려주려고 따로 모아둔 것들이었다. 하지만 그 나무는 오래전에 성장을 멈췄고, 가지들은 가늘어지고 야위었으며, 썩어가는 낡은 몸통에서는 수액 한 방울 나오지 않았다. 연한 새 가지들을 틔우지 못하고 숲속 땅에 묵묵히 선 채로 소리 없이 썩어가는 나무들도 있기 마련이다.

다음 물건을 살폈다. 단단한 구조의 직물에 심하게 주름이 잡힌 리넨 앞치마였다. 어머니가 베이킹을 할 때 입던 것이다. 토바는 앞치마를 얼굴 가까이에 가져갔다. 상한 밀가루처럼 시큼한 냄새가 났다. 해진 앞치마 끈을 접어 정리하며 오후 내내 자신을 괴롭힌 생각을 밀어내려 애썼다. 여자가 있었다.

에릭이 그날 밤 죽지 않았다면 그 여자가 며느리가 되었을지도 모른다. 토바가 이 앞치마를 입고 며느리에게 에릭이 가장 좋아하는 버터 쿠키 만드는 법을 알려주고, 나중에 때가 되면 앞치마를 그 아이에게 넘겨줬을지도 모른다.

이런 무의미한 생각은 멈춰야 한다. 그 아이가 누구든 에릭이 그리 진지하게 생각하지 않았기에 언급조차 하지 않았을 것이다.

이 마지막 결론이 늘 그렇듯 마음을 아프게 했다.

말파리 한 마리가 창문에 몸을 부딪쳐가며 잠에 빠진 회색 사냥꾼을 진지하고도 무의미한 사냥 놀이로 유인하는 바람에 캣의 낮잠도 끝이 났다. 고양이는 말파리를 잡으려고 창문으로 뛰어올랐으나 말파리는 개의치 않고 창밖을 이리저리 맴돌았다.

"어떤 기분인지 알아."

토바는 이해한다는 듯 고개를 끄덕였다. 눈앞에 있지만 잡을 수 없다는 것은 실로 고문에 가까웠다. 캣은 적대감 어린 울음소리를 내고는 이리저리 쌓인 짐 더미 사이를 유유히 빠져나가 아래층으로 사라졌다.

토바는 손목시계를 확인했다. 5시가 다 된 시각이었다.

"저녁을 먹어야겠는데."

나지막한 의자에서 일어나 쑤시는 관절들을 펴고 조심조심 엉망이 된 다락 사이사이로 길을 내며 나아갔다. 해야 할 일을 다 마치지 않고 두는 것은 토바답지 않은 일이었다. 반항심 비슷한 감정에 사로잡혀, 그녀는 쌓인 짐 더미를 등지고 아직 성치 않은 발목을 조심히 디디며 계단을 내려갔다.

오늘 저녁에도 계란 샐러드 샌드위치를 먹을 생각이었다. 이번 주 내내 그것만 먹었다(지난주 광고 전단에 계란 열두 알을 사면 열두 알을 더 주는 쿠폰이 있었다). 하지만 또 버석한 샌드위치를 먹으려니 내키지 않았다.

사실 요즘에는 오전에 장을 봤다. 이선을 또는 커피 약속을 피하려는 건 아니다. 당연히 아니다. 토바는 다시 시간을 확인했다. 지금쯤이면 이선이 근무 중일 게 확실했다. 손으로 얼굴을 쓸어내리자 다락에 보관된 오래된 유물처럼 얼굴에 새겨진 선과 주름 사이사이에 먼지가 내려앉은 기분이었다.

"숍웨이 다녀올게."

토바가 소파 팔걸이에 앉아 있는 캣에게 알렸다. 팔걸이에 회색 털이 붙어 있을 게 뻔했고, 나중에 보풀 제거 빗으로 청소해야 할 터였다. 뭐 아무렴 어떨까. 소파는 차터빌리지로 가져가지 않을 생각이었다. 지나치게 컸다. 뭐, 고양이 털보다 끔찍한 일이야

많다.

바깥에는 덥고 습한 안개가 깔려 있었다. 뜨거운 태양 아래 지루한 표정의 10대 몇 명이 숍웨이 앞 연석에 팔다리를 아무렇게나 벌리고 나른하게 늘어져 있는 모습을 보니 사지가 가지처럼 여윈 벌레가 떠올랐다. 토바는 혀를 차며 한 소년의 쭉 뻗은 다리를 넘어 숍웨이 입구로 향했다.

문을 열자 벨이 울렸고, 계산대에 있는 이선 맥이 고개를 들더니 활짝 웃으며 인사했다.

"안녕하세요, 토바!"

냉기가 도는 에어컨 바람이 닿자 오한이 들며 팔에 닭살이 돋았다. 스웨터를 챙겨 왔어야 했다.

"안녕하세요, 이선."

달리 아무 말 없이 토바는 야채·과일 코너로 직행했다. 그곳 온도는 더 낮았다. 반들반들한 체리를 한 묶음 챙겨 바구니에 넣고는 잠시 고민하다 하나 더 넣었다. 체리 시즌이 짧기도 하고 아주 먹음직스럽게 보여서.

"와, 1파운드에 3달러라니! 거저나 다름없네."

익숙한 얼굴의 여자가 체리를 우물거리고 있었다. 메리 앤 송별회 식사 자리에서 만났던 샌디라는 것을 깨닫기까지 잠시 시간이 걸렸다. 애덤 라이트, 전화번호부에 등록되지 않은 그 애덤 라이트의 연인이었다.

"어머! 설리번 부인, 맞으시죠?"

샌디는 입가에 묻은 과즙을 손등으로 닦아내고는 겸연쩍게 웃었다.

"다시 뵈어 반가워요. 몰래 체리 먹는 현장을 들켰네요."

"걱정 마요. 당국에는 알리지 않을게요."

토바가 살짝 웃었다.

"반가워요, 샌디. 애덤과 함께 이곳에 잘 적응하고 있는지 궁금했는데."

둘 중 누구든 우편물을 가지러 혹은 잔디를 깎으러 나오지 않을까 기대하며 신축 주택들이 들어선 동네를 돌았던 일이 떠올라 죄책감이 들었다. 누구든 자신의 집에서는 사생활을 존중받아야 한다. 다른 사람은 아니어도 토바만은 그 점을 잘 알았고 또 지켜야 했다. 설사 두 사람을 찾아낸다 한들, 애덤이 식사 자리에서 한 이야기 이상으로 에릭의 소위 여자 친구라는 아이에 대해 뭔가 더 알고 있을 거라 확신하기도 어려웠다. 문제의 그날 밤은 이미 30년 전이었다.

그럼에도 여전히 애덤의 말이 떨쳐지지가 않았다. 토바가 다시 몸을 떨었다.

샌디가 체리 하나를 또 집어 들고 꼭지를 땄다.

"말씀 감사해요. 네, 이제 점점 진짜 집 같은 기분이 들고 있어요. 너무 아름다운 곳이에요. 사람들이 북적북적한 도심에서 벗어나니 너무 좋아요."

이로 체리를 반으로 쪼갠 후 씨를 뱉어낸 샌디는 목 깊은 곳에서부터 으으음 감탄사를 내더니 이탈리아인처럼 손가락 끝에 입을 맞추는 제스처를 했다.

"하나 드셔보세요. 너무 맛있어요."

"어이, 거기요! 시식용 아니라고요!"

이선이 두툼한 손가락을 좌우로 흔들며 야채·과일 코너로 다가왔다. 샌디의 얼굴이 창백해졌지만 토바는 웃으며 고개만 저었다. 이선의 눈이 반짝였다.

이선이 불쌍한 샌디의 어깨를 짓궂게 툭 밀었다.

"장난입니다, 장난. 몇 개 좀 집어 먹었다고 뭐라 할 사람 없어요. 올해 체리가 엄청 좋지 않습니까?"

샌디가 긴장된 웃음을 보였다.

"휴, 저는 동네에 하나뿐인 마트에서 출입 금지당하는 줄 알았어요."

"물론 아니죠. 얼마나 인심 좋은 동네인데요. 그렇죠, 토바?"

토바가 고개를 살짝 숙였다.

"그럼요."

이선이 웃으며 양쪽 엄지손가락을 앞치마 줄에 걸쳤다.

"두 숙녀분이 쇼핑도 하시고 시식도 하시게 그럼 저는 이만 가보겠습니다. 계산하실 때 불러주세요."

이선은 기분 좋게 고개를 숙여 보이고는 느릿느릿 근처 매대로 가서 쌓여 있는 멜론을 정리했다.

"이 동네, 정말 나름의 특색이 있어요."

샌디가 이선을 곁눈질하며 나지막하게 말을 이었다.

"애덤이 항상 소웰베이만의…… 뭐랄까, 정서에 대해 말하곤 했는데, 솔직히 말해 이곳에 오기 전까지는 전혀 감이 안 왔거든요."

"네, 그렇죠."

토바는 타일 바닥을 내려다봤다. 아마도 이 동네 나름의 특색에 자신도 포함되어 있을 것이다.

"제가 작은 마을에 살게 될 줄은 꿈에도 몰랐어요. 사람들이 다친절하지만, 어…… 뭐라고 해야 될까요. 서로 너무 관심이 많다고 해야 할까요?"

"우리는 서로 챙겨준다고 표현하는 쪽이죠."

체리 한 봉투를 저울에 올리는 샌디의 산호색 입술에서 어느샌가 긴장된 미소가 사라져 있었다.

"애덤은 제가 곧 적응할 거래요."

"애덤 말이 맞을 거예요."

토바는 이렇게 말하며 어색한 미소를 지었다. 차터빌리지 사람들은 무엇에 대해 수다를 떨까? 그곳에서도 자신은 특색 있는 사람이 될까? 어쩌면 라스와 가까웠던 이를 만날지도 모른다. 오빠를 알았던 사람을 만나는 게 좋은 걸까, 나쁜 걸까?

"애덤 이야기가 나와서 말인데요."

샌디가 보석 장식이 박힌 샌들 신은 발 위치를 바꿔 자세를 바로잡았다. 갑자기 더는 동네에 하나뿐인 마트 안 야채·과일 코너에 있는 사람 같지 않았다.

"식당에서 애덤이 보인 행동에 대해 사과드려야 할 것 같아요. 한낮에 술을 그렇게 마시다니! 요즘 스트레스를 많이 받아서요. 이사며, 일이며, 또……."

"괜찮아요, 샌디."

진심이었다.

"네."

샌디는 여전히 무척이나 민망한 얼굴이었다.

"한 가지 말씀드릴 게 더 있어요. 그날…… 했던 말이요."

토바는 샌디의 심박이 빨라지는 것을 느끼며 뒷말이 이어지길 기다렸다.

"이름이 기억났나 봐요. 아드님이 만나던 여자요."

체리 더미가 핑크빛과 붉은빛이 회오리치는 바다로 변했다. 토바는 갑작스럽게 이는 현기증에 맞서 저울을 잡고 버텼다. 이제 그녀의 머리는 한 가지 생각을 축으로 빙글빙글 돌았다. 그 여자아이에게 이름이 있다.

"설리번 부인, 괜찮으세요?"

"그럼요."

잠긴 목소리가 나왔다.

"예, 그럼."

믿지 못하겠다는 듯 샌디가 머뭇거리며 덧붙였다.

"애덤은 아무 말도 하지 말라는 쪽이었는데, 저라면…… 제가 아이를 잃었다면 아무리 사소한 거라도 몰랐던 이야기가 있다면…….."

알고 싶은 게 당연하죠. 토바는 눈을 꼭 감으며 현기증을 가라앉히려 했다.

"이름이 다프네라고 하더라고요. 성은 기억 안 나는데 같은 고등학교 학생이었대요."

"다프네."

토바가 따라 말했다. 그 이름은 딱딱하게 굳은 오래된 껌처럼 토바의 혀끝에서 견고하게 덩어리졌다.

무거운 찰나의 시간이 흘렀다. 결국 샌디가 우물거렸다.

"네, 이제 알게 되셨네요."

토바는 샌디가 장바구니를 드는 모습을 바라봤다. 눈물이 차오른 눈가가 당겨왔다.

"고마워요, 샌디."

샌디는 어색하게 고개를 숙이고는 토바의 팔을 잠시 잡았다 놓은 후 계산대로 몸을 피했다. 옆에서 이선이 바라보는 게 느껴졌다.

양손에 멜론을 든 이선이 침묵을 메웠다.

"샌디 휴잇이 무슨 말을 했나요?"

토바가 미간을 찌푸리며 차가운 밤하늘 아래 장미 꽃봉오리처럼 입을 꾹 닫았다.

"아무것도 아니에요."

"누구 이름을 말했잖아요."

"그냥 옛날 일이에요."

"다프네라는 이름을 말하지 않았습니까?"

토바가 체리 봉지 두 개를 들어 보였다.

"계산해야겠네요. 이것 좀 계산대로 가져가서 찍어주실 수 있나요?"

오늘 저녁 식사는 없을 예정이다.

제철을 맞은 체리 2파운드와 대충 고른 식료품들이 토바 주방 카운터 위에 내팽개쳐져 있었다. 그 옆에는 부주의하게 던져진 그녀의 수첩이 비스듬히 놓여 있었다.

위층 다락방으로 올라간 토바는 더는 난장판인지 어쩐지 생각지도 않고 리넨과 그릇 더미를 헤치고 나아갔다. 그것은 창문 옆 제일 끝 선반 마지막 칸에 있었다. 소웰베이 고등학교, 1989년 졸업.

30년 전, 뭐라도, 뭐든지 찾고 싶었던 토바는 이 졸업 앨범을 샅샅이 뒤졌었다. 물론 그 이후로도 세월에 굳어버린 제방 사이로 아주 작은 추억의 물길이라도 비죽 새어 나오면 토바나 월은 이것을 들추곤 했다. 이 앨범 속 에릭의 사진들은 하나도 빠짐없이 토바의 머릿속에 저장되어 있다.

지금은 에릭을 찾는 것이 아니었다.

졸업생 명단이 있는 곳을 찾아 책장을 넘기는 토바의 입속은 무감각하고 건조했다. 글씨가 너무 작아 돋보기가 필요했다. 블라우스 가슴에 달린 주머니를 더듬거려 안경을 꺼낸 뒤 얼굴에 욱여넣듯 걸쳤다. 명단을 발견하자 헉하고 들이마신 숨은 가슴에서 한참을 그대로 머무르다, 한 자 한 자 빠짐없이 확인하며 아래로 계속 내려가 마침내 마지막 Z에 이르고서야 거칠게 토해졌다. 다프네라는 이름은 딱 한 명뿐이었다.

캐스모어, 다프네 A.

14쪽, 63쪽, 148쪽.

불가능한 종이 걸림

:
.

"그렇게 좀 쳐다보지 마."

대답으로 문어는 캐머런에게 시선을 고정한 채 팔 끝을 수조 뒤쪽의 펌프 필터 너머 작은 구멍에 넣었다. 협박이었다.

"내 말 들리는 거 다 알아."

피곤한 듯 이마를 문지르며 캐머런은 생각했다. 도대체 내가 지금 무슨 소리를 하는 거지? 문어는 영어를 알아듣지 못해. 아니 영어뿐 아니라 다른 어느 나라 말도. 당연한 거 아닌가.

"배고파? 내가 고등어 양동이 들고 여기저기 돌아다닐 땐 뭐 하고? 고등어가 네 수준엔 안 맞아?"

문어가 캐머런을 향해 눈을 깜빡였다. 너무도 순진무구한 눈빛이었다. 문어의 팔이, 그 끝이 구멍을 통과했다.

"안 돼. 하지 마. 오늘 밤에는 탈출하면 안 돼."

캐머런은 굽이진 복도 바닥에 대걸레를 내팽개치고 급히 뒤쪽 펌프실로 달려갔다. 토바는 저 괴물에게 자유가 필요하다 어쩐다 했지만 다시는 열리지 않도록 짜증나는 수조를 고쳐야 했다. 토바가 지금 여기 있는 것도 아니니까. 그래서 또 이상하기도 했다. 토바가 말 한마디 없이 사라질 사람이라고는 생각하지 않지만 시간이 갈수록 오늘은 오지 않을 것임이 확실해졌다.

어쩌면 그래서 문어가 저리도 기분이 안 좋은 건가 싶었다.

"얌전히 있어."

작업대에서 찾은 노끈을 수조 뚜껑에 있는 구멍에 감은 후 옆 수조 지지대에 연결해 단단히 묶었다. 문어는 캐머런의 움직임을 뚫어져라 바라보며 구멍 가까이로 다가왔다. 한동안 캐머런을 무섭게 쳐다보던 문어는 자신의 보금자리로 활강하듯 사라지고 그 뒤로 기포만 잔뜩 남았다.

"너도 잘 자렴."

캐머런이 작게 말했다. 약간의 죄책감이 들었지만 이게 최선이었다. 도와줄 토바도 없이 여기저기 돌아다니는 문어를 상대해야 한다니 생각만 해도 두려웠다. 마침 딩동 소리가 울리자 캐머런은 소스라치게 놀랐다.

새 핸드폰에서 나는 소리였다. 아직 핸드폰 소리에 익숙지 않았다. 최고급 핸드폰을 살 여력은 안 됐지만 이 정도면 괜찮은 모델이었다. 적어도 배터리가 10분은 넘게 지속되니까.

또 에이버리일까? 기대감에 맥박이 빨라졌다. 온종일 달콤한 문자를 나눴다. 하지만 에이버리가 아니었다. 엘리자베스의 문자에 이렇게만 적혀 있었다. 전화 줘.

아기가 태어난 건가. 예정일이 언제였지? 소웰베이에 온 것이 엊그제 같았지만 벌써 두 달이나 지났다. 청소 카트에 핸드폰을 받치고 이어버드를 귀에 꽂은 캐머런은 통화 버튼을 눌렀다.

엘리자베스가 곧장 전화를 받았다.

"리저드-브레스, 괜찮아?"

캐머런의 심장이 여전히 빨리 뛰었다. 출산 중에 벌어질 수 있는 사고야 너무 많았다. 캐머런의 목소리에 엘리자베스가 나직하게 웃는 걸로 보아 병원 침대에서 피를 쏟고 있는 것은 아니었다.

"괜찮아, 캐멀-트론. 뭐 괜찮다고 봐야지. 의사가 침대에서 절대 안정을 취하래."

"절대 안정?"

"응, 진통이 왔거든. 병원에서는 에일리언이 배 속에서 몇 주 더 익어야 한대."

"저런. 그래도 설익은 에일리언은 싫으니까."

"그래서 침대에 갇혀 지내고 있어."

"그러니까 하루 종일 침대에 누워만 있다는 거야? 부러운데."

캐머런은 대걸레의 물기를 짜냈다.

"끔찍하다고! 지겨워 죽겠어."

"그래도 브래드가 수발 다 들어줄 거 아냐."

"브래드가 그릴드 치즈 샌드위치 만들어주려다 소방차가 왔지."

이어버드를 통해 들리는 엘리자베스의 웃음소리는 꼭 곁에 있는 것처럼 생생했다. 그 순간 명치가 뻥 뚫린 듯 지독하게 공허한 감정이 밀려들었다.

엘리자베스가 말을 이었다.

"그건 그렇고, 저번에 여행 채널에서 하는 프로그램을 보고 있었거든. 요즘 텔레비전밖에 안 보고 살아서. 거짓말 아니고 하루에 열네 시간은 멍하니 텔레비전만 봐."

"그것도 부럽고."

캐머런이 말했다. 허리를 숙여 바닥에 떨어진 사탕 봉지를 주웠다.

"지겨워. 뭐 어쨌거나, 사이먼 브링스가 프로그램에 나온 거야. 요즘 별장 시장 동향이랑 이런저런 지루한 이야기로 인터뷰를 하더라고. 그냥 흘려듣는데 그 이름이 나오더라고. 그래서 네 생각이 났지. 전화해서 어떻게 되고 있는지 물어봐야겠다 싶어서."

"아쉽지만 사이먼 브링스 쪽 일에는 별 진전이 없어."

지금까지 있었던 일을 들려주며 달리 방도가 없는 답답한 현상황을 설명했다.

"그곳 생활은 마음에 들고?"

말 중간중간 걱정스러운 신음 소리가 들렸다.

"미안. 허리가 끊어지게 아파서 돌아눕느라. 해변에서 고래가 몸을 반대로 돌리는 장면을 상상하면 돼."

"리저드-브레스, 정말이지 장관이겠는데."

캐머런이 웃고는 덧붙였다.

"응, 뭐 괜찮은 거 같아."

캐머런이 잠시 말을 멈추었다 입을 열었다.

"누굴 만났어."

엘리자베스가 비명을 질렀고, 캐머런은 깊어지고 있는 에이버리와의 관계를 청소년 관람 등급 수위로 이야기해주다가 어느새 바닥 청소를 끝냈다.

왕복 걸레질을 마침과 동시에 전화를 끊고 나자 다시 문어 수조 앞이었다. 커다란 친구는 수조 아래 구석에서 팔들을 물에 흩날리며 캐머런을 바라보고 있었다.

"착해라, 착한 문어야."

캐머런이 중얼거렸다.

그때 정문 로비에서 짤랑대는 열쇠 꾸러미 소리가 났다.

토바? 스스로도 놀랄 정도로 열쇠 소리가 반가웠다.

하지만 뒤이어 울리는 발자국 소리는 무겁고 빨랐다. 잠시 후 꺾인 복도 끝에서 테리가 걸어오고 있었다. 캐머런은 실망감을 감추려 노력했다.

"어이, 캐머런."

관장이 활짝 웃었다.

"별일 없어요?"

"네. 이상 없습니다."

캐머런은 믿음직스러운 인상을 주려고 턱을 살짝 들었다. 엘리자베스와 통화하는 모습을 들키지 않아 다행이었다.

"좋아요. 일 잘하고 있나 확인하려고 들렀어요."

캐머런의 눈이 커지자 테리가 웃으며 말했다.

"농담이에요! 사무실에 뭘 좀 두고 가서요."

"깜빡 속았어요, 관장님."

"그럼 계속 잘 부탁해요. 바다 청소 끝난 데 밟지 않도록 반대편으로 돌아갈게요."

복도를 돌아 나갈 때쯤 테리가 걸음을 멈추고 뒤를 돌았다.

"아, 캐머런. 그 서류를 확인해야 하는데 혹시 다 작성했어요?"

"아, 아직이요."

테리는 시설 관리과 인사 서류를 작성해달라고 꽤 오래전부터 말했었다.

테리가 팔짱을 꼈다.

"두 달이나 됐어요."

"네, 알고 있습니다. 죄송해요."

"우선순위로 처리해주세요. 번거로운 일인 건 알지만 벌써 시간을 꽤 준 것 같은데요. 규칙은 규칙입니다."

"오늘 저녁까지 하겠습니다."

"아, 그리고 면허증 사본 한 장 더 요청해도 될까요? 입사했을 때 받은 게 도통 보이질 않아서요."

캐머런의 손이 뒷주머니로 향했다. 지갑이 만져졌다.

"그럼요."

"좋습니다. 오늘 밤 퇴근 전에 제 책상 위에 올려놔주세요."

"그렇게 하겠습니다, 관장님."

서류 작성은 캐머런의 분야가 아니었다. 아쿠아리움 로비의 테이블에 앉아 푸르스름한 수조 불빛 아래 펜을 쥐고 구겨진 인사 서류를 마주하자니 머세드밸리 사건이 떠오르지 않을 수 없었다.

머세드밸리 전문대가 아이비리그 대학은 아니지만, 그래도 그곳에서 캐머런에게 입학 허가를 내줬었다. 심지어 전액 장학금도 제공하는 조건이었다. 캐머런은 그저 몇 가지 서류를 작성하기만 하면 됐다. 종이 몇 장에 서명만 하면 공짜였다.

캐머런은 학과 카탈로그를 살피며 어떤 수업을 들을지 골랐다. 특히나 철학 수업이 기대되었다. 하지만 커피 테이블 잡동사니 속에 방치된 장학금 신청서에는 피자에서 나온 기름기와 동그란 맥주 캔 자국만 쌓여갔다.

진 이모가 크게 화를 냈다. 별다른 이유도 없이 미래를 망치고 있다면서. 망할 서류 몇 장만 작성하면 되는 거였다! 20분 정도 면 끝날 일이었다. 너 도대체 왜 이러는 거야? 이모가 물었다.

좋은 질문이었다.

10분 후, 아쿠아리움 인사 서류가 완성되었고, 테리의 책상에 서류를 올려둔 캐머런은 면허증도 복사해야 한다는 게 떠올랐다. 테리 사무실 구석에 있는 먼지 쌓인 복사기에 전원을 켜자 이륙하는 우주선처럼 요란하게 윙윙대고 삐삐거리는 소리가 났다. 복사기가 가동할 준비를 마치길 기다리며 테리의 책상 위 작은 병 안에 든 민트를 하나 집어 먹었다.

복사기가 준비를 마치자 위에 면허증을 올리고 초록색 큰 버튼을 눌렀다. 그러자 여러 차례 삐삐대며 경고음이 울렸다.

C서랍 용지 걸림. 작은 화면에 이런 메시지가 떴다. 주저앉아 서

랍을 확인했다. A와 B, 두 개뿐이었다.

난감했다.

보이는 뚜껑, 서랍, 문은 죄다 열어봤지만 C서랍도, 걸린 용지도 찾을 수 없었다. 초록색 버튼을 다시 눌러봐도 화면에는 같은 메시지만 깜빡였다. 복사기를 끄고 전원을 켜길 세 번이나 반복했다. 복사기는 있지도 않은 서랍에 무언가 걸려 있다며 꿈쩍도 하지 않았다.

"웬 멍청이들이 만든 멍청한 기계 같으니라고."

캐머런은 중얼대며 복사기에서 면허증을 끄집어낸 뒤 전원을 꺼버렸다.

어깨를 으쓱하며 면허증을 테리 책상 위에 올려두었다. 내일 저녁에 받으면 된다.

아, 그 청년에게 겁을 주는 게 진짜 즐겁다. 악의는 없다는 점을 믿어주길 바란다. 오히려 그 반대다. 어떤 인간들은 본인을 위해서 이런 식의 자극이 필요하다. 나는 이해할 수 있다. 내 두뇌는 강력한 장치이나 내 주변 환경에 의해 그 힘이 제한되는데, 그 청년 또한 마찬가지 상황이었다.

물론 그가 해피 엔딩을 맞이하길 바란다. 토바도. 죽어가는 내 마지막 소원이라고 볼 수 있다.

어쨌든, 오늘 밤의 주제는 문서다. 인간과 문서. 그 엄청난 낭비에 대해. 인간의 기억력이 그렇게 형편없지만 않았다면 그렇게 많은 문서 기록이 필요하지는 않을 텐데.

하지만 오늘 밤에는 문서에게 고마울 따름이다.

그가 내 수조에 설치한 끈은 아무런 역할도 하지 못했다. 그가 청소를 마치고 떠난 후, 때가 되자 나는 끈의 매듭을 풀고 늘 하던 대로 뚜껑을 들어 올렸다. 내 능력을 이렇게나 과소평가하다니 모욕감을 느껴야 하는 건가?

테리 사무실까지의 여정에는 유혹이 가득했지만, 내 행동에 따른 **결과**라는 것이 요즘 들어 더욱 빠르게 나타나기에, 가는 길에 나를 괴롭히는 모든 연체동물의 유혹을 뿌리쳤다. 태평양구이덕이 특히나 오늘 밤 딱 먹기 좋게 영글어 보였다. 인간들은 구이덕(geoduck)을 구이 덕(gooey duck, 쫄깃한 오리―옮긴이)이라 부르기도 하지만, 이 조개의 식감은 단단한 쪽에 가깝다.

하지만 오늘 밤은 안 된다. 더 중요한 일이 있다. 솔직히 말해 근래 들어 식욕이 좀 사라지기도 했다.

빨판으로 테리의 책상 옆을 기어올랐을 때, 내 계획에서 가장 중요한 물건이 보였다.

면허증. 내 수집품 중 하나와 똑같이 생긴 것. 인간의 이름과 생년월일이 적혀 있다.

시간이 흐르자 **결과**가 눈앞에 가까워졌고, 나는 그 얇은 플라스틱 카드를 챙겨 복도로 나갔다. 목적지에 다다랐을 땐 몸에서 기운이 빠져나가기 시작한 지 오래였다. 간신히 그 카드를 바다사자 동상 꼬리 아래로 밀어 넣었다.

수조로 되돌아오는 여정은 느리고 힘들었다. 시멘트로 된 복도를 따라 내 몸을 끌어당기며 몇 번이나 이대로 죽을지도 모른다고 생각했다. 바로 그 순간, 그 자리에서. 다시는 가리비를 맛볼 수 없을 것이다. 다시는 차가운 유리벽에 빨판이 달라붙을 때의 기분을 느낄 수 없고, 그녀의 팔목 안쪽에서 전해지는 인간의 온기를 경험할 수 없고, 결국 내 수집품 속 보물도 만질 수 없을 것이다. 오늘 밤 죽는다면, 이 여정이 가치 있는 것이었을까?

물론이다.

오늘 밤 토바는 오지 않았다. 어쩌면 내일도 안 올지 모르지만, 그래도 언젠가는 올 것이다. 작별 인사도 하지 않고 떠나지는 않을 거라고 확신한다.

그녀는 바다사자 동상의 꼬리 아래를 닦지 않고는 못 배길 것이다. 그냥 지나쳤던 적이 없다. 그곳을 청소하는 것이 그녀뿐이라는 것을 스스로 잘 알고 있다.

그때 내가 그녀를 위해 무엇을 남겼는지 보게 될 것이다. 그렇게 되면 진실을 알게 될 것이다.

부도수표

이선은 얼음 두 개가 담긴 잔에 라프로익 싱글 몰트를 붓고 군데군데가 푹 꺼진 작은 소파에 앉았다. 거실이 저녁 빛에 슬금 물들어가고 있었다. 해가 유리창에서 유유히 모습을 감추는 데 맞춰 잔에 담긴 위스키도 느리게 줄어들었다.

캐스모어.

캐머런이 처음 이름을 말했을 때부터 그 성이 그의 머리 한편을 내내 괴롭혔다. 캐스모어란 이름을 분명 들어봤는데, 도대체 어디서 들었지? 그러던 중 오늘 아침 양치를 할 때 문득 한 가지 기억이 떠올랐다.

부도수표.

마트에서 수표 결제가 흔했던 시절 한번씩 벌어지는 일이었다. 부도수표가 나오면 벽에 걸어두던 시절이었다. 구십 몇 년도 일이었던 것 같다.

숍웨이 매장을 매입했을 때 카운터의 금전등록기 아래 구깃구 깃해진 오래된 종이들이 붙어 있었던 것을 아직도 기억하고 있다. 고객들이 내민 부도수표들이었다. 고객들을 향한 경고였다. 꽤 오래된 것들도 있었다. 그중 하나의 위쪽 주소란에 다프네 캐스모어라는 이름이 찍혀 있었다. 안쓰러울 정도로 적은 금액이었다. 6달러 가짜 수표를 내고 잔돈 얼마를 가져갔다.

당시 이선은 그 부도수표들을 곧장 모두 떼어버렸다. 그런 식으로 가게를 운영하고 싶지 않았다. 다만 그 이름들만은 머리에 기억해두었다.

다프네와 캐머런의 연결고리를 찾는 것은 상당히 쉬웠다. 그가 몇 달 전 프리미엄 멤버십을 결제한 혈통 찾기 사이트에서 몇 번의 클릭을 하자, 다프네 캐스모어(결혼 후에는 다프네 스콧)와 그녀의 이부형제가 나왔다. 진 베이커, 60세, 캘리포니아주 머데스토. 온라인상에서 베이커 부인의 강렬한 존재감은 대체로 수집가와 송화인 커뮤니티 몇 곳에서의 활동으로 드러났다. 이선은 이런 사람들을 안다. 쓰레기를 사고파는 일을 밥 먹듯이 하는 사람들. 캐머런이 이모의 수집벽에 대해 불만 어린 이야기를 한 적이 있었다. 모든 것이 맞아떨어졌다.

잔에 남은 스카치를 모두 입속으로 털었다. 더는 수표를 쓰는 사람이 없어 다행이었다. 소위 사기꾼이라는 명칭으로 그런 식으로 벽에 걸려 공개적으로 손가락질당하는 일은…… 너무 가혹했다. 특히나 다프네 캐스모어의 부도수표는 누가 썼는지는 몰라도 항상 안쓰러운 생각이 들었다. 이렇게 적은 금액으로 비난을 당해야 한다니. 그녀의 명예를 실추시킨 고작 6달러어치의 식료품은 무엇이었을까?

멀쩡한 사람이었다면 그런 소액으로 모욕을 당하는 일은 없었을 것이다.

캐머런이 모친에 대해 들려준 이런저런 이야기를 종합해보면 문제가 많았던 건 분명해 보였다. 모친 이야기가 나오면 캐머런은 입을 꾹 다물었지만 약물중독 문제 정도는 파악할 수 있었다. 더는 엮이고 싶어 하지 않는 캐머런을 비난할 수 있을까? 그는 엄마에게 버림받은 아들이었다.

이제 거실은 완전히 어둠 속에 잠겼고, 라프로익 한 잔을 더 하러 주방으로 가는 길에 아까 벗어둔 신발에 걸려 넘어질 뻔했다. 숍웨이 야채·과일 코너에 있던 샌디 휴잇의 입에서 그 이름이 나왔던 만큼 지금쯤이면 벌써 동네에 소문이 퍼졌을 테니 캐머런에게도 언질을 해야겠다는 생각이 들었다. 결국은 캐머런 귀에 들어갈 테니까. 30년 전 10대 남자아이 실종 사건에 대해 그의 모친이 뭔가를 알고 있지만 지금껏 한마디도 하지 않았다는 소문 말이다. 엄마에 대한 캐머런의 적대심이 이 일로 더욱 나빠질 수 있을까? 그가 태어나기도 전의 일인데.

어쩌면 태어나기 전의 일이 아닐지도?

캐머런 나이가 어떻게 되더라? 나이를 말한 적이 있는지도 기억나지 않지만 그래도 스물다섯은 넘어 보이지 않는데?

더구나 토바 문제도 있었다.

어떤 사람이 구매한 물건을 봉투에 담아주는 일을 아주 오랫

동안 하다 보면 그 사람에 대해 많은 것을 파악하게 된다고 말할 수 있을까? 지금 다프네 캐스모어에 대한 정보를 쫓고 있을 게 분명한 사람이라는 것 정도는 알 수 있다. 토바는 그 여자가 밝혀지지 않은 사실을 들려줄 수 있을 거라 믿고 있고, 그래서 그 여자를 찾는 일을 절대로 멈추지 않을 것이다. 이선은 토바가 에릭의 사망에 대한 공식적인 기록을 단 한 번도 믿은 적이 없다는 것을 잘 알고 있었다.

그렇다면 이제 어떤 일이 벌어질까?

토바에게 캐머런이 다프네 캐스모어의 아들이라고 알려줘야 한다. 친구에게서 들어야 하는 이야기다. 토바와 캐머런은 친한 사이가 되었다. 그 청년이 토바의 단단한 껍질을 어떻게 부쉈는지 이선은 도무지 알 수 없었다. 자신만 해도 1년 가까이 걸렸는데. 하지만 캐머런의 모친이 본인 아들과 연관이 있을지도 모른다면, 토바는 캐머런을 볼 때마다 어떤 생각을 하게 될까?

밤 10시가 넘었지만, 토바 설리번은 야행성이었다. 생각을 정리한 그는 수화기를 들었다. 토바를 저녁 식사에 초대할 생각이었다.

공짜 음식의 허점

∴

캐머런은 심각하게 말라비틀어진 복숭아를 한 입 깨물고는 남은 건 잔교 끝에 있는 쓰레기통에 던졌다. 이선이 주는 유통기한 지난 음식은 축복이기도 하지만 저주가 될 때도 있었다. 그래도 올여름 동안 식료품 비용을 크게 아꼈고, 더구나 이선 집 진입로에 캠핑카를 무료로 세워두니 그에게 큰 빚을 지고 있는 것은 확실했다.

퓨젓사운드 밤하늘의 별들이 새카만 바다에 흩뿌려진 은빛 점처럼 아름답게 빛나는 모습을 보니 에이버리 콧잔등에 내려앉은 진갈색 주근깨가 떠올랐다. 그는 바다를 등지고 걸어 나와 핸드폰이 충전 중인 캠핑카로 향했다. 캠핑카를 이곳 바닷가에 대고 아침에 창밖으로 바다만 펼쳐진 광경을 마주하면 어떤 기분일까 여러 번 생각했었다. 한번 해볼까 했지만 야간 순찰대이자 이선의 친구인 마이크라는 사람이 공공장소에 주차된 캠핑카를 견인해 가는 취미가 있다는 이야기를 이선에게서 들었다. 마이크라는 불쌍한 노친네에게 따분한 새벽에 할 일만 주는 셈이었다. 언젠가 바다가 내려다보이는, 이 동네의 집을 사서 살게 될지도 모른다. 사이먼 브링스만 찾는다면 가능한 일이었다.

하지만 그건 먼 훗날의 달콤한 꿈으로, 오늘 밤에는 다시 언덕길을 올라 이선 집 진입로에 차를 대야 했다. 일단은 은행 앱을 열어 급료가 들어왔는지부터 확인했다. 잘 입금되어 있었다. 이로써 진 이모에게 갚을 돈이 마련된 셈이다. 약간의 돈을 더 보태 이체 버튼을 누르자 짜릿함이 몰려왔다. 이모에게 문자와 하트 이모티콘을 보냈지만 지금쯤 잠들어 있을 게 뻔했다. 11시가 넘었으니.

잔액으로 수백 달러만 남았다. 저축해야 옳았다. 그게 맞는 거였다. 하지만 자신이 아주 잘 아는 인디 밴드 음원 판매 사이트에 접속했다. 모스 소시지도 이곳에 음악을 올리곤 했지만 지금은 그래서 들어온 건 아니었다. 캐머런은 호기심에 자신의 이름을 쳐봤지만 검색 결과는 없었다. 뭐, 그리 놀랄 일은 아니다. 아마도 브래드가 모스 소시지 관련 정보를 모두 내렸을 것이다. 그런 거지, 뭐. 대신 그는 알려지지는 않았지만 꽤 괜찮은 음악을 하는 잼 밴드 두 개를 찾았다. 이선의 스타일인 '더 데드'나 '피시'와 비슷한 느낌이지만 요즘 밴드였다. 캐머런 캐스모어는 거지 같은 캠핑카에 사는 패배자에 망가진 인간일지 몰라도 무엇이 좋은 음악인지는 잘 안다. 그는 두 밴드의 디지털 앨범을 구매한 후 배송지로 이선의 이메일을 입력했다.

이제 시작이었다.

핸드폰 진동이 울릴 때 캠핑카 창밖은 여전이 깜깜했다. 여기 저기 손을 더듬거린 끝에 핸드폰을 찾았다. 진 이모의 번호가 화면에 뜬 것을 보자 심장이 내려앉는 것 같았다. 지난번 이모가 한밤중에 전화했을 때, 이모는 머리를 다치고 고관절이 조각난 채로 델스 바 사건 진술서를 받으려는 경찰 두 명이 지키고 있는 병실에 누워 있었다.

"여보세요?"

캐머런이 숨도 쉬지 못한 채 전화를 받았다. 지난번에야 병원에서 20분 거리에 있었지만 지금은 차로 얼마나 걸릴지 생각도 하기 싫었다.

"나 괜찮아, 캐머런."

이모는 걱정스러운 그의 목소리를 눈치챈 것 같았다.

"그럼 왜 이 시간에 전화했어요? 새벽 1시에?"

"나 때문에 깼니?"

"당연하죠."

"지금 바에 가 있거나 그럴 줄 알았지."

"아뇨. 엄청 깊게 자고 있었어요. 오늘 일이 많았거든요."

"미안하구나. 돈 잘 받았다고 말해주려고. 너무 많이 보냈던데."

이모가 상황에 어울리지 않게 휘파람을 불었다. 술을 마시고 있었나? 전화 너머로 남자 목소리가 언뜻 들리자 캐머런은 월리 퍼킨스란 남자가 이모 트레일러에 같이 있는 건지 궁금해졌다.

캐머런이 눈을 비비며 자리에 앉았다.

"이자예요."

머릿속으로 우대 금리가 얼마고, 그 돈을 채권에 투자했다면 얼마의 이익을 봤을지 계산해 넣었다는 말은 하지 않았다. 이모가 채권 투자를 한 적도 없지만 그게 뭐 중요한가?

"우리 이자 이야기는 한 적이 없잖니."

"하지만 제가 빚을 진 거잖아요."

그것 말고도 빚진 게 얼만데, 이 말도 삼켰다.

"넌 나한테 빚진 거 하나도 없어."

발음이 부정확했다. 위스키를 마신 게 분명했다.

"정말 너한테 돈 받으려 한 적 없다는 거 알잖아."

"당연히 주려고 했어요."

잠시 망설이던 캐머런은 담요를 걷어찼다.

"사이먼 브링스에게서 못 받은 돈 받고 상황 정리되면 계약금으로 쓸 생각이에요."

"계약금?"

"이모 드릴 거요. 시내에 있는 집을 구할 때요. 이동주택 마을에서 나오라고요."

"나는 이동주택 마을이 좋아졌는데."

나이 지긋한 남성의 목소리가 들렸다.

"무슨 얘기야?"

"월리, 우리가 쓰레기 더미에서 사는 거 알고 있었어?"

캐머런이 화를 냈다.

"제가 언제 쓰레기 더미라고 했어요!"

"물론 꼭 그렇게 말한 건 아니지. 캐미, 네가 필요도 없는 사람에게 집을 사줄 만큼 갑자기 돈이 넘쳐난다니 좋은 소식이야. 하지만 그 돈을 좀 모아서 네 삶에서 뭔가를 이루려고 해보는 건 어떠니?"

"제가 지금 뭘 한다고 생각하는 거예요? 패가 거지 같은 게 제 탓은 아니잖아요."

"그래, 어떤 패를 쥐느냐는 누구의 잘못도 아니지. 다만 어떻게 게임을 할 건지는 네가 만들어갈 수 있어."

무언가를 얼음 잔에 따르는 소리가 잠시 멈췄다 다시 들렸다. 술 두 잔이 추가되었다.

캐머런이 캠핑카 뒷문을 열어젖히고는 구르듯이 빠져나와 이선 집 진입로를 서성거렸다. 맨발 아래 노면은 여름 한낮의 뜨거운 열기가 그대로 남아 있었다.

"제게 주어진 패로 할 수 있는 선에서 최선을 다해 게임을 하고 있어요. 제가 소웰베이 출신이라고 말해줬다면 좋았잖아요."

이모가 코웃음을 쳤다.

"그게 뭐가 중요한데?"

"서른 살이 되기 전에 벌써 아버지를 찾았을지도 모르죠."

"그 사람 네 아버지 아냐."

"왜 그렇게 확신하세요?"

"네 엄마는 내 동생이었다, 캐미."

이제 이모의 목소리는 지친 것을 넘어 패배감에 휩싸여 있었다.

"네 엄마가 수많은 잘못을 저질렀다 해도 바보는 아니었어. 네 아버지가 정말 무슨 거물 비즈니스맨이었다면…… 사회에 조금이나마 기여하는 사람이었다면, 아니 살아 있기라도 한 사람이었다면…… 글쎄다, 캐미. 그렇게 간단한 문제였다면 네 엄마는 그 사람이 어떻게든 네 삶에 함께하도록 했을 거야."

"엄마야말로 내 삶에 함께하지 않았잖아요."

캐머런은 진입로 틈에 자란 잡초 한 무더기를 발로 찼다.

"누군가를 놔주는 게 엄마한테는 세상 쉬운 일 같은데요."

그러자 이모가 다정한 목소리로 말했다.

"누군가를 놔주는 게…… 가장 힘든 일일 수도 있단다."

캐머런은 자신도 모르게 얼굴을 구겼다. 잔교 아래서 패들보드를 탈 때 에이버리가 했던 말과 기본적으로는 같았지만, 왠지 이모에게 들으니 발을 콘크리트 바닥에 찧고 싶었다.

"저 이제 자야 돼요. 아침에 근무해야 하거든요."

거짓말이었다. 정오가 되어야 일을 시작하지만 성실한 사람이 전화를 끊을 때 쓸 법한 변명을 대고 싶었다.

이모가 월리 퍼킨스와 또 대화를 나누는지 수화기를 잠시 감쌌다.

"그래, 캐미. 다음 달 크루즈 여행 전에 우리 시애틀에 갈 건데, 그때 볼 수 있으면 좋겠구나."

우리?

"예, 그럼요."

캐머런이 대답했다. 그러든가. 전화를 끊은 그는 캠핑카에 올라 뒷문을 세게 닫고는 다시 매트리스에 드러누웠다.

데이트는 아니야

그 주 토요일 오후 5시, 토바는 이선의 집에 도착했다.

데이트는 아니었다.

아주 어색하게 아기를 안는 모양새로 팔을 접어 팔꿈치 사이에 유리병을 끼우자 맨살에 차가운 기운이 전해졌다. 바브가 병을 내밀었던 방식보다야 이편이 이선에게 좀 더 정중하게 선물을 건넬 방법 같았다. 바브는 거칠게 병 주둥이를 잡고 들이밀었다. 우딘빌에 있는 와이너리에서 생산된, 맛이 무척이나 사랑스러운 지난 시즌 카베르네 프랑이니 데이트 자리에 반드시 가져가야 한다고 떠들어댔었다.

데이트는 아니야. 토바는 몇 번이나 되풀이했다. 캐머런이 자주하는 말처럼 100만 번쯤 되뇌었다. 그저 저녁 한 끼일 뿐이다.

간단한 식사. 이선의 초대에 응하며 토바는 이사 때문에 짐을 정리할 게 많아 간단히 하자고 밝혔다. 실제로 토바의 자유 시간은 스노호미시 카운티 공립 도서관이 허락하는 만큼 책을 낱낱이 뒤지며 다프네 캐스모어에 대한 정보를 확인하는 데 모두 소진해버린 상태였다. 하지만 이제 조사를 멈추었고, 지금껏 그리 도움이 될 만한 것은 얻지 못했다. 오늘 저녁에는 쉬면서 친구와 식사 한 끼 한다고 나쁠 게 뭐가 있겠는가?

친구? 이선이 친구인가?

어떤 경우라도 누군가의 집에 방문하면서 선물 하나 챙기지 않는 것은 예의가 아닐 것이다. 토바는 와인을 즐기는 편이 아니지만 사람들은 보통 와인을 선물하니까, 바브의 오지랖에 조금 고마운 마음도 들었다. 빈손으로 가는 무례를 저지를 뻔했으니. 와인 선물을 생각했다 해도 숍웨이에서 이선에게 줄 와인을 살 수는 없었을 것이다.

고개를 들고 짧은 진입로를 당당하게 걸어 나지막한 단층집으로 향했다. 아직 약간 불편했지만 발목은 거의 나은 상태였다. 청자색 꽃 여러 송이가 맺힌 수국이 지나치게 웃자라 작은 현관을 침범하고 있었다. 토바는 가지 하나를 들어 몸을 통과시킨 후 다른 마음이 들기 전 초인종을 눌렀다.

"안녕하세요, 토바."

이선이 몇 발자국 물러나며 안으로 들어오라고 손짓했다. 그의 목소리가 이상하리만치 기운이 없었다. 토바가 와인을 내밀자 감사 인사를 전한 뒤 벽 한구석에 살짝 비뚤게 설치된 코트 걸이를 가리키며 핸드백을 대신 걸어주겠다고 말했다.

"감사하지만 제가 그냥 갖고 있을게요."

토바는 성서 속 무화과나무 잎으로 알몸을 가리듯 핸드백을 허리춤으로 당겼다.

"네, 그럼 그렇게 하시죠."

세련된 카펫 위를 지나며 토바는 이 집을 잠식한 대상에 눈길을 빼앗기고 말았다. 거실 벽 전체에 걸쳐 빼곡하게 꽂혀 있는 음반들이었다. 그런데 싸구려 합판으로 된 선반 표면이 말려 올라가 있었다. 예전에 토바 집 선반이 이렇게 되었다면 윌이 수선했을 것이다. 말려 올라간 선반 표면 부분이 반쯤 들린 상처 딱지처럼 어딘가에 걸려 더 벌어지기 전에 뜯어내고 싶었지만 간신히 참았다.

누군가의 집에 들어간다는 것은 친밀한 행위다. 사진을 보려고 주변을 둘러봤지만 하나도 보이지 않았다. 대신 벽에 멋진 액자로 표구한 콘서트 포스터 여러 개가 걸려 있었다. 그레이트풀 데드, 헨드릭스, 롤링 스톤스. 10대 아이 방에 어울리는 분위기였지만 어쩐지 이선에게도 무척이나 어울렸다.

이선 뒤를 따라 들어간 주방은 놀랄 만큼 좁았다. 지글지글 익는 버섯 냄새가 나는 주방에서 이선과 한담을 나눴지만, 토바는 그런 식의 대화를 좋아하지 않아 내심 난감했다. 이선이 바브의 사랑스러운 카베르네 프랑을 가득 채운 고블릿 잔을 건네자 토바는 감사히 받았다.

"건배."

이선이 말했다.

"건배."

토바도 그의 말을 따라 하며 잔을 맞부딪쳤다.

잠시 동안 와인 몇 모금을 마신 후 토바는 싱크대에 놓인 캐머런의 선글라스를 알아보고 집어 들었다.

"캐머런을 머물게 해주다니 정말 친절하세요."

이선이 레드 와인을 팬에 붓자 곧장 쉬익 하는 소리와 함께 연기가 심하게 올라왔다.

"솔직히 말씀드리면 누가 같이 있으니 저도 좋더군요."

토바가 고개를 끄덕였다. 무슨 말인지 알 것 같았다. 캐머런이 아쿠아리움에 와서 토바도 좋았다.

"네, 그럼요."

"제 가족이 열네 명이나 됐어요. 형제자매가 열한 명이었죠. 어렸을 때는 나중에 크면 북적이는 식구로 터져 나갈 것 같은 집에서 살게 될 줄 알았어요."

토바가 미소를 보였다.

"저는 대가족을 꾸리는 걸로 유명한 건 아일랜드 사람인 줄 알았어요."

"아이고, 우리 스코틀랜드 사람도 지지 않습니다."

이선이 활짝 웃으며 불룩한 닭 가슴살이 담긴 접시 두 개에 버섯 소스를 올렸다. 토바 자신도 놀랄 만큼 입에 침이 고였다. 토바를 위해 누군가 이렇게 멋진 요리를 준비해준 것이 얼마 만인가?

두 사람이 마지막 닭고기 한 점을 맛있게 먹고 있을 때 방충문이 열렸다. 잠시 후 집으로 들어온 캐머런의 얼굴이 그늘져 있었다. 분노가 감돌던 눈은 이선과 식탁에 앉아 있는 토바를 보고는 혼란스러워졌다.

곧 다시 쏘아보는 눈을 했지만 이선에게만 한정된 눈빛이었다.

"저기요, 잠깐 이야기 좀 할 수 있을까요?"

이를 바득 가는 듯한 말투였다.

"그럼요. 말해요."

이선이 말했다.

"아까 패들 숍에 있었는데, 태너라고 이선 가게에서 일하는 애가 친구들과 들어오더군요. 걔들이 무슨 말을 했는지 아세요?"

캐머런이 차갑게 말했다.

"이선이 우리 엄……."

"아, 잠깐요."

이선이 자리에서 급히 일어나더니 캐머런을 향해 엄한 눈을 하고는 거실로 나갔다. 토바에게 고개를 돌려 실례하겠다고, 신경 쓰지 말고 식사를 마저 하시라고, 금방 돌아오겠다고 하면서. 두 사람은 그녀에게는 말소리가 전혀 들리지 않는 뒤쪽 침실로 사라졌다.

저 청년이 무슨 일 때문에 저럴까? 토바에게 찌릿한 죄책감이 관통했다. 지난번에 청소를 두 번씩 빼먹지 않았다면 캐머런에게 무슨 일이 생긴 건지 알았을 텐데.

'금방'이 길어졌다. 토바가 그나마 할 수 있는 일은 요리 뒷정리였다. 아무것도 안 하는 것보다는 나았다. 요리가 끝난 주방은 폭격을 맞은 듯했다. 와인 덕분에 살짝 어지러워진 머리로 그녀는 스펀지를 찾았으나 싱크대 주변에 도무지 보이질 않아 혀를 찼다. 이선은 뭘로 설거지를 할까? 주변 어디에도 스펀지나 행주가 보이지 않았다.

싱크대 옆 서랍을 열어보는 것이 합리적인 수순이었다. 하지만 열어보니 잡동사니뿐이었다. 그 옆 서랍도 서류와 도구, 특이한 물건만 뒤섞여 있었다. 한숨이 나왔다. 남자들은 늘 이런 걸까? 윌을 내버려뒀더라면 집에 있는 서랍이란 서랍은 모조리 잡동사니로 가득 찼을 것이다. 마셀러스가 보금자리 아래 모래 속에 파묻어둔 수집품이 떠올라 토바는 작게 웃었다. 하등 쓸데없는 물건들을 모아두는 건 종을 초월하는 수컷의 성향인가 보다.

싱크대 아래에는 설거지 관련 물건들이 있어야 하지만 하부장 문을 열자 보이는 것은 시리얼 상자와 전자레인지용 즉석밥이었다. 입이 떡 벌어졌다.

싱크대 밑을 팬트리처럼 쓰는 사람도 있나?

머리로 아드레날린이 솟구쳐 어지러웠다. 토바가 손을 댈 곳은 많았다. 주방 전체를 다시 정리하고 내부 보관장과 서랍을 말끔히 닦고 싶었다. 토바 같은 사람이 본인에게 얼마나 필요한 존재인지 이선은 알고 있을까?

토바는 눈을 감고 차분하게 심호흡을 한 번 했다. 지금은 우선 설거지에 집중하기로 했다.

싱크대 하부장을 다시 한번 살핀 토바는 해진 천 하나를 발견했다. 좀 더 자세히 들여다보니 프린트가 바랜 낡은 흰 티셔츠였다. 행주나 걸레로 쓰는 게 분명했다. 청소용으로 딱 좋았다.

마지막 그릇을 건조대에 올린 후 그 티셔츠로 이선이 무턱대고 따르는 바람에 주방 여기저기에 튄 카베르네 프랑을 닦아냈다. 와인이 스며든 축축한 티셔츠를 물로 씻어 짜내자 흐린 보라색 자국이 번져 있었다. 번쩍이는 주방을 보고 뿌듯함으로 차올랐을 때 어디선가 목소리가 들렸다. 남자 두 명이 주방으로 돌아오고 있었다. 이야기를 잘 마친 것 같았다.

캐머런은 토바에게 눈도 맞추지 않고 뒷문으로 곧장 향했다. 이내 고물 캠핑카의 시동 소리가 요란하게 울렸다.

"토바."

이선의 목소리가 잠겨 있었다.

"괜찮으세요?"

토바가 조심스럽게 물으며 한 걸음 다가갔다.

"드릴 말씀이 있습니다."

이선이 무게중심을 다른 쪽 다리로 옮겼다. 토바가 주방을 치웠다는 것을 아직 모르는 눈치였다.

"네, 어떤 말씀을?"

재촉하긴 했지만 괜한 짓을 한 건 아닌가 싶었다. 갑자기 집에 돌아가서 소파에 앉고 싶었다. 저녁 뉴스를 보고 싶었다. 크레이그 모레노와 칼라 케이첨, 기상학자 조안 제니슨이 깔끔하고도 정감 어린 대화를 주고받는 모습을 보고 싶었다. 토바는 물기를 짜낸 티셔츠 행주를 싱크대에 두고는 손깍지를 꼈다.

싱크대 위에 놓인 하얀 뭉치로 이선의 시선이 향했다. 두 눈이 뛰어나올 듯 커졌다.

"아니 이게 무슨……?"

주방을 가로질러 다가온 그는 와인이 물든 행주를 집어 들었다. 불그스레한 뺨에 핏기가 가셨다.

긴장한 토바가 자세를 바로 하고 섰다.

"무슨 짓을 하신 겁니까?"

"설거지요."

토바는 양팔을 허리춤에 댔다.

"주방을 청소하고, 설거지하고, 닦았어요. 싱크대 아래도 정리하고 싶었는데……."

"아."

이선이 쉿소리를 냈다. 행주가 된 티셔츠를 식탁에 펼치고 의자에 주저앉은 그는 양손으로 머리를 감쌌다. 그가 먹먹한 목소리로 말했다.

"그레이트풀 데드, 메모리얼 스타디움, 1995년 5월 26일."

"그게 무슨 소리예요?"

이선이 고개를 들자 두 눈이 젖어 있었다.

"이 밴드의 시애틀 마지막 공연이요. 제리 가르시아의 마지막 공연."

"아…… 저는……."

토바는 어지러워졌다. 그레이트풀 데드의 리드 싱어인 제리 가르시아가 1995년 사망했다는 건 알고 있었다. 십자말풀이 출제진은 한번씩 그런 식의 힌트를 주었고, 그럴 때마다 토바는 팝 문화를 잘 아는 사람에게는 너무 시시한 문제일 거라고 생각했다.

"저 티셔츠, 그 공연 때 산 거예요. 진귀한 물건이죠."

이선이 몸을 일으키며 긴 숨을 내쉬었다.

"하지만 싱크대 아래에 있었어요."

이선이 손을 뻗어 하부장을 가리켰다.

"맞아요. 바로 저 옷장 안에 있었죠."

"저건 옷장이 아니잖아요. 보관장이라고요."

"문이 두 개 달린 칸인 건 맞잖습니까! 뭐가 다른가요?"

토바가 팔짱을 꼈다.

"보통 사람들은 싱크대 아래에는 청소 용품을 보관하죠."

"보통 사람들이 뭘 하든 무슨 상관입니까?"

이선이 손으로 미간을 잠시 쥐었다 놓고는 물었다.

"레드 와인 자국이요, 지워지겠죠?"

"조금 흐려질 수는 있을 거예요. 표백제 원액을 쓰면요."

"하지만 그러면……."

토바가 순순히 인정했다.

"네. 옷에 찍혀 있는 것들이 전부 다 지워져요."

아무 말 없이 천천히 자리에서 일어난 이선은 바브의 카베르네 프랑 병에 남은 술을 모두 잔에 붓고는 단숨에 들이켰다. 그 모습을 지켜보던 토바는 갑자기 턱을 꽉 다물고 두 발이 땅에 박힌 듯 꼿꼿이 섰다. 세상에 누가 중요한 옷을 주방 싱크대 하부장에 보관할까? 더구나 그렇게 색이 바래고 낡고 망가진 옷을?

아니, 낡고 망가진 게 아니다. 좋아해서 자주 입은 옷인 것이다.

"미안해요, 이선."

그가 어깨를 폈다.

"아닙니다. 괜찮아요."

"전 그만 가볼게요."

토바가 떨리는 목소리로 말했다.

"오늘 저녁 식사 고마웠어요."

"잠시만 기다려주세요. 제가 중요하게 드릴 말씀이 있습니다. 오늘 저녁에 초대한 이유는 사실……."

하지만 토바는 핸드백을 꼭 쥔 채 벌써 걸음을 옮기고 있었다. 그녀 뒤로 현관문이 조용히 닫혔다.

진귀한 물건

:

    토바는 평생 록 음악에는, 적어도 모던 록에는 관심이 없었다. 어렸을 때야 척 베리와 리틀 리처드를 좋아했다. 로큰롤의 제왕 엘비스 프레슬리도. 신혼 때 토요일 주말이면 윌과 시내에 나가서 발이 붓도록 지르박을 췄다. 하지만 10대였던 에릭이 방에서 카세트 플레이어로 듣던 음악은 그야말로 소음 그 자체였다.

    재니스 킴의 노트북에서 흘러나오는 기타와 드럼이 섞인 음악은 그 중간 어디쯤이었다. 토바는 리드 싱어가 무슨 말을 하는지 알아들을 수 없었지만 목소리는 좋았다. 정처 없이 어딘가를 헤매는 듯 아련한 음악이었다. 듣기 나쁘지 않았다.

    "잠깐만, 음악 좀 줄이고."

    재니스는 그렇게 말하고는 키보드를 두드렸다.

    "웹사이트 열었을 때 자동으로 음악 재생되게 스크립트 설정된 거 너무 싫지 않아?"

"응, 그렇지."

무슨 뜻인지 이해가 안 갔지만 그냥 대답했다. 건너편에 있는 두툼한 고급 쿠션에 앉아 있던 롤로가 고개를 들었다. 몸집이 작은 롤로는 하품을 한 뒤 자리에서 일어나 시원하게 몸을 털고는 종종대며 걸음을 옮겼다. 재니스가 롤로를 안아 무릎에 앉히자, 토바가 손을 뻗어 그 보드라운 머리를 쓰다듬었다.

"아, 여기 있다. 이게 네가 찾던 거 맞지?"

재니스가 비쩍 마른 남성이 색이 바랜 흰색 티셔츠를 들고 있는 사진을 확대했다. 어젯밤 이선의 집에서 토바가 망가뜨린 옷과 같은 것이었다. 집에 도착하니 벌써 이선이 자동응답기에 옷은 신경 쓰지 말라는 메시지를 남긴 상태였다. 오늘 아침에도 그는 간밤에 어색했던 분위기를 사과하며 꼭 전화 달라는 문자를 보냈다. 전화를 할까 했지만 그 문자에 어떤 답을 해야 할지 확신이 서지 않았다. 재니스에게 연락해 도움을 받는 쪽이 좀 더 시급하다고 판단했다.

이선이 무척이나 아꼈던 옷이었다. 토바는 자신의 실수를 바로잡아야 했다.

"응, 그거 맞아."

재니스가 클릭을 계속하자 티셔츠 앞뒤 사진과 원목 식탁에 펼쳐놓은 사진 등이 나왔다.

"내가 이 옥션 사이트는 잘 모르는데."

재니스가 가늘게 뜬 눈으로 스크린을 바라보며 말했다.

"그래도 안전하게 암호화된 사이트니 합법적으로 운영되는 곳이겠지?"

"그렇겠지."

토바가 고개를 끄덕였다. 고맙게도 재니스는 1995년도 그레이
트풀 데드 콘서트 기념 티셔츠가 왜 필요한지 묻지 않았다. 차터
빌리지로 갈 생각이라고 발표한 후부터 니트-위츠 멤버들이 자
신의 눈치를 살피는 것 같았다.

"자, 여기에 네 카드 번호를 입력하면 돼."

재니스가 클릭하자 새 페이지가 떴고, 그녀는 눈살을 찌푸렸다.

"설마, 이건 말이 안 되잖아."

"왜 그래?"

"이 티셔츠가 2,000달러래."

롤로가 낑낑거렸다. 재니스가 받은 충격이 전해진 게 분명
했다.

"그러네."

토바는 숨을 크게 한번 들이마신 후에야 침착하게 말할 수 있
었다.

"응, 그럴 거야. 진귀한 물건이거든."

재니스가 미간을 찌푸렸다.

"네가 언제부터 콘서트 기념품을 모았다고? 토바, 무슨 일 때
문에 이러는 거야?"

"아무것도 아니야."

토바가 손을 저었다.

"바로잡아야 할 일이 있는 것뿐이야."

토바는 핸드백 속 지갑에서 신용카드를 꺼냈다. 현찰로 계산할
수 없을 때만 사용하는 것이었다.

"네가 이 티셔츠 파는 사람의 하루를 기분 좋게 만들어주는 것
만은 확실하네."

재니스가 중얼대며 토바의 카드를 받아 숫자를 입력했다. 초록
색 **지금 구매** 버튼을 누르기 전, 토바를 향해 마지막으로 의심스
러운 시선을 보냈다.

"진짜 구매해?"

"응. 해줘."

심장이 왜 이렇게 두근거리는지 토바도 알 수 없었다. 자신이
망가뜨린 물건을 다시 사주는 것뿐이고, 2,000달러는 잔고에 그
리 영향을 주지 않는 금액이었다.

노트북 화면 중앙에 몇 초간 작은 동그라미가 빙글빙글 돌더
니 감사하다는 메시지가 나오자 재니스가 말했다.

"됐다. 끝났어. 내 메일로 영수증 오면 출력해놓을게. 2, 3주 내
로 배송될 것 같네."

"3주나!"

토바가 고개를 저었다.

"3주까지 못 기다려."

"3주를 못 기다린다고? 이 낡고 지저분한 셔츠를?"

"안 돼."

토바가 고집스럽게 아래턱에 힘을 주었다. 이 인터넷 쇼핑이라
는 유행이 한심한 또다른 이유가 여기에 있었다. 돈까지 지불한

물건을 3주나 기다리고 싶어 하는 사람이 어디 있겠는가?

"음, 네가 직접 가지러 와도 된다고 적혀 있어."

재니스가 스크롤을 내리자 글자며 그래픽이 정신없이 획획 지나갔다. 토바를 향해 괜찮겠냐는 시선을 보냈다.

"창고가 투퀼라에 있대."

투퀼라라면 시애틀 남쪽, 공항 근처였다. 소웰베이에서 차로 최소 세 시간 거리였다. 시애틀 시내의 교통 체증까지 고려하면 아마도 더 걸릴 것이다.

"그 편이 낫겠다. 바꿀 수 있어?"

재니스가 놀라 입을 벌렸다.

"진심이야?"

"진심이야."

재니스는 의심스러운 표정으로 버튼을 몇 개 더 클릭했다. 잠시 후 프린터가 윙 하는 소리와 함께 작동을 시작했고, 종이 한 장이 나왔다. 그녀는 롤로를 바닥에 내려놓고 출력된 종이를 토바에게 전했다. 투퀼라 주소와 함께 흐리게 인쇄된 작은 지도가 있었다.

"잘됐다. 도와줘서 고마워."

확신 어린 표정으로 고개를 끄덕인 토바는 종이를 접어 핸드백에 넣었다.

"네가 직접 거기까지 운전할 거야?"

"그래야겠지."

"시애틀 시내를 마지막으로 운전한 게 언제야? 그리고 고속도로는, 토바?"

토바는 대답하지 않았다. 윌이 마지막 항암을 받던 때였다. 워싱턴 대학교 전문의에게 진료를 봤다. 안타깝게도 임상 약물이 윌에게 큰 도움이 되지 않았지만 어쨌거나 계속 시도는 해야 했다.

"내가 같이 갈게. 피터도 부르고. 피터가 운전하면 돼. 잠깐 달력 좀 확인해보고 날짜를 정해서……."

"고맙지만 괜찮아."

토바가 말을 가로챘다.

"나 혼자 갈 수 있어. 오늘 끝내고 싶어서."

재니스가 팔짱을 꼈다.

"네가 잘하리라 믿어. 조심해. 핸드폰 챙기고."

주간 고속도로 위에는 멈춰 선 차들이 캔에 담긴 청어들처럼 빼곡했다. 와이퍼가 보슬비를 닦아내는 앞 유리창에 빨강, 핑크빛 브레이크 등이 번졌다. 덥고 건조해야 할 여름치고는 이례적인 날씨였다. 2년 만에 고속도로를 운전하는 날 비가 오기 시작한 것이다.

토바의 해치백이 몇 센티미터 앞으로 움직였다. 토바가 있는 가운데 차선 차들이 전부 오른쪽 차선으로 빠지는 것 같았다. 왼쪽 차로를 무언가가 가로막고 있을지도 모른다. 토바도 방향 지시등을 켜려는데 컵 홀더에 넣어놓은 핸드폰이 울렸다.

토바가 화면을 터치했다.

"여보세요?"

아무 소리도 들리지 않았다. 핸드폰을 스피커처럼 쓰는 법을 재니스가 보여줬었는데, 이 동그란 아이콘들 중 무엇을 눌러야 하는지 기억이 나지 않았다. 토바가 다른 버튼을 누르고 좀 더 목소리를 높였다.

"여보세요?"

"설리번 부인이십니까?"

남자 목소리가 들렸다.

"네, 저예요."

"예, 저는 패트릭입니다. 차터빌리지에서 입소 관련 업무를 하고 있습니다. 안녕하세요?"

"네, 안녕하세요."

마지막으로 백미러를 확인한 후 숨을 멈추고 오른쪽 차선으로 진입했다. 숨을 내쉬었다. 숨소리가 남자에게도 들렸을까 걱정이되었다.

"네. 오늘 전화 드린 용건은 보증금 잔액을 납입하셔도 된다는 말씀을 드리려고요."

"그렇군요."

"저희가 아직 부인께서 서명하신 승인서를 못 받았어요. 우편물이 분실된 걸까요?"

"아마도요. 요즘 우체국 잘 알잖아요."

오른쪽 차선으로 빠졌던 차들이 이제는 왼쪽으로 이동하려 싸우고 있었다. 왜 이렇게 다들 줏대 없이 구는 걸까? 상어의 공격에 도망치지만 그래 봤자 반대편에서 기다리는 바다표범에게 먹힐 거라는 걸 모르고 우르르 한 방향으로 움직이는 무기력한 물고기 떼 같았다.

패트릭이 목을 가다듬었다.

"보증금 잔액을 납입하셔야 입소 날짜를 확정할 수가 있어요. 잠시만요, 확인 좀 해볼게요. 아, 다음 달이군요."

의도했던 것보다 브레이크 페달을 좀 더 세게 밟았다.

"네, 그럴 거예요."

"제 상사가 왜 중요 표시를 해놨는지 알겠네요. 지금 상황이 그러니 구두로 승인해주셔도 됩니다. 괜찮으실까요?"

토바는 트레일러트럭 앞으로 끼어들어 원래 있던 가운데 차선으로 이동했다. 왼쪽 차선은 차들이 멈춰 있는 반면 가운데 차선은 아주 원활하게 움직였다. 희한한 일이 아닐 수 없다. 어느 차선을 선택하느냐가 목적지까지 어떻게 가게 되고, 언제 도착하게 되는지를 결정한다. 생전에 윌은 한번씩 장을 보러 가는 토바를 따라 나서곤 했는데, 그때마다 그가 선택한 계산대는 줄이 좀처럼 줄어들지 않았다. 두 사람은 그가 재주를 타고났다고 농담하곤 했었다.

에릭이 죽던 날 오후, 두 사람은 마트에 갔었다. 에릭이 좋아하는, 싸구려 크림으로 속을 채운 케이크 과자 한 상자를 샀다. 그날도 윌이 줄이 빨리 줄지 않는 계산대를 택했던가? 사람이 금방 빠지는 계산대를 골랐다면 집에 일찍 도착해 에릭이 페리 선착장으로 일하러 나가기 전에 볼 수 있었을까? 에릭이 냉장고에서 몰래 맥주를 챙기는 장면을 보게 되었을까? 에릭이 요즘 만나는 여자 친구가 있다고 말해줬을까? 그 아이의 이름은 다프네이고, 얼른 저녁 식사 자리를 마련하고 싶다고 토바에게 털어놨을까?

설사 그랬다고 해도 뭐가 달라졌을까?

"여보세요? 설리번 부인? 아직 거기 계시죠?"

"네."

토바는 컵 홀더 속 핸드폰을 보며 눈을 깜빡였다.

"있어요."

"괜찮으세요?"

패트릭의 목소리에서 걱정이 묻어났다. 차터빌리지에서 지나치며 봤던 통유리 사무실 내 책상 한 곳에서 전화기 쪽으로 몸을 기울인 패트릭의 모습이 그려졌다.

"네, 그렇게 하죠. 진행해주세요."

생일 카드 하나 안 보내고

. .
:

한 시간 가까이 늦은 토바가 허둥지둥대며 급히 정문을 통과했을 때 캐머런은 이미 아쿠아리움의 절반은 걸레질을 마친 상태였다.

"늦어서 미안해요."

토바가 말했다.

"괜찮아요. 저 혼자서도 충분히 할 수 있다는 걸로 잘 정리됐잖아요."

캐머런은 웃었다. 토바가 나타나지 않아 또 낙담하고 있었다는 말은 덧붙이지 않았다. 그녀는 좀 별나지만 그래도 함께 보내는 저녁 시간이 기다려졌다. 오늘 밤은 조금 외롭던 참이었다. 이선과 다툰 이후 서로 한마디도 나누지 않고 있었다. 그가 동네방네 떠들고 다니는 이야기는…… 말도 안 되는 헛소리였다. 부도수표가 어쨌다나. 1,000년쯤 전에 말이다. 그런 일화가 없어도 엄마가 패배자라는 사실을 잊을 리 없었다.

　고개를 끄덕인 토바가 비밀 이야기를 하듯 가까이 다가왔다.

　"이번에는 쓰레기통 봉투 다시 확인하지 않을게요. 캐머런을 믿어요."

　캐머런이 충격을 받은 척 일부러 숨을 헉 들이마셨다.

　"쓰레기통을 잘 갈무리할 수 있을 거라고 믿어주시네요. 와, 드디어 해냈어요."

　캐머런이 웃자 토바도 따라 웃었다.

　"그런데 오늘 어디 다녀오셨어요?"

　"아, 그게, 좀 먼 길을 다녀왔죠."

　토바가 걸레를 챙겨 블루길 수조 유리를 닦기 시작하며 그레이트풀 데드 기념품과 온라인 경매 사이트, 이메일이 없어 친구 것을 사용했는데 투퀼라 창고에 있는 남자가 친구 이메일 주소를 대지 못한다며 자신이 산 물건을 주지 않으려 했다는 믿기 힘든 이야기를 들려줬다. 수조에 찍힌 지문들을 문질러 지우며 이야기를 하는 토바는 평소답지 않게 뺨이 붉게 상기되어 있었다.

　"세상에나, 나 좀 봐요. 계속 불평만 늘어놓다니."

　토바가 작게 웃었다.

　"아니요. 재밌는 얘기였어요. 원하시면 이메일 계정 제가 만들어드릴 수 있어요. 공짜예요."

　캐머런이 웃으며 말했다.

　"내가 컴퓨터가 없어요."

　"저도요. 제 메일은 핸드폰으로 들어와요."

"핸드폰으로요?"

토바는 한심하다는 듯 걸레를 쥔 손을 흔들었다.

"젊은 사람들은 핸드폰 없이는 정말."

"스마트폰이 있으면 다른 곳으로 가도 연락을 주고받기가 쉬워요."

이 말에 토바의 얼굴이 굳었다. 캐머런은 의아했다. 이 이야기를 꺼내면 안 되나? 토바가 떠나는 게 비밀 같은 건가? 하지만 그게 어떻게 비밀이 될 수 있나? 이선이 벌써 몇 번이나 말했었는데. 가망 없는 짝사랑이 북부로 떠나는 게 요즘 이선의 불만이었다.

"스마트폰이면 그럴 수 있겠네요."

토바가 미소 지었다.

"지난번에 이선 집에서 제대로 인사도 나누지 못해 아쉬웠어요."

토바가 꼭 자신의 마음을 읽고 있는 것 같았다.

"이선이 토바와 데이트한다고 무척이나 들떠 있었는데. 어땠어요?"

토바가 자세를 바로 했다.

"데이트는 아니었어요."

"네, 그럼 두 분의…… 저녁 식사요."

토바는 걸레를 접어 뒷주머니에 넣고 카트에 몸을 기댔다.

"윌이 죽기 전까지 45년간 부부로 살았어요. 나는 데이트를 할 수 없는 몸이에요."

"왜요?"

말로 설명할 수 없다는 듯 토바가 한숨을 쉬었다. 두 사람은 한 동안 아무 말 없이 꺾어진 복도를 돌며 바닥을 닦았고, 이윽고 바 다사자 동상 앞에 이르렀다. 캐머런은 움푹 파여 굴곡진 벽면 구 석구석과 벤치 아래, 쓰레기통 뒤쪽까지 꼼꼼하게 걸레질을 했다.

토바는 동상의 머리를 닦으며 말했다.

"꼬리 아래쪽도 빼놓지 말아줘요."

"어디 아래요?"

"동상 꼬리 아래요. 자, 내가 하는 것 봐요."

걸레를 쥔 토바의 손이 반짝이는 황동 꼬리 밑부분을 닦아냈 다. 캐머런은 눈을 굴리고 싶었지만 참았다. 그 부분이 어떻게 더 러워질 수 있겠는가?

"알아요, 알아. 일을 제대로 하는 방법을 알아야 하니까요."

캐머런이 중얼거렸지만 토바는 듣고 있지 않았다. 그녀는 동상 과 바닥 사이 작은 틈에서 무언가를 발견하고는 눈을 가늘게 떴다.

손에 든 무언가에 시선을 고정한 채 토바는 천천히 자리에서 일어났다. 신용카드인가? 토바의 표정을 보며 캐머런은 곧 맙소사 나 이런, 세상에 같은 소리를 듣겠구나 싶었지만 꽤 오랫동안 그녀 는 아무 말이 없었다.

"캐머런 면허증인가요?"

마침내 토바는 카드를 들어 보이며 속삭였다.

정말 그의 면허증이었다. 테리가 사물함에 넣어놓겠다고 해서 오늘 퇴근하며 챙겨 갈 생각이었다. 그런데 이게 어떻게 여기 있을까?

"네, 맞아요."

캐머런이 손을 뻗어 면허증을 가져가려 했지만 토바는 그걸 꽉 쥔 채로 더 가까이 들여다보았다.

"캐머런."

토바가 천천히 입을 열었다.

"소웰베이에 아버지를 찾으러 왔다는 거 알아요. 그리고 어머니와 연이 끊긴 것도요. 그런데, 혹시 어머니 성함이 어떻게 되죠?"

캐머런이 인상을 썼다.

"왜 물으세요?"

토바가 참을성 있게 기다렸다.

"다프네요."

"다프네 캐스모어인가요?"

"어, 네."

뭐가 어떻게 되고 있는 거지? 그가 다시 한번 면허증에 손을 뻗자 이번에는 토바가 순순히 내주었다. 천장에 난 창으로 새어 들어오는 달빛처럼 토바의 얼굴이 창백해졌다.

"두 사람이 만나고 있었어요."

토바가 나직이 말했다.

"캐머런의 모친이 바로 그 여자였어요."

이선이 아니라 토바에게서 직접 아들의 실종 이야기를 듣는
것은 색달랐다. 두 사람은 오목한 벽 근처에 설치된, 바다사자의
매끈한 등을 마주 보는 벤치에 앉았다. 토바는 조용하고 침착한
목소리로 말했다. 아들이 고등학교 3학년을 마친 여름에 페리 선
착장에서 일했는데, 7월의 어느 밤 다시는 집으로 돌아오지 않았
다고. 사라진지 아무도 몰랐던 보트와 로프가 끊어진 닻 이야기
도 들려주었다.

"난 믿지 않았어요."

토바가 고개를 가로저었다.

"아이가 자살했다고 믿은 적이 없어요. 에릭이 어떤 여자를, 친
구들도 잘 모르는 여자를 만나고 있었다는 사실을 알게 됐을
때는……."

"잠시만요. 그 여자가 우리 엄마인지 어떻게 아세요?"

토바가 벤치에 묻은 검은 얼룩을 닦아냈다. 신발 자국 같았다.

"같은 반 친구였던 사람이 말해줬어요. 잊고 있던 오래전 기억
이 떠올랐다고."

"그때 경찰이 그 친구와는 이야기를 나누지 않았어요?"

"애덤은 가까운 친구도 아니었고, 처음에는 조사가 철저히 진
행되다가 목격자도 없고 단서도 전혀 나오질 않으니…… 사건을
종결하고 싶었던 것 같아요."

"토바 생각에는 우리 엄마가 그 일에 무슨 관련이라도……."

캐머런이 낮게 휘파람을 불었다.

고개를 든 토바의 얼굴에 알 수 없는 표정이 떠올라 있었다.

"글쎄요. 다만 내 아들을 만나고 있었던 것은 맞는 것 같아요. 어쩌면 그날 밤 같이 있었는지도 모르고. 내게 뭔가를 말해줄 수 있을 텐데······."

목소리가 차츰 잦아들던 토바는 마른침을 삼킨 후 말을 이었다.

"내가 어떻게 연락할 수 있는 방법이 없을까요?"

"아홉 살 때 이후로 만난 적 없어요."

"연락이 전혀 없었나요? 생일 카드 하나 안 보냈고요?"

이 말이 캐머런의 명치를 칼날처럼 파고들었다. 똑같은 질문을 속으로 얼마나 많이 했던가? 진 이모는 엄마가 자신을 사랑한다고 늘 말했었다. 아들에게 최선이기에 떠난 거라고, 언젠가 엄마 자신의 괴로움을 떨치고 관계를 이어갈 준비가 되면 나타날 거라고. 하지만 그 괴로움이 얼마나 지독하기에 99센트짜리 카드를 사서 우표 하나를 못 붙이게 만드는 걸까? 그토록 자신에게 관심이 없다고 생각하는 것보다 차라리 죽었다고 믿는 쪽이 덜 고통스러웠다.

"없었어요. 생일 카드도 안 보냈고요."

캐머런이 벤치에서 일어나 걸어 나갔다. 뜨겁게 젖어가는 두 눈을 보여줄 필요는 없었다. 눈을 깊이 한두 번 깜빡이면 눈물을 막을 수 있을 것이다.

그렇게 간단한 문제였다면 네 엄마는 그 사람이 어떻게든 네 삶에 함께

하도록 했을 거야. 진 이모의 말이 머리를 관통했다. 네 엄마가 수많은 잘못을 저질렀다 해도 바보는 아니었어. 만약 아버지가 죽었다면…… 열여덟 살 때 사고 같은 걸로 죽었다면…… 그 경우라면 캐머런의 삶에 아버지가 함께하지 않은 충분한 이유가 되었다. 정말 가능한 이야기일까? 그렇다면 토바가…… 아니다. 말도 안 되는 일이다. 토바는 너무 작고, 또 너무 별나다. 가족 중 저렇게 체구가 작거나 별난 사람은 없다. 만약 사실이라면 엄마는 그렇게 끔찍한 사람이 아니라, 피해자도 아니라, 오히려 고결한 순교자일지도 모른다. 자신을 고통으로 밀어 넣은 가해자가 아니라. 하지만 도무지 말이 되지 않아 캐머런은 일단 생각을 밀어냈다.

커다란 중앙 수조 앞에 선 캐머런 곁으로 토바가 다가왔다. 그들은 대구 떼가 가짜 조류를 타고 이동하는 모습을 바라봤다. 4분 후면 대구 떼가 왔던 길을 되돌아갈 것임을 캐머런은 잘 알고 있었다. 끝없이 같은 곳을 돌고 돌아야 하는 삶이란.

"미안하군요."

토바가 말했다. 그녀는 캐머런의 어깨에 손을 올렸다. 쓸어내리거나 꽉 쥐는 것이 아니라, 그의 아픔 일부가 자신에게 덜어질 거란 듯이 가만히 손을 대고만 있었다. 따뜻한 손길이었다. 마치 엄마가…… 아니다. 그는 그런 생각을 밀어냈다. 그냥 따뜻하게 대해주는 거라고 여기기로 했다. 처음 보여준 엄격한 모습에도 불구하고, 사실 대단히 친절한 분이니까. 캐머런은 토바를 내려다보며 이 작은 여성이 얼마나 강한 사람인지, 40킬로그램 남짓한 몸으로 얼마나 깊은 슬픔을 감내해왔는지 새삼 깨닫게 되었다. 그런 토바가 이제는 자신의 고통마저 덜어가려 하고 있었다.

한 인간이 견딜 수 있는 고통의 무게는 얼마나 될까?

회색의 커다란 신락상어 한 마리가 무언가를 찾는 듯 모랫바닥을 따라 뭉툭한 머리로 호를 그리며 느릿하게 나아갔다.

"저도 아드님 일은 유감이에요. 엄마가 어떤 식으로든 관계되어 있다는 점도요."

캐머런이 말했다.

"캐머런 잘못이 전혀 아닌걸요. 하지만 고마워요."

상어의 반짝이는 눈이 두 사람의 존재를 확인하고는 잠깐 움직임을 멈추었다 다시 나아갔다.

토바가 딱딱한 미소를 보이며 말했다.

"바닥 청소 마저 해야죠."

퇴근 후에 보니 이선 집에 불이 꺼져 있어, 관계를 회복하려던 캐머런의 계획이 무산되었다. 지난번에 이선이 알아들을 수 없는 말을 횡설수설했던 것은 나름의 이유가 있었음을 이제 알게 되었다. 마음 깊은 곳에서 어쩌면 단순한 소문이 아닐 거라는 의심이 강하게 들었다. 엄마는 이 마을의 가장 큰 비극과 관련이 있었다.

당연히 자신도 슬픔이나 분노에 휩싸이게 될 거라 생각했지만 시간이 지나도 그런 감정은 들지 않았다. 사실 뭐가 어떻든 무슨 상관인가? 이런저런 소문이 날 테면 나라지. 다프네 캐스모어를 두고 사람들이 떠들어댄다 한들 자신을 다치게 할 수는 없었다.

다프네 캐스모어에 대해서는 눈곱만큼도 신경 쓰지 않으니까.

캐머런은 캠핑카 미니 냉장고 안을 뒤적이다 크래커와 치즈, 가공 햄이 담긴 시판 도시락을 꺼냈다. 지난주에 이선이 매장에서 한 무더기나 챙겨 와 캐머런에게 몇 개 쥐여준 것 중 하나였다. 유통기한이 지나 팔 수 없는 거라고 했지만 가공식품이라 방부 처리된 거나 마찬가지였다. 플라스틱 포장을 벗기자 네모난 칸에 담긴 살라미에서 후추 향이 올라왔다. 살라미를 크래커 위에 올려 한 입 먹으려는 순간 핸드폰 문자 수신음이 울렸다.

아직 안 자요?

에이버리였다.

좀 전에 막 퇴근했어요.

캐머런은 엄마와 토바, 에릭과 관련된 길고 긴 이야기를 적었다. 화면 가득 정신없이 써 내려간 글을 보고는 마음을 바꿔 단어를 지워나갔다. 문자메시지로 전하기엔 너무 긴 이야기였다.

다시 에이버리의 문자가 도착했다.

이번 주에 패들 할래요? 수요일 오후. 수요일 날 쉬는 거 맞죠?

캐머런은 어둑한 캠핑카 안에서 미소를 지었다.

몇 시?

4시쯤? 가게에서 만나요. 그날 좀 일찍 나갈 수 있어요.

꼭두새벽부터 하자는 것도 아니고, 오후 4시는 충분히 가능했다. 캐머런은 엄지 이모티콘을 보냈다.

이번에는 갈아입을 옷 챙겨 오고요. 뭐…… 안 그래도 되고.

에이버리가 윙크하는 얼굴 이모티콘을 뒤에 붙였다.

만족감 비슷한 무언가 따뜻한 감정이 캐머런의 몸을 휘감았다. 그는 스르륵 침대에 누웠다.

만약에

.·
·
·

니트-위츠 멤버들이 어느 날 오후 메리 앤 미네티의 10대 손녀 테이텀의 임신 소식을 들은 것이 거의 3년 전이다. 하지만 그날의 기억이 토바에게 마치 어제 일처럼 선명했다.

다른 멤버들은 그 소식에 충격을 받은 것 같았지만 토바는 부끄럽게도 질투밖에 느껴지지 않았다.

열여덟 살이었다. 테이텀은 열여덟 살이었고, 자연스레 힘든 선택의 기로에 놓이게 되었다. 니트-위츠는 테이텀의 골치 아픈 문제에 대해 토론했지만 토바에게는 한 가지 생각, 만약에라는 상상뿐이었다.

만약에 에릭이 그런 상황이었다면? 물론 유전형질을 교환한 행위에 대해서가 아니라 에릭의 삶이 그렇게 갑자기 중단되기 전에, 열여덟 살 때 아빠가 되었다면? 토바에게는 손주가 생겼을 것이다. 얼마나 큰 선물이었을까.

테이텀은 아이를 낳기로 결심했다. 메리 앤의 딸인 로라가 갑작스럽게 등장한 손녀의 양육을 함께했고, 토바가 아는 한 그들은 이후로 평화로운 생활을 이어갔다. 물론 모든 경우가 그렇지는 않을 것이다. 메리 앤의 가족은 아이를 키울 여력이 있었고, 테이텀이 출산을 원했으며, 아이 아빠도 많은 도움을 주면서 아이의 삶에서 제 역할을 다하고 있다. 토바가 보기에는 말이다. 정말 이상적인 결론이었다. 하지만 비슷한 상황에서 다른 결과가 나오는 경우도 있지 않은가? 가능한 결과야 수없이 많았다.

캐머런의 면허증에 적힌 생년월일이 토바의 머리에 각인되었다. 에릭이 실종되고 난 이듬해 2월생이었다.

그리고 그 아이의 엄마. 누군지는 몰라도, 에릭을 만나고 있었다. 아마도.

만약 캐머런이 찾는 아버지란 사람이 진짜 아버지가 아니라면? 토바는 자신이 기억하고 있는 캐머런과의 대화를, 찾고 있다는 남자에 대해 그가 한 말들을 낱낱이 떠올리려 노력했다. 그 옥외 광고판에 등장하는 부동산 개발업자. 반지와 사진 이야기도 한 것 같은데 자세한 내용은 기억이 나질 않았다. 그가 한 말 가운데 에릭을 떠올리게 하는 말은 없었다. 상황이 어떻든 그는 제 아버지를 제대로 찾았다고 믿고 있다. 무척이나 확신하고 있다.

에릭도 그렇게 자신감이 넘쳤었다.

토바는 접이식 의자 팔걸이에 새겨진 나뭇결을 따라 손가락을 움직였다. 밤바람이 달빛이 쏟아지는 정원 속 해바라기들을 툭 건드리자 그 꽃들은 토바의 소망 어린 생각에 동의한다는 듯 고개를 위아래로 흔들었다. 하지만 그 생각은 말도 안 되었다. 에릭의 아이가 있을 리 없었다. 열여덟 살이었던 다프네 캐스모어는 당시 여러 남자를 만나고 있었을지도 모른다. 고등학교 졸업을 앞둔 그 여름에 또래 남자 친구를 여럿 두었다고 누가 손가락질할 수 있겠는가?

만약 자신의 의심이 사실이라면 토바에게는 믿을 수 없을 정도로 대단한 행운일 것이다. 하지만 그렇다면 다프네 캐스모어가 당연히 자신을 찾아오지 않았겠는가? 세상에 어떤 엄마가 아이에게서 할머니를 빼앗으려 할까? 사실 토바는 뜻밖의 행운 같은 건 믿지 않는 사람이었다.

난간에 앉은 캣이 토바를 향해 고개를 기울였다. 이 아이를 어떻게 해야 하나, 또다시 고민이 밀려왔다. 집 매매 계약 마무리와 차터빌리지 입소가 코앞이었다. 요양원에서는 반려동물을 허락하지 않았다. 전화로 확인한 사항이다.

캣은 토바의 무릎으로 뛰어내릴 듯한 자세를 잡았다가 이내 바닥으로 내려가 그녀의 발밑에서 몸을 말았다.

벌써 정을 떼려는 것처럼.

특별한 유대감

:

토바가 캣이 먹은 아침 식사 그릇을 설거지하고 있을 때 재니스가 점심을 함께하자는 전화를 걸어왔다. 점심 식사, 그것도 월요일에? 무슨 일일까? 숍웨이 델리를 제안한 재니스에게 토바가 엘런드에 있는 텍사스식 멕시코 음식점 이야기를 꺼내자 놀라는 듯했다.

"정말? 알겠어. 내가 집에 들러 너 태워 갈게."

재니스가 말했다.

폭신한 플러시 소재의 부스에 앉아 토르티야 칩과 살사소스를 가운데 두고 재니스가 말을 꺼냈다.

"네가 니트-위츠 모임에 나오는 게 이번 주가 마지막이네."

토바가 고개를 끄덕였다.

"이제 셋밖에 없으니까 우리가 송별 파티를 안 해줄 거라 생각했지?"

"아, 무슨 소리. 파티는 필요 없어."

"바브가 케이크 가져온대."

재니스가 토르티야 칩에 살사소스를 올렸다.

"그러니 케이크는 먹어야 해."

"바브가 그렇게 마음을 쓰다니. 케이크 좋을 거 같아."

"좋지. 토바, 이렇게 말해서 미안한데, 도대체 왜 이러는지 솔직하게 말 좀 해줄래?"

아, 이것 때문이었구나.

"무슨 뜻이야?"

"전부 다!"

재니스는 마크라메가 여럿 걸려 있는 음식점 인테리어가 문제라는 듯 양손을 펼쳐 흔들었다.

"집을 팔고! 소웰베이를 떠나고! 네 평생을 지낸 곳을."

"차터빌리지는 정말 좋은 곳이야."

토바가 부드럽게 말했다.

"그렇겠지. 근데 우리 이제 막 노년에 접어들었잖아. 왜 이 시기를 얼굴도 모르는 남이랑 보내려고 하는 거야? 우리는 어쩌고?"

재니스의 목소리가 갈라졌다.

토바는 대답을 하려 했지만 말이 목에 걸려 나오질 않았다.

"뿐만 아니야."

재니스는 자신이 즐겨 보는 법정 드라마 속 판사처럼 검지를 치켜올렸다.

"이선 맥은?"

토바가 흠칫 놀랐다.

"이선이 왜?"

"토바, 그 사람은 너한테 푹 빠져 있어. 기회를 한번 줄 수 없는 거야?"

"이선은 좋은 사람이지만 월과 나는……."

"아, 그만둬. 토바, 내가 네 입장을 다 안다고 할 수는 없지만 피터와 내가 하는 말이 있어. 우리 둘 중에 한 명이 먼저 떠나면 남은 한 명은 새로운 삶을 찾아 떠나자고. 우리 그렇게 늙은 나이 아니야, 토바. 아직도 멋진 삶이 우리 앞에 몇 년은 더 남아 있다고. 어쩌면 몇 십 년이 될 수도 있고. 요즘 일흔 살은 옛날의 예순 살이나 다름없어!"

토바는 자신도 모르게 짧은 웃음을 터뜨렸다.

"그런 말은 어디서 들었어? 토크쇼에서?"

"그게 뭐가 중요해. 토바, 제발 부탁인데 다시 생각 좀 해봐. 정말 네가 원한다면 좋아, 가야지. 하지만 꼭 길이 이것뿐인 것은 아니야."

"재니스, 네가 이해해야 할 게 하나 있어."

토바가 무릎 위에 놓인 양손을 맞잡았다.

"나는 너나 메리 앤, 바브와 달라. 나는 넘어지면 돌봐주러 올 자식이 없어. 막힌 하수구를 뚫어주러 집에 들르거나 약을 잘 챙겨 먹는지 물어봐줄 손주들도 없고. 그리고 친구들, 이웃들한테 부담을 주고 싶지 않아."

"그게 네 문제야."

재니스가 타이르듯 말했다.

"그게 부담을 주는 거라고 생각하는 거."

"차터빌리지가 유일한 방법은 아니라도 가장 좋은 방법은 맞아. 게다가 다 끝났어, 이제. 수요일에 집 매매 계약서에 서명하기로 했어."

토바는 마음을 정한 듯 단호하게 말했다.

"차터빌리지엔 언제 들어가는데?"

"다음 주. 그때까지 에버렛에 있는 호텔에 묵으려고."

재니스는 항복이라는 듯 웃고는 이렇게 말했다.

"그럼 바브와 내가 요양원으로 널 보러 가야겠네. 거기 스파에 우리 예약도 잡아줘."

"물론."

토바가 답했다.

잠시 후 밝은 미소와 함께 등장한 종업원이 다양한 마르가리타 칵테일 종류를 읊었다. 하지만 재니스는 다이어트 음료를 주문했고, 토바는 블랙커피를 부탁했다. 고개를 끄덕이고 사라진 종업원이 다시 오더니, 오후에는 커피를 찾는 사람이 별로 없어 지금 당장 준비된 커피는 없다고 사과했다. 그러고는 커피를 새로 내리기까지 15분 정도 기다릴 수 있는지, 아니면 에스프레소 바에서 카푸치노나 라테나 모카를 주문하겠는지 물었다.

"그럼 라테 작은 사이즈 부탁해요."

토바가 마지못해 답했다. 에스프레소 바라니, 고급스럽기도 하지.

화요일 오후, 토바는 숍웨이로 향할 준비를 마쳤다. 이선의 집에서 저녁 식사를 했던 끔찍한 그날 이후 처음 가는 것이었다.

아마도 마지막 방문이 되리라. 정말 필요한 물품 몇 개만 사면 되었다. 냉장고는 여전히 반이나 차 있었고, 요양원 입소 날이 코앞이었다. 이토록 오랫동안 마트에 가지 않을 줄은 몰랐다. 냉동고에 캐서롤 요리가 생각보다 많았다. 감자 요리, 면 요리, 그레이비소스, 치즈 덕분에 토바의 뺨이 볼록해졌다. 오늘 아침 목욕을 마치고 거울 앞에서 살이 오른 얼굴을 감탄 어린 눈으로 바라봤다. 옷을 챙겨 입은 뒤에는 광대 주위로 블러셔를 조금 바르기도 했다.

집을 나서기 전까지 핸드백 속에 그레이트풀 데드 티셔츠가 잘 들어 있는지 네 번이나 확인했다. 숍웨이에 가는 목적이 장보기만은 아닌 것이다. 현관을 나서는데 매트에 동그랗게 말린 신문이 놓여 있어 조금 놀랐다. 아침에 분주했던 터라 신문 들여놓는 것을 깜빡한 것이다. 신문은 이미 끊은 상태였지만 계속 들어와서 며칠 전 젊은 배달부에게 그 사실을 알렸다. 그러자 그는 어깨를 으쓱하며 계실 때까지는 계속 신문을 넣겠다고 말했다. 남는 신문이 많다면서. 토바는 웃으며 고맙다고 했다. 착한 배달부여서 작년 크리스마스에는 두둑이 팁을 주기도 했었다.

십자말풀이를 향한 토바의 열정은 이제 다른 채널로 채워지고 있었다. 지난주에 재니스가 문자메시지로 본인 핸드폰에 설치된 십자말풀이 게임에 초대했고, 버튼 하나를 누르니 작은 화면에 엄청난 양의 십자말풀이가 나왔다.

많아도 너무 많았다. 원 없이 풀 수 있을 만큼.

물론 토바는 재니스와의 대결에서 지금까지 한 번도 진 적이 없지만 재니스의 실력도 빨리 늘고 있었다.

숍웨이에 들어서자 델리 코너에 있는 이선의 모습이 보였다. 귀 뒤에 펜을 꽂은 그는 고객과의 대화를 중단하고 손을 흔들었다.

"안녕하세요, 이선."

토바는 평소와 다름없는 목소리로 인사를 하고는 입구에 쌓여 있는 장바구니들 중 하나를 들었다.

"안녕하세요, 토바."

이선은 체념한 듯한 눈빛을 그녀에게 보내고는 다시 델리에 앉은 손님들 주문받는 일에 몰두했다.

토바는 신중하고 꼼꼼하게 물건들을 살핀 뒤 장바구니에 살 것들을 넣었다. 잼과 젤리가 원 플러스 원 행사 중이었다. 하지만 그녀에겐 젤리가 두 개는커녕 하나도 많을지 몰랐다. 또한 차터 빌리지에 잼까지 직접 챙겨 갈 필요는 없을 것 같았다. 물론 자신이 머물 방에 냉장고와 작은 부엌이 딸려 있긴 하지만. 라즈베리가 통째로 들어간 잼 작은 병을 골랐다. 이번 주 내로 다 먹지 못하면 가져가기 편할 듯했다.

장을 다 보고 나니 이선이 델리 일을 마치고 계산대 두 곳 중 왼쪽에 서 있었다. 다행이었다. 이선 쪽 줄이 길었지만 고를 필요는 없었다. 토바는 몇 개 되지 않는 물건들을 벨트에 올린 뒤 깔끔하게 돌돌 말아둔 티셔츠를 1리터짜리 우유와 반짝이는 오렌지빛 자몽 사이에 두었다.

"집이 무사히 팔렸다니 축하드립니다."

어색함을 떨치려는 듯 이선이 목을 가다듬었다. 그러고는 빵, 잼, 커피, 계란의 가격표를 차례대로 찍었다. 고개도 들지 않은 채 웨하스의 가격표를 찍고, 풋사과 하나의 무게를 달았다. 마침내 그는 오른손에 바코드 스캐너를 든 채 왼손으로 하얀색 티셔츠를 이리저리 살폈다. 그러다 어느 순간 놀라는 표정을 지었다. 입을 딱 벌린 이선의 손에서 티셔츠가 스르르 펼쳐졌다.

"아니 도대체 어디서 이걸……?"

목이 졸리기라도 한 듯 꽉 막힌 목소리가 나왔다.

"그러니까, 이걸 어떻게……?"

토바가 허리를 폈다.

"인터넷에서 샀어요."

"어디서 뭘 했다고요?"

"온라인 경매 사이트에서요. 재니스 킴이 도와줬어요."

토바가 순순히 인정했다.

갑자기 심각한 표정으로 이선이 물었다.

"토바, 이거 얼마 주고 사셨나요?"

"글쎄요, 그건 이선이 걱정할 문제가 아니에요."

이선은 옷을 다시 돌돌 말고는 당황스러운 얼굴로 고개를 가로저었다.

"이거 비쌉니다. 수천 달러는 할 텐데."

토바 뒤로 기다리는 손님이 세 명이 되었고, 그중 둘은 앞에서 벌어지는 드라마를 구경하려고 목을 쭉 뺐다.

"그렇게 놀라실 필요 없어요. 제가 망가뜨린 물건을 보상하는 것뿐이에요."

이선은 티셔츠를 꼭 쥔 손을 가슴께로 가져갔다.

"그냥 티셔츠 한 장일 뿐인데."

그가 작아진 목소리로 말했다.

"이선에게 중요한 옷이었잖아요."

토바의 목소리가 떨렸다.

"제게 중요한 것들이야 많지요."

"미안해요."

"그런 말 말아요, 토바."

이선의 커다란 초록색 눈이 뜨거워졌다.

"그날 저녁 식사 때로 시간을 되돌릴 수만 있다면 이런 티셔츠는 백 장이라도 버릴 수 있어요."

이선이 다시 티셔츠를 펼쳐 그레이트풀 데드 콘서트 사진을 살폈다. 그가 토바를 향해 미소를 보였다.

"이거 정말 인터넷에서 구하신 거라고요?"

"네. 투퀼라에 가서 받아 왔어요."

이선의 눈이 커졌다.

"거기까지 운전해서 갔고요?"

"네."

"고속도로를 타고요?"

"다른 마땅한 길이 없어서요."

"정말 멋진 분이십니다. 그거 아세요, 토바?"

어떤 대답을 해야 할지 몰라 토바는 물건 값을 치를 지폐를 내밀기만 했다. 하지만 집에 돌아와서 웨하스에 버터를 바르고 하나뿐인 풋사과를 썰면서 이선의 그 말을 머릿속으로 몇 번이나 재생시켰다.

수요일 오전 11시, 토바는 전달받은 대로 엘런드에 있는 변호사 사무실에서 제시카 스넬을 만났다. 서류에 자신의 서명을 하기 위해서였다.

그런데 알고 보니 서류가 완벽하게 준비되지 못한 상태였다. 오늘은 서명하지 않아도 되겠다는 생각에, 가슴을 꽉 조이고 있던 단단한 매듭이 살짝 풀리는 것 같았다. 하지만 복사기에 작은 문제가 생긴 것뿐이었고, 고작해야 몇 분이면 고쳐질 일이었다. 일이 지연되는 상황에 대해 리셉션 직원이 몇 번이나 사과를 하며 제시카와 토바에게 커피를 권했다. 제시카는 거절했지만, 토바는 기쁘게 한 잔 부탁했다. 커피에 물이 많아 밍밍했고 종이컵에서 왁스 맛이 났지만. 그래도 그녀는 커피를 호로록 마셔 넘겼다. 작은 회의실에 앉아 기다리는 동안 제시카는 토바가 묻지도 않았는데 굳이 계약자에 대해 알려줬다. 텍사스에 사는 부부라고 했다. 남편 회사 일로 이 지역에 온 적이 있던 부부는 올여름 이곳을 여행하며 집을 알아봤고, 토바의 집에 마음을 빼앗겼다. 전망이며 집 설계, 모든 것에. 부부는 대대적인 공사를 할 예정이지만 그래도 기본 골조가 훌륭하다고 했단다.

"아버지가 들으셨다면 기뻐하셨겠네요."

토바가 점잖게 답했다.

서류 준비가 드디어 끝났다. 슬랙스에 멜론색 블라우스를 입은 여성이 토바 옆자리에 앉아 서류에 대해 설명했다. 토바가 서명할 때마다 펜이 종이를 스치는 소리가 울렸다.

"그 부부가 계약을 빨리 마무리해줘서 감사하다고 전해달라셨어요."

제시카가 말했다.

"별말씀을요."

빠른 진행이 토바의 성향에도 맞았다. 질질 끌어야 할 이유가 있겠는가? 텍사스 부부도 그녀의 차터빌리지 입소 날짜에 맞춰 이사 날짜를 며칠 미뤄줬으니 고마운 사람들이었다.

"그리고, 좀 다른 얘긴데요. 그 사람들이 집을 점검하러 왔을 때 내부가 너무 깨끗하고 깔끔해서 놀랐다고 해요."

제시카가 진심 어린 미소를 지으며 말했다.

"그 아내분이 집이 꼭 잡지에 나오는 곳 같다고 했다고, 에이전트가 그러더라고요. 이 이야기를 들으시면 좋아하실 것 같아서요."

토바가 작게 웃음을 터뜨렸다.

"제시카도 잘 알겠지만, 제가 깨끗하고 깔끔한 것밖에 없잖아요."

"소웰베이 사람 누구나 알죠. 많이 보고 싶을 거예요, 토바."

멜론 블라우스의 여성이 미소를 지으며 토바에게 축하의 말과 악수를 건넸고, 제시카 스넬도 토바의 손을 잡았다. 토바는 악수를 별로 좋아하지 않았다. 사람과 하는 악수는 말이다. 문어와는 다르다. 어쨌거나 그녀는 그들의 악수에 응했다.

이제 끝났다.

그날 오후 늦게 토바는 남은 리넨 더미와 사진을 정리하기 위해 다락으로 올라갔다. 이제 정리를 마쳐야 할 때였다.

천장 서까래가 오후의 빛을 받아 빛나고 있었다. 토바는 바닥에 등을 대고 누워 10대 때 그랬던 것처럼 구조물을 올려다봤다. 목재로 빚어진 멋진 괴물 안에 들어와 갈비뼈를 바라보는 기분이었다. 실로 골조가 아름다운 집이었고, 누구에게든 훌륭한 집이 되어줄 공간이었다. 텍사스 부부에게도, 그 부부의 아이들에게도.

아이들이 이 다락을 놀이방으로 쓸까? 그러면 좋겠다고 토바는 바랐다. 세 아이가 서까래 아래서 깔깔거리며 텍사스 억양이 살짝 섞인 발음으로 이야기를 나누는 모습을 상상했다. 어쩌면 아이가 더 태어날지도 모른다. 가족이 더 늘어나 이선의 못다한 꿈처럼 집이 터져 나갈 정도로 북적이게 될지도. 부부는 자신들이 만든 가족 산 정상에서 늙어갈 것이고, 한번씩 일부가 허물어진다 해도 남은 이들이 산을 굳건하게 지켜낼 것이다.

그 가족에게는 홀로 티 타월을 챙겨야 하는 일은 없을 것이다.

토바는 길게 숨을 들이마신 후 일어나 앉았다. 그러고는 이렇게 속삭였다.

"이제 그만하자."

1989년 여름 그 하룻밤에 일평생을 매여 사는 것도, 존재하지 않는 답을 찾아 헤매는 것도, 이 집에서 유령들을 끌어안고 사는 것도. 차터빌리지가 새로운 시작점이 되어줄 것이다.

두 시간 동안 토바는 남은 타월과 시트 등 자질구레한 짐을 모두 정리했다. 요양원에 가져갈 책 상자는 반만 차 있어 그리 버거운 짐은 아니었기에 그 안에 다프네 캐스모어를 처음 발견했던 소웰베이 고등학교 졸업 앨범도 넣었다.

이제는 두툼한 책들 사이에 갇혀버린 사진 속 웃고 있는 여학생이 떠올랐다.

그녀를 찾으려 했던 건 그저 헛고생이었을까? 하지만 어떻게 찾지 않을 수 있었을까? 그녀가 어떤 사람이든 어디에 있든 다프네 캐스모어는 살아 있는 에릭을 마지막으로 본 사람이었다. 앞으로 토바는 무수한 인파 속에서 사진 속 그 얼굴과 조금이라도 비슷한 사람을 발견하면 한없이 쳐다보게 될 것이다.

전망창 밖 구름 한 점 없는 하늘 아래 모터보트 한 대가 V자 모양의 항적을 남기자 잔물결들이 유유히 빛났다.

내륙으로 몇 킬로미터나 더 들어간 곳에 자리한 차터빌리지가 얼마나 낯설까. 아침에 눈을 떠 바다가 보이지 않으면 얼마나 이상할까.

"좀 알려주면 좋겠는데."

토바가 퓨젓사운드를 내려다보며 말했다. 그녀는 이 만(灣)이 말해주기를 언제까지나 바랄 것이다. 그러나 그날 밤 무슨 일이 있었는지 알게 된다 해도 아들이 돌아오는 것은 아니다. 그 어떤 것도 아들을 다시 데려올 수는 없다.

토바는 상자 날개를 덮고 테이프를 붙였다.

대담하고도 뻔뻔한 거짓말

모스 소시지는 공연을 할 때 항상 같은 순서로 곡들을 연주했다. 캐머런이 자신의 펜더 기타로 그 마지막 곡의 오프닝 코드를 잡았다. 잭이 연결되지 않아도 기타 소리는 이선의 작은 거실을 채우기에 충분했다. 그는 거실 소파에 널브러져 앉아 지하에 있는 건조기가 제 일을 끝내기를 기다리는 중이었다. 토바는 항상 수요일은 세탁하는 날이라고 말하곤 했는데, 그 말이 그의 머릿속에 파고든 게 분명했다. 오늘 아침 눈을 뜨자마자 반사적으로 일어나 캠핑카 바닥에 나뒹구는 더러운 옷가지와 세제를 챙겨 이선 집 지하에 있는 다용도실로 향한 것을 보면.

캐머런은 현란한 스트럼 주법으로 까다로운 코드들을 완벽하게 연주해냈다. 오예, 아직은 쓸 만했다. 올여름엔 기타를 거의 잡지 못한 탓에 거친 기타 줄이 부드러워진 손가락을 파고드는 것이 아프기는 했지만, 기분 좋은 고통이었다.

하품을 한 그는 다소 울퉁불퉁한 소파 쿠션 두 개 사이에 기타를 세워두고는, 탁자에 있는 시리얼을 한 입 먹은 후 턱으로 흘러내린 우유를 손등으로 닦았다. 그러고는 자리에서 일어나 어슬렁거리며 창문 앞으로 다가갔다. 그곳에 서서 보니 햇빛을 받고 있는 캠핑카 앞 유리에 쌓인 먼지가 지저분해 보였다. 에이버리와 패들 데이트를 하러 가기 전에 세차를 할까 싶었다.

듬성듬성한 이선의 잔디밭은 황갈색으로 변해가고 있었다. 다들 요즘 날씨가 뜨겁고 건조하다고 난리였다. '뜨겁고 건조한'이란 말은 머데스토에서는 다른 의미로 쓰였지만, 요즘 그 말을 들으면 그는 그냥 고개만 끄덕였다. 머데스토가 점차 희미해지고 있었다. 언제부터였을까?

"좋은 아침입니다."

이선이 거실로 나오자 그의 움직임을 따라 비누 냄새가 퍼졌다. 캐머런은 그의 뒤를 따라 주방으로 들어갔다. 수염은 축축해 보였고 거의 대머리나 다름없는 머리에 이리저리 뻗쳐 있던 뻣뻣한 곱슬머리는 단정하게 매만진 상태였다. 추레한 록 밴드 티셔츠나 늘 입는 플란넬 셔츠 중 하나가 아니라 줄무늬에 골프 셔츠 같은 깃이 달린 셔츠를 입고 있었다. 이선에게 이렇게…… 평범한 옷도 있다는 걸 처음 알았다. 전구처럼 볼록 나온 배 아래로 새끼줄처럼 꼬인 가죽 벨트가 보였고, 카키색 바지는 기장이 몇 센티미터 정도 모자랐다.

"왜 영화 캐디쉑 속 엑스트라처럼 입었어요?"

이선을 놀리는 캐머런의 입꼬리가 올라가 있었다.

"토바와 또 데이트해요?"

이선이 싱크대에서 찻주전자에 물을 채웠다.

"토바? 아니요."

이선은 버너를 켜고는 그 위에 주전자를 올렸다.

"물론 이번 주에 작별 인사를 하러 들르긴 할 겁니다."

"아, 그렇군요."

캐머런은 캐디쉑 농담을 취소하고 싶었다.

"오늘 가게에서 면접이 있어요."

이선이 이렇게 말하고는 수납장에서 휴대용 머그잔을 꺼내 거기 잉글리시 브렉퍼스트 티백을 넣었다.

"낮 동안 일할 매니저를 임시직으로라도 뽑아야 해요. 멜로디 패터슨한테 무슨 일이 생겼는지 알아요? 그 집 아들이 심각한 병에 걸려서 시애틀에 있는 소아 병원에 입원했어요. 아들 병간호 때문에 장기 휴직 상태예요."

"안됐네요."

캐머런이 말했다. 진심이었다. 멜로디 패터슨은 정말 좋은 사람이었다. 다만 이선이 꺼낸 단어가 캐머런을 거슬리게 했다. 불쌍한 멜로디의 비극을 자신을 찌르는 연장으로 사용하다니.

매니저. 이선이 자신을 그 자리에 고려라도 해봤을까? 이곳에 온 첫날 값비싼 스카치를 마시고 취한 자신이 마트에 일자리가 없냐고 물었던 것을 생생하게 기억하고 있었다.

이선은 이제 멜로디의 남편 이야기, 그리고 자녀 보장 범위 때문에 보험이 '정말 골칫거리'가 됐다는 이야기까지 해댔다. 본인과 전혀 상관없는 남 이야기를 자세히도 알고 있었다. 계산대에서 우유 바코드를 찍거나 토마토 무게를 재며 손님들과 대화를 할 때 보면 너 나 구분이 전혀 없는 사람이었다.

"저기요."

캐머런이 말을 잘랐다.

"지원서 아직 받아요?"

"매니저 자리요? 그렇죠. 왜요? 누구 생각나는 사람이라도 있어요?"

캐머런의 양쪽 귀 끝이 타는 듯 뜨거워졌다.

"당연히 저 말하는 거죠."

"캐머런이요?"

이선은 진심으로 놀란 것처럼 보였다.

"뭐…… 어쩌면요."

이선은 이내 고개를 저으며 말했다.

"그런데 이게 매니저 자리입니다. 보통은 몇 년 경력이 있는 사람이 지원하는 자리지요. 매장 운영 시스템에도 익숙해야 하고요. 재고 관리, 포스기, 심지어 회계도 좀 알아야 해요. 만만한 일이 아닙니다."

"제가 왜 못하겠……."

캐머런은 뒷말이 튀어나오기 전에 간신히 중단했다. 제가 왜 못하겠어요, 당신이 하는 일을.

"이선, 저는 경력도 없고 학위나 뭐 그런 것도 없지만요, 제가 똑똑하다는 건 이선도 알잖아요."

캐머런의 목소리가 떨렸다.

"저 정말 똑똑해요."

이선의 눈이 커졌다.

"캐머런이 똑똑하지 않다고 말한 적 없어요."

"그렇다면, 제가 배우면 되잖아요."

"네, 그럼요. 배울 수 있지요."

이선이 휴대용 머그잔의 뚜껑을 닫았다.

"식료품 판매업에 정말 뜻이 있다면 가르쳐줄게요. 기쁜 마음으로요. 하지만 지금 당장은…… 이미 자격을 갖춘 사람으로 구해야 해요."

"아, 진짜 너무하네요."

캐머런은 거친 발걸음으로 주방 창문 쪽으로 가다 식탁 의자에 부딪혀 넘어질 뻔했다.

"그래서, 숍웨이에서 근무하려면 정확히 어떤 자격이 필요한데요? 이선처럼 항상 쉬지 않고 떠들 줄 아는 거요?"

캐머런이 몸을 돌려 이선을 노려봤다.

이선의 붉은 얼굴이 평소보다 훨씬 더 붉어졌다.

이쯤에서 그만둬야 한다는 걸 알면서도 캐머런은 계속해서 빈정거리며 찔러댔다.

"온 동네 사람들 이야기를 여기저기 광고하고 다니는 거요?"

푹, 푹.

"남의 개인사에 대해 말 같지도 않은 소리를 지껄이는 거요?"

푹, 푹, 푹.

"우리 엄마에 대한 소문을 퍼뜨리는 거요?"

"난 그저 모친을 찾으려고 했던 것뿐입니다."

조용하지만 단호한 말투였다.

"도우려고 했던 거예요."

"도와달라고 한 적 없어요."

"캐머런을 위해서가 아니었어요."

반격을 준비하던 캐머런의 말문이 막혔다.

"그분을 위해서였어요. 토바요. 토바에게…… 종결을 선사하고 싶었어요."

지하에서 울리는 건조기 알림음이 주방 바닥을 통해 전해졌다. 코스 완료.

"그러시든가요."

캐머런은 그렇게 말하고는 캠핑카를 향해 걸음을 옮겼다. 빨래야 나중에 가져가면 된다.

선잠이었지만 그래도 안 잔 것보단 나았다. 진 이모가 늘 하는 말이 있다. 일이 꼬이기 시작하면 침대로 가서 한숨 자고 나서 처음부터 다시 시작하라고.

오늘에 딱 맞는 말 같았다.

다만 생각보다 잠이 깊이 들었던 모양이었다. 쉴 새 없이 울리는 핸드폰 진동에 눈을 떠보니 더는 아침이 아니었다. 캠핑카 창으로 들이치는 한낮의 볕에 눈을 가늘게 뜨고 침구를 뒤지며 핸드폰을 찾기 시작했다.

젠장. 에이버리일 것이다. 패들 데이트. 4시가 넘은 건가? 캠핑카 내부가 덥고 답답했다. 온종일 뜨거운 태양 아래서 열을 받았을 때의 느낌이었다. 도대체 핸드폰은 어디 있는 걸까? 알람을 분명 맞췄는데 그건 또 어떻게 된 거고?

마침내 캠핑카 바닥, 더러운 양말 아래서 핸드폰을 찾았다. 오늘 아침 세탁물을 챙기던 중 놓친 양말임이 분명했다. 잠이 덕지덕지 붙은 입에 사과의 말을 장전한 채 전화를 막 받으려는 차, 현재 시각이 3시임을 확인했다. 화면에 뜬 건 시애틀 지역 번호였다. 에이버리가 아니었다.

"여보세요?"

"캐스모어 씨?"

여성의 목소리였다.

"네? 아, 네. 접니다."

"연락이 닿아 다행이네요. 저는 브링스 개발의 미셸 예이츠입니다."

캐머런이 자세를 바로 하고 앉았다.

"약속 잡으려고 몇 번이나 연락 주셨는데, 기다리게 해서 죄송합니다. 브링스 씨가 그간 다른 지역에 계셨어요. 이제 시애틀로 돌아오셨는데, 갑자기 오늘 오후에 시간을 내실 수 있게 되었어요. 너무 급작스럽게 연락드린 건 알지만, 오늘 브링스 씨를 만나시겠어요?"

"만나겠냐고요? 그러니까…… 브링스 씨를요? 오늘요?"

"지금 전화 받으신 분이 부동산 개발업자 캐머런 캐스모어 씨

맞으신가요?"

미셸이 의심스러운 목소리로 되물었다.

맞다. 사소한 거짓말을 하긴 했다.

미셸이 말을 이었다.

"2주 전쯤, 브링스 씨와 새로운 사업 기회에 대해 만나서 논의하고 싶다고 여러 차례 메시지를 남겨주셨는데요?"

뭐, 사기를 좀 쳤다고 볼 수도 있고.

캐머런이 목을 가다듬었다.

"아, 네. 그럼요. 저 맞습니다."

이야기를 지어내 음성 사서함에 남긴 것이 통할 줄은 몰랐다. 정말 통하다니, 지난 몇 주간 문 닫힌 사무실을 오가고 허풍을 떨어대도 소용없더니, 이게 될 줄이야. 대담하고도 뻔뻔한 거짓말이 통할 줄이야. 찌릿한 죄책감은 무시하고, 이렇게 말했다.

"네, 방문할 수 있습니다. 몇 시쯤 갈까요?"

미셸이 6시라고 말하며 시애틀 주소를 알려주자, 캐머런은 주유소 영수증 뒤에 정신없이 받아 적었다.

"엘리베이터를 타서 지하로 내려가세요."

미셸의 말에 캐머런은 의아한 생각이 들었다. 지하 사무실이라고?

미셸과의 통화를 끝내자마자 캐머런은 테리에게 전화를 걸었다. 네 번의 통화 연결음 끝에 전화를 받은 테리는 다른 데 정신이 팔려 있는 듯했다.

"죄송하지만, 오늘 오후 근무는 못 갈 것 같은데 괜찮을까요?

저녁 청소는 하러 갈 수 있어요. 제가 좀…… 일이 있어서요."

캐머런은 숨을 들이마시고 사이먼 브릭스와의 일을 자세히 설명하면서, 내심 이렇게 사유를 밝히는 게 고용인의 마땅한 매너이길 바랐다.

"네, 그래요, 캐머런."

테리는 여전히 다른 일에 몰두하고 있는 것 같았다. 제대로 듣기나 한 걸까?

"감사합니다, 관장님. 그리고 어…… 혹시 조만간 저를 청소 업무 정규직으로 전환하는 문제에 대해 이야기를 나눌 수 있을까요? 어…… 그러니까 임시직이 아니라요."

"그럼요, 그럼요."

한바탕 웅성대는 소리가 들렸다.

"저, 캐머런, 내가 지금 나가봐야 해서요. 오늘 밤 근무 안 나와도 되니 걱정 말고요. 천천히 일 봐요, 알겠죠?"

"네."

전화를 끊은 캐머런은 테리의 태도가 낯설었지만 어깨를 으쓱하는 것으로 찜찜함을 털어냈다. 바쁜 시간에 전화를 한 모양이었다. 캐머런은 지도 앱을 열어 미셸이 말한 시애틀 주소를 입력했다. 차로 두 시간 거리였다. 즉, 오후 4시에는 도로 위에 있어야한다는 뜻이었다. 패들보드 위가 아니라.

에이버리는 이해해줄 것이다. 가는 길에 패들 숍에 들러 직접사정을 설명하기로 했다.

4시가 좀 안 된 시각, 캐머런은 소웰베이 패들 숍 문을 밀어젖혔다.

가게 안쪽 잠수복 진열대 뒤편에서 누군가 나왔다. 놀랍게도 에이버리가 아니었다.

에이버리의 아들 마르코였다.

아이는 뻣뻣하게 고개를 까딱하고는 아무 말도 없이 다시 진열대 뒤쪽으로 사라졌다.

"어, 저기, 있잖아. 엄마 계시니?"

"볼일 있다고 나갔어요."

윤이 나는 나무 바닥에 무릎을 대고 앉은 마르코 옆에 상자 하나가 열려 있었다. 방아쇠가 달린 검은색 플라스틱 물건의 돌출부에는 광택이 나는 종이 소재의 얇은 줄이 달려 있었다. 가격표 라벨기였다.

"네가 여기서 일하는 줄은 몰랐네."

캐머런은 밝은 오렌지색의 오리발을 툭 건드리며 말했다. 전에 왔을 때는 없던 물건이었다. 여러 개가 작은 사이즈에서 큰 사이즈 순으로 완벽하게 정렬되어 있었다. 오리 가족의 발들을 훔쳐 벽에 걸어놓은 것 같았다.

마르코가 불만 어린 투로 말했다.

"내가 하고 싶어서 하는 게 아니라고요."

마르코는 구명조끼 태그에 가격표를 붙이고는 조끼에 달린 고리를 벽에 고정된 기다란 금속 막대에 걸었다.

"강압적인 아동노동이라. 통과의례지."

캐머런이 이렇게 말하며 웃었다.

마르코는 달리 반응을 보이지 않았다.

"엄마 언제쯤 오실지 혹시 알아?"

캐머런이 입구를 슬쩍 바라봤다.

"원래는 엄마랑 여기서 4시에 만나기로 했거든."

캐머런이 시간을 확인했다. 5분 전이었다.

마르코가 올려다봤다.

"원래요?"

"어. 보드 타러 가기로 했는데, 일이 좀…… 생겨서."

마르코에게 사정을 전부 설명할 뻔했지만 캐머런은 입술을 깨물며 간신히 멈췄다. 10대 학생에게 해명할 필요는 없었다.

"바람맞히는 거네요."

마르코의 말투가 건조해졌다.

"그런 게 아냐. 엄마가 이해해주실 거야."

마르코는 총을 쏘듯 라벨기로 가격표를 또 하나 붙였다.

"그래요."

"양해를 구하러 직접 왔잖아."

캐머런이 다시 시간을 확인했다. 4시에는 출발해야 한다. 그의 인생에서 가장 중요한 만남이었다. 늦어선 안 된다. 그는 헛기침을 했다.

"이제 내가 가봐야 하거든. 내가 들렀다고 엄마에게 전해줄래? 약속 취소해서 미안하다는 말도."

"네, 엄마한테 전할게요."

"고맙다."

캐머런은 가게를 나섰고, 4시 정각이 되었을 때 그는 고속도로로 향하고 있었다.

SOB

.
.
.

시애틀은 빌딩과 우회 도로, 터널과 샛길, 그리고 고가도로 위에 지은 게 아닐까 싶을 정도로 높은 고층 건물까지 정신이 아찔해지는 미로였다. 비현실적인 레고 세트 같았다. 바다를 등진 가파른 비탈에 왼쪽 출구, 오른쪽 출구, 고가교, 급행 차로, 고가도로, 지하 차도가 콘크리트로 된 스파게티 면처럼 정신없이 얽혀 있었다.

전에 공항에서 나올 때 운전해본 길이었지만 이제야 명확하게 보였다. 머데스토와 비교하면 완전히 다른 세상이었다.

캐머런은 캐피톨힐로 나가는 출구가 가까워지자 방향 지시등을 켰다. 우측으로 계속 가다가 좌회전한 후 세 블록을 지나 오른쪽. 혹시나 하는 마음에 고속도로를 나와 일반 도로에서는 어디서 어떻게 방향을 전환해야 하는지 외워뒀다.

마침내 옳은 길에 들어선 그가 번지수를 찾느라 빼곡하게 들어선 건물들을 살피며 속도를 줄이자 지나가는 차들이 신경질적으로 경적을 울렸다. 커피숍, 주스 가게, 상품이 인도까지 쏟아져 나온 빈티지 옷가게…… 완벽한 8월의 어느 저녁 6시 10분 전. 거리는 힙스터들과 개를 산책시키는 주민들로 북적였다. 크로스백을 맨 통근자들도 목적지를 향해 바삐 움직였다.

미셸 예이츠가 준 주소가 맞았다. 아무런 표시도 없는 회색 문 앞에서 그는 주소를 다시 확인했다. 몇 주나 미팅을 잡으려고 안달했는데…… 여기가 브링스 개발이라고? 캐머런은 번쩍이는 빌딩을 상상했었지만, 어쩌면 시애틀의 성공한 사람들은 이런 식일지도 몰랐다. 파스트라미 대신 얇게 저민 참마를 먹고, 강철로 만든 고층 빌딩보다는 수수한 외관을 선호하는.

캐머런은 해당 블록을 두 바퀴나 돌고 나서야 기적적으로 주차할 빈 공간을 발견했다.

캠핑카 시동을 끄고 핸드폰을 확인했다. 에이버리에게선 아직도 연락이 없었다. 문자를 보내야 할까? 아니다, 일을 마치고 전화하면 된다. 그때쯤이면 아버지에 대한 이야기도 들려줄 수 있을 테다. 캠핑카 운전석 문을 쾅 닫는 소리가 바쁜 도시의 소음에 묻혔다. 콘솔 박스에서 찾아낸 먼지 덮인 동전 두 개를 주차 미터기에 넣었다.

놀랍게도 회색 문은 잠겨 있지 않았다. 문을 열자 평범한 로비가 나왔다. 아파트 건물이었다. 왼쪽 벽에는 조금 낡은 금속 우편함 여섯 개가 나란히 걸려 있었다. 전단지와 스팸 우편물이 바닥에 어지럽게 널려 있었다.

오른편에는 위로 올라가는 계단만 보였다. 곧장 앞으로 가자 벽 뒤편으로 엘리베이터가 있었고, 위층은 물론 아래층으로도 가는 버튼이 보였다. 미셸이 엘리베이터를 타고 지하로 가라고 했었다.

엘리베이터 도착음이 울리자 캐머런은 혼잣말을 뱉었다.

"험난한 여정을 시작해보자고."

엘리베이터 문이 열리자마자 이상한 냄새가 훅 끼쳤다. 밀랍 냄새, 그리고 시나몬 비슷한 매콤한 냄새가 뒤섞인, 한여름에는 어울리지 않는 향이었다. 어두운 복도 사방에 놓인 초들에서 나는 것 같았다. 거울로 된 양쪽 벽면에 반사된 무수한 작은 불빛들이 무한히 이어지는 듯했다. 좀 더 자세히 들여다보니 가짜 초였다. 당연했다. 소방 법규상 지하에 이렇게 많은 촛불을 두는 것이 가능하겠는가?

도대체 여기는 뭐 하는 곳일까?

올이 다 드러난 회색 카펫을 따라 복도를 걷다 코너를 돌자 세상에서 가장 작은 칵테일 라운지가 나타났다.

아무도 없었다. 스툴이 다섯 개 정도 마련된 작은 바였다. 황동 천장 타일에 반사된 은은한 불빛이 공간 전체를 노랗게 물들였다.

바 위에는 홀더에 작고 네모난 종이 한 장이 꽂혀 있었다. 메뉴판이었다. 제일 위에 머드민노 비스포크 신주라고 적혀 있고, 그 아래로 괴상한 술 이름들이 뒤따랐다. 가격을 제대로 본 게 맞는지 확인하려고 몇 번이나 눈을 깜빡였다. 이 신주(신에게 바치는 술—옮긴이)라는 것 반값으로 마트에서 여섯 개들이 맥주를 살 수 있었다.
캐머런은 스툴 하나를 꺼내 앉았다.

어디선가 짤랑 소리가 울렸고, 바 뒤편 출입구에서 한 여자가
들어오고 있었다. 그녀의 짧은 녹색 머리는 납작하게 눌린 잔디
를 연상시켰다. 양손에 차곡차곡 겹쳐진 하이볼 잔을 든 여자는
놀란 듯 아주 잠깐 눈썹을 살짝 들어 올렸다. 그러고는 캐머런 쪽
에서는 보이지 않는 바 아래쪽 선반에 잔들을 내려놨다.

"8시에 영업 시작해요."

여자는 눈도 마주치지 않고 말했다.

"미팅이 있는데요. 브링스 씨와요."

캐머런이 목을 가다듬었다.

잔디 머리 여자가 캐머런을 올려다봤다. 세상에서 가장 지루한
대상을 마주하고 있다는 듯 지독히도 무표정한 얼굴로.

"진짜예요. 미셸이 잡은 미팅이에요."

캐머런은 미셸이라고 이름을 불러도 문제가 되지 않길 바랐다.

여자가 어깨를 으쓱하고는 걸음을 옮기며 말했다.

"알겠어요. 브링스 씨에게 전달할게요."

사이먼 브링스.

지난 두 달간 머릿속으로 그 이름을 수없이 불렀고, 크게 확대
되어 옥외 광고판에 실린 멀쑥한 모습의 그의 사진을 수없이 봤
었다. 때문에 바 뒤쪽에서 등장한 지친 미소의 초췌한 남자가 같
은 사람이 아니라고 생각할 뻔했다.

"안녕하세요."

떨리고 긴장된 목소리가 나왔다.

"저는……."

"누군지 압니다, 캐머런."

바 건너편에서 사이먼이 활짝 웃었다.

"아신다고요?"

심장이 쿵쿵 뛰는 게 긴장해서일까, 화가 나서일까? 어쩐지 이 남자를 때리거나 갈취하는 게 전부 말도 안 되는 짓거리 같았다.

"내가 왜 여기서 만나자고 했겠어요?"

사이먼 브링스가 빙글 손을 돌려 작은 공간을 가리켰다.

"이미 알다시피 나에겐 사무실도, 건물도 많아요. 하지만 이곳은 원래 다프네를 위한 공간이었어요. 그러니 우리가 만나기에 최적의 장소죠."

이제 캐머런의 맥박이 치솟고 있었다. 다프네를 위한 공간이라고? 평생 동안 아버지 노릇을 못 했다는 사실을 그냥 저렇게 자백한다고?

사이먼이 미소 지었다.

"내털리를 만났더군요."

사이먼은 머리를 까딱하며 잔디 머리 여자가 사라진 바 뒤쪽 출입구를 가리켰다.

"저 아이는 자초지종을 다 알고 있어요."

"자초지종이라면……."

캐머런은 간신히 입을 뗐다.

"그럼요. 내 딸인데요."

딸이라니. 머리가 어지러웠다. 아버지와…… 딸이라고? 자신도 모르는 새 그의 눈이 다시 바 뒤 출입구로 향했다. 이상한 헤어스타일을 한 그 여자가 이복동생일 수도 있다고?

사이먼이 양손을 맞잡고 바에 몸을 기댔다.

"엄마와 눈이 똑같군요."

캐머런은 지금 상황이 이해가 가지 않았다.

"다프네는 눈이 정말 예뻤어요."

캐머런은 당황스러울 정도로 크게 숨을 들이마셨다. 엄마는 정말 눈이 예뻤다. 사이먼이 그냥 하는 말인지, 정말 기억해서 하는 말인지 헷갈렸다.

"아무튼, 술 한 잔 줄까요?"

사이먼이 어깨를 살짝 들었다 내리며 분위기를 좀 더 가볍게 만들려는 제스처를 취했다.

"술이요?"

"옛날식 칵테일을 기막히게 만들죠."

"어, 맥주면 됩니다. 그냥 있는 거 아무거나요."

캐머런은 자신이 불쑥 내뱉은 말에 귀가 뜨거워졌다. 무슨 이런 신경까지 쓰는 걸까? 아버지에게 좋은 인상을 남기고 싶은 욕구는 인간에게 내재된 습성일까?

사이먼은 별말 없이 카운터 아래 냉장고로 몸을 숙였다가 손가락에 끼운 병맥주 두 병과 함께 다시 등장했다. 그가 뚜껑을 열자 쉬익 하는 소리가 났다.

"건배."

사이먼이 병 하나를 위로 들어 올렸다.

"건배."

캐머런도 그의 말을 따라 했다. 오늘 이 일이 얼마나 이상하게 들릴까? 에이버리와 엘리자베스에게 차례대로 말해줄 때 말이다.

"엄마에 대해 궁금한 게 많겠군요."

맥주를 한 모금 넘긴 후 사이먼이 말했다.

캐머런이 어깨를 펴고 자세를 바로 했다. 헛소리는 이제 그만 할 생각이다. 그가 침착한 목소리로 말했다.

"브링스 씨에 대해 궁금한 게 있어요."

"그래요? 그렇군요. 사람들이 다들 나보고 수수께끼 같다고 하지만, 캐머런에게는 비밀 없이 전부 말하죠."

그가 웃음을 지었다.

"자, 질문하세요."

"왜……."

캐머런은 말을 삼킨 뒤 생각을 정리했다.

"그러니까…… 어떻게……."

목으로 흐느낌이 차올랐다. 왜 아무 말도 나오지 않는 상황에 대한 계획은 세우지 않은 걸까?

"내가 뭘 왜 그랬냐는 건지?"

사이먼이 턱을 만지작거렸다.

"다프네를 왜 떠나보냈냐고요? 아꼈으니까요."

얼굴이 굳어진 캐머런은 매서운 목소리로 대꾸했다.

"하지만 전 신경조차 쓰지 않았잖아요."

"캐머런이요? 물론 신경 썼죠. 다프네 아들이잖아요. 하지만 내가 뭘 어쩔 수 있었겠어요. 다프네가……."

"나도 당신 아들이라고요!"

캐머런의 목소리가 갈라졌다.

한 발짝 뒤로 물러난 사이먼 브링스는 이내 침착해졌다.

"미안하지만 캐머런, 당신은 내 아들이 아니에요."

그가 부드럽게 말했다.

"제가 아들이라고요."

"나와 다프네는 그런 사이가 절대 아니었어요."

"맞잖아요."

턱이 덜덜 떨려 캐머런 자신도 놀랐다. 이렇게 나올 줄 알았다. 전부 다 없던 일로 만들려는 것. 이런 상황에 대해 나름 준비를 했었다. 아니, 하려고 노력했었다. 그런데도 왜 이렇게 감정이 주체가 안 되는 걸까?

"말했다시피 왜 찾아왔는지는 알고 있지만……."

"엄마에게 왜 졸업 반지를 줬습니까?"

캐머런은 주머니에서 반지를 꺼내 바 위에 내려놨다. 반지를 집어 든 사이먼의 얼굴로 희미한 미소가 번졌다. 그는 반지를 돌려 안쪽을 확인하고는 미소가 사라진 얼굴로 침착하게 말했다.

"내 반지가 아니에요."

"이러지 마세요. 제가 사진을 봤다고요."

사이먼은 반지를 조심스럽게 내려놓고는 말했다.

"다프네는 내 가장 친한 친구였어요. 이 말이 어떻게 들릴지는 아는데, 우리는 정말 친구 사이였어요. 가장 친한 친구."

캐머런이 반박하려는 순간, 진 이모가 자신과 엘리자베스 사이를 계속 캐묻던 것이 생각났다. 답답함이 납덩이처럼 그를 짓눌렀다. 아버지를 찾는 일은 두 달 전의 시작점으로 되돌아와 있었다.

"그러니까 한 번도, 그…… 엄마와 잔 적이 없다고요?"

이렇게 무례한 질문을 하는 게 정말 싫었다.

"그런 적 없어요."

사이먼이 웃음을 터뜨렸다. 얼마 지나지 않아 그의 얼굴이 어두워졌다.

"캐머런, 원한다면 면봉으로 입안을 문질러 검사를 진행해도 좋아요. 이 문제만큼은 정말 확신하거든요."

사이먼은 다시 졸업 반지를 들어 안쪽을 살핀 뒤 바에 내려놓고 말했다.

"잠깐 기다려요. 금방 올게요."

몇 분 뒤 그가 낡아빠진 양장본 책 하나와 무언가를 손에 쥔 채 돌아왔다. 책을 바에 내려놓자 먼지가 날렸다. 표지에는 **소웰 베이 고등학교, 1989년 졸업**이라고 적혀 있었다. 누군가가 스캔해서 올린 사진들의 출처가 바로 이것이었다. 사이먼과 다프네가 잔교 위에서 찍은 사진을 포함해서 말이다. 사이먼이 손바닥을 폈다.

"내 반지는 여기 있어요."

캐머런은 그 반지를 집어 왼손에 쥐고, 오른손에는 자신이 가져온 반지를 쥐었다. 무게가 완전히 같았다. 거의 다 왔다고 생각했는데…… 완전히 틀린 길이었다.

사이먼이 고갯짓으로 바 뒤편을 가리켰다.

"저기에 그냥 방치해놓은 넓은 공간이 있어요. 창고로 쓰고 있죠. 고등학교 때 물건들을 저곳에 보관하는 게 나름 어울릴 것 같아서. 사실, 우리 아지트로 쓰일 곳이었거든요."

"아지트요?"

저게 무슨 소리일까? 캐머런은 왼손에 쥔 반지를 돌리며 EELS 란 글자가 보이리라 예상했지만, 놀랍게도 SOB라는 글자가 보였다.

"SOB가 뭐죠?"

사이먼이 웃음을 터뜨렸다.

"내 이니셜이요. 사이먼 오빌 브링스(Simon Orville Brinks). 말해두자면 미들 네임은 사람들에게 밝히지 않아요. 어떤 소리를 들을지 너무 뻔하니까요. 운 좋은 선 오브 비치(son of bitch)라고 할 테니까."

캐머런은 바 위에 나란히 놓인 금반지 두 개를 바라봤다.

"이니셜을 각인한 건가요? 다들 그렇게 했어요?"

"대부분은요. 본인 개성을 드러내고 싶어서 재밌게 하려는 애들이 많았어요. 종교가 있던 애들은 전부 GOD라고 새겼죠. 그리고 ASS라고 새긴 애들도 분명 몇 있을 겁니다. 나도 그러고 싶었는데, 어머니한테 혼날 것 같아 그만뒀죠."

"그럼 이것에 대해 기억나는 게 있으세요?"

캐머런이 EELS를 내밀었다. 누군지는 몰라도 해양 생물을 무척이나 좋아했던 모양이다. 아니면 스시를 좋아했거나. 네 글자를 새긴다고 돈을 더 냈을까?

사이먼이 고개를 저었다.

"도움을 줄 수 있으면 좋을 텐데."

"EELS를 모르세요?"

사이먼이 부드럽게 대답했다.

"나도 내 아버지에 대해 아는 바가 없어요."

"네. 그런데도 어마어마한 부자가 되셨네요."

"열심히 일했거든요."

사이먼의 말에 날이 서 있는 게 느껴졌다.

"캐머런, 나도 소웰베이 출신이에요. 내가 엄마랑 어떻게 만났는지 아나요? 어떻게 가장 친한 친구가 되었는지?"

"어…… 아뇨."

솔직히 말해 캐머런은 한 번도 생각해본 적이 없었다. 두 사람이 연인이었다고 여겼을 때조차 그저 남들처럼 학교에서 만났을 거라 짐작했다.

"같은 아파트에서 살았어요. 형편없는 아파트였죠. 다프네는 고등학교 1, 2학년 때 거기서 살았어요. 빈곤층이 모여 사는 곳이었죠."

"소웰베이에 그런 곳이 있었는지 몰랐어요."

사이먼이 큰 소리로 웃었다.

"뭐, 요즘에는 소웰베이 전체가 그렇죠. 하지만 좀 달라지기 시작하고 있죠."

어조가 변했다. 지금 그는 사업 이야기를 하고 있었다.

"최근 몇 년 동안 개발이 많이 이뤄졌어요. 나도 해안가에 아파트를 하나 짓고 있어요. 고급 아파트를."

캐머런이 고개를 끄덕였다. 사이먼이 아파트 공사 프로젝트에 일자리를 마련해줄 수 있을까? 하지만 분명 추천인 같은 것을 요구할 텐데…… 가망이 없었다. 아무리 제일 친한 친구였던 사람의 아들이라도.

"아무튼……."

사이먼이 팔꿈치를 바에 기대며 다시 몸을 앞으로 기울였다.

"내 사무실이 아니라 이곳에서 보자고 한 이유는, 여기를 보면 좋아할 것 같아서요. 말했다시피, 다프네를 위해 만든 공간이거든요."

칵테일 메뉴판을 집어 든 그가 거기에만 시선을 고정한 채 말했다.

캐머런은 무척이나 당황스러운 얼굴로 작은 라운지를 둘러봤다. 캐피톨힐의 평범한 아파트 건물 지하에 있는 말도 안 되게 작은 바가…… 엄마를 위한 공간이라고?

"좀 크고 나서, 이런 곳이 있으면 좋겠다고 다프네와 이야기를 나눈 적이 있었죠. 80년대였으니 주류 밀매점 스타일이 당시에는 힙스터 문화가 아니었거든요."

사이먼이 눈을 굴리며 말을 이었다.

"10대 두 명이서 어떻게 이런 걸 떠올렸는지 지금 생각해도 대단해요."

그의 얼굴이 좀 어두워졌다.

"물론, 다프네에게…… 문제가 생기기 전 일이지만요."

"문제요."

캐머런이 작게 중얼거렸다.

사이먼은 여전히 손에 든 메뉴판만 보고 있었다.

"이곳 이름도 다프네가 정한 거예요. 좀 특이한 이름이죠."

그가 살짝 미소를 지으며 캐머런을 올려다봤다.

"머드민노(Mudminnow), 이건……."

"작은 물고기잖아요."

캐머런이 말을 잘랐다.

"강과 물이 맑은 곳에 살고요. 열악한 조건에서도 살 수 있죠. 극한 기온이나 물에 산소가 거의 없어도. 상황이 최악으로 치달을 때도 유일하게 살아남는 종이죠. 작은 물고기계의 바퀴벌레 같달까. 뭐 이름은 좀 더 멋지지만요."

사이먼이 입을 떡 벌린 채 쳐다보았다.

"그걸 도대체 어떻게 알아요?"

캐머런이 어깨를 으쓱하며 언제 어디선가 읽은 적이 있다고 답했다.

"이런저런 잡지식이 많아요. 그냥 머리에 들어와요."

사이먼이 웃음을 터뜨렸다.

"엄마와 정말 똑같군요."

캐머런이 놀라 입을 벌렸다.

"제가요?"

"아, 그럼요. 다프네는 졸업하고 제퍼디!(미국의 최장수 인기 퀴즈 쇼—옮긴이)에 나가려고 했어요."

사이먼이 헛기침을 하며 목을 가다듬었다.

"가족들은 다프네를 이해하지 못했어요. 진짜 본인의 모습을 가족에게는 보여주지 않으려고 했던 것 같아요. 언니에게도요."

캐머런의 눈가에 뜨거운 눈물이 당장이라도 떨어질 듯 차올랐다. 당황스럽게도 입술에 힘이 잔뜩 들어가며 제멋대로 얼굴이 구겨졌다.

"불쾌한 일로 놀랄 때면 다프네가 꼭 그런 얼굴이었죠."

캐머런은 꾹 다물어진 입에 주먹을 가져다 댔다.

"저는 뭐든 사진처럼 기억하는 능력이 아버지를 닮아 그런 줄 알았어요."

"부친도 그럴지도 모르죠. 다프네는 캐머런 부친이 누구인지 절대 말하지 않았어요."

캐머런이 낮게 코를 훌쩍였다.

"저한테만 비밀이 아니었네요."

"다프네는 한번씩 이상할 정도로 비밀이 많았어요. 우리 둘은 정말 친했지만, 다프네에겐 나와 공유하지 않는 이야기가 많았어요. 캐머런 부친도 그중 하나고요. 나름의 사정이 있었을 거라고 생각해요."

"예, 엄마의 사정 때문에 부모 없이 자랐어요. 절 버린 데도 나름의 사정이 있었겠죠."

"그랬을 거라고 믿어요."

사이먼의 말에 빈정대는 투는 전혀 없었다.

"캐머런을 사랑했어요. 세상 그 무엇보다. 그건 내가 알죠. 다프네가 무슨 일을 했든, 전부 사랑해서 그랬을 겁니다."

그리 멀지 않은 곳에서, 아마도 바 뒤편 문에서 덜그럭거리는 소리가 들렸다. 설마 잔디 머리 여자가 전부 듣고 있었던 걸까? 이 사람 딸 이름이 뭐였더라? 내털리? 캐머런의 명치로 욕지기가 올라왔다. 그녀는 자초지종을 다 알고 있다고 했다. 아버지의 똑똑한 '절친'이 임신한 후 제대로 된 삶을 살지 못했고, 그 아들이란 사람이 언젠가 찾아올지도 모른다는 것을 전부 다. 늘 그렇듯 캐머런은 항상 마지막에 알게 된다.

사이먼이 한숨을 쉬었다.

"좀 더 많은 이야기를 해줄 수 있으면 좋겠네요. 기대를 품고 여기까지 왔을 텐데…… 다른 사실만 확인하고 가게 되어 마음이 안 좋군요."

"엄마가 어디 있는지 아세요?"

캐머런이 무릎에 올린 두 손을 비볐다. 정말 이걸 물어보다니. 진짜 알고 싶은 걸까?

사이먼이 고개를 저어 오히려 반쯤은 다행이라는 생각이 들었다.

"아니요. 이제는 몰라요. 못 본 지 몇 년 됐어요."

"엄마가 뭘…… 그러니까, 어디서……."

"예전에는 워싱턴 동부에 있었어요. 우리 집에 찾아온 적이 있죠. 돈이 좀 필요하다고요. 물론 돈을 내줬고요. 다만, 여전히 힘들어 보였어요, 캐머런. 여전히 복용 중이었죠."

사이먼의 이마에 주름이 잡혔다.

"돈을 주지 말았어야 했을까요? 다프네를 우리 집으로 데려가서 게스트 룸에서 지내게 할까, 하는 생각도 했었어요. 다프네를 고쳐주고 싶었거든요. 하지만 내털리를 키우느라 정신없이 바쁘기도 했고, 그리고 사실…… 망가지겠다고 작정한 사람은 고칠 수가 없어요."

"그렇군요."

캐머런이 억지로 웃었다.

"제가 엄마를 빼다 박았네요."

"자기 자신을 과소평가하지 말아요, 캐머런."

"쓰레기통에 봉투도 제대로 못 끼우는데요."

사이먼이 이해가 가지 않는다는 눈빛으로 캐머런을 바라봤다.

"아쿠아리움에서요. 거기서 일하고 있거든요. 먹이로 주는 물고기도 토막 내고, 청소도 하고. 그 쓰레기통 얘기는…… 별거 아니에요."

캐머런은 주절주절 쏟아지려는 말을 막았다. 유명한 부동산업계 거물이자 주류 밀매점 오너로 자수성가한 빈민촌 출신 사이먼 브릭스에게 청소부 문제를 떠들어댈 필요는 없었다.

한동안 침묵하던 사이먼이 입을 열었다.

"다프네가 자랑스러워 할 거예요, 캐머런."

"네, 그렇겠죠."

캐머런은 5달러짜리 지폐 한 장을 바에 올려놓으며 머드민노 맥주 한 병 값으로 부족하지 않길 바랐다. 뭐, 이 정도면 되겠지.

사이먼이 지폐를 캐머런 쪽으로 밀었지만 그는 이미 문으로 향하고 있었다.

새로운 목적지

주차된 캠핑카로 돌아온 캐머런은 운전대를 손으로 내리쳤다. 에이버리의 문자가 와 있기를 기대하며 핸드폰을 확인했지만 아무런 연락도 없었다. 그녀에게 전화를 걸어 남이 떠드는 걸 공감 넘치게 들어준 지난 한 시간 동안의 일을 들려주고 싶었는데. 이제 뭘 어떻게 해야 할까? 그는 대시보드를 두드리며 캐피톨힐을 오가는 사람들을 바라봤다. 저녁을 먹으러 가고, 드라이클리닝을 맡긴 옷을 찾아가고, 윈도쇼핑을 하고, 다들 분주히 움직였다. 지극히 평범하고 행복한 삶을 사는 사람들.

다들 엿이나 먹어라.

차 안에서 얼마나 앉아 있었던 걸까? 핸드폰 소리에 화들짝 놀랐다. 에이버리가 아니라 브래드가 보낸 사진 한 장이었다. 캐머런이 사진을 눌렀다. 하늘색 담요에 싸인 축축하고 새빨간 얼굴이 가늘게 뜬 눈으로 캐머런을 바라보고 있었다. 엘리자베스의 얼굴은 조금밖에 나오지 않았지만 그녀가 활짝 웃고 있다는 걸 알 수 있었다. 예정보다 이른 출산이었으나 목숨을 잃지 않았다. 21세기의 혜택이었다.

캐머런은 눈을 감고 심호흡을 하고는 브래드에게 답장을 했다. 아빠 되었네! 잠시 후 브래드는 머리가 폭발하는 이모티콘을 보내왔다.

브래드와 문자를 하는 동안 에이버리에게도 문자를 보냈다. 얘기 좀 할 수 있어요? 그는 무선통신망 속 텅 빈 세상으로 문자를 발송한 후 시동을 걸고 주차 구역을 벗어났다.

시애틀을 빠져나가는 차량이 심각할 정도로 많았다. 꽉 막힌 도로 위에서 10분이 지난 것인지 세 시간이 지난 것인지 분간이 되지 않았다. 제자리에서 공회전만 하고 있는 수많은 차들의 브레이크 등 불빛이 한데 섞여 붉은색의 눅진한 연무가 캠핑카 주변을 에워쌌다. 조수석에 둔 핸드폰에서 알림음이 계속 울려서 에이버리가 아닐까 슬쩍 확인했지만 또 브래드였다. 아기 사진을 몇 장 더 보낸 것이다. 패스트푸드 봉투로 핸드폰을 덮어버렸다. 눈에서 멀어지면 마음에서도 멀어진다.

마음속에서 다른 이야기가 들려왔다. 멈출 기미가 없어 보였다. 어딘가 깊은 곳에서 들려오는, 신경을 건드리는 목소리. 전부다 가짜야. 진짜라기에는 너무 좋잖아. 이건 네 삶이 아니야. 거긴 네 집도 아니고. 그 사람이 네 친부도 아니었잖아. 그 여자도 네 애인이 아니야.

그래도 싫지 않은 직장이 있었다. 테리가 정규직으로 전환해줄 거라고 토바가 몇 번이나 안심시켜주지 않았던가? 캐머런은 충분히 자격이 있다면서. 캐머런 본인도 유리 닦는 기술이 무척 발전했다는 사실을 인정하고 있었다. 번쩍거리게 만드니까. 이젠 대걸레질을 하며 구석구석 어디 하나 빼놓지 않고 한 바퀴 도는 데 한 시간도 걸리지 않는다.

하지만, 신경을 긁는 목소리가 또 튀어나왔다. 그는 왜 네게 그 자리를 제안하지 않았을까? 더욱이 오늘 오후에 직접 물어보기까지 했는데.

네 생각만큼 네가 대단한 사람이 아닌 거야. 목소리가 비웃음을 흘렸다. 작은 동네 마트 하나 운영할 깜냥도 안 되는 거지.

"닥쳐."

캐머런은 이렇게 혼잣말을 하고는 1차로로 차선을 변경하며 속도를 높였다.

마침내 차들이 줄어들었다. 언제부터인가 주유 경고등이 들어와 있었다. 캐머런은 눈을 껌뻑였다. 소웰베이까지는 30킬로미터 정도 남았다. 그 정도면 갈 수 있었다. 그런 아슬아슬한 삶이야 캐머런 전문이니까. 하지만 다음 출구로 빠져나가 주유소를 찾았다.

캐머런이 저녁 식사 거리로 산 감자칩과 음료의 바코드를 찍던 편의점 직원이 그를 향해 친절한 미소를 보였다. 그는 마주 보며 웃지 않았다. 웃는 법을 잊어버린 것만 같았다. 직원이 인사말을 해도 무표정한 얼굴로 담배 한 갑을 달라고만 했다.

주유건 노즐을 타고 캠핑카로 콸콸 휘발유가 흘러 들어가는 동안 캐머런은 핸드폰을 만지작거렸다. 순전히 반사적인 행동이었다. 화면을 내리며 지나가는 글자와 사진을 눈으로 보고는 있지만 머리에는 아무것도 들어오지 않았다. 그러던 중 사진 하나에 정신이 돌아왔다.

케이티였다.

차단을 푼 건가? 이름을 누르자 아니나 다를까 그녀의 프로필이 나타났다. 특유의 거만한 미소를 짓고 있었다. 이 세상을 자신이 만들어냈고, 그는 그 안에서 살아가는 운 좋은 놈으로 취급하는 듯하던 그 미소.

올여름 사진을 100만 장은 올린 것 같았다. 캐머런은 빠르게 화면을 내렸다. 웬 놈이 케이티 몸에 팔을 걸치고 있는 사진이 절반이었다. 얼굴을 감싸는 우스꽝스러운 랩어라운드 선글라스를 쓰고 있어 어떻게 생긴 놈인지는 알 수 없었다.

케이티 집에서 같이 살고 있을까? 아마도 저 사람은 임대계약서에 자신의 이름을 써 넣는 것을 빼먹지 않을 것이다. 지루한 사무실에 출근도 하겠지. 사륜구동차가 아니라 신형 SUV를 몰 테고. 전동 칫솔도 쓰겠지. 주말이면 부모님과 저녁도 먹고 말이다.

평범하고 행복한 삶을 사는 사람들 누구 할 것 없이 모두 엿이나 먹으라지. 캐머런은 아무리 노력해도 그런 삶을 누릴 수 없을 것이다. 이곳 워싱턴주에서도.

그가 지도 앱을 켜고 새로운 목적지를 입력했다. 소웰베이가 아니라 머데스토였다.

이동 시간이 열다섯 시간으로 나왔다.

이른 도착

.·.

수요일 저녁, 토바가 도착했을 때 문이 활짝 열린 채 고정되어 있었다. 평소보다 좀 일찍 왔지만 전화를 건 테리의 목소리가 심상치 않았다. 토바는 저녁 식사 접시를 설거지도 못 하고 캣의 그릇에 사료를 급히 쏟아붓고는 서둘러 아쿠아리움으로 온 참이었다.

문이 열려 있어 문제가 생긴 걸까? 캐머런이 뒷문을 열어놨다가 마셀러스가 탈출할 뻔했던 일이 떠올라 속이 뒤틀렸다. 하지만 잠시 후 테리가 활짝 미소 짓는 얼굴로 손을 흔들며 여유롭게 걸어 나왔다.

"무슨 일이에요?"

토바가 그를 향해 다가가며 물었다.

"오늘 중요한 일이 있어요. 토바의 마지막 출근까지 하루밖에 남지 않은 것도 중요하지만요."

토바가 고개를 갸웃했다.

"오늘 들어오거든요."

테리가 설명을 계속했다. 무척이나 들떠 보였다.

"토바가 떠나기 전에 도착할 거라고는 생각 못 했는데, 토바도 그걸 만나고 싶어 할 것 같아 전화드린 겁니다."

테리가 웃으면서 말을 정정했다.

"그거라니, 나 좀 봐! 그 아이요. 토바도 그 아이를 보면 좋아할 것 같아서요."

도대체 '그 아이'는 누구를 말하는 걸까?

토바가 묻기도 전에 트럭 한 대가 주차장으로 진입했다. 삐 하는 경고음을 몇 차례 크게 울리며 후진한 트럭이 문 앞에 멈췄다. 거칠어 보이는 인상의 남자가 지게차로 냉장 화물칸에서 나무 상자를 꺼냈다. 배달 기사는 그 커다란 상자를 두고만 가려 했지만 테리가 안까지 운반하는 것을 도와달라고 부탁했다. 핸드백을 꼭 움켜쥔 토바는 커다란 상자를 운반하는 두 남자를 따라 문을 통과해 굴곡진 복도를 걸었다. 상자를 운반하는 일이 보통 수고로운 일이 아닌 듯 보였다.

토바가 그들을 따라 도착한 곳은 펌프실이었고, 그곳에 상자가 놓였다. 그들이 그 커다란 상자를 천천히 밀자 철벅거리는 소리가 들렸다. 배달 기사는 지게차를 끌고 순식간에 사라졌다.

"잠깐만 이것 좀 봐주실 수 있죠, 토바? 서류에 사인하고 올게요."

배달 기사를 따라 테리가 사라졌다.

토바는 가까이 다가가 상자를 살폈다. 한 면에는 붉은색 글자가 크게 새겨져 있었다. **이쪽 면을 위로.** 반대편에는 이렇게 찍혀 있었다. **살아 있는 문어.**

"이것 좀 봐달래. 이 말이 무슨 뜻일까?"

문어 수조 뒤 좁은 유리 패널 사이를 들여다보며 마셀러스에게 물었다. **살아 있는 문어**가 담긴 상자는 펌프실 한가운데 고요하게 자리하고 있었고, 너무도 조용한 탓에 토바는 그 안에 정말 살아 있는 무언가가 있는 게 맞는지 의아할 정도였다. 자신이 보고 있어야 할 게 무엇일까?

마셀러스가 한 팔을 흔들며 얼버무렸다. 그도 토바가 뭘 지켜보고 있어야 하는지 모르는 듯했다.

"곧 알게 되겠지."

토바가 말했다.

"아무튼 네게 새 이웃이 생긴 것만은 분명한 것 같구나."

마셀러스 수조의 다음다음 수조가 비어 있었다. 태평양대양해파리들이 살던 곳이다. 해파리들은 어디로 간 걸까? 그 텅 빈 수조의 물이 너무도 깨끗해 보였다. 토바는 펌프실 바깥으로 머리를 빼고 살폈다. 테리는 보이지 않았다. 곧장 발판 사다리를 끌고 와 문어 수조의 뚜껑을 올려주었다. 마셀러스가 팔 끝을 수면 밖으로 삐죽 내밀자 토바는 손을 아래로 뻗었다. 토바의 손목을 휘감는 문어의 몸짓이 이제는 익숙함을 넘어 본능적인 행위로 느껴졌다. 신생아가 엄마의 손가락을 꼭 쥐는 것처럼.

하지만 마셀러스는 아기가 아니다. 문어 세계에서 그는 할아버지 나이였다. 그리고 이제 그를 대신할 문어가 와 있었다. 복도에서 발자국 소리가 울려 퍼졌고, 토바는 물에서 손을 빼고 지면으로 내려와 발판 사다리를 수조 밑으로 밀어 넣었다. 토바가 상의 밑단으로 팔의 물기를 닦아내고 있을 때 망치를 들고 테리가 나타났다.

"어떻게 할까요? 열어볼까요?"

"새 문어 말씀이시군요."

확인하듯 토바가 콕 집어 말했다.

"네! 사실 예정보다 조금 일찍 왔어요. 구조된 문어예요. 게잡이 통발에 갇힌 뒤 거기서 나오려고 자기 몸을 끊어냈다가 알래스카에서 치료를 받았어요."

테리는 망치 한쪽 쇠지레로 상자 한 귀퉁이를 벌렸다.

토바가 팔짱을 꼈다.

"예정보다 일찍 왔다고요?"

테리가 한숨을 내쉬었다.

"마셀러스는…… 토바, 이미 눈치챘겠지만 나이가 아주 많은 편이죠."

테리가 힘을 쓰며 상자의 뚜껑을 들어 올렸다.

"그래도 혈기가 왕성한 노인이죠, 안 그래요? 수명보다 오래 살기로 작정한 노인이요. 하지만 닥터 산티아고나 제가 보기에, 마셀러스에게 시간이 얼마 남지 않은 것 같아요. 오늘 아침만 해도 상태가 많이 안 좋더군요. 몇 주, 어쩌면 며칠밖에 남지 않은 것 같아요."

"그렇군요."

토바가 수조를 살폈지만 마셀러스는 어디에도 보이지 않았다. 자기 집에 몸을 감춘 모양이었다.

"이렇게 오래 살아주다니 대단해요. 마셀러스도 구조된 문어였던 거 알고 계셨어요?"

토바가 테리의 말에 눈썹을 올리며 놀란 표정을 했다.

"몰랐어요."

"우리가 데려왔을 때만 해도 상태가 말이 아니었어요. 팔 하나는 반이 없고, 온몸이 뜯겨 있었어요. 그해도 못 넘길 거라 생각했는데, 벌써 4년이나 지났네요."

테리는 미소를 짓다 이내 고개를 가로저었다.

"착한 아이였죠. 밤에 여기저기 돌아다닌 것만 빼고요."

토바의 맥박이 빨라졌다. 지금껏 잘 숨겼다고 생각했는데……. 이제 문어 탈출에 일조한 일로 핀잔을 듣게 될 것이다. 그 끔찍한 클램프를 버린 일로.

토바의 표정을 읽어낸 테리가 말했다.

"괜찮아요, 토바. 사실 어떤 보안 설비를 해도 막을 수 없었을 겁니다. 새로 온 아이는 좀 더 매너가 있길…… 바라야죠."

커다란 상자 안에는 촘촘한 그물망으로 막힌 강철 배럴 통이 들어 있었다. 안에서 무언가가 첨벙, 철썩 하는 소리가 들렸다.

"자, 한번 볼까요? 뭐라고 부를 이름이 있으면 좋겠는데, 에디한테 문어 이름을 맡기겠다고 약속했어요. 어젯밤 늦게까지 고민하면서 리스트를 만들더라고요."

테리 딸아이 이름이 나오자 토바의 얼굴에 미소가 번졌다. 에디가 마셀러스라는 이름을 지었을 때가 네 살이었다. 이제 여덟 살이 되었는데도 여전히 문어 이름 짓는 것을 좋아하다니, 사랑스러웠다.

"멋진 이름을 지어줄 거라 믿어요."

토바가 말했다.

배럴 통 뚜껑은 쉽게 열렸다. 참을 수 없는 웃음이 새어 나왔다. 마셀러스라면 이렇게 허술한 통에서 얌전히 해안선을 따라 이곳까지 오지 않았을 것이다. 브리티시컬럼비아 해안 어디쯤에서 탈출했을 것이다.

"여기 있었구나."

테리가 부드럽게 말했다.

토바는 안을 들여다봤다. 문어는 배럴 통 바닥에 몸을 웅크리고 있었다. 달리 숨을 곳이 없으니 그럴 수밖에. 노란빛이 도는 핑크색 피부가 어두운 오렌지빛 마셀러스와 너무도 달라 토바는 놀라고 말았다.

"지금 수조로 옮기실 생각이에요?"

"오늘 밤은 아니고요. 닥터 산티아고가 먼저 봐야 해요. 내일 아침 일찍 오기로 했습니다."

토바는 문어가 웅크린 몸체에서 머뭇거리며 촉수를 꺼냈다가 곧장 다시 집어넣는 모습을 지켜봤다.

"새집을 좋아하겠죠?"

"솔직히 잘 모르겠어요, 토바."

테리의 허심탄회한 답변에 토바의 눈썹이 올라갔다. 별 뜻 없이 그냥 한 말이었는데.

"오해는 마세요. 물론 최선을 다해 돌볼 겁니다. 하지만 마셀러스를 보세요. 이곳에 데려와 목숨을 구했지만 수조에 갇혀 지내는 내내 불행해했잖아요."

"지루해했죠."

테리가 웃었다.

"소웰베이 아쿠아리움에서의 삶이 만족스럽지 않았을 겁니다."

토바는 허리 통증을 다스리려 근처 의자에 몸을 기대고는 문어가 담긴 나무 상자 쪽으로 고개를 기울였다.

"그럼 여기 걸레질을 시작해도 될까요?"

"펌프실까지 청소하지 않아도 돼요, 토바. 아시잖아요."

테리가 조심스럽게 상자 뚜껑을 덮었다.

"괜찮아요. 아무것도 안 하는 것보다는 나으니까요."

"캐머런이 도와줄 겁니다. 곧 오겠네요. 오늘 밤에 좀 늦을 거라고 했거든요."

테리가 시계를 확인했다. 마지막으로 상자를 한번 두들긴 후 그는 수온과 산도에 관해 혼잣말을 하며 펌프실을 나갔다.

문어 두 마리와 홀로 펌프실에 남겨진 토바는 무언가 잘못되었다는 이상한 기분에 휩싸였다.

"자……."

이렇게 운을 떼고는 핸드백을 집어 들었다.

"바닥 청소를 시작해야겠는데."

비품 창고로 발걸음을 옮기던 토바는 캐머런의 싸구려 캠핑카가 자신의 해치백 옆에 주차되어 있기를 바라며 정문 쪽을 내다봤다. 하지만 캠핑카는 보이지 않았다.

한 시간 후, 토바는 키 카드를 만지작거리며 테리의 사무실 문 앞을 서성였다. 테리는 늦게까지 자리에 있었다. 테리가 아직 있어 다행이었다.

"이 카드는 내일 청소 마치고 책상 위에 올려둘까요?"

토바가 카드를 내보이며 물었다.

"네, 그렇게 해주시면 될 것 같네요."

테리가 손가락으로 책상을 두들겼다. 아직도 흥분이 가시지 않는 듯 보였다.

"닥터 산티아고와 좀 전에 통화했어요. 내일 아침에 와서 새 친구를 살펴본다고 합니다. 배럴 안에 좀 더 둬도 괜찮을 것 같대요."

"그렇군요."

토바는 목소리를 좀 더 활기차게 내어보려 신경을 썼다. 새로 온 문어에게 딱히 관심이 없다는 걸 테리에게 어떻게 설명할 수 있을까? 토바가 아는 한, 제2의 마셀러스는 있을 수 없었다.

"새로 온 문어는 마셀러스 집으로 바로 들어갈 것 같아요. 그러니까 그…… 수조가 비면요."

토바가 침을 삼켰다.

"캐머런은 오늘 안 왔어요?"

테리가 자리에서 일어나 책상 위에 어지럽게 놓인 서류들을 들추며 소지품을 챙겼다.

"네."

토바가 머뭇거리며 답했다.

"이상하군요. 별일 없어야 할 텐데."

테리가 컴퓨터 가방의 지퍼를 잠갔다.

"오늘 혼자서 다 청소하셔야 한다니 어쩌죠?"

"괜찮아요. 이곳을 청소하던 때가 아름다운 추억으로 남을 거예요."

"정말 특별한 분이세요, 토바. 많이 그리울 겁니다."

"따뜻한 말씀, 고마워요. 저도 여기 사람들 모두 보고 싶을 거예요."

테리가 복도를 막 꺾어 나가려 할 때 토바가 그를 불렀다.

"테리! 한 가지 더요. 고마웠어요."

테리가 고개를 갸웃했다.

"뭐가요?"

"제게 이 일자리를 줘서요."

"저도 달리 선택권이 없었어요."

"무슨 말씀이신지?"

"그때, 달리 선택권이 없었다고요. 안 된다고 해도 토바가 물러서지 않을 것 같았거든요."

테리가 씩 웃었다.

"아주 강한 분이세요, 토바. 그거 아세요?"

토바는 반짝이는 타일 바닥을 내려다봤다. 천천히 걸음을 옮기자 스니커즈 자국이 찍혔다 금방 사라졌다.

"네, 뭐. 바쁘게 움직이는 게 좋죠."

테리는 진심 어린 눈빛으로 토바를 바라봤다.

"강한 분이라고 한 건, 제가 봤던 그 누구보다 대걸레를 멋지게 휘두르시기 때문만은 아니에요. 물론 그것도 사실이지만요."

이번에는 좀 더 다정하게 미소를 지었다.

"자메이카에서 살던 어렸을 때요, 증조할머니께서는 당신이 '늙었지만 식진 않았다'고 하셨어요. 아흔 후반까지 사셨죠. 돌아가시기 직전까지도 주방에서 어린 증손주들을 위해 건포도 빵을 구우셨죠. 그분도 늘 몸을 바쁘게 움직이셨어요."

"대단한 여성이셨네요."

"토바처럼요."

테리가 큰 손으로 토바의 작은 어깨를 감싸 쥐었다.

"혹시라도 마음이 바뀌시면요, 소웰베이 아쿠아리움에 항상 토바를 위한 자리가 있다는 걸 기억하세요."

"정말 고마워요."

테리는 갓 걸레질을 끝낸 바닥을 조심히 밟으며 아쿠아리움을 나섰다.

난처하게 만들다

.
:
.

토바가 막 청소 카트를 비품 창고에 갖다 놨을 때 정문이 딸깍 소리를 내며 열렸다. 테리가 뭘 잊고 가서 다시 온 건가?

하지만 토바가 복도에서 마주친 사람은 캐머런이었다. 불안한 듯 눈썹을 찌푸린 얼굴로 펌프실을 향해 달려가던 그는 토바를 보고 우뚝 걸음을 멈췄다. 그의 얼굴에서 불안이 사라지더니 놀라움이 떠올랐다.

"아직 계실 줄 몰랐어요."

토바가 양팔을 허리춤에 가져다 댔다.

"어디 있다 지금 오는 거예요?"

"그게 뭐가 중요해요?"

"중요하죠. 여긴 당신 일터고, 몇 시간 전에 왔어야 했으니까요. '조금 늦은' 정도가 아니잖아요. 아쿠아리움에 중요한 일이 있었는데 그것도 놓쳤고요. 새 문어가 도착했어요."

캐머런은 아무런 말이 없었다. 토바 눈에는 그가 당장이라도 튀어오를 용수철처럼 보였다. 단단하게 굳은 어깨, 쿵쿵대는 걸음, 토바의 시선을 피하는 모습도. 토바는 캐머런의 어깨에 손을 올렸다.

"괜찮아요? 무슨 일 있었어요?"

캐머런은 어깨를 슬쩍 빼 토바의 손을 물리고는 감정을 어쩌지 못하는 듯 이리저리 서성댔다.

"무슨 일이 있었냐고요? 한번 볼까요. 남 일에 더럽게 참견하기 좋아하는 이선은 본인 일에나 신경 쓰며 사는 법 따위에는 관심도 없고, 저에 대한 믿음도 눈곱만치도 없으며, 우정이 뭔지도 모르는 인간이죠. 제 유일한 친구인 머데스토에 있는 애들은 어떻고요? 그 친구들 애가 태어났고, 밴드는 끝장났어요. 머데스토 말이 나와서 말인데, 내 거지 같은 엄마 있잖아요? 날 버린 사람. 평생 동안 내 발목을 잡았죠. 우리 이모는 내게 엄마가 되어주려고 정말 최선을 다한 건 알겠는데, 그렇다고 계속 부모 행세를 하면 안 되죠. 여기서 여자 친구를 사귀었다고 생각했는데, 저한테 연락 하나 없이 잠수를 탄 상태고요. 제가 데이트 약속을 어겨서 화가 난 것 같은데, 약속 지키기 어려울 것 같다는 말을 하려고 직접 가게까지 갔었거든요. 왜 데이트 약속을 취소해야 했냐면, 갑자기 일이 생겼거든요. 이 한심한 인생에서 가장 중요하다고 볼 수 있는 만남이 잡혀서요. 뭐, 그때는 그런 줄 알았죠."

캐머런은 잠시 말을 멈추고 격하게 숨을 들이마셨다.

"아, 그리고 제 짐은 또 어떤 줄 알아요? 두 달 전에 여기 올 때

가져온 가방이요. 이탈리아에서 장기 휴가 중이에요. 이제는 필요조차 없는 짐이지만."

캐머런이 쏟아낸 말들이 강풍이라도 되는 듯 토바는 어느새 뒤에 있는 수조에 등을 바싹 붙이고 서 있었다. 자세를 바로 한 토바는 바람에 머리가 마구 날리기라도 했던 것처럼 머리를 정리하고는 무슨 이야기인지 잘 이해는 안 갔지만 이해한다는 듯 고개를 끄덕였다.

"진짜 압권은 아직 등장도 안 했어요."

캐머런이 주머니에 손을 넣어 두툼한 반지 하나를 꺼냈다. 그가 분을 참지 못하고 반지를 올려놓은 손을 꽉 닫아 주먹을 쥐는 바람에 토바는 스치듯 본 게 다였지만 남성용 졸업 반지 같았다. 씁쓸함이 정전기처럼 그의 목소리에 스며들었다.

"압권은, 지금까지의 모든 일이 완전히 헛짓거리였다는 거예요. 심지어 그 남자가 아니었어요."

"누가 뭐가 아니란 거예요, 캐머런?"

토바가 그의 어깨에 손을 올렸지만 다시금 그는 몸을 빼냈다.

"내 아버지가 아니었어요. 소웰베이에 온 이유가 그 사람 때문이었는데. 지금껏 찾아내려고 그 난리를 쳤는데. 그냥 엄마의 옛 친구더라고요. 그 사람 반지도 아니었어요."

"그럼 누구?"

"글쎄요. 평생 모르겠죠."

토바는 뭐라 말을 할 수 없었다. 마침내 이 말만 내뱉었다.

"정말 안타깝군요, 캐머런."

"그러게요. 다른 이유가 아니라, 그냥 지금껏 한 일들이 전부 시간 낭비가 되어버려서요."

그가 마른침을 삼켰다.

"누군가를 잃고 나서는 괴로워해도 괜찮아요."

토바가 조용한 목소리로 말했다.

캐머런이 뭐라 중얼거렸지만 토바 귀에는 제대로 들리지 않았다. 이내 캐머런은 쿵쿵거리며 정문을 향해 걸어 나갔다. 토바는 최대한 속도를 내어 캐머런의 뒤를 따랐다. 그가 정말 이렇게 가버리려는 걸까?

놀랍게도 캐머런은 정문이 아니라 펌프실로 향하고 있었다. 토바는 깜짝 놀란 채로, 그가 펌프실 중앙에 여전히 놓여 있는 **살아 있는 문어**가 담긴 상자를 지나 늑대장어 수조로 가서 그 뚜껑을 거칠게 연 후 졸업 반지를 떨어뜨리는 모습을 지켜봤다. 수조 바닥을 향해 천천히 내려가던 반지는 곧 모래 더미 속으로 자취를 감췄다.

"장어들. 너희가 그 반지 주인이었네."

그가 쓸쓸하게 중얼거렸다.

토바가 수조를 빤히 쳐다봤다. 이게 도대체 무슨 일이지? 늑대장어 한 마리가 토바를 바라봤다. 푸른빛 아래서 뾰족한 이빨이 빛났다.

토바가 목을 가다듬었다.

"잠깐 자리에 앉아서 커피 한잔할까요? 오늘 일은 다 끝났지만, 내일 업무에 대해 이야기를 나누면 좋겠는데. 내일이 내 마지막 출근 날이에요. 인수인계가 아무 문제 없이 잘 진행되어야 하니까요."

"커피요?"

캐머런은 외국어라도 들은 듯 되물었다. 바람 한 점 없는 날의 바람 자루처럼 기운이 쭉 빠져 보였다. 그러다 털어내듯 고개를 휙 젓고는 다시 기세를 회복한 폭풍처럼 되살아났다.

"됐어요. 휴게실에 있는 후드 티 가지러 온 거예요. 내일은 없어요."

그가 고개를 돌리며 덧붙였다.

"테리가 정규직을 제안하지 않았거든요. 그럼 뭐 하러 여기 있겠어요? 제가 얼마나 무능력하길래 쓰레기통을 비우고 바닥 닦는 일에도 뽑히지 않을까요? 아…… 토바한테 하는 얘기는 아니고요."

"뭔가 오해를 하고 있는 게 분명해요. 테리가 요즘 좀 바빴거든요. 새 문어가……."

"오해 같은 거 이제 지긋지긋해요."

휴게실로 휙 들어간 그는 잠시 후 겨드랑이에 후드 티를 낀 채 나타났다.

"뭐 어쨌든, 전 이만 가볼게요."

"무슨 말이에요?"

"캘리포니아로 돌아간다고요."

캐머런은 토바의 눈을 피했다. 슬프고도 냉소적인 미소가 그의 얼굴에 번졌다.

"장거리 캠핑카 여행을 떠날 시간이에요."

"지금 떠난다고요?"

"네."

여지가 없다는 말투였다.

"아까 떠나려고 했는데, 한심한 놈답게 하필 오늘 이선 집에 제 짐을 거의 다 가져다 놨거든요. 빨래며 기타까지. 그거 가지러 돌아온 거예요."

캐머런이 후드 티를 들어 올렸다.

"온 김에 이것도 챙겨 가려고요."

"지금 간다면서 테리한테는 아무 말도 안 할 거예요?"

"곧 알겠죠, 뭐."

"내일 캐머런이 나오지 않으면 어떻게 되겠어요?"

"절 자르겠죠?"

"그것 말고, 먹이는 누가 준비하고요? 여기 있는…… 우리 친구들 먹이요."

"제 알 바 아니에요. 뭐, 대단히 어려운 일이라 다른 사람이 못 하는 것도 아니잖아요."

토바가 차가운 눈빛으로 그를 바라봤다.

"일을 이런 식으로 그만두는 건 아니에요."

캐머런이 어깨를 으쓱했다.

"제가 뭘 알겠어요? 일을 그만둘 기회조차 없었는데요. 늘 쫓겨났다고요. 그게 제 특긴가 보죠."

캐머런은 거친 발걸음으로 테리 사무실로 들어갔다. 그 뒤를 따른 토바는 캐머런이 종이 한 장을 뽑아 무언가를 휘갈겨 쓴 뒤 접어서 테리의 책상에 올려놓는 모습을 지켜봤다.

"자요. 됐죠?"

토바가 종이를 집어 들어 캐머런에게 내밀었다.

"제대로 된 통지도 없이 이런 식으로 상사를 난처하게 만들다니…… 이보다는 잘할 수 있는 사람이잖아요."

"아뇨, 그런 사람 아니에요."

캐머런의 목소리는 갈라져 있었다. 그는 종이를 책상에 던지듯 놓았다.

"그런 사람 진짜 아니에요."

아, 지금 이럴 때가 아니잖아? 찾아야 할 반지가 있는데

인간은 늑대장어에 대해서만큼은 평가의 말을 아끼지 않는다. 누가 늑대장어를 두고 흉측한, 못생긴, 괴물 같은이라고 하는 걸 들을 때마다 조개를 먹었다면, 지금쯤 상당히 통통한 문어가 되었을 것이다.

이런 평가가 틀린 건 아니다. 객관적으로 말해 늑대장어는 그로테스크하다. 늑대장어 수조는 내가 한 번도 들어가지 않은, 탐험하지 않은 몇 안 되는 수조 중 하나지만 늑대장어의 안타까운 생김새 때문만은 아니다.

아주 오래전, 이곳에 갇히기 전의 일이다. 어리고 순진했던 나는 너른 바다에서, 인간의 표현대로 하자면 하룻밤 묵을 곳을 찾고 있었다. 그때 바위틈이 내게 손짓했다. 완벽한 쉴 곳이 되어줄 것 같았다. 다만, 이미 주인이 있다는 것은 몰랐다.

내 방대한 지성을 바탕으로 좀 더 주의를 기울였어야 했다. 틈 안을 들여다본 순간, 그것이 나를 덮쳤다. 늑대장어의 바늘 같은 이빨과 두툼한 턱은 못생겼을 뿐만 아니라 상당히 강하다. 나는 실수의 대가를 세 번이나 치렀다.

첫째로, 내 자존심이었다.

둘째로, 내 팔 하나였다. 다음 날 팔이 다시 자라기 시작했지만 그때는 너무 늦고 말았다.

셋째로, 내 자유였다. 내 판단 착오 때문에 그런 부상을 입지 않았더라면 소위 구조라는 것을 피할 수 있었을 것이다.

나는 대단한 인내심을 발휘해 토바가 떠날 때까지 기다렸다. 근래에는 펌프 장치를 빼는 것이 더욱 어렵게 느껴지지만 간신히 성공했다. 작은 구멍을 반쯤 나갔을 때 이미 **결과**에 가까워지는 것이 느껴졌다. 요즘 들어 점점 빨라지고 있다.

내게 시간이 그리 많이 남아 있지 않다.

수조에 들어가며 늑대장어들에게 뻔하지만 듣기 좋은 말을 늘어놨다. 커다란 수컷 장어가 아찔한 머리통을 틈 밖으로 내밀고는 눈을 부릅뜨고 나를 바라봤다. 잠시 후 그의 짝인 암컷도 합류했다.

둘 다 오늘 멋져 보인다.

수조 반대편 유리를 꽉 붙든 채로 말했다. 두 생명체가 눈을 깜박였다. 내 기관 심장이 쿵쾅거렸다.

여기 오래 있을 생각은 전혀 없어.

바닥으로 내려가며 둘에게 약속했다.

내 수조 바닥에는 굵은 자갈이 깔려 있는데, 여기에는 모래가 깔려 있다. 바닥을 훑으며 수색하는 동안 모래가 너무 부드러워 놀랄 지경이었다. 장어 한 쌍이 아까보다 몸을 좀 더 빼고 늘 그러듯 돌출된 턱을 로봇처럼 열었다 닫았다 하며 지켜봤다. 둥지

느러미를 좌우로 움직이며 리본 모양의 잔물결을 일으켰지만, 이쪽으로 다가오지는 않았다.

수조 밑바닥의 모래를 훑던 중, 팔 끝의 촉수들이 차갑고 무거운 무언가를 스쳤다. 두껍고 근육이 많은 팔 부위로, 안전하게 운반할 수 있는 부위로 두툼한 반지를 낚아챘다. 여전히 내 움직임 하나하나를 지켜보고 있는 늑대장어들을 흘낏 봤다.

이걸 가져가도 기분 나쁘지 않았으면 해.

내 수조까지 그 짧은 여정에도 기력이 달렸다. 나날이 약해지고 있다. 무거운 반지를 챙겨 내 동굴 안으로 들어가 휴식을 취했다. 다음 여행을 위해 체력을 보충해야 한다. 내 마지막 여행 말이다.

빌어먹게 똑똑한 천재

∙ ∙
∙

서펀틴(serpentine, 구불구불한―옮긴이) 벨트라니, 정말 잘 어울리는 이름이었다. 벨트는 아주 기다란 뱀처럼 캠핑카 엔진 룸을 이리저리 휘감고 있었다. 건조한 공기에서는 먼지와 브레이크 패드 탄내 비슷한 냄새가 났고, 아침 햇살은 자비가 없었다. 한번씩 고속도로로 트레일러트럭이 지나가면 휘잉 하는 커다란 소음과 함께 바람이 훅 캐머런의 옆통수를 때렸다. 거대한 딱정벌레들이 퍼레이드를 하듯 줄을 지은 트럭들은 캠핑카 후드를 연 채갓길에 서 있는 캐머런을 향해 위협적인 범퍼 그릴을 들이밀며 조롱하고 있었다. 캐머런은 한 손으로 끊어진 벨트를 잡아당겼다. 다른 손에는 조수석 서랍에서 찾은 새 벨트가 들려 있었다.

"도대체 뭐가 어떻게 되는 거야."

내부를 들여다보며 캐머런이 중얼거렸다. 주요 부품은 안다. 엔진 블록, 라디에이터, 배터리, 딥 스틱, 앞 유리를 닦는 파란색

용액이 들어가는 통 같은 것.

새 벨트는 조수석 서랍에 내내 있었다. 왜 진즉에 교체하지 않았을까? 끼익하는 소리, 내내 그 소리가 났었는데.

지난 열두 시간 동안 운전하는 중에도 계속 났다.

뭐, 엄밀히 말해 계속은 아니다. 끼익 소리가 멈추기도 했는데…… 파워 스티어링과 함께 멈췄다. 오리건주와 캘리포니아주 경계에서 남쪽으로 200킬로미터쯤 떨어진 도시 레딩 근처, 황량한 길이 계속 이어지는 주간 고속도로에서 말이다. 캐머런이 손대서 개판이 되지 않는 일이 있을까? 굴욕적인 실패 후 여봐란듯이 떠들썩하게 퇴장했지만 그 또한 굴욕적인 실패로 기록되려 하고 있었다.

너무도 메타적인 현실이었다.

"좋아, 할 수 있어."

후 하고 숨을 한번 내쉰 후 눈을 가늘게 뜨고 범퍼에 기대어 놓은 핸드폰 속 영상에 집중했다. 달리 방도가 없었다. 계속 차를 몰면 얼마 안 가 엔진이 과열되고 그럼 도로 한복판에 오물을 쏟아낼 테니까. 뭐, 영상에서 정확히 이렇게 이야기한 건 아니지만 어쨌거나…… 좋지 않은 일이 벌어지는 것은 맞다.

뿐만 아니라 벨트 교체가 대단히 어려울 리가 없고 그는, 캐머런 캐스모어는 빌어먹게 똑똑한 천재니까.

이제 진짜 천재의 모습을 보여줄 때였다.

장어 반지

토바의 마지막 출근 날인 목요일 오후, 재니스 킴과 바브 밴더 후프가 기다란 상자 하나를 들고 토바 집 현관에 나타났다.

"들어올래?"

토바가 물었다.

"집 상태가 좀 그래. 짐 싸느라……."

한 팔로 어수선한 내부를 가리켰다.

"커피 올릴게."

퍼컬레이터는 아직 이삿짐에 넣지 않았다. 마지막으로 쌀 짐이었다.

재니스에게서 상자를 받은 토바는 캐서롤 같은 거라고 생각했지만 무게가 너무 가벼웠다. 주방 카운터에 상자를 내려놓고 뚜껑을 여니 물고기 모양의 작은 케이크가 나왔다. 퇴직 축하해. 케이크에 글자가 적혀 있었다.

"뭘 이런 것까지!"

토바가 웃었다.

"하지만 정확한 말이야. 나 퇴직하는 거야."

"드디어 말이야."

재니스가 종이 접시와 일회용 냅킨을 꺼내며 맞장구를 쳤다.

바브가 식탁에 앉으며 말했다.

"차터빌리지에서도 베이스 몰딩 먼지 닦는 일자리를 얻어낼 게 분명해."

"그 가능성을 아예 배제하지는 않고 있어."

토바가 웃으며 말했다. 커피가 끓자 퍼컬레이터에서 쉬익 하는 소리가 울렸다. 토바는 몸을 굽혀 주방에 들어온 캣의 등을 쓰다듬어주었다.

재니스가 마뜩찮은 시선으로 캣을 바라봤다.

"저 친구는 이제 어떻게 되는 거야?"

"같이 못 가. 다시 길고양이 생활로 돌아가야겠지. 너희가 반려동물을 들일 생각이 있다면 다르겠지만."

재니스가 손바닥을 들어 보였다.

"피터가 알레르기 있어. 그리고 롤로도 고양이를 무서워하고."

캣이 바브의 무릎 위로 사뿐 올라가 위로 몸을 쭉 펴고 보드라운 머리를 바브의 턱에 툭툭 대며 큰 소리로 가르릉거렸다.

"난 개가 좋은데."

바브가 말하며 캣의 귀 뒤를 긁어주었다.

"세상에, 근데 너 정말 부드럽구나. 작년에 앤디네 애들이 데려온 고양이 이야기했던가? 이제는 한 침대에서 같이 이불 덮고 잔 다니까. 앤디한테 고양이 벼룩 같은 거 확인해야 한다고 말했거든. 집으로 뭘 갖고 들어왔을지 모르잖아? 그랬더니 앤디가……."

"바브, 걔 좀 봐. 너한테 푹 빠졌다."

재니스가 웃음을 터뜨렸다. 캣은 여전히 원형 톱처럼 가르릉대며 그루밍을 해주듯 바브의 손등을 핥았다.

"캣의 벼룩은 당연히 이미 다 제거했어."

토바가 콕 집어 말했다.

바브가 재니스와 토바를 차례대로 바라봤다.

"난 개가 좋다고!"

토바가 웃으며 말했다.

"사람은 누구나 변해, 바브."

"우리처럼 늙은이들도."

재니스가 덧붙였다.

"아, 알겠어. 생각해볼게."

바브가 투덜댔지만 이미 캣의 회색 배를 쓰다듬고 있었다. 캣이 행복한 듯 눈을 감았다.

토바는 커피를 따랐다.

"다들 저녁은? 음식 데우기만 하면 되는데……."

"아니야, 그럴 필요 없어."

재니스가 손사래를 쳤다.

"지금 정신 하나도 없을 텐데."

토바의 입술이 장난기 어린 미소로 슬몃 올라갔다.

"저녁으로 케이크 먹자."

토바는 아쿠아리움에서의 마지막 근무에 홀로 임했다. 굴곡진 복도를 마지막으로 걸레질했고, 유리도 마지막으로 훔쳤다. 청소를 마무리하며 바다사자 동상의 꼬리 밑을 좀 더 신경 써서 닦아냈다. 다음에 누가 언제 여기를 청소하게 될지 알 수 없었으니까.

이 일을 처음 시작할 때 해양 생물들하고만 있을 수 있다는 점이 가장 마음에 들었다. 할 일이 있다는 게, 바쁘게 몸을 움직일 수 있다는 게 좋았고, 게다가 혼자 하는 일이라 다른 사람에게 신경 쓸 필요가 없었다. 하지만 이제는 혼자 청소하는 게 이상할 정도로 낯설었다. 필시 캐머런도 여기 있어야 했다. 이런 확신 어린 생각에 토바 자신도 놀라고 말았다.

하지만 그는 지금쯤 캘리포니아 근처에 다다랐을 것이다.

꼬리 밑을 다 닦은 후 마지막으로 어두운 복도를 한번 더 지났다. 블루길을 향해 인사했다.

"잘 있어, 친구들."

바로 옆은 키다리게였다.

"잘 지내, 이쁜이들."

"건강히 지내."

코가 뾰족한 둑중개에게도 인사했다.

"안녕, 얘들아."

늑대장어를 향해서도.

옆에 있는 마셀러스의 수조는 고요했다. 토바는 유리에 기대

바위틈 여기저기를 살피며 문어를 찾았지만 아무것도 보이지 않았다. 오늘 밤에는 문어를 한 번도 보지 못했다.

토바는 펌프실로 갔지만 수조 뒤쪽에서도, 위에서 내려다봐도 문어가 보이지 않았다. 발판 사다리를 제자리에 가져다 놓고 배럴 통 근처를 맴돌았다. 그물망 아래 새로 온 문어 아가씨는 여전히 바닥에 몸을 말고 웅크리고 있었고, 그 주변으로 홍합 껍데기들이 보였다.

"혹시 뭐 본 거 있어? 그 아이가 떠났니?"

토바는 손을 올려 입을 가렸다.

"혹시……."

흐느낌이 말을 가로막았다.

새로 온 문어는 몸을 좀 더 웅크렸다.

토바는 복도로 돌아가 마셀러스 수조의 차가운 유리에 손을 가져다 댔다. 바위와 물에 작별 인사를 해봐야 아무 의미가 없었다. 눈물 한 방울이 주름진 뺨을 타고 턱으로, 이어서 갓 걸레질을 마친 깨끗한 바닥으로 떨어졌다.

약속대로 키 카드를 반납하러 갔을 때 테리의 책상은 엉망이었다. 포기했다는 듯 어깨를 으쓱한 토바는 플라스틱 카드를 그 난장판 위에 올려두었다.

로비를 가로지르는 걸음걸이에 맞춰 스니커즈가 끼익대는 소리를 냈다. 오늘 일을 마치고 스니커즈를 내다 버릴 생각이었다. 이곳에서 몇 년간 청소를 하며 낡을 대로 낡았다. 중고품 가게에서도 받아주지 않을 상태였다.

문 앞에 이르러 토바는 걸음을 멈췄다. 토바의 길을 가로막으려는 듯 문 바로 앞에 갈색 무언가가 구깃구깃 뭉쳐져 있었다. 토바는 푸르스름한 빛 너머로 눈을 가늘게 떴다. 종이봉투인가? 들어올 때는 왜 못 봤을까?

촉수가 움직거렸다.

"마셀러스!"

헉하고 숨을 들이마신 토바는 곧장 달려가 딱딱한 타일 바닥에 무릎을 대고 그의 옆에 앉았다. 허리에서 크게 소리가 났지만 알아챌 겨를조차 없었다. 창백해진 늙은 문어의 눈은 탁하게 변한 구슬 같았다. 그 명민하던 빛이 흐려지고 있었다. 토바는 아픈 아이의 이마에 손을 올리듯 부드럽고도 조심스럽게 외투막에 손을 가져다 댔다. 피부가 끈적하게 말라 있었다. 마셀러스가 팔 하나를 뻗어 토바의 팔목을 감쌌다. 이제는 희미하게 흔적만 남은, 동그란 은화 모양 자국이 있는 바로 그곳이었다. 마셀러스가 눈을 깜빡이고는 토바의 팔목을 또다시 살짝 감싸 쥐었다.

"여기서 왜 이러고 있는 거야?"

토바가 꾸중하듯 물었다.

"자, 수조로 돌아가자."

자신의 팔목을 감싼 촉수를 풀고 자리에서 일어난 토바는 마셀러스를 일으켜보려 했지만 불길한 통증이 아래쪽 척추를 관통했다.

"여기 가만히 있어봐."

이렇게 말하고는 몸이 허락하는 최대한으로 속도를 내어 비품 창고로 향했다. 잠시 후 토바는 대걸레용 노란색 양동이를 밀면서 나타났다. 양동이 안에는 토바가 오래된 우유병으로 수조에서 퍼낸 몇 리터의 물이 찰랑였다. 마셀러스가 눈을 깜빡이는 모습을 보자 안도감이 밀려왔다. 아직 살아 있었다. 옷을 양동이 속에 넣어 푹 적신 후 문어 위로 짜내며 피부를 적셔주었다. 마셀러스는 특유의 인간과 비슷한 한숨을 내쉬며 몸을 들썩였다.

이 정도면 움직일 수 있을 것 같았다. 마셀러스가 힘겹게 다리 하나를 들어 올렸다. 토바가 양동이를 마셀러스 바로 옆으로 민 후 손으로 엉덩이를(그러니까 엉덩이처럼 보이는 곳을) 받쳐 힘을 보태자, 마셀러스는 양동이 안 차가운 물속으로 풍덩 미끄러져 들어갔다.

"여기서 왜 이러고 있는 거야?"

다시 한번 물었다. 그때 토바의 눈에 뭔가가 들어왔다. 반짝이고 두툼한 무언가가 바닥에, 마셀러스가 쓰러져 있던 곳에 떨어져 있었다. 몸을 숙여 그것을 집어 들었다. **소웰베이 고등학교, 1989년 졸업.** 캐머런이 늑대장어 수조 속으로 무언가를 던졌을 때 언뜻 졸업 반지 같다는 생각은 했었는데.

마셀러스가 이 반지를 어떻게 꺼낸 거지? 그리고 도대체 왜?

소웰베이, 1989년 졸업? 다프네 캐스모어의 반지일까? 하지만 남자 반지처럼 보이는데. 캐머런은 아버지 반지라고 했었다…….

반지를 손바닥 위에 올렸다. 차갑고 무거웠다. 한 조각의 기억처럼. 에릭도 이것과 똑같은 반지가 있었다. 부모라면 누구나 그렇듯 토바는 아들의 반지가 상징하는 바를 자랑스럽게 여겼다. 사고가 난 날 밤에도 에릭이 끼고 나간 것을 알고 있었다. 반지 또한 바다가 가져갔다고 생각했다.

토바는 반지 안쪽에 새겨진 글자를 보려고 눈을 게슴츠레하게 떴다. 심장이 쿵쾅거리기 시작했다. 소매로 반지의 물기를 닦아 내고 다시 글자를 확인했다.

이럴 리가.

하지만 진짜였다.

EELS.

에릭 어니스트 린드그렌 설리번(Erik Ernest Lindgren Sullivan).

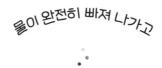

토바의 머릿속에서 둥둥 떠다니던 진실 조각들이 애타게 제자리를 찾아가며 하나로 연결되었다.

여자가 있었다.

에릭…… 그리고 여자.

에릭에게 아이가 생겼다.

먼 곳에서, 아무도 모르게, 자란 아이. 그동안 캐머런의 수많은 버릇을 보고서도 전혀 눈치채지 못했다니 믿을 수가 없었다. 그리고 왼쪽 뺨의 하트 모양 보조개, 이유는 콕 집어 말할 수 없었지만 항상 눈을 뗄 수 없었던 그 보조개를 보고도 말이다.

"넌 알고 있었던 거지?"

양동이 안에 있는 마셀러스를 향해 물었다.

"물론 넌 알고 있었겠지."

토바는 몸을 숙여 마셀러스의 외투막을 다시금 쓰다듬었다.

"우리 인간이 생각하는 것보다 훨씬 더 똑똑한 아이니까."

마셀러스가 토바의 손등에 팔 하나를 올렸다.

토바는 양동이 가장자리에 팔꿈치를 기댄 채 다시 바닥에 주저앉았다. 뜨거운 눈물이 쉼 없이 쏟아지기 시작하자 도저히 막을 수가 없었다. 깡마른 어깨가 들썩였고, 쏟아진 눈물이 양동이 안으로 세차게 떨어졌다. 비명 같은 흐느낌이 더해지며 눈물이 더욱 빠르게 수면을 때렸다. 아무도 없었다. 보는 눈도 없었다. 토바는 마음 놓고 슬픔에 마음껏 잠식되었다. 마침내 울음이 잦아들며 딸꾹질이 시작되었다. 뜨겁게 달아오른 두 눈은 어느새 말라가고 있었다.

온전한 슬픔에 얼마나 젖어 있었을까? 몇 분이었는지, 한 시간이었는지 가늠이 되지 않았다. 고개를 들자 구부정하게 구겨져 있던 어깨가 아파왔다.

"너 없이 내가 뭘 할 수 있을까?"

딸꾹질을 가라앉히며 간신히 입을 열자 마셀러스가 만화경 같은 눈을 끔뻑였다. 눈빛이 그 어느 때보다 흐려져 있었다. 몇 주, 어쩌면 며칠밖에 남지 않은 것 같아요. 테리의 말이 귀에 맴돌았다. 토바는 허리를 펴고 앉아 손등으로 남은 눈물을 훔쳤다.

"그렇다면 내가 너와 뭘 할 수 있을까?"

허리에서 전해지는 시큰함을 무시한 채 자세를 바로 하고 서서 어깨를 폈다.

"가자, 친구. 집에 데려다줄게."

그날 밤 소웰베이 해안가를 배회하는 낚시꾼이 있었다면, 일몰을 보러 나온 산책자가 있었다면, 대단한 구경을 했으리라. 아무리 봐도 40킬로그램이 안 될 것 같은 70대 노인이, 30킬로그램은 되어 보이는 거대태평양문어가 담긴 노란색 양동이를 밀며 방파제 쪽으로 깔린 널판 길을 나아가고 있었다. 하지만 오늘 밤 유일한 목격자는 갈매기들뿐이었다. 쓰레기통 근처 여기저기에 흩어져 있는 그들은 마셀러스를 밀고 나아가는 토바를 향해 노한 울음소리를 내질렀다. 속도감이라고는 조금도 없었지만, 마셀러스는 창문을 열고 달리는 차에 타 있는 듯 양동이 양쪽에 팔을 걸쳤다.

토바가 웃음을 터뜨렸다.

"바람이 시원하지?"

바닷물이 완전히 빠져 있었다. 바위에 부딪히는 파도 소리가 토바 귀에 거의 들리지 않을 정도로 너무도 멀게 느껴졌다. 물이 해안가에서 몇 킬로미터는 뒷걸음질 친 것 같았다. 달빛을 받은 텅 빈 웅덩이들은 발가벗은 해변 여기저기에 떨어진 커다란 은화들처럼 반짝거렸다.

"길이 좀 울퉁불퉁할 거야."

토바가 미리 언질을 주었다.

황량한 해안에 발레리나의 팔처럼 우아한 곡선을 그리며 뻗은, 커다란 돌과 바위로 만들어진 방파제는 저 멀리 물이 있는 곳까지 닿아 있었다. 여름 오후면 해변을 거닐며 무언가를 줍는 사람들이, 모험심 넘치는 나들이객들이 한가득인 곳이었다. 그들이 앉아서 아이스크림을 먹으며 쉴 그림 같은 장소를 찾아 헤매는 곳이었다. 하지만 지금은 텅 빈 방파제 저 끝에 홀로 자리한 갈매기 한 마리뿐이었다.

경사는 없지만, 자갈 깔린 방파제 위로 양동이를 밀고 나아가는 것은 결코 쉽지 않았다. 나중에 분명 허리가 아플 것이다. 마침내 토바와 마셀러스가 방파제 끝에 다다르자, 바위보다 수십 센티 아래에서 출렁이는 썰물이 보였다. 방파제 끝, 팔 하나 거리에서 홀로 있던 갈매기가 둘을 노려보았고, 이내 귀청이 찢어질 듯 큰 울음을 토해냈다.

"세상에, 조용히 좀 하렴."

토바가 혼을 냈고, 갈매기는 날개를 퍼덕이며 날아갔다.

토바는 바닷물에 매끈해진 바위에 몸을 앉혔다. 양동이 속에 손을 넣은 그녀는, 바다까지 오는 동안 머릿속에서 연습했던 짧은 인사말을 시작하기에 앞서 목을 가다듬었다.

"고맙다는 말을 꼭 하고 싶어."

토바가 입을 열자 마셀러스는 마지막으로 토바의 팔을 움켜잡았다.

"네가 구조된 아이라고 테리가 그러더구나. 너는 그 일을 후회할지 몰라도, 나는 네가 구조되어서 얼마나 기쁜지 몰라."

토바는 눈물을 참으려 눈을 깜빡였다. 이제 그만해야지!

"네 덕분에 그 아이를 만났어. 내 손자를."

마지막 단어를 말하는 목소리가 떨렸고, 동시에 따뜻함이 온몸에 퍼져나갔다. 토바가 평생 입에 올릴 거라 생각지 않았던 단어였다. 윌이 살아 있어서 그 아이를 직접 만난다면 얼마나 좋을까.

머데스토가 1,000여 킬로미터나 떨어진 곳이 아니라면 얼마나 좋을까.

"네가 캐머런의 면허증을 훔친 거였어! 이 장난꾸러기."

웃음을 터뜨린 토바가 고개를 내젓자 마셀러스가 그녀의 손을 꽉 잡았다.

"네가 알려주려고 했는데, 내가 알아보지를 못했네."

밤하늘 저 멀리 어딘가에서 비행기 한 대가 지나갔고, 고요한 만 가득 포효하는 엔진 소리가 울려 퍼졌다.

"네가 거의 평생을 수조에서 지냈다니 너무 불공평해. 이건 약속할게, 마셀러스. 네 새로운 친구가 가장 사랑받고 지적으로도 다양한 자극을 누리는 문어가 될 수 있도록 내가 할 수 있는 모든 걸 하겠다고……."

자신이 한 말의 무게가 토바를 강타했다. 토바는 차터빌리지에 가지 않을 것이다. 갈 수 없었다. 깊이 심호흡을 했다.

"이제 우리 헤어져야 해, 친구. 하지만 테리가 널 구해서 정말 기뻐. 그래서 네가 날 구할 수 있었으니까."

토바는 천천히 양동이를 기울였다. 약 1미터 아래 바다가 있었다. 한참은 되는 것 같은 짧은 순간 동안, 중력이 제 힘을 발휘하기 직전까지, 마셀러스는 팔 하나로 여전히 토바의 손을 감싸 쥐고는 이 세상 것이 아닌 듯한 이상한 몸체로 공중에 매달린 채 토바의 눈을 바라봤다. 토바도 아래로 끌려 떨어지려는 찰나, 마셀러스는 팔을 풀고 묵직한 첨벙 소리와 함께 새카만 밤바다로 사라졌다.

너무도 많은 것들이

:
•

"내 사랑스러운 친구."

아쿠아리움 옆 잔교의 늘 앉는 벤치에 앉아 멀리 바다를 응시하던 토바가 말했다. 은빛 달 아래 바다가 반짝이고 있었다.

지난 2개월간의 일은 물론이고, 지난 두 시간 동안 있었던 일이 도무지 현실처럼 느껴지지 않았다. 마셀러스는 떠났다. 손자인 캐머런도 떠났다. 내일이면 집도 그녀 곁을 떠난다. 하지만 토바는 차터빌리지에 가지 않을 것이다.

토바는 떠나지 않을 것이다.

이제 어떻게 해야 할까? 아무런 계획도 없었고, 그래서 벤치에 앉아 바다만 보고 있었다. 아무런 형태도 없고 이 세상의 평범한 법칙에도 자유로운, 마치 거대한 문어가 작은 틈을 비집고 통과하는 것과 비슷한 시간의 흐름을 느끼며 앉아 있었다. 그러다 문득 시계를 확인했다. 아주 늦은 시각이었다. 자정까지 15분 남왔다.

새로운 하루가 시작되려 하고 있었다. 할머니로서 맞이하는 첫날.

에릭은 아이가 생겼다는 것을 몰랐을 것이다. 그렇지 않고서야 아이를 남겨두고 어떻게 자신의 삶을 마감할 수 있었겠는가? 그럴 수 없었을 것이다. 아니, 에릭은 자신의 삶을 마감하지 않았다. 성마른 손가락으로 벤치를 부여잡으며 토바는 그 생각에 매달렸다. 사고였던 게 분명하다. 술에 취한 아이들. 흐려진 판단력.

에릭은 멋진 아빠가 되어줬을 거다. 겨우 열여덟이긴 했지만. 메리 앤의 손녀 테이텀만 봐도 잘해내지 않나. 에릭은 캐머런을 끔찍하게 사랑했으리라. 모든 것이, 너무도 많은 것들이 달라졌으리라.

"저, 죄송한데요, 안녕하세요?"

잔교 건너편에서 울리는 여자 목소리에 깜짝 놀라 토바는 공상에서 깨어났다. 이 시간에 누가 또 여기 있을까?

짧은 운동복 반바지와 밝은 핑크색 운동복 티셔츠를 입은 여자가 잔교로 급히 달려오고 있었다. 토바는 널판 깔린 길 끝에 있는 중개인 사무소 옆에서 패들 숍을 운영하는 젊은 여자를 알아봤다.

"안녕하세요."

토바가 눈가를 훔치고 안경을 고쳐 쓴 후 벤치에서 일어났다.

"괜찮아요? 조깅을 하기에는 너무 늦은 시간인데."

벤치가 가까워오자 여자는 숨을 헐떡이며 속도를 늦췄다.

"토바시군요."

"맞아요."

"전 에이버리예요."

잔뜩 오른 숨으로 말했다.

"조깅 중이 아니었어요. 가게에서 서류 업무 마무리하던 중에 아쿠아리움에 불이 켜져 있는 걸 보고 누가 있나 싶어서요."

여자의 눈에 담긴 절망감이 토바에게 너무도 친숙했다. 침착함을 유지하려고 애쓰는 얼굴이었다.

에이버리의 시선을 따라 불이 켜진 아쿠아리움 건물을 바라봤다. 노란색 양동이는 다시 벽장 제자리에 가져다 놓은 상태였다. 토바는 언제가 될지는 몰라도 퇴근할 때 불을 끄고 문을 잠글 생각이었다.

에이버리가 마른침을 삼켰다.

"그래서요, 혹시 저기에……."

"캐머런이 있냐고요?"

"네."

그녀 얼굴로 안도감이 퍼져나갔다.

"저기 있나요?"

"미안하지만, 없어요."

"혹시 어디 있는지 아세요? 오늘 오후 내내 전화했는데 받지를 않아서요."

토바는 고개를 저었다.

"캐머런은 떠났어요. 캘리포니아로 돌아갔어요."

"네? 왜요?"

에이버리가 놀라 입을 벌렸다.

"뭐라 답변하기 어려운 질문이네요."

토바가 신중한 목소리로 말했다. 그녀는 다시 벤치에 앉았고, 에이버리도 벤치 반대편 끝에 다리를 접어 무릎을 대고 앉았다. 토바가 말을 이었다.

"제 생각에는 캐머런의 마음속에 오해가 너무도 많은 것 같아요."

에이버리가 미간을 찌푸렸다.

"오해라니요?"

"캐머런이 한 말이에요."

토바가 한쪽 눈썹을 들어 에이버리를 바라봤다.

"캐머런은 분명 에이버리가…… 아, 어떻게 말해야 할까…… 잠수를 탔다고 생각했을 거예요."

"네? 바람맞힌 건 제가 아니라 캐머런이에요! 그러더니 이야기 좀 하자는 문자를 보냈고요. 문자 한 통이면 다 되는 거예요?"

에이버리가 잔교 난간에 몸을 기댔다.

"화를 내야 할 사람은 저예요. 그 사람 걱정돼서 여기까지 왔는데."

캐머런이 아쿠아리움 복도에서 분을 터뜨리며 했던 말들이 떠오른 토바는 에이버리에게 그 말들을 옮기려다 주저했다. 캐머런의 일에 자신이 간섭해서는 안 될 것이다. 하지만 이제…… 캐머런은 가족이었다. 가족이라면 나서주어야 하는 것 아닐까? 그런 생각이 들자 토바는 자칫 미소를 지을 뻔했다. 어쩌면 현명한 생각이 아니라는 걸 알면서도 결국 입을 열었다.

"캐머런이 약속을 지키기 어렵다는 말을 남겼다고 했어요."

"아니요. 그런 적 없어요."

"가게에 갔었다고 했어요."

토바가 고개를 저으며 덧붙였다.

"아마도 무슨 오해가 생겼나 보네요."

에이버리는 이마에 주먹을 대고는 중얼거렸다.

"마르코."

"네?"

"제 아들이요. 열다섯 살이에요. 제가 은행에 간 사이에 가게를 맡겼죠. 캐머런이 전화를 했거나 찾아왔냐고 물었는데, 아니라고 했어요. 애가 미심쩍게 웃는 걸 봤을 때 뭔가 이상하다 생각했어야 했는데."

안타까움에 에이버리는 주먹으로 난간을 내리쳤다.

"저 정말 맹세컨대 최선을 다하거든요. 그런데도 애가 한번씩 그렇게 끔찍하게 굴어요."

"애들은 다 고약하게 굴 때가 있지요."

토바는 자리에서 일어나 에이버리 곁으로 다가갔다.

"어쩌면 아드님이 에이버리를 보호하려고 한 건지도 몰라요."

"전 보호 같은 건 필요 없어요. 제가 알아챘어야 했는데."

에이버리가 거칠게 숨을 몰아쉬었다.

"자책하지 말아요. 부모가 된다는 건 겁쟁이들이 할 수 있는 일이 아닌걸요."

오랜 침묵 끝에 에이버리가 입을 열었다.

"저 때문에 캐머런이 캘리포니아로 간 거군요."

"딱히 그 이유만은 아니었어요. 큰 오해가 있었죠. 그 아버지라
는 사람에 대해서요."

"젠장, 누굴 만난다는 게…… 캐머런 예상대로 흘러가지 않았
군요."

에이버리가 다시 한번 낮은 목소리로 한탄했다.

"어제 전화를 했어야 했는데. 가게도 너무 바빴고, 너무 화도
나서……."

그녀가 반바지 주머니에서 핸드폰을 꺼냈다.

"캐머런이랑 이야기를 해야겠어요."

토바는 에이버리가 전화를 거는 모습을 지켜봤다. 전화는 곧장
음성 사서함으로 넘어갔다.

"정말 떠났나 봐요."

에이버리가 힘없이 중얼거렸다.

"아마도요."

두 여자는 한참 동안 침묵 속에서 달빛이 내려앉은 바다만 바
라봤다. 결국 에이버리가 입을 열었다.

"여기 참 평화롭네요. 한동안 잔교에 안 왔었거든요."

"내가 제일 좋아하는 곳이에요."

토바가 나지막이 말했다.

에이버리의 시선이 앞바다 쪽으로 떨어졌다.

"예전에 저기 올라가 있던 여자를 내려오게 한 적이 있어요. 말렸어요…… 그걸."

"세상에나."

반쯤 목이 메인 목소리로 에이버리가 말을 이었다.

"여자가 바로 저 난간에 있었어요. 몇 년 전에요. 아침에 일찍 패들보드를 타는데, 난간에 앉아 있었죠. 무슨 말을 하면서요. 혼 잣말이었죠. 불안해 보였어요. 뭔가에 얽매여 있는 것처럼."

"그랬군요."

토바의 목소리가 작아졌다.

"끔찍했던 밤에 대해 이야기했어요. 사고라고. 붐(돛의 아랫부분을 지지하는 가로 활대—옮긴이)이라는 말도 했고요."

붐.

말문이 막힌 토바는 작게 고개만 끄덕였고, 에이버리는 이야기를 계속했다.

"무슨 전투 현장이나 그런 곳에 있었던 사람이라고 생각했어요. 폭발로 인한 트라우마 같은 거요."

붐.

토바는 눈을 감고 너무도 쉽게 벌어질 수 있는 사고의 순간을 머릿속으로 그렸다. 무언가에 부딪혀 뱃머리가 항로를 벗어나고, 마침 돌풍이 아주 잘못된 순간에 잘못된 방향으로 느슨해진 돛을 떠민다. 붐이 거칠게 휙 돌며 그의 머리에 부딪힌다. 그렇게 물속으로 떨어진다.

사고. 충분히 그렇게 벌어질 수 있었다. 이 외에도 가능성은 얼마든지 있다. 세일링 팀의 주장이자 뛰어난 선원이었지만 집에서 훔쳐 간 맥주가 있었다. 여자도 함께 있었다.

"한번씩 그 여자가 어떻게 되었는지 궁금해요. 아직 살아 있는지, 제가 그날 구해준 게 의미가 있었는지."

거칠게 숨을 들이마신 토바는 에이버리의 눈을 들여다보며 말했다.

"의미가 있었죠. 에이버리가 그 여자를 구해서 정말 다행이에요."

진심이었다.

값비싼 로드킬

682마일 표지판 지점에서 캐머런은 드디어 엔진 온도 게이지에서 해방되었다. 잘 작동되고 있었다. 그가 정말 고쳐낸 것이다. 이제 캠핑카는 주간 고속도로 한복판에서 퍼지지 않을 것이다.

747번 출구에서 그는 어린아이 같은 웃음을 터뜨렸다. 위드(weed, 마리화나—옮긴이) 시라니! 그는 브래드에게 보낼 사진을 찍을 생각에 비상등을 켜고 갓길에 차를 세웠다. 캘리포니아주 위드는 언제 봐도 웃기니까. 하지만 핸드폰을 두는 컵 홀더가 비어 있었다. 이상한 일이었다. 캠핑카 뒤에 둔 건가? 캐머런은 운전을 계속했다.

780마일 표지판 지점에 와서야 그는 핸드폰을 왜 찾을 수 없는지 깨달았다. 벨트를 교체할 때 핸드폰을 범퍼에 올려뒀었다. 지금도 그 장면이 눈에 선했다. 다시 말해, 지금쯤이면 값비싼 로드킬 사체가 되었을 거란 뜻이었다. 그가 크게 웃어젖혔다. 서른 시간째 잠을 못 잔 상태였다.

그는 근처 트럭 휴게소에 차를 대고 여섯 시간 동안 잠을 자는 현명한 선택을 했다. 잠에서 깬 뒤 공중 화장실에 들어가 차가운 물을 얼굴에 끼얹었다. 작은 식당에 들어가 블랙커피를 사서 나오는 길에 몇 대 태우지도 않은 담배 한 갑을 쓰레기통에 버렸다.

119번, 142번, 238번 출구 즈음에서는 자신이 썼던 한심한 사표를 곱씹었다. 295번 출구에서는 머릿속으로 사과문을 써 내려갔다.

컬럼비아강을 가로지르는 다리를 건너 워싱턴주로 진입하고 있었다. 북쪽 방향으로, 일을 제대로 마무리하려고 돌아가고 있었다.

달라호스

:

마지막으로 토바는 스토브에 커피 물을 올렸다. 검은 코일이 올라간 아보카도 색깔 스토브가 반짝였다. 간밤에 광택제로 닦아서 티끌 하나 없이 깨끗했다. 하지만 모르긴 몰라도 이 스토브는 뜯겨지고 날렵한 새 레인지가 들어올 것이다. 수십 년 된 가전제품을 쓰고 싶어 하는 사람은 없다. 작동이 아주 잘되어도 말이다.

몇 주간 요청한 끝에 차터빌리지 입소 허가가 이미 나온 상황이었다. 따라서 그녀의 프리미어 스위트에 다음 주면 들어갈 수 있었다. 오늘 아침 가장 먼저 한 일은 요양원에 전화 메시지를 남기는 것이었다. 간밤에 잠을 제대로 못 잔 상태로 터무니없이 이른 시간에 메시지를 남겼기에 뭐라고 했는지 정확히 기억이 나질 않았다. 아직 차터빌리지에서 연락이 없지만, 그건 그저 업무 시간이 시작되지 않아서였다. 이제 막 7시를 지났으니.

어쨌거나, 토바는 그곳에 갈 마음이 없었다.

아침을 바쁘게 보냈다. 베이스 몰딩의 먼지를 전부 털어내고, 창문도 닦았다. 경첩이며 서랍 레일, 손잡이 등등 보관장도 샅샅이 닦고 집 안에 있는 문손잡이도 모두 닦았다. 당연히 피곤해야 했지만 토바는 그 어느 때보다 활력이 넘쳤다. 커튼도 가구도 없는 빈 집에서 그녀의 작은 움직임이 텅 빈 벽과 바닥을 울렸고, 분무기를 뿌리는 소리마저 너무 크게 들렸다. 하지만 몸을 바쁘게 움직이는 게 좋았다. 청소도 언제나 좋았고. 아무것도 안 하는 것보다 나았다.

어디로 가야 할까? 정오면 이 집을 나가야 한다. 어제 가구 대부분을 실어 간 기사들에게 목적지에 변동이 있을 거라고 새벽에 전화로 알렸다. 하지만 달라진 목적지가 어디가 될까? 아마도 물품 보관 창고?

재니스 집에도 바브 집에도 여분의 침실이 있었다. 적당한 시간에 재니스에게 먼저 전화를 걸 것이다. 다른 방안이 생기기 전까지는 두 사람 집을 오가며 생활할 수 있을 것 같았다. 윌과의 신혼여행 때 들었던 꽃무늬 캔버스 천 슈트케이스도 준비를 마친 상태로 놓여 있었다. 자신의 침대가 아닌 곳에서 잠을 잘 생각을 하니 묘한 흥분감과 두려움이 차례대로 몰려왔다.

현관에서 무언가 바스락거리는 소리가 나자, 놀라서 커피 잔을 내려놓았다.

캣은 아닐 텐데. 바브가 어젯밤 캣의 사진을 보내줬다. 그곳에서 잘 지내고 있었다. 처음에는 바브가 캣을 실내에만 머무르게 하려고 해서 캣이 무척이나 불편해했지만, 이제는 원하는 대로 집 안팎을 오가며 생활한다. 토바는 여전히 핸드폰 문자에 어떤 식으로 답장을 해야 할지 어려워했지만, 양 볼에 길게 수염이 난 캣의 얼굴과 특유의 나른한 오만함을 내비치는 노란 두 눈을 보자 미소가 번졌다.

그 순간 초인종이 울렸다.

현관문을 연 토바는 자신의 눈을 믿을 수 없었다.

캐머런이 불안한 듯 눈썹을 찡그린 채 서 있었다. 에릭이 학교 시험 때문에 긴장할 때면 짓던 표정과 같았다. 그 순간 이렇게 문을 열었을 때 에릭이 서 있기를 간절히 꿈꿨던 때가 떠올랐고, 오래된 향수에 젖어 목이 막혔다. 두 눈에 눈물이 차올랐다.

"안녕하세요."

발을 이리저리 움직이며 캐머런이 말했다.

"안녕하세요."

토바가 할 수 있는 말도 이 말뿐이었다.

"어, 제가 저번에 너무 한심한 모습을 보여서 죄송했어요. 토바 말이 맞아요. 그렇게 떠나면 안 됐어요."

캐머런이 주머니에 손을 찔러 넣었다.

"그리고 또 이렇게 일찍 불쑥 찾아와서 죄송하고요. 전화를 하려 했는데…… 황당한 일이 좀 있었거든요."

"괜찮아요."

토바는 문을 잡고 있는 팔이 자신의 것처럼 느껴지지 않았다. 몸과 정신이 분리된 기분이었다.

"제가 이렇게 찾아와서 묻는다고 꼭 대답해주셔야 하는 건 아니지만요."

캐머런의 목소리에서 활력이 느껴졌다. 힘 있는 목소리였다.

"테리가 보통 몇 시쯤 출근하는지 아세요? 테리한테 할 말이 있어서요. 직접 만나서요."

"10시쯤일 거예요. 내가 잘못 아는 게 아니라면."

"10시요. 알겠어요."

캐머런이 길게 숨을 내쉬었다.

"테리가 저한테 화가 많이 났을까요?"

"전혀 아닐 테니 걱정 말아요."

캐머런이 의아한 눈빛을 보냈다.

토바는 현관문 근처, 핸드백 외에는 아무것도 걸려 있지 않은 벽걸이 쪽으로 다가가 핸드백 앞주머니에서 접힌 종이를 꺼냈다. 캐머런에게 종이를 내미는 그녀의 얼굴에 은밀한 미소가 번졌다.

"제가 쓴 걸, 가져오셨어요?"

토바가 살짝 고개를 기울였다.

"그래선 안 된다는 걸 알면서도 가져와버렸네요."

"근데…… 왜요?"

"자신의 일을 함부로 여기는 사람이라고 생각하지 않았거든요. 말은 그렇게 했어도."

"그러면…… 테리는 제가 그만둔 거 몰라요?"

"전혀 모를걸요."

캐머런의 얼굴이 붉어졌다.

"뭐라 감사 인사를 해야 할지 모르겠어요. 사실 왜 저를 그렇게 믿고 계셨는지도 모르겠고요. 제가 뭐 그리 믿을 만한 모습을 보인 것도 아닌데."

그것 말고도 캐머런에게 보여줘야 할 것이 또 있었다. 훨씬 중요한 것이. 그나저나 매너가 이게 뭐람.

"자, 얼른 들어와요."

토바는 캐머런을 집 안으로 안내했다.

"어디 앉을 곳이라도 마련해줘야 하는데 보다시피……."

토바가 팔을 뻗어 텅 빈 내부를 가리켰다.

"와, 집이 정말 좋네요."

"그렇게 생각해주니 다행이네요."

후회가 날카롭게 토바를 파고들었다. 캐머런의 증조할아버지가 지은 집인데, 그가 오늘을 마지막으로 이 집에 발을 들이지도 못한다니.

"잠깐요. 줄 게 또 있어요."

토바는 급히 침실에 있는 슈트케이스로 향했다.

잠시 후 토바가 돌아와서 손에 쥔 것을 캐머런의 손바닥에 내려놨다. 반지 안쪽을 확인한 그가 영문을 모르겠다는 표정으로 눈썹을 찌푸렸다. 그는 바다에 사는 장어를 뜻하는 글자라고 생각하는 게 분명했지만, 도대체 누가 졸업 반지에 그렇게 새기겠는가? 그녀는 새어 나오려는 미소를 참았다. 제아무리 똑똑한 사람이라도 한번씩 틀릴 때가 있다.

"그 아이의 풀 네임이……."

토바가 드디어 털어놨다.

"에릭 어니스트 린드그렌 설리번이에요."

캐머런의 입술이 떨어졌지만, 아무런 말도 하지 못했다. 토바는 잠자코 기다려주었다. 그의 머릿속이 바쁘게 움직이는 모습이 보이는 듯했다. 에릭도 딱 저랬다. 머릿속이 바쁘게 돌아갈 때면 저런 표정을 했었다. 캐머런은 에릭과 닮은 데가 무척이나 많았지만 전부 그런 건 아니었다. 눈은 에릭의 것과 달랐다. 아마도 엄마를 닮은 거겠지. 다프네의 눈을.

정말 사랑스러운 눈이었다.

토바는 평생 누군가를 안고 부비는 것을 좋아하지 않았지만 캐머런의 얼굴을 하나하나 뜯어보다 보니 어느새 자석처럼 그를 꼭 안고 있었다. 캐머런도 두 팔을 토바의 목에 두르고 그녀를 껴안았다. 꽤 오랫동안 토바는 캐머런의 따뜻한 가슴에 뺨을 기댔다. 그의 티셔츠는 얼룩 투성이에 엔진 오일 비슷한 냄새를 풍겼다. 원래 이런 디자인인가? 토바는 앞으로 티셔츠에 대해 섣불리 평가하지 않기로 했다.

포옹을 풀고 한 걸음 물러난 캐머런은 차마 무슨 말을 할 수 없어 씨익 웃기만 하다가 입을 뗐다.

"할머니가 생겼네요."

"응. 어떠니?"

토바가 웃었다. 안에서 잠겨 있던 밸브가 열린 기분이었다.

"손자가 생겼구나."

"네. 그런 것 같아요."

"캘리포니아에 간다더니, 어떻게 된 거야?"

그가 어깨를 으쓱했다.

"마음을 바꿨어요. 일을 그렇게 그만두면 안 된다는 말씀이 맞아요. 전 그보다는 나은 사람이니까요."

집을 한번 둘러본 그는 인정한다는 듯 고개를 끄덕였다.

"진짜 멋진 집이네요. 집 구조가……."

"네 증조할아버지가 지으신 집이란다."

"솜씨가 보통이 아니셨네요!"

캐머런이 깜짝 놀란 얼굴로 말했다. 그는 한때 제 아버지의 사진들이 죽 놓여 있던 벽난로 선반을 부드럽게 어루만졌다. 잠든 동물의 몸을 만지듯. 지나치게 조심스러운 손길이었다.

토바가 그의 곁으로 다가갔다.

"이곳에서 60년 넘게 사는 행운을 누렸지."

그러고는 팔목을 올려 시계를 확인했다.

"앞으로 세 시간 반쯤은 더 누릴 수 있고."

"아, 맞아. 이 집 파셨죠."

"괜찮아. 이제 보내줘야지. 이 집에는 과거의 유령들이 너무 많거든."

말하고 보니 점점 그 말이 사실인 것 같았다.

캐머런이 자신의 스니커즈를 내려다보며 말했다.

"그래도 이 집에 계실 때 뵐 수 있어 다행이네요. 요양원에 가시기 전에요."

"아."

토바는 허공에 퍼진 캐머런의 말을 치워버리려는 듯 서둘러 말했다.

"나 거기 안 갈 생각이야."

"안 가신다고요?"

"절대로."

"그럼 어디로 가세요?"

거리낌 없는 웃음이 토바의 가슴에서 터져 나왔다.

"사실은 말이지, 나도 모르겠구나. 바브 집이나 재니스 집? 당분간은. 앞으로 어떻게 해야 할지 결정할 때까지만."

"좋은 계획이네요. 캠핑카에서 사는 사람 말이니 알아서 들으세요."

캐머런이 웃자 볼에 있는 하트 모양 보조개가 움푹 파였다. 말 그대로 장난기 넘치는 손자 그 자체였다. 토바는 시선을 아래로 옮겨 슬리퍼 신은 발이 바닥에 잘 붙어 있는지 확인했다. 수조 속 마셀러스처럼 의도치 않은 우아함을 뽐내며 팔다리를 활짝 편 채 두둥실 위로 떠오를 것만 같아서였다. 토바의 심장은 헬륨 가스로 가득 차 하늘을 향해 올라가고 있었다.

토바가 웃음을 터뜨렸다.

"우리 둘 다 홈리스 신세가 됐구나."

토바는 복도를 가리켰다.

"네 아버지가 쓰던 방 보고 싶니?"

에릭이 쓰던 침실은 청소하기 가장 힘든 곳이었다. 30년 동안 비어 있던 그 방을 주기적으로 쓸고 닦으며 한번씩 침구를 바꾸기도 했지만, 중고품 가게 사람들이 가구를 가져간 뒤로는 구석구석 쌓인 먼지도 차마 건들지 못했다. 거기 에릭의 체취가 남아 있는 듯해서.

단단한 목재 바닥에 에릭이 작은 러그를 깔아두었던 부분은 변이되어 있었다. 아무것도 달려 있지 않은 창을 통해 햇빛이 비스듬히 쏟아져 내렸다. 키가 큰 오래된 소나무 가지들이 해풍에 흔들렸고, 맞은편 벽에 유령 같은 가지 그림자를 드리웠다. 보름달이 뜬 밤, 커튼 닫는 것을 깜빡한 어린 에릭이 그 그림자에 놀라 토바와 윌의 방으로 뛰어 들어왔다. 이불 아래 몸을 숨기고는 방에 귀신이 있다고 난리를 부렸다. 토바는 에릭이 잠들 때까지 안아주었고, 그날 밤 내내 아이를 품에서 놓지 않았다.

캐머런이 눈으로 방을 샅샅이 담았다. 재니스 킴의 컴퓨터가 스캔하듯, 그 방의 모든 것을 기억 속에 저장하려는 것 같았다. 토바가 혼자만의 시간을 주려고 방을 나가려 하자 그가 말했다.

"아버지를 만났다면 좋았을 텐데요."

토바는 다시 돌아와 그의 팔꿈치에 손을 댔다.

"나도 그랬으면 좋겠구나."

"어떻게 견디셨어요?"

그가 토바를 내려다보며 마른침을 삼켰다.

"제 말은, 같이 있다가 갑자기 사라진 거잖아요. 그런 일을 어떻게 이겨내셨어요?"

토바가 주저하다 입을 열었다.

"이겨낼 수 없어. 완전히는. 하지만 그래도 살아가야지. 그래야만 해."

캐머런은 에릭의 침대가 있던 바닥을 바라보다 생각에 잠긴 채 입술을 깨물었다. 갑자기 그가 걸음을 옮겨 마룻장 하나를 발로 툭 쳤다.

"여기는 왜 이래요?"

"무슨 말이니?"

"집 전체 바닥이 레드 오크인데, 여기만 화이트 애시잖아요."

"무슨 말을 하는지 전혀 모르겠구나."

토바가 캐머런 곁으로 다가가 안경을 고쳐 쓰고 마룻장을 뚫어져라 살폈다. 별다른 게 없어 보였다.

"여기요, 바닥 무늬가 다르잖아요. 마감 부분도 비슷해 보여도 딱 안 맞아요."

캐머런이 주머니에서 열쇠 꾸러미를 꺼낸 뒤 무릎을 꿇고 앉아 병따개로 쓰는 키 체인을 마룻장 틈에 넣었다. 잠시 후 마룻장이 튀어나오며 그 아래 빈 공간이 나타났다. 토바는 깜짝 놀라고 말았다.

"이럴 줄 알았어요!"

캐머런이 눈을 가늘게 뜨고 바닥을 바라보며 말했다.

"맙소사. 누가 이런 거지?"

캐머런이 웃으며 답했다.

"이 방에 살던 10대 남자애겠죠."

"아니, 숨길 게 뭐가 있다고?"

"글쎄요. 제 친구 브래드는 아버지 잡지를 훔쳐서……."

"어머나! 아이고, 세상에."

토바가 얼굴을 붉혔다.

"근데 그런 건 아닌 것 같아요."

캐머런이 작은 무언가를 꺼냈다. 바스락거리는 플라스틱 포장지를 건네받은 토바는 그 안에 든 것을 알아보곤 떨어뜨리고 말았다. 케이크 과자였다. 아니, 케이크 과자였던 무언가였다. 회색빛으로 딱딱하게 굳은 것이 돌 같았다.

"와, **크림지**네요. 진짜 옛날 과잔데."

캐머런이 떨어진 포장지를 주워 살폈다.

"무슨 과학 채널에서 이 과자 나온 거 봤었어요. 핵이 터져도 이 과자는 멀쩡할 거라는 도시 괴담이 있는데, 사실이 아니라고요. 안정제 역할을 하는 디글리세리드가……."

"캐머런."

토바가 낮은 목소리로 캐머런의 말을 가로막았다.

"저기 또 뭐가 있는 것 같구나."

"이 안에요?"

캐머런이 딱딱해진 과자가 담긴 포장지 안을 들여다봤다.

"아니, 저 안에."

토바의 눈이 뜯어낸 마룻장 밑 공간에 고정되어 있었다.

어머니가 수를 놓은 오래된 티 타월에 카드 한 벌만 한 무언가가 싸여 있었다.

캐머런이 그 물건을 꺼내 토바에게 건넸다. 티 타월을 벗기는 토바의 손이 떨렸다. 안에는 페인트칠을 한 목각 말이 들어 있었다.

"내 달라호스."

속삭임이었지만, 자갈같이 거친 목소리가 튀어나왔다. 토바는 나무로 된 부드러운 말의 등을 손가락으로 쓸어내렸다. 부서진 조각이 티 하나 나지 않게 다시 붙어 있었다. 심지어 페인트칠도 다시 한 것 같았다.

여섯 번째 달라호스. 에릭이 고쳐놓은 것이었다.

캐머런이 다가와 그걸 바라봤다.

"달라호스가 뭐예요?"

토바가 혀를 찼다. 그의 머릿속에 마룻장 무늬와 케이크 과자 안정제, 셰익스피어 등 잡다한 지식이 가득해도 자신의 전통에 대해서는 아는 바가 없었다.

토바는 달라호스를 내밀었다.

그 목각 말을 받아 든 캐머런은 정교한 손길로 깎아 만든 곡선을 살폈다. 잠시 후 그가 고개를 들었다.

"그 졸업 반지는 어떻게 찾았어요?"

토바가 웃었다.

"마셀러스가 줬어."

처음에는 차갑게 식은 살점 덩어리처럼 가라앉았다. 내 팔들이 더는 기능을 하지 못했다. 나는 바다로 내던져져 의식 없는 여정을 하는 해양 폐기물에 불과했다.

그러다 움찔, 경련과 함께 팔다리가 깨어났고 이렇게 다시 살아났다.

당신에게 헛된 희망을 주는 것은 아니다. 내 죽음은 임박해 있다. 하지만 아직 죽은 것은 아니다. 바다의 광활함을 누릴 정도의 시간은 허락되었다. 하루 어쩌면 이틀 정도, 해저 밑바닥 깊은 어둠을 한껏 즐길 시간이.

내겐 어둠이 걸맞다.

풀려난 뒤 돌무더기에서 멀어지려고 서둘러 헤엄쳤다. 얼마 지나지 않아 아래로 내려갈 수 있었다. 아래로, 아래로, 더 아래로. 깊은 곳, 바다 깊숙한 곳, 아무런 불빛도 닿지 않는 곳으로. 청소년기에 열쇠 하나를 발견했던 곳으로. 이제 나는 사랑받았던 한 아들의 곁으로, 오래전 해체된 그 뼈와 함께 잠들기 위해 그곳으로 돌아간다.

솔직히 말하겠다. 우리가 함께한 시간이 이렇게 끝이 날 줄은 몰랐다. 감금되어 단 하루도 나 자신의 죽음에 대해 생각지 않은 적 없던 지난 4년 가까운 시간 동안, 나는 유리벽 네 개가 달린 수조 안에서 숨을 거두리라 생각했다. 바다를 마음껏 누릴 자유를 다시 경험하게 될 줄은 상상도 못 했다.

어떤 기분이냐고? 편안하다. 집에 온 기분. 난 행운아다. 감사함을 느낀다.

다만 내 후임은 어떻게 되는 것일까? 곧 테리가 내 수조를 청소하고 개조할 것이다. 그 사실을 사람들에게 조금도 숨기려 하지 않고, 수조 유리에 이렇게 쓰인 표지판을 붙일 것이다. **수리 중. 새로운 전시 예정!**

그곳을 나오기 전에 내 후임이 있는 배럴 통에 잠시 들렀었다. 측면을 타고 올라가 그녀를 훔쳐봤다. 어리고, 심하게 다친 상태였다. 두려움에 떨고 있었다. 하지만 새 문어에겐 친구가 생길 것이다. 내가 끝에 이르러서야 사귀었던 그 친구. 토바는 그를 행복하게 해줄 것이다. 토바라면 내 목숨을 맡길 정도로 믿을 수 있다. 실제로도 내 목숨을 맡겼었다. 몇 번이나. 내 죽음 또한 그녀의 손에 맡겼듯이.

인간들. 대체로 멍청하고 어리석다. 하지만 한번씩 놀랍도록 똑똑한 생명체가 되기도 한다.

어쨌거나

∴

보수 공사가 끝난 한 달 후, 텍사스 번호판이 달린 이삿짐 트럭 한 대가 소웰베이로 느릿하게 들어왔다. 토바는 그 트럭을 보지 못했다. 전투 준비에 임하고 있었다.

"넌 이제 끝났어."

게임 판을 꺼내 알파벳 타일들을 섞으며 토바가 말했다.

바깥에선 상쾌한 가을바람이 바다를 자꾸 베어냈다. 겨울의 조짐을 알리듯 흰 파도가 바다 표면을 채찍질하자 색채를 잃은 바다와 회색빛 하늘은 한몸이 되었다.

"그럴 리가요. 제가 할머니 코를 납작하게 만들어드리죠."

캐머런이 토바의 새 아파트에 딸린 호화로운 주방에서 체더치즈와 동그란 크래커가 담긴 쟁반을 들고 나왔다. 토바가 인상을 찌푸렸다. 스웨덴 사람들이 먹는 딱딱한 비스킷을 곁들인 루테피스크를 먹어보라고 회유에 회유를 거듭했었다. 하지만 숍웨이에서 크래커가 할인 중이었다고 캐머런이 말했다. 하나를 사면 하나를 더 주는 행사였다고. 그녀는 더는 뭐라 말할 수 없었다.

테리는 캐머런이 아쿠아리움에서 계속 일하기를 바랐다. 하지만 캐머런으로선 업무 시간과 급여가 만족스럽지 않았다. 그래도 후임 교육을 위해 예정보다 더 오래 근무했다.

이제 캐머런은 애덤 라이트와 샌디 휴잇의 동네에서 집주인의 요구에 맞춰 주택을 짓는 도급업자로 온종일 아주 바쁘게 일하고 있다. 내년 1월부터는 엘런드에 있는 전문대에서 공학 필수 과목을 들을 예정인데, 토바가 아무리 반대해도 학비를 직접 내겠다고 고집을 피우는 중이다. 그녀는 이 문제를 차차 해결해나갈 생각이다.

"먼저 하렴."

토바가 자신의 알파벳 타일들을 정리하며 말했다.

"아니에요. 먼저 시작하세요. 미인보다는 노인이 우선이죠."

캐머런은 자신의 타일들을 살피며 짓궂게 말했다. 오른손에 낀 아버지 졸업 반지를 습관처럼 만지작거리면서.

토바는 눈살을 찌푸리더니, 관자놀이를 톡톡 두드리며 말했다.

"50년간 매일같이 십자말풀이를 해온 내공이 바로 여기에 쌓여 있다고."

캐머런이 활짝 웃으며 대꾸했다.

"저는 아는 거 진짜 쥐뿔도 없어도 이상하게 잘만 하더라고요."

진짜 쥐뿔. 이런 언어가 이제 토바의 삶에서 빼놓을 수 없는 일부가 되었고, 그녀는 이 삶을 바꿀 생각이 전혀 없었다. 그녀는

'주크박스(JUKEBOX)'로 포문을 열었다(77점짜리 단어로, 알파벳 타일 운이 기가 막히게 좋았다). 캐머런은 '잼(JAM)'을 내놨다(39점짜리).

"네가 있어 정말 기쁘구나."

토바가 나직하게 말했다.

"무슨 말씀이에요? 제가 어디를 가겠어요?"

"진 이모도 계시잖니."

캐머런이 눈을 굴렸다.

"지금 이모는 최고의 인생을 살고 있다니까요. 제가 그 이야기 했어요? 윌리 퍼킨스와 그 사람······."

토바가 손을 들어 막았다.

"그래, 했어."

"여기 정말 멋진 곳이에요. 진 이모도 분명 한번 올 거예요. 동생 찾으러 동부 워싱턴에 간다는 이야기도 하던데, 뭐 행운을 빈다고 했죠. 거기서 엄마가 또 무슨 짓을 하고 있을지 누가 알아요."

캐머런의 얼굴이 굳어졌지만 오래가지 않았다.

"엘리자베스도 봄에 아기 데리고 오려고 해요. 물론 브래드도 같이요. 그런데 브래드는 헨리 데리고 비행기 타면 병균이 어쩌고 하면서 벌써 사색이 되어서 잘 모르겠어요. 엘리자베스가 잘 말해보겠다고는 하는데, 캠 삼촌도 상황 봐서 압박을 좀 주려고요."

캐머런이 웃었다.

토바도 함께 미소 지었다. 아기가 태어난 가족이라니. 아직 엘리자베스나 브래드를 만난 적이 없음에도 캐머런 덕분에 그 둘도 손주처럼 느껴졌다. 그녀는 창밖을 내다봤다. 이 집은 실로 멋졌다. 프렌치 도어(격자 프레임에 유리를 넣어 좌우로 열리는 유리문—옮긴이)가 난 곳 외에는 거실 전면이 바닥부터 아치형 천장까지 허리케인도 견디는 강화유리로 되어 있다. 프렌치 도어를 열고 나가면 튼튼한 기둥 위에 세워진 발코니가 나온다. 그녀는 밀물일 때면 발코니로 나가 커피를 마시며 파도 소리를 듣곤 한다.

추수감사절 날, 토바와 캐머런은 3인용 상을 차렸다.

네 명이 함께할 예정이었지만, 에이버리가 식사 약속을 취소하고 나중에 파이를 갖고 들르겠다고 했다. 추수감사절에도 패들 숍을 열되 직원들은 출근시키지 않으려는 것이었다. 사람들이 연휴 준비용 쇼핑을 연휴 당일에 하니 기가 막힐 일이었다. 하지만 에이버리는 올해 숍이 잘되고 있다고, 소웰베이와 같이 상승세를 타고 있는 것 같다고 말했다. 매출이 잘 나올 하루를 놓치고 싶지 않아 보였다. 캐머런은 괜찮다고 말해주었다. 에이버리는 매일같이 얼굴을 보는 사이니까.

조금 후에 마르코가 에이버리와 함께 올지도 모른다. 얼마 전 캐머런은 에이버리에게 진지한 목소리로 말했다. 며칠 전 퇴근길

에 너프 미식축구공을 하나 샀다고, 마르코가 해변에서 공놀이를
하고 싶어 할지도 모른다고, 공놀이를 원치 않는대도 상관없
다고.

이선이 예정된 칠면조 저녁 식사 시간보다 30분 이르게 도착
해 어디에 앉으면 되냐고 물었다. 가만 보면 이선은 잠깐이라도
자유 시간이 나면 항상 토바 아파트에 와서 지내는 것 같았다. 하
지만 토바는 그에 대해 그리 신경 쓰지 않았다. 이선은 보통 거실
안락의자에 앉아 있었다. 달라호스를 보관하는 작은 벽걸이 장식
장 옆에 있는. 이선은 윌의 낡은 턴테이블에 레코드판을 올려놓
고 음악을 감상하는 시간을 너무도 사랑했고, 그 턴테이블을 거
의 신봉하는 듯 소중히 여겼다. 토바는 록 음악에 대해 배우고 싶
은 생각이 없었음에도 본의 아니게 이선에게서 록 수업을 듣는
처지가 되었다. 그래도 이선과 함께 있는 것이 즐거웠다.

재킷을 벗는 이선을 향해 캐머런이 갑자기 목소리를 높였다.

"그 옷 어디서 났어요?"

"아, 이거요?"

이선의 눈이 빛났다. 그는 누가 봐도 작아 보이는 노란색 티셔
츠에 꽉 끼는 자기 배를 손으로 문질렀다. 가슴팍에 현란한 글씨
체로 이렇게 찍혀 있었다. **모스 소시지.**

맙소사. 모스 소시지가 뭘까?

좀 전부터 캐머런의 눈이 커져 있었다.

"내 거잖아요! 그거 못 본 지 되게 오래됐는데. 젠장, 내 가방이
드디어 왔어요?"

"아, 그 초록색 더플백이 캐머런 거예요?"

이선이 눈을 찡긋했다.

"오늘 아침 현관에 웬 가방이 있는 걸 보고 재수 좋은 날이다 했는데."

"드디어 왔군요. 세계 일주를 한 가방이에요. 들려줄 사연이 한 가득일걸요."

캐머런이 웃었다.

그레이비소스를 곁들인 칠면조 고기를 먹은 후 이선과 캐머런, 토바는 싱크대에 가득 쌓인 설거지 거리는 내버려두고 산책을 나갔다. 잔교 너머로 퓨젓사운드가 거대한 회색빛 유령처럼 온몸을 떨어대는 해안가로 향했다. 창에 대각선으로 금이 간 낡은 매표소는 짙게 드리운 구름 아래 홀로 서 있었다.

아쿠아리움 앞에 멈춰 선 세 사람은 새로 생긴 시설물을 감탄 어린 눈으로 바라봤다. 여덟 개의 팔과 육중한 외투막을 자랑하는 청동상이었다. 동그랗고 영묘한 눈이 머리 앞뒤로 하나씩 달려 있었다.

아쿠아리움 측은 토바가 건넨 엄청난 액수의 기부금을 선뜻 받아들이기 어려웠다. 그럼에도 그녀는 물러서지 않았다. 은행 계좌에 쓰지도 않는 현찰이 너무 많이 쌓여 있었다. 이제 토바는 일주일에 세 번, 이 동상 앞을 지난다. 그녀는 아쿠아리움에서 팸플릿을 나눠주고, 거대태평양문어 수조 앞에서 관람객들에게 문어에 대한 이야기를 들려주는 자원봉사 일을 하고 있다. 피파 더 그리파(Pippa the Grippa)는 아직 수줍음이 많아 사람들과 공개적으로 만나는 시간에는 대부분 수조 한구석에 핑크색 방울처럼 찰싹 붙어 있다. 꼭 이름(grip, 꽉 붙잡다—옮긴이)처럼 구는 것이다. 하지만 괜찮다. 한산해지면 토바는 수조 유리에 찍힌 지문을 닦아내며 아무도 모르게 문어에게 말을 건다. 청소만큼은 토바도 주체할 수가 없다.

다다음 수조에 있는 해삼의 개체 수는 안정적으로 유지되고 있다. 피파는 복도를 거닐며 사람들이 잃어버린 물건을 수집하는 취미가 없어 보였다. 테리에게는 정말 다행스러운 일이었다.

그래서 토바는 내심 기뻤다. 실로 마셀러스가 아주 특별한 문어였다는 방증이니까.

세 사람은 방파제를 지나쳐 계속 걸었다. 마셀러스의 방파제다. 추운 겨울밤 누군가 턱까지 이불을 감싸주는 손길처럼 만조인 바다는 방파제를 포근히 덮어주었다. 부드럽게 밀려들었다 사라지는 파도는 방파제를 따라 늘어선, 홍합 껍데기로 뒤덮인 바위들과 숨바꼭질을 했다. 캐머런과 이선은 벌써 30분째 미식축구 이야기로 시끄러웠지만, 토바는 두 사람 이야기에 귀를 닫은 상태였다.

이대로 계속 걷는다면 산비탈에 자리한 토바의 옛집 아래를 지나게 될 것이다. 해 질 무렵이면 가끔 토바는 그집까지 걸어갔고, 그럴 때면 나무들 틈으로 커다란 다락 창이 황금빛으로 빛나는 모습을 볼 수 있었다. 한번은 종이 인형 몇 개가 일렬로 창문에 붙어 있는 모습을 보기도 했다.

토바가 그 집에 다시 들어간 적은 딱 한 번뿐이다. 텍사스 억양을 가진 여자가 이선에게서 번호를 받았다며 전화를 걸어왔다. 그 여자가 숍웨이 계산대 앞에서 고양이 캔 사료를 가득 든 채 자기 집 마당을 떠나려 하지 않는 회색 고양이가 있다는 소리를 한 모양이었다. 캣은 바닷물이 빠져나간 후 토바 집 데크 아래 바닷가에서 바위게를 사냥하는 놀이에 흠뻑 빠져 있다. 새 아파트를 집으로 받아들이기 어려운 것인지 바깥에서 머무는 것을 더 좋아하는 캣에게 토바는 뭐라 할 수 없었다. 적응이 쉽지 않을 것이다. 하지만 날씨가 추워지자 캣은 체념한 듯 점점 집 안에서 머무는 시간이 길어지고 있다. 소파에 몸을 말고 있거나, 창문 앞에 앉아 하늘을 배회하는 갈매기들의 움직임에 노란 두 눈을 고정시키곤 한다.

한 바퀴 돌아 다시 잔교에 이르자 토바는 무리에서 빠져나와 홀로 난간에 몸을 기댔다. 소중한 아들과 아주 특별한 문어를 데려간 어두컴컴한 바다를 향해 아무도 알아듣지 못할 말을 속삭였다.

"보고 싶어. 너희 둘 다."

토바는 가슴께를 손으로 톡톡 두드렸다.

그러고 나서 토바는 몸을 돌려 두 사람 쪽으로 돌아갔다. 이제 아파트로 가야 할 시간이다.

에이버리가 파이를 들고 오기로 했으니까. 이겨야 할 스크래블 게임이 있으니까. 어쨌거나.

감사의 말

할머니는 부엉이를 수집하셨습니다. 다이닝 룸에 있는 빨간색 카펫 위 그릇 장식장은 부엉이로 가득 차 있었고, 어렸을 때 그 카펫 위에서 자주 놀았습니다. 옆집에 살던 나는 공용으로 쓰는 뒷마당을 쏜살같이 가로질러 할머니 집 주방으로 이어지는 방충문을 통과했습니다. 그 집에는 언제나 홈메이드 쿠키가 있었고, 양말을 신은 채로 리놀륨 바닥에서 스케이트를 타도 뭐라 하는 사람은 없었습니다.

1980년대에 할머니가 수집하던 부엉이들은 요즘 장식용으로 많이 쓰는 앙증맞은 파스텔 톤이 아니라 눈이 진하고 부리가 뾰족한 구식 디자인이었습니다. 진짜 부엉이처럼 약간이나마 어떠한 감정을 전달해주었습니다.

할머니가 왜 그렇게 부엉이를 좋아했는지 여전히 알 수 없지만, 세월이 흘러 할머니가 돌아가시고 나자 제가 부엉이 모양의 브로치와 티 타월을 선물용 상자에 포장하고 있었어요.

어떤 면에서 토바는 우리 할머니 애나를 모델로 삼았다고 볼수 있습니다. 토바도 우리 할머니 애나도 금욕적인 스웨덴 사람입니다. 침착하고 하염없이 친절한 한편 속을 헤아리기 어려운사람. 부엉이처럼 홀로 나뭇가지를 발톱으로 감싸 쥐고 한곳에계속 머무는 이. 이런 문화의 핏줄인 나는 솔직하게 감정을 표현하는 것이 어렵게 느껴질 때가 있었습니다. 하지만 이 책이 당신의 손에 들어가 있다는 사실에 감사해야 할 사람이 너무나 많으므로 최선을 다해볼 생각입니다.

가장 먼저 에코(Ecco)의 놀라운 내 에디터이자 첫 미팅 때부터이 책에 대한 비전을 정확히 짚은 헬렌 아츠마에게 바다만큼 감사한 마음을 전하고 싶습니다. 헬렌, 당신은 빈약한 부분을 요령있게 덜어내고 서사를 빛나게 만드는 솜씨를 지녔어요. 또한 미리엄 파커, 소냐 츄스, TJ 칼훈, 비비안 로, 레이철 사전트, 메건딘스, 그 외 에코의 모든 분께 감사를 전합니다.

영국 블룸스버리(Bloomsbury)의 엠마 허드먼과 그의 팀은 내게 용기를 주었고, 대서양을 사이에 두고 뛰어난 팀과 열정적으로 일할 수 있어 큰 행운이었습니다.

2020년 가을, 메일 한 통으로 내 삶을 바꿔놓은 내 에이전트크리스틴 넬슨에게 해일 같은 감사함을 전합니다. 첫 화상 회의때, 네 살 난 우리 아들이 팩주스를 달라고 조르며 화면에 계속등장하는데 재치 있게 받아줘서 고마웠어요. 내가 당신이 관리하는 고객 중 한 명이 되는 행운을 누리다니, 아직도 믿을 수가 없어요.

넬슨 문학 에이전시(Nelson Literary Agency) 모두에게 감사하고, 특히 내가 보낸 제안 메일을 읽은 후 문어 화자가 등장한다는 사실을 깨닫고는 여백에 "대단히 뛰어나거나 정신이 나갔거나"라고 적은 마리아 히터에게 고마움을 전합니다. 넬슨 문학 에이전시에서 해외 판권을 담당하는 제니 메이어와 헤이디 골이 있어 다행이었습니다. 이 이야기가 전 세계 독자들을 만날 수 있게 된 건 두 사람의 공이에요.

몇 년 전, 이 책의 도입부를 썼던 계기는 예상치 못한 관점에서 글을 써보라는 워크숍 과제 때문이었습니다. 수조 속 문어가 먹이가 든 채 잠겨 있는 상자를 여는 영상을 유튜브에서 봤던 터라 자연스럽게 문어가 주제가 되었고, 인간에게 염증과 분노를 느끼는 괴팍한 문어 캐릭터를 만들었습니다.

당시만 해도 문어에 대해 아는 게 없었습니다. 물론 지금도 전문가라고 할 수는 없지만 문어가 지구상에서 가장 매력적인 생명체라는 것만은 확실히 압니다.

그 영상 속 문어에게, 그리고 세상 모든 문어에게 한번씩 너희들 세상을 들여다볼 수 있게 허락해줘서 고맙다는 말을 전하고 싶어요.

뉴잉글랜드 아쿠아리움(New England Aquarium)에서 문어들을 따라다니며 매력적인(그리고 따뜻하고도 쉴 새 없이 웃음을 유발하는) 여정을 담은 논픽션 『문어의 영혼』을 쓴 사이 몽고메리에게 특별한 감사 인사를 전합니다.

또한 두족류 동물에 대한 질문에 성실하게 답해주고 해양 생물 보호 및 구조에 최선을 다하는 알래스카 해양 센터(Alaska Sealife Center), 포인트 디파이언스 동물원 & 아쿠아리움(Point Defiance Zoo & Aquarium)에 감사합니다.

앞서 언급한 워크숍 강사이자 창의적 글쓰기에 처음 도전한 나를 이끌어준 린다 클롭턴에게 고마운 마음을 평생 간직할 거예요. 첫 글자를 쓰던 그 순간부터 린다는 이 이야기를 응원해주었습니다.

워크숍 덕분에 알게 된 디나 쇼트, 제니 링, 브렌다 로더, 질 콥, 테라 바이스, 당신들은 내게 정말 귀중한 피드백을 주었고, 정기적으로 줌을 통해 만난 것이 팬데믹 시기에 큰 활력소가 되었습니다.

특히 테라는 매일같이 보내는 내 문자를 견뎌주고, 정신없이 바쁜 와중에도 주 1회 비평 회의를 위해 시간을 내주었습니다. 그런 소통 덕분에 이 책을 끝까지 완성할 수 있었습니다. 테라, 이 이야기의 모든 페이지에 당신의 흔적이 담겨 있어. 고민을 토로하는 내게 인내심을 발휘해주고 캐릭터들이 엇나가지 않도록 따뜻한 말로 나를 일깨워준 당신이 없었다면 이 책을 결코 완성하지 못했을 거야.

피드백과 지지를 보내준 온라인 글쓰기 그룹 라이트 어라운드 더 블록(Write Around the Block)과 기술적인 문제를 해결해준 베키 그렌펠, 트레이 도웰, 알렉스 오토, 헤일리 황, 제러미 미첼, 킴 하트, 마크 크라마즈브스키, 레이철 클라크, 재나 밀러, 숀 팰런,

리디아 콜린스에게도 인사를 전합니다. 커스틴 발츠, 해양생물학에 대한 지식을 빌려줘서 고마워요. 제인 헌터, 로니 샤인바르, 린 모리스, 늘 함께해줘서 고마워요.

듀페이지 컬리지(College of DuPage)의 글쓰기 워크숍 멤버들과 강사 마델 포티어, 이 책으로 함께 워크숍을 할 수 있어 무척 즐거웠어요.

이 책의 앞부분에 대해 신중한 피드백을 준 그레이스 윈터와 플롯의 구멍을 잘 봉합할 수 있게 도와준 그윈 잭슨에게도 감사를 전합니다.

내 멋진 친구들 제시나 페더센과 다이애나 모로니, 필요할 때마다 늘 내 이야기를 들어주고 격려해줘서 고마워.

무엇보다 내 가족에게 감사의 마음을 전하고 싶습니다. 인간이 얼마나 강해질 수 있는지를 몸소 보여준 내 어머니 메러디스 엘리스. 사랑과 배려가 넘치는 동시에 누구보다 강한 분입니다. 벤치 프레스나 달리기 기록으로는 아직도 나를 가뿐히 이기시지만, 나를 위해 따뜻한 품을 내어주고 와인 한 잔을 나누며 오랜 대화를 나눌 수 있는 분이기도 합니다.

유치원생인 내게 글을 읽는 법을 가르쳐준 내 아버지 댄 존슨. 내가 책을 사랑하게 된 데는 아버지의 역할이 컸습니다. 내게 아버지는 늘 최고의 챔피언입니다.

아름다운 내 아이 애니카와 악셀. 두 아이는 너무 어려서 전 세계가 팬데믹에 휩싸여 모두 집에서만 지냈던 해를, 엄마가 뜬금없이 소설을 완성하겠다고 결심했던 해를 나중에는 기억하지 못

하겠죠.

엄마가 헤드폰을 쓰고 일에만 매달려야 할 때 둘이 잘 놀아줘서 고마워. 너희들의 엉뚱함과 무모한 상상력 덕분에 힘든 순간도 가볍게 웃어넘기며 사랑스러운 추억들이 완성되었어.

넷플릭스와 2020년에 사라져버린 영상 제한 시간에 고맙다는 말을 하고 싶습니다. 간식들에도 고맙고요. 팩주스, 정말 고마웠어!

마지막으로 남편 드루, 글쓰기가 취미에서 커리어로 나아가는 과정에서 매일같이 나를 응원하고 용기를 줘서 고마워. 당신은 내가 어떤 이상한 글을 써도 살펴봐주고 통찰력 있는 의견을 전해줬어. 이 여정을 함께하고 싶은 사람은 당신밖에 없어. 사랑해.

아쿠아리움이 문을 닫으면

초판 1쇄 인쇄 2023년 3월 20일
초판 5쇄 발행 2024년 6월 28일

지은이 셸비 반 펠트
옮긴이 신솔잎
펴낸이 윤동희
책임편집 김미라 고나리
디자인 김소진
마케팅 윤지원

펴낸곳 ㈜미디어창비
등록 2009년 5월 14일
주소 04004 서울 마포구 월드컵로12길 7 창비서교빌딩
전화 02) 6949-0966   팩시밀리 0505-995-4000
홈페이지 http://books.mediachangbi.com
전자우편 mcb@changbi.com